张柠 著

张柠

中国当代文学的开端

（1949—1965）

文库

中国教育出版传媒集团
高等教育出版社·北京

作者简介

张柠

文学评论家、作家，河北大学文学院特聘教授，
北京师范大学文学院教授，博士生导师。
主要从事中国现当代文学教学与研究。
出版学术专著《故事的过去与未来》《土地的黄昏》
《感伤时代的文学》《民国作家的观念与艺术》《再造文学巴别塔》等16部；
出版长篇小说"青春史三部曲"（《江东梦》《春山谣》《三城记》），
长篇小说《玄鸟传》，中短篇小说集《幻想故事集》《感伤故事集》等。

60205.0 2

第一期 中國古典文學講課記錄
1. 束前的民族文化　　　裴文中
2. 中國文學史　　　鄭振鐸
3. 古代文學　　　〃
4. 屈原　　　郭沫若
5. 古詩十九首及孔雀東南飛　　　俞平伯
6. 三國六朝文學　　　鄭振鐸
7. 南北朝樂府辭　　　余冠英
8. 唐詩意文和傳奇文　　　鄭振鐸
9. 白居易及其諷刺詩　　　游國恩
10. 古文　　　葉聖陶
11. 詞與詞話　　　鄭振鐸
12. 辛稼軒詞　　　葉聖陶
13. 元朝時代的文學　　　鄭振鐸
14. 元曲　　　張庚
15. 水滸傳　　　蕭紉萍
16. 明代的小說與戲曲　　　鄭振鐸
17. 桃花扇與紅樓夢　　　〃
18. 清朝末年的小說　　　〃

中國作家協會文學講習所
遠滿：如何從民間文藝中吸取養素　趙樹理

19. 晚清小說
20. 人民口頭文學
21. 中國舊小說的術美
第一期五四以來新...
1. 五四新文學史
2. 左聯成立前後十年
3. "抗日統一戰線"前期月...
4. 蘇維埃時期文藝史
5. 延安文藝座談會講...
第一期中國新...
1. 魯迅的小說
2. 關於阿Q
3. 魯迅雜文
4. 魯迅與翻譯
5. 記未名社
6. 關於"阿Q正傳"的...
7. 魯迅先生的思想發...
8. 茅盾的小說

歌

楊沫

青春之

"稷下文库"总序

学术史的传承有绪、守正创新，建基于今人对前贤大家学术思想的意义生发，离不开学术成果的甄别、整理和出版。高等教育出版社作为新中国最早设立的专业教育出版机构，始终以"植根教育、弘扬学术、繁荣文化、服务社会"为使命，与我国教育文化事业同发展、共成长，以教材出版为主业，并致力于基础性学术出版工作。为了更为系统地呈现当代中国人文社会科学领域的经典学术成果，我们特推出"稷下文库"丛书。

"稷下"之名取自战国时期齐国的稷下学宫。稷下学宫顺应时代变革而生，是世界上最早的官办高等学府，倡导求实务治、经世致用和学术自由、百家争鸣的学风，有力地促成了先秦学术文化繁荣的局面，更对后世思想、学术、文化的发展和交流传播产生了深远影响。我们希望延续这一传统，以学术经典启迪当下、创造未来，打造让学界和读者广受裨益的新时代精品学术出版品牌。

"稷下文库"将以"荟萃当代优秀成果，彰显盛世学术繁荣"为宗旨，注重历史与现实相结合、理论与实践相结合，涵盖人文社会科学各个门类，收录当代知名学者的代表作，展现当代学术群像，助力学术发展繁荣。

习近平总书记在哲学社会科学工作座谈会上指出，当代中国正经历着我国历史上最为广泛而深刻的社会变革，也正在进行着人类历史上最为宏大而独特的实践创新，这必将给理论创造、学术繁荣提供强大动力和广阔空间。加快构建中国特色哲学社会科学学科体系、学术体系、话语体系，是新时代的战略任务，也是中华民族的期盼。我们愿与广大学人和读者一道，为展示中国学术风貌、传播中国声音贡献一份力量。

高等教育出版社

2022年10月

目录

中国当代文学的开端（1949—1965）

第一章

到北京去

一、北京的前夜

1948年底到1949年初，巨变中的北平，究竟是什么样子，我们无从得知。亲身经历这次巨变的人，各有不同的心态。因此，他们在日记、书信、回忆性文字的叙述中，也透露出不同的观察视角、叙事风格和情感方式。这些人中有北平的留守人员，包括大学里的教师；有从解放区刚刚来到北平的人员，也包括那些尚未接到进京通知而正在期待和想象的人；还有一些在北平工作、旅游或留学的外国侨民，他们属于旁观者。当我试图从那些过来人留下的文字中捕捉60年前北京（北平）的面貌时，感到非常困难。不过我们可以先结识一位"旁观者"，美国著名汉学家、宾夕法尼亚大学教授德克·博迪。[①]

自1931年到1937年，德克·博迪与妻子加利亚一起在北平生活过6年。1948年，作为第一位"富布赖特计划"（Fulbright Program）中国研究项目的学者，他再一次来到北平。德克·博迪的具体工作是，

[①] 德克·博迪（Derk Bodde, 1909—2003），美国著名的汉学家、中国通，哈佛大学文学学士（1930），荷兰莱顿大学中国哲学博士（1938），宾夕法尼亚大学荣誉教授（1975—2003），美国东方学会主席（1968）。学术专长为中国古代思想、制度、哲学、法律、风俗、文学等。著有学术著作《中国思想西传考》（1948）、《中华帝国的法律》（1967合著）、《古代中国的庆典：公元前206年至公元220年汉代的新年和其他年例仪式》（1975）、《中国文明论文集》（1981）等多种著作，参与费正清等主编的《剑桥中国秦汉史》（第一章）和李约瑟的《中国科学技术史》（第七卷）的编撰工作。

用一年时间翻译某位大学教授的中国哲学史著作，他选择了冯友兰的《中国哲学史》。到北平之后，德克·博迪租到王府花园中的几间房子。这座王府花园就坐落在王府井大街与南河沿大街之间的霞公府（据说是康熙后人爱新觉罗·载霞的府邸，1949年后为北京市文联办公处），用德克·博迪的话说，是"雄伟壮观"的、有着巨大花园的霞公府的"仓库"部分（其实就是厢房）。德克·博迪与妻子加利亚还有8岁的儿子狄奥，一度就住在霞公府。由于学术研究的需要，德克·博迪经常到附近的北海文津街国家图书馆去查阅资料，或者骑自行车前往十几公里外西北郊区的燕京大学和清华大学等高校，与那里的学者进行交流。

1948年7月7日，德克·博迪乘船从洛杉矶出发，经旧金山、马尼拉、香港、上海、天津，于8月21日到达北平（行走路线与老舍1949年10月回国的线路差不多），直到1949年8月28日离开。在这前后一年时间里，他写下了18万字（译成中文后的字数）的日记。1950年回国后，他将日记结集出版，取名《北京日记：革命的一年》。上海东方出版中心于2001年出版了中译本。德克·博迪在初版序言中说："几乎整个北京城被包围了，与外界的联系也全被切断了，还断水、断电，连食物也几乎没有了。一到晚上，我们一家三口围聚在一盏老式的油灯下，耳边响着炮弹爆炸声，及机枪扫射时我家玻璃窗的抖动声，我还得集中精力把玄奥的八条戒律的术语，翻译成通俗易懂的英语……"[1]让我们看看他在日记中的记述：

---

① 　　[美]德克·博迪：《北京日记：革命的一年》，洪菁耘、陆天华译，东方出版中心2001年版，第3页。

1948年8月29日："从我们上次来北京到我们今天再到这里的11年间，北京变了，变化相当大，而且是变得更糟糕了。……北京的贫困是相当明显的。既有物质上的贫困，也有精神上的贫困。……过去，北京居家的大门都漆成大红色，门上还嵌有一对闪闪发光的铜环。可现在，大多数房子……看上去都是脏兮兮的，灰蒙蒙的，没有油漆过的。和我印象中的交通相比，现在马路上的车辆是又少又慢。商店也是一副萧条的样子，商店里的货物数量少且品种单调，价格高却质量低劣。……造成这种情况的原因很简单。首先，由于内战，北京一天天地变成了一座孤立的城市，再也不像从前那样能源源不断地得到外地运来的产品。……其次，许多富人打点好他们的财产，都逃到南方去了。……最后，过去北京的繁华大部分靠的是外国侨民和外国旅游者，现在，侨民都往外逃了，外国旅游者也不再来了。"①

　　1948年9月13日："当我来到中央银行门口时，看到许多士兵在那里等着兑换金圆券。那些挂着拐杖，一瘸一拐的伤兵随时可见。不过，白天的北京似乎是死水一潭，令人很难相信就在北京的城墙外面，内战的烽火正硝烟弥漫。尽管街上还有川流不息的车辆，整个城市就跟死了一样。它的躯体尚存，可是已经半死不活了。"②

---

①　　［美］德克·博迪：《北京日记：革命的一年》，洪菁耘、陆天华译，东方出版中心2001年版，第9～10页。
②　　［美］德克·博迪：《北京日记：革命的一年》，洪菁耘、陆天华译，东方出版中心2001年版，第17页。

1948年9月26日："那些教授都挤在一个大院里，身无分文；而他们又是那样清高，不愿对外人谈及他们的贫困。他们只能靠课外做各种各样的杂活来贴补学校发的可怜巴巴的工资，也包括化名向报纸投一些他们一向鄙视的迎合大众心理的垃圾文章。可是，要是没有政府提供的可怜的食物补贴，仅靠课外打的这种或那种杂活，能让他们活下去吗？这可真让人担心。"[①]

1949年1月31日："下午4点，当加利亚骑车经过王府井大街时，她看到了第一批进城的部队，在队伍前面有一辆广播车（显然是由市政府提供），喇叭里不断地高喊口号'欢迎解放军进北平！欢迎人民的军队进北平！热烈庆祝北平人民得解放！……'在车的旁边和后面，六人一排，行进着二三百名全副武装的共产党士兵，他们步伐轻快，看上去很热，像是经过长时间行军一样。……走在士兵后面的是学生，他们手里高举两幅巨大的画像，一幅是毛泽东，另一幅大概是人民解放军总司令朱德。再后面是一支军乐队，最后是一长队载着许多士兵、学生以及电话公司、铁路管理局和其他半官方组织的平民雇员的卡车。"[②]

旁观者的语调是平静的，而亲身参与这一巨变的人的语调则充满

①　〔美〕德克·博迪：《北京日记：革命的一年》，洪菁耘、陆天华译，东方出版中心2001年版，第18页。
②　〔美〕德克·博迪：《北京日记：革命的一年》，洪菁耘、陆天华译，东方出版中心2001年版，第95～96页。

感情。作为中共北平地下党组织成员的青年王蒙，在自传中回忆了他们参与迎接解放军进城时的情形：

> 街头宣传热闹非凡、锣鼓喧天，我化了装……大家先是无师自通地扭秧歌，然后是大锣鼓，然后我们给围观的市民讲演。我相信，跳舞与唱歌一样，也是属于革命属于共产党的，国民党的时候，只有阔太太与不正经的女人跳交际舞，而共产党发动了全民跳舞，多么动人！一次我讲什么叫解放，我说，原来人民被捆绑着，现在，共产党把人民身上的绳索解开了，原来人民被反动派监禁着，现在我们放出来了，这就是解放！听众为我的话鼓掌欢呼叫好起来。我体会到了在广场上直接向无组织的乌合之众宣传鼓动的风险与乐趣。一次讲话热烈成功，同样内容的另一次讲话可能毫无效果，再另一次讲话也可能被轰下台。这种不确定性也是革命的魅力之一种吧。[1]

王蒙的叙述中有两种成分，一种是对自己的言行的客观描写，另一种是对这种言行的综合性的主观评价。就对历史场景的呈现而言，客观描写部分其实也有主观的一面，因为它只对叙述者个人的热烈情绪、狂欢身体有效。主观评价的部分，也有一定的客观性，因为它包括了个人言行之外的其他人的反应和态度。比如，市民面对王蒙等人

---

[1]　王蒙：《王蒙自传1：半生多事》，花城出版社2006年版，第76页。王蒙（1934—　），作家。著有长篇小说《青春万岁》《活动变人形》《恋爱的季节》《狂欢的季节》《失态的季节》《这边风景》，短篇小说《组织部新来的年轻人》等，曾获"茅盾文学奖"，并获得国家颁发的"人民艺术家"称号。

热情洋溢的宣传和鼓动可能有三种反应，一种是鼓掌，一种是无动于衷、毫无效果，还有一种是将鼓动者轰走。鼓动性演说效果的不确定性，正是历史场景中多成分并置在一起的确定性。德克·博迪的记述属于后视角描述，也就是只写见闻，很少主观评论和个人心态描写。他见到的是市政府的宣传车，由官方组织起来的游行队伍。这种组织过程，可以在张光年（光未然）的日记中看到：

1948年12月27日："接受任务：（1）印宣传品；（2）组织清华、燕京同学入城宣传。"[①]

1948年12月28日："我和高（引案，高为荣高棠）共谈了一个小时，谈话要点是：北平解放的日子已十分迫近，同学们最好赶快组织起来，学习政策，准备入城宣传。谈后应燕京同学邀，又到燕京作了同样的鼓动……同学们当晚开会讨论，建立了入城宣传的机构。"[②]

1949年1月10日："总结要点为：十三天（12月28到1月9日）共讲了十三次，清华4次，燕京9次，主要收获为：1. 同学们发动起来了，宣传队组织起来了；2. 使同学初步了解了我们的各项政策……。主要缺点为：1. 陷于被动忙乱；2. 警惕性不高，如参加（燕京大学）西籍教授座谈会；

[①]　张光年：《张光年文集》第4卷，人民文学出版社2002年版，第339页。张光年（1913—2002），笔名光未然，当代作家，《黄河大合唱》的作者，1949年后曾任中国作家协会党组书记等职。

[②]　张光年：《张光年文集》第4卷，人民文学出版社2002年版，第339页。

3. 重点错误，如燕京去的比清华多……"[1]

1949年1月16日："宣传委员会开会，到人民文工团及
清华、燕京代表，决定今天在青龙桥、海淀一带出动口头宣
传……清华后来电话说今天不能出动，仅海淀有燕京及文工
团混合组成的宣传队出动了。……市委同意两校文艺工作仍
可进行，对燕京的接触，必须取得（军管）分会的同意，事
先讨论，在任何座谈会上的发言，应事先准备、讨论。"[2]

就在北平文化教育接管委员会的工作团进驻西郊高校区的前夕，
清华大学中文系教授浦江清在日记里记下了那一段日子里的各种见闻：

1948年12月12日："晨九时，访（陈）寅恪先生。……
陈先生说……他虽然双目失明，如果有机会，他愿意即刻离
开。清华要散，当然迁校不可能，也没有人敢公开提出，有
些人是要暗中离开的。那时候左右分明，中间人难以立足。
他不反对共产主义，但也不赞成俄国式的共产主义。我告诉
他，都是中国人，中国共产党人未必就是俄国共产党人。学
校是一个团体，假如多数人不离开，可保安全，并且可以避
免损失和遭受破坏。他认为我的看法是幻想。"[3]

[1]　张光年：《张光年文集》第4卷，人民文学出版社2002年版，第340页。
[2]　张光年：《张光年文集》第4卷，人民文学出版社2002年版，第348页。
[3]　浦江清：《清华园日记·西行日记》（增补本），生活·读书·新知三联书店
1999年版，第246页。浦江清（1904—1957），古典文学研究专家，曾任教于上
海暨南大学、国立西南联合大学、清华大学、北京大学。解放前夕在清华大学
任陈寅恪的助教。

1948年12月16日："城内外交通断绝。……至于校中空气多数同学本来是左倾的，他们渴望被解放，少数也变为无所谓。教授同人极右派本来想走的，现在也走不成了，多数成为无所谓。不过师生一致团结，对维护学校是同心的。北平郊外军事据点西苑、南苑均失……"①

1948年12月22日："晚七时，中文系学生邀集师生座谈会，……本系师生全体出席，济济一堂。同学表现解放后的乐观气氛。讨论如何走向光明的道路，检讨自己的生活，讨论大学教育的方针，中文系课程的改善。问题都很大，发言的人也很多……青年人同中年人的态度总不很相同，他们富于理想，思想前进。中年人往往注意于现实问题，意志消沉，又富于理智，抱怀疑稳健的态度。"②

1949年1月31日："下午二时，钱俊瑞先生来大礼堂讲新民主主义及共产党政策，听者有二千余人。……我们因教授会开会，不能终听。……清华各团体自解散后，盛行检讨之风，而检讨之习惯并未养成，所以多意气和裂痕。"③

① 浦江清:《清华园日记·西行日记》(增补本)，生活·读书·新知三联书店1999年版，第253～254页。
② 浦江清:《清华园日记·西行日记》(增补本)，生活·读书·新知三联书店1999年版，第261～262页。
③ 浦江清:《清华园日记·西行日记》(增补本)，生活·读书·新知三联书店1999年版，第283～284页。

二、一位留守者的心路

时任北京大学中文系教授的著名作家沈从文，此刻也处于观望、幻想、焦虑之中。1948年10月16日，他给作家凌叔华写信：

入秋来北平阳光明朗，郊外这几天正是芦白霜叶红时节……北平的戏似乎已快完了。馆子只合军官去花钱了，公园也多为军服、中山服的人物请客地方，故宫许多陈列室都已封闭，……只有街上有了进步，光滑滑的、宽宽的，秋天阳光照在长安街上，照在天安门前的大坪，我们有一次从午门楼上看完手工业展览出来，觉得只有晒太阳还是教书人的享受，大家正不妨饱晒一月秋阳，入冬后，也许就得如长春太原市民一样饱闻炮声了。大家虽为未来各有忧愁，却尚不至于坐以待毙，一切事还照常进行，还能照常进行。不必为我担心！①

11月28日给大哥沈云麓的信中他又写道："北京冬晴，天日犹明明朗朗，惟十天半月可能即有地覆天翻大战发生！在此熟人统用一种沉重心情接受此历史变局。"②

沈从文的语调中透露出一种隐隐约约的焦虑，但依然是欲说还休，

① 沈从文：《沈从文全集》第18卷，北岳文艺出版社2002年版，第513页。沈从文（1902—1988），作家、文物研究专家。著有长篇小说《长河》、中篇小说《边城》、散文《湘行散记》等。凌叔华（1900—1990），作家，学者陈源之妻。
② 沈从文：《沈从文全集》第18卷，北岳文艺出版社2002年版，第515页。

点到为止，显得克制、平静而得体，因为他还保持着一种知识分子的信念或者隐约的幻觉。12月7日，他在一封处理青年作家稿件的信中说："万千人必忘去过去的仇恨，转而为爱与合作，一致将热忱和精力为新社会而服务！这是拥有五万万人民国家进入历史新页的一个必然步骤……北方文运传统有一个惯性，即沉默工作。这个传统长处或美德，有一时会为时代风雨所摧毁，见得寂寞而黯淡，且大可嘲笑。然而这点朴素态度，事实上却必定将是明日产生种种有分量作品的动力来源。不必担心沉默，真正伟大的工程，进行时都完全沉默！"①信中透露出沈从文对自己创作的更大期待和抱负。沈从文寄希望于某种更为悠远的历史时间，坚信深厚的"北方文运传统"，能够在长时段的历史之中穿越一时的"风雨""黯淡"和"沉默"。他此刻试图将正处于动荡、变异、嘈杂、喧嚣和凶险的城市场景作静态化处理，让它在冬天的阳光下懒洋洋地晒太阳，以便保护自己内心的某种信念和相应的优雅风度。然而这份优雅并没有维持多久。

　　1949年1月上旬，北京大学校园出现了用大字报转抄的郭沫若的文章《斥反动文艺》。②还有学生在教学楼挂出了"打倒新月派、现代评论派、第三条路线的沈从文"的大幅标语。③沈从文感到极大的震惊和恐惧，以为这预示着对自己开始进行政治清算，精神陷入极度萦

①　　沈从文：《沈从文全集》第18卷，北岳文艺出版社2002年版，第520～522页。
②　　郭沫若的文章《斥反动文艺》刊于1948年3月1日在香港出版的《大众文艺丛刊》第一辑《文艺的新方向》。该文将沈从文比喻为"桃红色"作家，将其作品斥为"文字上的春宫""文字上的裸体画"，并认为沈从文"一直是有意识地作为反动派而活着"。香港当时是国统区进步作家转移北平的中转站，那里开展的文艺批评活动是为文艺大军进京做舆论准备的。郭沫若（1892—1978），著名作家、学者，新中国成立后曾任政务院副总理、中国科学院院长、中国文联主席等职。
③　　钱理群：《1948：天地玄黄》，山东教育出版社2002年版，第301页。

乱之中，一度精神失常。1949年1月27日，梁思成、林徽因夫妇得知消息，写信给沈从文，邀请他到郊外的清华园小住，散心、养病。梁思成在信中写道："从文：听念生谈起近况，我们大家至为惦念。现在我们想请你出来住几天。此间情形非常良好，一切安定。你出来可住老金家，吃饭当然在我们家。我们切盼你出来，同时看看此间'空气'，我想此间'空气'比城内比较好得多。即问双安。思成拜上，廿七日。"①

　　沈从文是1949年1月28日住进清华园梁家的。梁思成在1月30日给沈从文的夫人张兆和的信中说："他住在老金家里。早起八时半就同老金一起过我们家吃早饭；饭后聊天半小时，他们又回去；老金仍照常伏案。中午又来，饭后照例又聊半小时，各回去睡午觉。下午四时则到熟朋友家闲坐：吃吃茶，或是（乃至）有点点心。六时又到我家，饭后聊到九时左右才散。……晚上我们为他预备了安眠药，由老金临睡时发给一粒。此外在睡前还强迫吃一杯牛奶。所以二哥（引案，指沈从文）的睡眠也渐渐的上了轨道了。"②

　　友人的细心照料和安慰，似乎并没有化解沈从文的精神危机。沈从文在1949年1月30日张兆和给他的信上，写下了一些批注文字：

给我不太痛苦的休息，不用醒，就好了，我说的全无人

---

①　　该信收入《沈从文全集》第19卷，北岳文艺出版社2002年版，第3页。梁思成（1901—1972），建筑学家，时任清华大学建筑系主任，教授，思想家梁启超长子。林徽因（1904—1955），建筑学家、作家，时任清华大学建筑系教授，梁思成之妻。"念生"即罗念生（1904—1990），古希腊文学翻译家，时任清华大学外语系教授。"老金"即金岳霖（1896—1984），哲学家、逻辑学家，时任清华大学哲学系教授。

②　　沈从文：《沈从文全集》第19卷，北岳文艺出版社2002年版，第12页。

第一章　到北京去

明白。没有一个朋友肯明白敢明白我并不疯。大家都支吾开去，都怕参预。这算什么，人总得休息，自己收拾自己有什么不妥？学哲学的王逊也不理解，才真是把我当了疯子。我看许多人都在参预谋害，有热闹看。

我有什么悲观？做完了事，能休息，自己就休息了，很自然！若勉强附和，奴颜苟安，这么乐观有什么用？让人乐观去，我也不悲观。

你不用来信，我可有可无，凡事都这样，因为明白生命不过如此。一切和我都已经游离。这里大家招待我，如活祭，各按情分领受，真应了佛家所谓因果缘法。其实真有人肯帮助我是给我足量的一点儿。我很需要休息。这对大家都不是坏事。一个柔和的结尾，有什么坏。

我十分累，十分累。闻狗吠声不已。你还叫什么？吃了我会沉默吧。我无所谓施舍了一身，饲的是狗或虎，原本一样的。①

沈从文大约于1949年2月下旬离开清华园，回到城内的家中。3月6日，他整理2月份写于金岳霖家中的稿件《一个人的自白》，页末注明"卅八年廿二日清华园老金屋子文稿二计十六页"，还有《关于

①　　沈从文:《沈从文全集》第19卷，北岳文艺出版社2002年版，第9～11页。

西南漆器及其他，一章自传——一点幻想》，页末注明"解放前最后一个文件，卅八年二月廿日毕事，未抄齐，来不及"[①]。沈从文仿佛在准备后事似的，终于他在3月底选择自杀。夫人张兆和在4月2日给沈从文的家人写信说："不想他竟在五天以前，3月28日的上午，忽然用剃刀把自己颈子划破，两腕脉管也割伤，又喝了一些煤油，幸好在白天，伤势也不太严重，即刻送到医院急救，现在住在一个精神病院疗养。"[②]

　　读沈从文当时的文字，粗看上去像"狂人日记"，仔细体会又像是偈语。癫狂语调是外界压力所致，偈语是彻悟的结果。从恐惧到癫狂，从失常到彻悟，这场死而后生的经历，左右了沈从文对自己后半辈子人生道路的选择。从此他"脱胎换骨""涅槃"出一个"新人"，先是进入华北人民革命大学改造思想，接着又参加西南土改工作团到四川土改，最后到故宫博物院从事文物研究，并多次放弃回到作家队伍的机会。整整30年，这位才华横溢的作家一直在"写还是不写"的犹豫不决中痛苦地挣扎。短篇小说《老同志》，写于1950年初在华北人民革命大学接受思想改造期间。两年多的时间中，沈从文对文稿多次修改，直到第七稿才寄出，这篇反复斟酌、改了又改的作品最终未被采用。另一篇未刊的短篇小说《财主宋人瑞和他的儿子》，前后写了三年（1955年至1958年2月），是根据作者参加西南土改工作团时的川西见闻写的。新中国成立之初，沈从文曾经认真研读了被誉为"新文艺方向"的赵树理的小说。在读赵树理小说的时候，他很自信，认为这种"方向性"的写作水准并不难达到，甚至

①　　沈从文：《沈从文全集》第19卷，北岳文艺出版社2002年版，第19页。
②　　沈从文：《沈从文全集》第19卷，北岳文艺出版社2002年版，第22页。

说要为大家写一些东西，"和《李有才板话》一样的来为人民翻身好好服点务！"①但一到提笔的时候，他就感到困难重重无法适应，或者对作品不满意。

　　中华人民共和国成立后30年的时间，沈从文只有少数几篇署名的散文、随笔、特写问世。比如：散文《春游颐和园》发表在1956年4月22日出版的《旅行家》上。散文《新湘行记——张八寨二十分钟》发表在1957年6月号的《旅行家》上。散文《天安门前》发表在1956年7月9日改版之后的《人民日报》副刊上。特写《管木料场的几个青年——十三陵水库民工十大队青年尖刀队突击队先进小组》收入1958年7月作家出版社《建设十三陵水库的人们》一书中。随笔《天安门给我的教育》发表在1959年9月26日的《文汇报》上。散文《跑龙套》刊登于1957年第7期的《人民文学》。这一期的《人民文学》称为"革新特大号"，是"双百方针"时期的产物，除了沈从文，还有周作人、徐懋庸、康白情、王统照、穆旦、巴人等人的作品。沈从文的这篇散文，看上去是在讨论京剧中的一类角色，实际上是以自嘲的笔调在安抚自己。此外，沈从文于1957年8月在《人民文学》上发表了随笔《一点回忆，一点感想》，1959年12月在《人民文学》上发表了纪念文章《悼靳以》，1963年4月在《人民文学》上发表了随笔《过节与观灯》。此后，再也未见沈从文发表过文学作品。1979年10月再一次以文学家身份公开露面的时候，他已经是77岁的老人了。

---

① 　　沈从文：《沈从文全集》第19卷，北岳文艺出版社2002年版，第134页。

三、城市在召唤

无论路途多么遥远、曲折，文化人（包括民主人士）到北平聚集都是必然，北平城正在期待着它的新主人。1949年前后，通往北平的道路很多，但主要有两条，第一条是解放区人员的线路：延安—新解放区—北平；第二条是国统区人员线路：重庆—上海和香港—北平；这两条线路都以抗战结束、内战开始为界线分两个阶段：第一阶段是从延安到晋察冀、晋冀鲁豫、东北解放区，或者从国统区的重庆、上海等大城市到香港；第二阶段是从华北东北解放区到北平，或者从香港经解放区再转北平。通过对这几条线路的描述，我们可以勾勒出一幅文化人从四面八方汇聚北平的形势图。形势的总体趋向是，结束"农村包围城市"的局面，占领城市。

艾青在日记体散义《走向胜利——从延安到张家口》①中，详细记载了这条线路的细节和沿途见闻。抗日战争结束之后，延安文艺工作者接受新的任务，除部分留守延安之外，其余人员组成两个文艺工作团：一是"东北文艺工作团"，由舒群、沙蒙、田方、刘炽、公木等60多人组成，奔赴东北解放区；二是"华北文艺工作团"，奔赴晋察冀解放区中央局所在地，即原察哈尔省省会张家口。华北文艺工作团由艾青任团长，江丰任副团长，团员有陈企霞、贺敬之、凌子风、王朝闻、舒强、周巍峙和王昆夫妇、严辰和逯斐夫妇等56人。华北文艺工作团于1945年9月20日离开延安，东渡黄河，沿着吕梁山脉

①　　艾青：《走向胜利——从延安到张家口》，上海文化工作社，1950年初版，见《艾青全集》第5卷，花山文艺出版社1991年版，第71～127页。艾青（1910—1996），诗人。该日记为1945年9月20日至11月8日艾青率领华北文艺工作团从延安桥儿沟到张家口沿途所写。

西麓向东北方向侧行，穿越同浦路封锁线，经过老解放区、敌占区、游击区、新解放区，于1945年11月7日夜到达张家口，走了整整47天，徒步两千多公里。艾青等人的具体行军线路是：离开延安鲁艺所在地桥儿沟，向东北方向前进，经过清涧县城，到陕甘宁边区最大的城市绥德小住几天，然后在吴堡境内的渡口（吴堡县城正北约30公里处）渡过黄河，到达黄河对岸山西的碛口。此后他们一直穿行在吕梁山西麓的崇山峻岭之中，经临县、兴县，转向东北进入岢岚、五寨、神池。在神池，他们没有进入"大同盆地"敌占区的朔州、应县和大同市，而是转向东，在部队护送之下穿越封锁线，进入五台山与恒山之间滹沱河流域的"忻定盆地"，在平型关附近（此地东南约100公里就是河北的西柏坡）则开始转向正北，经浑源县城过恒山，进入桑干河流域，沿恒山西北山麓侧行。最后，他们在大同盆地的东北边缘委蛇潜行，在望狐正北渡过了桑干河，进入京包铁路线上的小车站天镇，再乘火车到达张家口。① 当快要临近大城市的时候，艾青说，他们"心里竟有说不出的欢喜"，"一切都使人觉得很新鲜"，"大家多么高兴啊！"，"我们欣赏着这个十分现代化的城市"②。

这条线路，实际上是所有离开延安经新解放区进入城市的人的必经之路。就在艾青他们离开延安大约一个月之后，丁玲、杨朔、欧阳山、邵子南等人组成"延安文艺通讯团"，于1945年10月离开延安，经张家口赴东北采访，走的也是这条线路。稍稍不同的是，丁玲他们在绥德、米脂没有向东转，而是直奔正北的佳县附近渡过黄河。到达

① 　这条行军线路根据艾青日记转述，详见《艾青全集》第5卷，花山文艺出版社1991年版，第71～127页。

② 　艾青：《艾青全集》第5卷，花山文艺出版社1991年版，第125～126页。

神池之后，他们也没有进入滹沱河、桑干河地区，而是走大同市西北角的山区，经平鲁、右玉、左云、阳高到京包线上的小城天镇搭上火车，于1945年12月底到达张家口。①1948年3月23日，毛泽东、周恩来、任弼时、陆定一等人率领的延安中央机关向河北建屏县西柏坡转移时，走的也大致是这条线路：3月23日从延安杨家沟出发，经吴堡县的川口渡过黄河，进山西临县双塔村、兴县蔡家崖、岢岚县城、代县。不同的是，在穿过同浦线之后，中央机关不去张家口，而是直接转向东南方向，经五台山，然后驱车于4月13日到达河北建屏晋察冀军区司令部所在地的城南庄。②4月23日，周恩来、任弼时、陆定一等人以及中共中央机关迁至西柏坡。③一年后，1949年3月23日，中央机关和解放军总部一行20多辆汽车离开西柏坡，经灵寿、行唐、曲阳、唐县、保定，在涿州改乘火车，3月25日进入北平。

对有些人而言，从晋察冀解放区到北平尽管只有约300公里的距离，却需要经过漫长的等待和企盼。当时任职于《晋察冀日报》的作家杨沫，在1945年11月14日的日记中写道："我们仍在等待着进北平。可是北平已由美国飞机运来了大批国民党军队……看来，我们想和平进入北平是不大可能了。"④杨沫在1945年11月25日的日记中写

---

① 王增如、李向东编：《丁玲年谱长编》上卷，天津人民出版社2006年版，第191页。

② 毛泽东在城南庄住了近一个月，1948年5月，国民党飞机轰炸晋察冀军区大院，毛泽东被迫转移到花山村，5月27日离开花山村，搬到西柏坡与中共中央机关会合。（中共中央文献研究室编：《毛泽东年谱（一八九三——一九四九）》，人民出版社、中央文献出版社2013年版，第306～313页）

③ 中共中央文献研究室编：《周恩来年谱（一八九八——一九四九）》，人民出版社、中央文献出版社1989年版，第767～769页。

④ 杨沫：《自白——我的日记》上册，见《杨沫文集》第6卷，北京十月文艺出版社1994年版，第5页。杨沫（1914—1996），作家，曾任职于《晋察冀日报》、中央电影局、北京市作家协会。

道:"有人在敌人投降后,迫切地想进入大城市。后来,眼看大城市进不成了,便悲观泄气。有人把进大城市想得更具体——怎样阔绰,怎样威风。还有个别人竟然想逛窑子。别人对他说:'八路军不允许逛窑子。'他却回答:'不许可不行!给我个正经女人我都不要,非逛窑子不可!'……这些狭隘自私的思想在抗战胜利后,以形形色色的方式表现出来。"①杨沫在同一天的日记中,还记载了一位报社同事逃跑的事情,报社开会时说,这位逃兵"光想到大城市去享受。当知道不能进城市,就非常厌恶农村。"②

杨沫的这一段日记看起来好像是在说别的人,实际上也是在说她自己。她接着记述了自己的心理活动:"关于进大城市的种种想法:听说敌人投降了,首先萦绕在脑海里的就是快进北平了,心里很高兴。关于进北平的希望、想法有这么几种:1. 和亲属团聚,……2. 和过去的朋友、同学见面。尤其那些嘲笑共产党成不了事、说我参加革命是瞎胡闹的,一定要叫他们看看我们共产党终于成功了……这种想法里,包含着个人英雄主义、风头主义,希望在昔日的朋友同学面前显耀自己……曾想到自己过去在北平不过是个无声无息的穷学生,现在如果能进城,也许会成为显赫人物,在亲戚、朋友、同学面前被人刮目相待,那该是多么光荣!这种衣锦还乡的虚荣心,决不是我们无产阶级的思想。而在这种虚荣心里面还包含着某种轻视农民的因素:认为被城市中知识分子瞧得起,要比农民对自己的拥护和爱戴似乎更光荣……这是真的,我曾经瞧不起农民,……对这些错误思想,我应作

---

① 杨沫:《自白——我的日记》上册,见《杨沫文集》第6卷,北京十月文艺出版社1994年版,第5页。

② 杨沫:《自白——我的日记》上册,见《杨沫文集》第6卷,北京十月文艺出版社1994年版,第6页。

严肃的自我批评。"[1]

从1945年到1949年，从张家口撤退到阜平，从山西大同前线到河北获鹿，从报社采访编稿到下乡土改，整整三年杨沫转战在北平的四周，在日记中能看出她企盼进城的心情越来越迫切。她一直在跟这种企盼的心情作斗争，一边斗争一边又急切地等待进城。她在1948年11月29日的日记中写道："我们精神上都在准备进平津了，而我和民[2]进北平的希望也是有的。可爱的北平，我的第二故乡！……我多少次地梦见了你——梦见我站在北海的白塔上；梦见了天安门城楼；梦见了碧波荡漾的昆明湖水。有时，我还梦见和一些战友坐在东来顺的饭桌旁大吃涮羊肉……就要变成现实了。多高兴！高兴！"[3]

1948年年底，第一批进北平人员已到石家庄待命，杨沫直到1949年3月还在河北获鹿东焦村。她在1949年2月27日的日记中写道："这几天我的心情焦灼、烦闷。……我不能冷静地等待着去北平，于是脾气变得粗暴了。我常想：第一批为什么不叫我走？有孩子的女同志差不多都走了，却单单留下我，这是为什么？为什么待人不公平？……为什么急着要去北平？去不去有什么了不起呢？……"在1948年2月28日的日记中，她已经开始有怨言了："我个人哪里有钱有路费去北平呢？……我是个'可有可无'的人……难道，我是个毫无用处的人？还该蹲在这山沟里，每天闲着，无聊

---

[1]　杨沫：《自白——我的日记》上册，见《杨沫文集》第6卷，北京十月文艺出版社1994年版，第9~10页。

[2]　"民"即马建民（1911—1985），杨沫之夫，1949年后历任中央人民政府新闻总署党委书记，北京师范大学党委代理书记，他们一家（杨沫之子老鬼，本名马波，作家，著有小说《血色黄昏》等）20世纪90年代前一直住在北师大校园里。

[3]　杨沫：《自白——我的日记》上册，见《杨沫文集》第6卷，北京十月文艺出版社1994年版，第70~71页。

地浪费时光？……"①杨沫是《晋察冀日报》最后一批进入北平人员，1949年3月初到石家庄待命，3月15日进入北平。

解放区人员不是想进北平就能进的，全国各地的其他城市都需要他们，所以绝大多数人都是就地安排，而进北平人员则是经过精心挑选的。著名作家萧军本来完全够资格（同为东北作家群成员的舒群、罗烽、白朗，都成了中国作家协会驻会作家），却被安排在东北，一度到抚顺矿务局工会工作。1950年10月朝鲜战争期间，萧军之妻王德芬带着4个孩子疏散回到老家北京，萧军向组织申请随行前往北京，没有得到批准。萧军决定"违反纪律"，1951年1月擅自进京，于是成了"黑人黑户"，直到9年之后才在北京有了正式"工作关系"。②

北平城在虚位以待，等待被选中的曾在国统区工作的著名进步文化人士的到来。就在解放区人员向即将解放的大城市靠近的同时，国统区进步人士也开始撤离国民党占据的城市。1946年5月8日，郭沫若携全家与梁漱溟、章伯钧等人乘飞机从重庆飞抵上海，当晚出席黄炎培、马叙伦、陆定一所设的宴会。那段时间，郭沫若经常出席各种会议和宴会，与聚集在上海的各界人士见面，包括柳亚子、许广平、胡绳、翦伯赞、冯雪峰、夏衍、田汉、冯乃超、胡风、巴金、吴祖光、白杨、舒绣文、于伶等。③1946年3月16日，因重庆飞往上海的机票紧张，在周恩来和张治中安排下，茅盾夫妇乘机飞往广州转

①　　杨沫：《自白——我的日记》上册，见《杨沫文集》第6卷，北京十月文艺出版社1994年版，第81～83页。

②　　张毓茂：《萧军传》，重庆出版社1992年版，第269～272页。萧军（1907—1988），作家，著有《八月的乡村》等作品。曾任延安鲁艺教师、东北大学鲁艺文学院院长、北京市文史馆研究员等。

③　　龚济民、方仁念：《郭沫若年谱》，天津人民出版社1992年版，第655～665页。

道上海。在广州停留了近一个月，在作家陈残云、司马文森等人的陪同下，二人四处演说。1946年4月13日二人乘船抵香港，发现经过战乱之后的香港与1941年数百名著名文化人齐聚香港的兴旺局面相比，显得极为空寂，认识的人里面只有章泯、萨空了、韩北屏、吕剑等有数的几位，于是购买了前往上海的船票，乘海轮于1946年5月26日抵达上海。[①]作家叶圣陶，全家老小7人，外加行李80余件，于1945年12月28日自重庆乘木船东行，可谓风雨飘摇、一路辛劳，1946年1月28日抵汉口，换乘小汽船于42天之后的2月9日抵达上海。[②]国统区的进步作家很大一部分都聚集到了上海，直到1948年开始向香港转移。

1948年下半年大局已定，中共中央开始布置和安排著名民主人士、文化人士进入北平事宜，并详细制定了行走线路。路线分为南线和北线。北线是将分散在平、津、沪的著名人士（比如吴晗、周建人、翦伯赞、楚图南、田汉、安娥、胡愈之、费孝通、张东荪、雷洁琼等），由地下党组织秘密护送到河北平山县李家庄，也就是中共中央城市工作部（中共中央统战部的前身）所在地。[③]

南线就是先到香港集中，大体分四批从香港乘坐悬挂外国国旗的商船，进入东北解放区，再经石家庄转往北平。实施这一计划的主要

---

① 这条线路根据茅盾回忆转述，详见《茅盾全集》第35卷（回忆录二集），人民文学出版社1997年版，第570～579页。茅盾（1896—1981），原名沈德鸿，字雁冰，作家，新中国成立后历任文化部部长、中国作协主席、全国政协副主席。

② 叶圣陶：《叶圣陶集》第21卷，江苏教育出版社1994年版，第10～32页。叶圣陶（1894—1988），作家、教育家，新中国成立后曾任出版总署副署长、教育部副部长、中央文史馆馆长。

③ 童小鹏、于刚、尹华：《关于筹备和召开中国人民政治协商会议的回忆》，见《中华文史资料文库》第7卷，中国文史出版社1996年版，第914～915页。

负责人之一是钱之光。①钱之光的公开身份是中国解放区救济总署特派员，任务是会同香港分局的方方、章汉夫、潘汉年、连贯、夏衍等，"接送在港民主人士进入解放区参加筹备新政协"。1948年下半年，周恩来数次致电中共香港分局，指示他们组织民主人士、文化人士、电影戏剧人才北上，并亲自审定北上人员的名单，要求"各方人士须于今冬明春全部进入解放区'方为合适'"。②

1948年9月下旬开始，聚集在香港的民主人士和文化名人开始分批北上。所谓分批北上的说法，主要是指那些民主党派或者文化界的著名人士，线路经过精心策划且保密，登陆之后有周密的接待和高规格的欢迎仪式。现将前四批民主人士进入北平情况简介如下：

第一批有沈钧儒和章伯钧（"民盟"代表）、蔡廷锴和谭平山（"民革"代表）等十几人，由章汉夫陪同，1948年9月13日，乘坐苏联轮船离开香港，9月27日到达朝鲜罗津，9月29日乘火车到哈尔滨，受到高岗、李富春、蔡畅、李立三等中共政要的欢迎。第二批有郭沫若、马叙伦、许广平母子、沙千里、宦乡等人，由连贯和胡绳等人陪同，1948年11月23日，乘坐挂有挪威国旗的"华中"号货轮离开香港。12月3日到达丹东大王岛，乘小船上岸，其中，郭沫若改乘火车经丹东于12月6日到达沈阳。第三批有李济深、茅盾夫妇、朱蕴山、章乃器、彭泽民、邓初民、洪深、翦伯赞等30多人，由李嘉伦陪同，

①　　钱之光（1900—1994），长征前后任中华苏维埃外贸总局局长，抗战到解放战争时期任八路军（兼新四军）武汉办事处、重庆办事处处长，南京中共代表团办公厅主任，新中国成立前夕兼任中共香港华润公司董事长，新中国成立后任轻工业部部长等职。
②　　中共中央文献研究室编：《周恩来年谱（一八九八——一九四九）》，人民出版社、中央文献出版社1989年版，第782～799页。

于1948年12月31日登上"阿尔丹"号货轮，1949年1月7日到达大连附近海域，由李富春、张闻天等人迎接，然后乘专列去沈阳。**第四批**有黄炎培夫妇、盛丕华父子、姚维钧、俞寰澄等，1949年3月14日乘船离开香港，直接驶向天津，3月25日直接到达北平，由董必武、李维汉、齐燕铭等人前往车站迎接。①

除以上四批重要人士之外，人数比较多的还有两批：第一批包括柳亚子夫妇、曹禺夫妇、叶圣陶夫妇、包达三父女、郑振铎父女、马寅初、陈叔通、宋云彬、徐铸成、王芸生、赵超构、沈体兰、傅彬然等共27人，1949年2月28日，乘坐挂有葡萄牙国旗的华中号货轮北上，3月5日到达山东烟台，3月18日到达北平。②此后第七批人数也较多，包括李达、钟敬文、王亚南、郭大力、曾昭抡夫妇、严济慈、黄鼎臣、史东山、白杨、舒绣文、张瑞芳、于立群和子女、臧克家、沈其震、张文元、陈迩冬，以及香港达德学院部分师生和华侨，共200多人，1949年5月5日，由冯乃超、狄超白、周而复、姜椿芳、曹健飞、阳翰笙、黄药眠等人陪同，乘坐"岳州"号外轮北上，5月14日经朝鲜仁川（今韩国仁川）到达天津塘沽，受到天津市市长黄敬（原名俞启威）的盛宴招待，两天后改乘火车到达北平。③

---

① 钱之光:《接送民主人士进解放区参加新政协》，见《中华文史资料文库》第7卷，中国文史出版社1996年版，第926～932页。
② 宋云彬:《北游日记（一九四九年二月—一九四九年八月）》，见《红尘冷眼》，山西人民出版社2002年版，第105～155页。宋云彬（1897—1979），学者，作家，编辑家。主要作品有《东汉宗教史》《玄武门之变》《康有为》等。
③ 臧克家:《臧克家回忆录》，中国工人出版社2004年版，第209～210页。臧克家（1905—2004），诗人，新中国成立后曾任中国作协书记处书记。

四、一个人的进京之路

胡风北上的线路和经历很有象征性：路途曲折，时间漫长，落寞寂寥。1948年12月9日，胡风孤身一人前往香港，临别前，到上海黄浦码头送行的只有演员金山一人。胡风12月12日到达广州黄埔码头，无人接船，自己找到老友朱怀谷的堂兄家，并借宿于此。12月14日凌晨，独自乘船抵达香港，无人接船，自己找到英皇道171号4楼冯乃超和周而复住处。①1949年1月6日，胡风登上一艘由东北商人向挪威人租来前往东北运货的货船，与杜宣（领队）、许侠、龚普生等9人离港，②于1月12日黄昏，到达辽宁省庄河县东南约30公里（大连市东北约160公里）的王家岛海域。

1月13日，王家岛派出所所长王喜英（"农民出身，二十三岁"）用小木船将几位民主人士接到王家岛，庄河县公安局局长、27岁的退伍军人刘铮接待了他们。1月14日到庄河县城，"住复兴旅馆，一家土店"，午夜12点"木匠出身"的县政府秘书蔡玉威陪胡风等人吃饭。1月15日，气温零下19摄氏度，胡风等人乘坐无篷大卡车，一路颠簸了6个小时，到达普蓝店，随后改乘有篷大卡车于晚上10点到达瓦房店（原辽宁省政府所在地），"路上抛锚5次"。休息两天之后，1949年1月17日从瓦房店出发，乘车8小时，到达东北局所在地沈阳，"车

① 此处关于胡风前往香港的路线，见《胡风全集》第10卷，湖北人民出版社1999年版，第1～2页。

② 此处名单来自胡风日记，见《胡风全集》第10卷，湖北人民出版社1999年版，第14页。以下的胡风北上线路，均据胡风1949年日记的记述综述，引号里为胡风的原文。胡风（1902—1985），文艺理论家、翻译家，新中国成立后任中国文联委员，第一届全国人大代表，1955年因"胡风反革命集团"冤案入狱，1979年获释，平反后任中国作协顾问。

到南站，东北局申处长来接"，入住沈阳招待所595房。

至此，胡风与汇聚在东北准备进北平的大部队汇合了。胡风此行尽管沿途管吃管住，但既没有专门安排的交通工具，也没有得到任何高规格的接送。胡风作为30年代著名理论家和左翼文学活动家、中国左翼作家联盟行政书记，抗战时期任"中华全国文艺界抗敌协会"（简称"文抗"，总部设在重庆，抗战结束后，1945年10月改为"中华全国文艺界协会"，简称"文协"，总部设在上海）常务理事兼研究部主任（郁达夫曾担任过研究部正主任，但不到一年就出国了），与其他同类北上的人士相比，这种待遇和经历实在是蹊跷得很，或者说已经暗藏玄机。

1949年1月31日，东北局干部科科长李之琏通知胡风，"说是可以留东北一些时"①，没有人通知他即刻进北平。胡风因此在沈阳逗留了整整50天，其他重要人物早就在2月初就到北平去了。胡风在沈阳期间主要是到厂矿企业去参观，与旧时的老友相见聊天，读丁玲、赵树理、刘白羽、草明等解放区作家的新文学作品。他见到了许多汇集在沈阳的著名民主人士，但都是见到而已、寒暄而已。他与许多作家彻夜长谈，都是左联、抗战时期的老友，或者是他发现、提携过的作家，但都是以私人身份拜访。其间与丁玲、草明、萧军、罗烽、吴奚如、舒群、冯白鲁等人多有接触，谈话中也经常涉及一些敏感的人事问题，比如，2月8日的日记，记录了他与吴奚如（作家，抗战时期曾任周恩来的政治秘书）的聊天内容："周扬在鲁艺整风，骂人打人。田间曾被整得很苦"②云云。

① 胡风：《胡风全集》第10卷，湖北人民出版社1999年版，第15页。
② 胡风：《胡风全集》第10卷，湖北人民出版社1999年版，第22页。

1949年3月7日下午，统战部（城市工作部）安排专列护送大批人士前往天津。大部队出发，一路接待周密。具体行程是：7日乘火车离开沈阳—8日到山海关—9日到天津，转由华北第二兵团指挥所护送前往石家庄—12日乘吉普车离开天津—12日黄昏到河北沧州，津南军分区政委刘青山接待—13日到深县—14日到某交际处休息—17日乘大吉普经河北获鹿县、平山县到达建屏县李家庄（城市工作部所在地）。休息几天，21日见到周恩来，谈到深夜12点①—24日，一行50多人乘统战部大汽车离开河北建屏（中央机关23日离开河北进京），黄昏到石家庄—25日汽车过保定，在固城投宿—26日，汽车经过涿县、卢沟桥、长辛店、广安门、宣武门，到达北平中南海办事处报到，16点入住北京饭店334号房间，当天见到了茅盾、周扬等人。在3月30日的日记中，胡风记下了周扬对他说的话："从实际出发，无论是洋的土的，合乎实际要求的都要，否则，任何权威都要打倒。"②

在两个多月的北上的道路上，胡风无论与友人交谈还是记录阅读后的思考，都在检讨此前的文艺政策、文艺创作、文艺管理方式的弊端，思考着新文学发展的趋向。参观时他留意观察各种新式人物，采访了许多基层干部和工人，读了大量解放区作家的作品。如：丁玲的《太阳照在桑干河上》（"刘满有是文件里没有的人物"，引号中为胡风

---

①　周恩来这一次与胡风谈话的内容不详，胡风在向中共中央提交的《关于解放以来的文艺实践情况的报告》（"三十万言书"）中，提到了谈话的部分内容："在李家庄，周总理嘱我到北平后和周扬丁玲同志研究一下组织新文协的问题……"见《胡风全集》第6卷，湖北人民出版社1999年版，第107页。胡风日记多次提到周恩来对他的关心和鼓励，比如1949年3月底在北京饭店，1949年9月第一届政协会议期间等。这些鼓励应该是胡风产生介入冲动的重要动力。

②　胡风：《胡风全集》第10卷，湖北人民出版社1999年版，第47页。

原话，下同），草明的《原动力》（"政治意识高了，不等于技术高了，人物不浓，做到了浅，不能深"），周立波的《暴风骤雨》，刘白羽的《无敌三勇士》《百战百胜》《政治委员》（"《政治委员》遭到政治委员的批评"）和《勇敢的人》等，西虹的《在零下四十度》《光荣属于勇士》，严文井的《一个农民的真实故事》，李纳的《煤》，范政的《夏红秋》，赵树理《李家庄的变迁》（"觉得浪费"），柳青的《地雷》《种谷记》（"种谷记太琐碎"），雷加的《黄鳝》《水塔》（"好人就完全好，坏人就完全坏，不敢写有缺点的人物"），侯唯动的《劳动英雄刘英源》《将军的马》，《华北文艺》杂志。他还读了苏共党史、《钢铁是怎样炼成的》、别林斯基的文章等苏俄著作。总的来说，他认为解放区的文艺水平较低，直线反映政策。他关注的主要是如何提高的问题，主张要大胆地写，摆脱公式主义和经验主义，不要被"像不像"的问题吓倒，一定要使作家受到尊重。

胡风正在苦苦思索这些问题的时候，原中华全国文艺界协会的使命已经自然结束，北平的中华全国文艺工作者代表大会筹备工作正在紧锣密鼓地进行。1949年3月22日，华北文艺工作委员会、华北文艺界协会在北京饭店召开茶会，招待在平文艺界人士。郭沫若在会上提议：发起召开全国文艺工作者代表大会。

自1949年1月6日离开香港，到3月26日进入北平，胡风由外国货轮改乘木船，再改乘汽车、火车、汽车，在路上整整走了80天。从上海到香港，从香港到东北，从东北到北平，胡风一开始就走在一条曲折漫长的道路上。

第二章

拿笔的军队大会师

一、第一次文代会

1949年年初，诸多民主人士和文化人士千里迢迢、历尽艰辛赶往北平，主要是去出席中国人民政治协商会议第一届全体全国政治协商会议，参与商讨中华人民共和国成立事宜。新政协会议之前，各领域各专业都在分门别类地召开代表大会，如"全国劳动大会"（1948年8月后改称"总工会"，1953年又改称为"中国工会全国代表大会"）、"青代会""妇代会"，等等。召开中华全国文艺工作者代表大会，自然早就在计划之列。会议的结果是，要成立中华全国文学艺术界联合会（简称"文联"），并与"总工会""妇联""青联""学联""侨联"等团体一起，成为第一届政协会议"自下而上"的倡议或发起组织。这是为了体现一个新生主权国家立法程序合法性所必须开展的工作。

召开中华全国第一次文学艺术工作者代表大会的消息，由郭沫若正式对外公布。1949年3月22日晚，华北文化艺术工作委员会和华北文艺工作者协会举行茶会，招待在北平的文学艺术界人士。郭沫若在会上提议，发起召开"全国文学艺术工作者代表大会"，以便成立新的全国性的文艺界的组织。[①]3月24日，中华全国文学艺术工作者代表大会筹委会正式成立，郭沫若被推举为筹备委员会主任，茅盾、周扬

---

①　　龚济民、方仁念：《郭沫若年谱》，天津人民出版社1992年版，第760页。

为副主任，筹委会成员有叶圣陶、郑振铎、田汉、曹禺、丁玲、徐悲鸿、阳翰笙、欧阳山、艾青、何其芳、刘白羽等42人，产生由郭沫若、周扬、茅盾、叶圣陶、沙可夫、艾青、李广田7人组成的筹委会的常务委员会。1949年5月1日，筹委会通过了《大会代表资格与产生办法》。

1949年5月13日晚，周恩来约见茅盾、周扬、夏衍、郑振铎、潘汉年、胡愈之、萨空了、许涤新等人，讨论新的全国政治协商会议召开前先召开全国文代会问题，以及今后的新闻工作和上海解放后文化工作政策等问题，并特别强调团结问题："这次文代会是会师大会、团结大会，团结的面要宽，越宽越好。不只解放区和大后方的进步文艺工作者要团结，对过去不问政治的文艺工作者要团结，甚至反对过我们的文艺工作者，只要现在不反共，也要团结。总方针是：凡是愿意留下来的、爱国的、愿意为新中国工作的文艺工作者，我们都要团结、争取。这只是一个'闻道有先后'的问题。……上海有许多专家学者和全国闻名的艺术家，你们到上海一定要一一登门拜访，尊重他们，听取他们的意见。总的一句话，要安定，要团结。"[1]

第一次中华全国文艺工作者代表大会于1949年7月2日正式召开，会期整整一个月（7月2日至7月19日为大会，19日至28日为文协、剧协、美协、音协、舞协、影协等其他协会团体的成立大会）。全国第一次文代会与会代表的来源有两种。1. **当然代表**，即五大解放区的文艺家代表（主要是文协的理事）。2. **聘请代表**，必须符合以下三个条件之一：（1）解放区行署以上、部队兵团级以上单位的文艺干部，

[1]　中共中央文献研究室编：《周恩来年谱（一八九八——一九四九）》，人民出版社、中央文献出版社1989年版，第782～799页。

（2）从事文艺工作10年以上，且对革命有劳绩者，（3）思想进步的其他文艺名家（包括民间艺人）。按照这些标准，初步确定了753人，最后增加到824人，分为10个代表团（实际到会650人，登记资料为644人）①。

平津一团 135人，团长李伯钊（中共华北局文委委员，杨尚昆夫人）。

平津二团 55人，团长曹靖华（苏联文学翻译家，清华大学教授）。

南方一团 89人，团长欧阳予倩（左翼戏剧艺术家）。

南方二团 181人，团长冯雪峰（左翼文学活动家）。

部队代表团 99人，团长张致祥（中共华北军区政治部宣传部部长）。

华北代表团 56人，团长萧三（革命家，毛泽东在湖南第一师范的同学）。

西北代表团 45人，团长柯仲平（中央文委戏剧委员会副主任）。

东北代表团 95人，团长刘芝明（中共东北局宣传部副部长）。

华东代表团 49人，团长阿英（中共华东局文委书记）。

华中代表团 20人，团长黑丁（中共中南局宣传部文艺处处长）。

各代表团团长、副团长人选，基本上是身兼文艺家和革命家双重身份的"又红又专"的人。在644名登记代表之中，40岁以下的476人，约占74%，大学文化程度和有留学背景的355人，约占55%，中学文化程度216人，约占34%，小学、自学、学历不详者73人，约占11%。

①　此部分相关数据见张炯主编《中国新文艺大系：1976～1982：史料集》，中国文联出版公司1990年版，第979页。

为这次650人的会议服务的工作人员有322人，其中有少数人员重复出现在不同机构。100人组成大会主席团（大概相当于正部级）下设分管大会工作机构的秘书长（司局级），管理10个处级单位（3个处和7个专门委员会）。3个主要处级单位是秘书处（下设4个科，9个股）、宣传处（下设5个科）、联络处（下设2个科）的官员设置较有代表性：正副处级6人，正副科级18人，正副股级12人，事务较多的股下面还设有组长若干，没有设组的则按照秘书、干事、科员、工作人员的顺序排列，具体级别不详。与处级平级的是7个专门委员会。比如演出委员会有正副主任4名，委员16人，下设科级组4个，电影演员汪洋、作家柯灵都是组长。艺术展览委员会有正主任1名，委员9名（包括诗人艾青、画家丁聪、古元、王朝闻等），下设4个科级组，有正副组长6人。何其芳、严文井、陈企霞、吴伯箫都是处级主任，杨朔、马烽、萧殷、江丰、丁聪、吴作人等都是科级组长，白杨、张瑞芳都是联络干事（股级）。大会还邀请了戏剧、舞蹈、音乐、电影、杂技等不同文艺领域的49个演出单位，演出节目约150个，自6月28日开始，到7月28日结束。

下面是全国第一次文代会大会简要经过：

7月2日：开幕式，郭沫若致开幕词，茅盾介绍大会筹备经过，冯乃超介绍代表资格审查情况。

7月3日：丁玲主持，郭沫若报告，北平被服厂女工徐世荣发言，第70兵工厂工人李家忠发言。

7月4日：田汉主持，茅盾报告，北平被服厂子弟学校学生向大会献花。

7月5日：李伯钊主持，周扬报告，北平评书艺人连阔如演说

《横渡乌江》。

7月6日：阿英主持，**周恩来做政治报告，毛泽东莅临大会作简短讲话**。

7月7日：休会，全体代表冒雨参加"七七"纪念大会。

7月8日：分文学、戏剧、电影、美术、音乐、舞蹈、旧戏、曲艺8个小组讨论。

7月9日：沙可夫主持，阳翰笙、柯仲平、丁玲等发言，陈伯达讲话，肖洛霍夫等发来贺电。

7月10日：周扬主持，戴爱莲、陈望道、郑振铎等人做大会发言，俞平伯朗诵自己的诗作《七月一日，红旗的雨》，侯宝林等北平曲艺界人士向大会献旗。

7月11日：洪深主持，曹禺、陈学昭、杨晦、钟敬文等大会发言，铁路工人王祥兴讲话。

7月12日：柯仲平主持，萧三报告，傅钟报告，辅仁大学师生献旗，蒙古族献旗者表演蒙古族舞，王统照朗诵自己的诗作《文代大会颂》。

7月13日：休会，与会女代表参加全国妇联茶话会。

7月14日：阳翰笙主持，沙可夫报告章程草案草拟经过，通过文联委员选举条例；北平市委、市政府、军管会，民盟、民革、农工民主党联合举行鸡尾酒会宴请文代会代表。

7月15、16日：休会，各代表团讨论文联全国委员会委员名单等。

7月17日：曹靖华主持，投票选举文联全国委员会委员。

7月18日：休会。

7月19日：闭幕式，冯雪峰主持，郭沫若致闭幕词。中国文联正

国当代文学的开端（1949—1965）

式成立，郭沫若为主席，茅盾和周扬为副主席，全国委员87人，候补委员26人，常委21人，常驻机构部门负责人15人，如沙可夫、丁玲、萧三、郑振铎、何其芳、叶浅予等。左翼文艺理论家、诗人胡风为全委委员。

7月20日：周恩来代表中共中央及中央军委举行招待会，与会代表和演出人员2000多人参加。

7月21日，美协在中山公园成立，主席徐悲鸿，副主席江丰、叶浅予。舞协筹备会在华北大学第三部成立。中共中央、中央军委在北京饭店设宴招待会议代表，宾主约700人，设70桌。

7月22日：中华曲艺改进会筹备会在中山公园来今雨轩成立，主任欧阳予倩。

7月23日：中华全国文学工作者协会（中国作家协会前身）在中法大学礼堂成立，茅盾任主席，丁玲、柯仲平任副主席。音协成立，吕骥任主席，马思聪、贺绿汀任副主席。

7月24日：剧协成立，田汉任主席，张庚、于伶任副主席。

7月25日：电影工作者协会在北京饭店成立，阳翰笙任主席，袁牧之任副主席。

7月28日：戏剧音乐演出结束。

二、文代会上的报告

第一次文代会有几个主题报告，其中重要的有周恩来的政治报告、郭沫若关于文艺工作的总报告，此外还有茅盾关于"国统区"文艺的报告、周扬关于"解放区"文艺的报告、傅钟关于部队文艺的报告、萧三关于苏联文学界清算"世界主义"的专题报告。下面简单地介绍一下前面4个报告的主要内容和精神。

周恩来的《在中华全国文学艺术工作者代表大会上的政治报告》，首先介绍了解放战争以来的国内政治和军事形势。在涉及文艺工作的部分，他着重强调了作为"统一战线"之一员的文艺界的团结问题、文艺为工农兵服务的问题、普及依然是第一位的问题、改造旧文艺的问题、新的组织机构问题等。周恩来的报告还列举了一些与解放战争和文艺工作相关的数据："从1946年7月算起，人民解放战争已经进行了整整三年。……国民党反动派动员了430万军队来进攻。那时候我们只有120万的人民解放军，与敌人相差310万之多。……从1946年7月到现在的三年中，国民党的军事力量从开始的430万人减到现在的149万人，……人民解放军却从120万人增加到今天的400万人以上。巧得很，他们少了280万，我们多了280万。……在这三年当中，我们的伤亡一共是143万人，而消灭的敌人是569万人，也就是说，我们一个人消灭他四个人。在敌人所损失的569万人当中，俘虏的人数达到百分之七十，即415万，而俘虏中又有280万变成了解放军。"周恩来认为，之所以取得这些伟大胜利，要归功于伟大的军队，归功于2亿农民的支持，归功于工人阶级的努力，但最有决定性的因素是中国共产党和毛泽东的正确领导。而"**文艺工作者是精神劳动者，广义地说来也是工人阶级的一员。精神劳动者应该向体力劳动者学习。**一般精神劳动的特点之一是个人劳动……这就容易产生一种非集体主义的倾向。在这一个方面，文艺工作者应该特别努力向工人阶级的精神学习"。①

在谈到"这支广大的文艺军队"现状的时候，周恩来说："出席这个大会的753位代表是有很大的代表性。现在，在人民解放军四大野战军加上直属兵团，加上五大军区，参加文艺工作的，包含宣传队、歌咏队在内，有2万5千人到3万人的数目。解放区的地方文艺工作者的数目，估计也有2万以上。两项合计有6万人左右。这就是解放区的400多代表所代表的文艺工作者总量。前国民党统治区的新文艺工作者的数目比较难算，大概总有1万人以上。这就是说，你们753**位代表，代表着7万上下的新文艺部队，平均每一个人代表着100个人**。此外还有大量的旧艺人。希望代表们回去以后，能领导各方面的文艺工作者发扬这次大会的团结精神，并且希望大家经常地密切地联系这支广大的文艺军队，使你们真正不愧为他们的代表。"②周恩来报告的主要精神是，文艺工作者作为工人阶级（劳动者）的一员，在中国革命取得伟大胜利的进程中功不可没，他们应该继续与工农兵相结合，克服"非集体主义倾向"，用文艺形式为工农兵服务；同时，他们作为全国约7万文艺工作者的代表，要具有真正的代表性，要搞好团结，结成更为广泛的统一战线。

郭沫若的总报告《为建设新中国的人民文艺而奋斗》，讨论了三个问题：第一是五四以来文艺运动的性质问题，第二是文艺界统一战

① 以上关于解放战争和文艺工作相关的数据，均来自周恩来的报告。参见周恩来《在中华全国文学艺术工作者代表大会上的政治报告》，见中华全国文学艺术工作者代表大会宣传处编《中华全国文学艺术工作者代表大会纪念文集》，新华书店1950年版，第20～22页。

② 周恩来：《在中华全国文学艺术工作者代表大会上的政治报告》，见中华全国文学艺术工作者代表大会宣传处编《中华全国文学艺术工作者代表大会纪念文集》，新华书店1950年版，第29～33页。

线问题，第三是文艺界今后的任务。郭沫若整个报告的立论，是建立在毛泽东的《新民主主义论》一文基础上的：五四以前是资产阶级领导的旧民主主义革命，五四以来是"无产阶级领导的人民大众反帝反封建的"新民主主义革命。郭沫若把上述这一社会政治逻辑，平移到了文化和文学艺术领域："中国革命的这种性质决定了中国新文化和新文艺的性质，……五四运动以后的新文艺已经不是过时的旧民主主义的文艺，而是无产阶级领导的人民大众反帝反封建的新民主主义文艺。……没有最革命的无产阶级的领导，没有最科学的无产阶级思想的领导，……就不可能取得中国革命的胜利。**在政治革命上是这样，在文化和文艺革命上也是这样。**"郭沫若的这一总报告，大约6000字，其中关于文艺运动的性质和统一战线问题占3000多字。在这3000多字中，一共有6次提到政治和文艺的同一性的关系，尽管说法稍有差异，但意思相同，而且语气斩钉截铁："**革命性质决定了文艺性质。**""**政治上如此文艺上也如此。**""**革命的统一战线如此文艺界的统一战线也是这样。**""**文艺和政治一样。文艺界和政治上一样。**"①

就在郭沫若做总报告的同一天，《人民日报》发表了郭沫若个人署名的文章《向军事战线看齐》。文章指出，文艺界这支"**拿笔的军队**"是"**文化上五大野战军**"（即文艺界、自然科学界、社会科学界、教育界、新闻界）的一部分。拿枪的军队要消灭的是"有形的敌人"，拿笔的军队要彻底消灭"无形的敌人"，即"两千多年来的封建思想，百余年来的买办思想，近二三十年来的法西斯主义思想。……拿笔的

---

① 　　　郭沫若：《为建设新中国的人民文艺而奋斗》，见中华全国文学艺术工作者代表大会宣传处编《中华全国文学艺术工作者代表大会纪念文集》，新华书店1950年版，第35～44页。

军队，必须向拿枪的军队看齐！"① "拿笔的军队要向拿枪的军队看齐"的说法，来自毛泽东的讲话："在我们为中国人民解放的斗争中，……有文武两个战线，……我们要战胜敌人，首先要依靠手里拿枪的军队，但是仅仅有这种军队是不够的，我们还要有文化的军队，……就是要使文艺很好地成为革命机器的一个有机组成部分，作为团结人民、教育人民、打击敌人、消灭敌人的有力武器。"② 郭沫若在报告中，并没有将"资产阶级文艺"列入"无形的敌人"之列。郭沫若认为："（五四以来）欧美没落资产阶级文艺影响之下的为艺术而艺术的文艺理论已经完全破产了，为艺术而艺术的文艺作品也已经丧失了群众。……中国资产阶级虽然也想在文艺上争取领导，但因为他们不能和人民结合，也就没有争取到的可能。这样的历史事实证明了任何文艺工作者，如果不接受无产阶级的领导，他的努力就毫无结果。"③ 郭沫若用"完全破产了""已经丧失了群众""毫无结果"几个短语，总结了"为艺术而艺术的资产阶级文艺思潮"，这跟当时以及此后若干年中国的文艺创作和文艺批判运动的实际情形，无疑是不相符的。

茅盾所作的《在反动派压迫下斗争和发展的革命文艺》的报告，总结了国统区革命文艺运动，指出国统区革命文艺运动尽管饱受压制，

---

① 　郭沫若：《向拿枪的军队看齐》，见中华全国文学艺术工作者代表大会宣传处编《中华全国文学艺术工作者代表大会纪念文集》，新华书店1950年版，第379~380页。

② 　毛泽东：《在延安文艺座谈会上的讲话》，见《毛泽东选集》第3卷，人民出版社1991年版，第847~848页。

③ 　郭沫若：《为建设新中国的人民文艺而奋斗》，见中华全国文学艺术工作者代表大会宣传处编《中华全国文学艺术工作者代表大会纪念文集》，新华书店1950年版，第38~39页。

但仍坚持遵循毛泽东"我们的文学艺术都是为人民群众的，首先是为工农兵的"（《在延安文艺座谈会上的讲话》）总方向，取得了显著的成就，"我们打了胜仗"。他从抗日战争全面爆发以来的四个时间阶段来谈国统区文艺运动如何配合政治形势来进行斗争，指出各种文艺形式对政治斗争的宣传鼓动效果，并着重强调了街头话剧、活报剧、漫画、标语口号、墙头诗、街头诗、歌曲、短篇报告和特写的突出作用。他仿佛将《马凡陀山歌》《升官图》《虾球传》视为文学上的代表，对抗战期间国统区的文学创作成就评价得不足或者说不具体，比如张天翼、姚雪垠、路翎的小说，还有臧克家、绿原的诗歌，郭沫若、老舍的剧本。茅盾把更多的篇幅用于评价创作方面的各种倾向及缺陷，然后从文艺大众化、文艺的政治性与艺术性，以及文艺中的"主观"问题即作家的立场、观点与态度等角度，总结和国统区文艺运动、文艺理论和文艺思想的状况。

在肯定成绩的同时，茅盾指出了国统区文艺界的"三种缺陷"和"三个有害"。所谓的三种缺陷：**第一是感伤主义**。一些作品没有反映当时社会的主要矛盾和主要斗争，因此出现一种感伤的和黯淡无力的思想情绪。**第二是主观精神**。一些作家以自己的主观任意解释和说明客观现实，以为越是强调主观，就越是能够表现主题的积极性，实际上是脱离了当时社会中的主要矛盾和主要斗争（这是针对胡风和路翎为代表的七月派而言的）。**第三是经验主义式的人道主义**。一些作家以人道主义思想情绪来填塞他们的作品，但因为回避主要矛盾和主要斗争，因此他们认识世界的方法是经验主义的。所谓的三个有害：**第一是市民趣味**，向市民趣味投降而丧失革命立场。**第二是抗战加恋爱式的传奇**，用"抗战"吸引进步读者，用"恋爱"迎合落后读者，左右逢源。**第三是颓废主义**，抵挡不住反动统治的压迫，流露颓废情绪，装出一种"纯文艺的高贵气派来骗取读者"。如果上述"**三种缺陷**"（**感伤主义、主观精神、经验主义式的人道主义**）尚可理解，那么"**三个有害**"（**市民趣味、抗战加恋爱式的传奇、颓废主义**）则值得警惕和抵制，因为这是"敌人有意撒播到我们的阵营中来的"[①]。如此，问题的性质就严重了。

茅盾在报告中谈到了国统区文艺理论界对毛泽东《在延安文艺座谈会上的讲话》的态度时，认为讲话本来应该也成为国统区文艺的指导原则，但有些人"借口于解放区与国统区情形不同的理由，草率地看过文件，表示'原则'上的同意"，而没有进行深入的研究。为了统一思想，茅盾专门讲了国统区文艺思想界的斗争。在谈到文艺的政治性和艺术性之间的关系时，茅盾指出了两种错误观点。**第一种错误观点**认为，我们的文艺作品中不是政治性太少，而是太多，缺乏的恰恰是高度的艺术性，所以才不能产生出"伟大作品"。**第二种错误观点**认为，文艺的本质在于其艺术价值，文艺的政治价值不过是文艺的艺术价值的表现形态。针对这些"错误观点"，茅盾坚持认为：文艺作品之所以"有长远的效果，正是因为它最深刻地表现了现实政治性的缘故。因此反对直接的政治效果而追求长远的政治效果，实际上就会流于抽象的人性论而取消艺术的政治性"[②]。

[①]　茅盾：《在反动派压迫下斗争和发展的革命文艺》，见中华全国文学艺术工作者代表大会宣传处编《中华全国文学艺术工作者代表大会纪念文集》，新华书店1950年版，第52～54页。

[②]　茅盾：《在反动派压迫下斗争和发展的革命文艺》，见中华全国文学艺术工作者代表大会宣传处编《中华全国文学艺术工作者代表大会纪念文集》，新华书店1950年版，第57～58页。

茅盾还专门列出一个小标题，来不点名批评胡风等人的文艺思想:《关于文艺中的"主观"问题，实际上就是关于作家的立场、观点与态度的问题》。茅盾首先给出了一个**逻辑前提**: 1944年左右在国统区文艺理论界，出现了一种强调"生命力"的思想（暗指胡风等人的文艺思想），实际上是一种"小资产阶级"的文艺理论。茅盾在这一逻辑前提下展开了推论。**推论一**: 这种"小资产阶级文艺思想"，尽管也批评面对黑暗统治的消极低沉情绪，但它走向了另一个极端，那就是急躁情绪；急躁情绪与消极情绪一样，同样是不能忍受黑暗的现实生活煎熬的表现。**推论二**:"小资产阶级文艺思想"不可能与人民群众和革命斗争的实践相结合，因此，它只能片面抽象地要求加强"主观"（暗指胡风派成员舒芜《论主观》一文的观点）。**推论三**: 这种"小资产阶级文艺思想"的观点与情调，成为作家和人民群众打成一片的根本障碍，成为作家和现实斗争相结合的障碍。**推论四.** 文艺理论上的"主观"问题，"不得不归结到毛泽东的'文艺讲话'中所提出的关于作家的立场、观点、态度等问题"。**结论**:"如果作家不能在思想上与生活上，真正摆脱小资产阶级的立场而走向工农兵的立场和人民大众的立场，那么，文艺大众化的问题就不能彻底解决，文艺上的政治性与艺术性的问题，也不能彻底解决，作家主观的强与弱，健康与不健康的问题也一定解决不了。"[1]于是，发生于20世纪40年代中期直至40年代末还在香港持续的左翼文艺界内部的文艺批判，到此刻已经发生了性质上的变化。在报告的最后，有一个茅盾写的

[1]　茅盾:《在反动派压迫下斗争和发展的革命文艺》，见中华全国文学艺术工作者代表大会宣传处编《中华全国文学艺术工作者代表大会纪念文集》，新华书店1950年版，第62～64页。

《附言》，介绍报告起草的参与者和写作过程，其中特别提到了"胡风坚辞"，没有参加报告的起草工作。胡风应该是报告起草小组成员之一，但他没有参与，因为他不同意茅盾报告中的观点。

周扬关于解放区文艺运动的报告《新的人民的文艺》，首先为新中国文艺定下基调："毛主席的《在延安文艺座谈会上的讲话》，规定了新中国的文艺的方向，……除此之外再没有第二个方向了，如果有，那就是错误的方向。"周扬报告的逻辑前提是："1942年在延安文艺座谈会上的讲话"以来的解放区的文艺才是"真正的新的人民的文艺"，经过了七八年来的实践，"文艺与广大群众的关系根本改变了。文艺已成为教育群众、教育干部的有效工具之一"。周扬报告的论证过程是围绕着新文艺的"新主题""新人物""新语言""新形式"展开的，目的是论证"新的人民的文艺"为什么是"新"的。新主题，主要指民族战争、阶级斗争、劳动生产。新人物，主要指工农兵大众和革命英雄。新语言，主要指经过改造的、大众化的农民语言或民间语言。新形式，指经过改造的、能够表现上述主题和人物的各种形式，主要指的是民间文艺形式，任何旧形式（封建主义的、资产阶级的）只要能够改造成为人民服务的形式，就是新形式。这种新的人民文艺的代表就是：小说有赵树理的《小二黑结婚》《李有才板话》等、马烽和西戎的《吕梁英雄传》、袁静和孔厥的《新儿女英雄传》、周立波的《暴风骤雨》、丁玲的《太阳照在桑干河上》、柳青的《种谷记》、欧阳山的《高干大》、邵子南的《地雷阵》、草明的《原动力》等；诗歌有李季的《王贵与李香香》等；歌剧有贺敬之和丁毅等人的《白毛女》、柯仲平的《无敌民兵》、集体创作的《女英雄刘胡兰》等，秧歌剧有《兄妹开荒》等。①周扬的报告给人的感觉是，与国统区进步文艺界相比，解放区的文艺创作成绩斐然，形势一片大好，而且指明了新文艺的方向。

三、会场之外的交际

严肃的大会场景和会议内容之外，还有一些值得介绍的情况，比如，会场外面的交际和私人生活。先来了解一下作家丁玲的情况。丁玲直到1949年6月8日，才到北平出席第一次文代会，入住东总布胡同22号二楼，与沙可夫、萧三、甘露夫妇为邻居。②丁玲没有在1949年年初文代会筹备期间进北平，主要是因为她自1948年11月到1949年5月有两次出国访问经历。一次是经莫斯科到匈牙利的布达佩斯出席"国际妇女联合会第二次代表大会"，另一次是参加新中国和平代表团出席在巴黎召开的"世界和平大会"（后因法国政府阻挠，只得在捷克斯洛伐克首都布拉格另设分会场，会后丁玲在莫斯科访问两周，于5月19日返回沈阳）。③对于去北平一事，丁玲实际上一直在犹豫不决。早在1948年6月，周扬就致信丁玲，希望丁玲能与他搭档，参与文艺领导工作，但丁玲因周扬对尚未出版的《太阳照在桑干河上》手

---

① 　周扬：《新的人民的文艺》，见中华全国文学艺术工作者代表大会宣传处编《中华全国文学艺术工作者代表大会纪念文集》，新华书店1950年版，第70～78页。
② 　王增如、李向东编：《丁玲年谱长编》上卷，天津人民出版社2005年版，第247～248页。
③ 　丁玲：《丁玲全集》第11卷，河北人民出版社2001年版，第379页。

稿"有意的表示冷淡"①而心存芥蒂。丁玲曾将《太阳照在桑干河上》手稿交给周扬，但一直没有得到回音，于是就转交胡乔木，胡乔木表示"不一定看，出版好了"，还对丁玲说"不必去做文委工作，不合算，还是创作"。②陈伯达也认为《太阳照在桑干河上》可以出版，并转告丁玲说，艾思奇认为"有些场面写的很好"，艾思奇"对周扬所说的原则问题，以及所谓老一套都不同意"。不久之后，胡乔木又突然改口，说还是要看过之后再出版，丁玲感觉"有些不耐了"，认为这是对自己的不信任，"对周（扬）太相信……我的确不明白，以他那样的一个聪明人为什么会不了解周（扬），而且极力支持他？总之，我不能再管了，出不出靠命吧。"③1948年6月6日，陈明（丁玲的丈夫）致信丁玲，将自己在石家庄听到的，关于《太阳照在桑干河上》的审阅和出版经过告诉了丁玲："长篇经艾（思奇）、萧（三）、江（青），三人看过，联名下了四条意见，请中宣部批准出版……（邓颖超）说已电告东北局，嘱修正出版，由你带出国。"6月18日，陈明再致信丁玲，说江青当面对他说，《太阳照在桑干河上》写得很好，并说毛泽东希望丁玲今后写写城市，写写工业题材。④也就是说，由于更多显赫人物的介入，使得周扬的"冷淡"变得没有意义了。

1948年与1949年之交，除了出国访问，丁玲一直生活在东北沈阳。1949年6月之前，中共东北局宣传部副部长刘芝明，找丁玲谈东北文艺家协会的事情，他希望丁玲在文代会结束后回东北工作，丁玲

①　丁玲：《丁玲全集》第11卷，河北人民出版社2001年版，第337页。
②　丁玲：《丁玲全集》第11卷，河北人民出版社2001年版，第339页。
③　丁玲：《丁玲全集》第11卷，河北人民出版社2001年版，第343页。
④　王增如、李向东编：《丁玲年谱长编》上卷，天津人民出版社2005年版，第227～229页。

没有明确答应或者拒绝。刘芝明将丁玲和徐懋庸两个人的名字上报中央，希望能让他们中的一人来负责东北文协。丁玲认为自己"还是写文章好"①。丁玲在私下里一直坚持这样的观点："只要我有作品，有好作品，我就一切都不怕，小人是没有办法的。"②丁玲在1949年前后一直对文学的组织工作持保留态度。她在1949年3月14号的日记中写道："我没有去北平开第一次全国妇女代表大会，从个人的利害上讲来，也许是错了。但我实在觉得老是开会开会做什么呢？已经有那么多人，我就不必去……让我忘记了一些可怕的人的影子吧。在下层，在农民与工人之中，人就会愉快起来……"③丁玲甚至不准备去北平出席"第一次文代会"，她在日记中写道："我不愿去北平参加全国文艺协会。但是不能，组织上的命令我只有服从，我当然也明白我是应该去的。好吧，再开两个月会吧，以后不要再开了！让我有两三年的写作时间，让我回到群众中去！……文艺界向来是冷漠的，彼此漠不关心，小宗派。但我不在这里的时候，我会忘记，我一回到这个圈子里来，我就感到了。幸而有一些组织上的会议，要没有这一些，我想是老死不相往来，不相闻问的！为什么是这样！为什么是这样！我极力要装出不感到，也不说。但我自己却要给人以关心，以热情。我要反对这些，用我自己的实际行动来反对这些庸俗的自私的个人主义！"④

但一到北平，丁玲便身不由己，她在给陈明的信中说："我还不能给刘芝明报告（引案，指明确回答刘芝明是否回东北工作），要等

---

① 丁玲：《丁玲全集》第11卷，河北人民出版社2001年版，第371页。
② 丁玲：《丁玲全集》第11卷，河北人民出版社2001年版，第342页。
③ 丁玲：《丁玲全集》第11卷，河北人民出版社2001年版，第367~368页。
④ 丁玲：《丁玲全集》第11卷，河北人民出版社2001年版，第379~380页。

周扬再来时谈，他现在是宣传部副部长。"①接着，丁玲便卷入了中国文艺界的领导工作之中，先是中国文联常务委员，后是中国文协副主席，再后来成为《文艺报》主编、"中央文学讲习所"首任所长。在1949年7月文代会期间，她在大会上做了专题发言《从群众中来，到群众中去》，声称"毛主席文艺座谈会上的讲话规定了新中国文艺的方向"，进而以自己的切身体验和理解，来阐释文艺工作者如何"从群众中来，到群众中去"。丁玲给陈明写信，说写这个发言稿"是一件很艰难的工作"，但自己还是写得中规中矩，像模像样。②丁玲在发言中说："在现实生活中，在与广大群众生活中，在与群众一起战斗中，改造自己，洗刷一切过去属于个人的情绪，而富有群众的生活知识、斗争知识和集体主义精神的群众的感情，并且试图来表现那些已经体验到的东西。"她还适时地表明要与小资产阶级思想决裂："文艺工作者还必须将自己已经丢弃的或准备丢弃、必须丢弃的小资产阶级的、一切属于个人主义的肮脏东西，丢得更干净更彻底，而将已经取得的初步的改造的成果，以群众为主体，以群众利益去衡量是非，冷静的从执行政策中去处理问题的观点……务必使自己称得起毛主席的信徒，千真不假的做一个人民的文艺工作者"③。对于在什么时间、什么场合，应该说什么话，丁玲是明白的。但她身上也有强烈的个性或者个人主义色彩，甚至"小资"情调也很明显。这是她作为一位作家的个人气质，从她的日记和家信中可以分明看出。在文代会期间，尽管丁玲认为自己"不能四处拜访人"，"没有什么事情，一时插不下

①　　丁玲：《丁玲全集》第11卷，河北人民出版社2001年版，第84页。
②　　丁玲：《丁玲全集》第11卷，河北人民出版社2001年版，第86页。
③　　丁玲：《从群众中来，到群众中去》，见中华全国文学艺术工作者代表大会宣传处编《中华全国文学艺术工作者代表大会纪念文集》，新华书店1950年版，第175页。

手"，但还是去看望了老友沈从文等人，后又与何其芳一起去看望沈从文。①文代会期间，丁玲还经常与胡风、艾青、欧阳山等人聊天。她邀请胡风等人到中山公园或北海公园之茶社夜饮、聊天。9月，政治协商会议期间，她还多次邀请胡风到东总布胡同22号的家中饮酒吃蟹②（或许迫于形势，后来她渐渐疏远昔日的老友）。文代会期间，丁玲没有日记，家书中也很少提及会议期间的情况。

著名作家叶圣陶、宋云彬、胡风的日记，是当事人留下的会议期间的记录较为详尽者，透露了一些与大会场内不同的信息。先看看叶圣陶1949年的日记：

6月25日："午后至文协会所，开扩大常务会议……主席团之拟定，颇费斟酌。此是解放区之习惯，盖视此为一种荣誉也。"

6月28日："至东总布胡同，开末次之全体筹备委员会，通过各代表团团长副团长人选，大会议程，主席团人选，全体代表人选等项。皆极费斟酌，而余则无所用心，默坐而已。"

7月2日："晨至怀仁堂。大会于8点40分开。郭沫若之主席致词如朗诵诗，义实平常。"

---

① 丁玲：《丁玲全集》第11卷，河北人民出版社2001年版，第84页。
② 王增如、李向东编：《丁玲年谱长编》上卷，天津人民出版社2005年版，第251～253页。

7月4日："雁冰作报告，谈国统区之革命文艺活动，依据发布之印刷品而讲，如教师讲课然。"

7月6日："周恩来向文代会代表作政治报告……余听其辞未毕，与乔峰、振铎先出……后知周之讲话凡历6小时。"

7月19日："出席文代会末次大会。郭沫若作大会总结。余未能听明白……沫若作闭幕词，有一语最可记，此次大会费用值小米300万斤……余以出席甚少，所得无多。"

7月26日："开会之事，主席大有关系，主席爽利，进行快速，主席黏滞，即便迟缓。今日成仿吾为主席，即此二事，讨论历三点多钟。"①

从宋云彬1949年的日记中可以看出，他对领导在会上的讲话之冗长印象深刻：

5月5日："下午三时，周恩来在北京饭店作报告，由文管会以座谈会名义邀请文化界人士出席，到者二百余人，欲'座谈'何可得也？周报告甚长，主要在阐明新民主主义真义及共产党政策。然对文化界人士报告，有些浅近的道理大可'一笔带过'，而彼乃反复陈说，便觉辞费矣。报告至六

① 叶圣陶：《叶圣陶集》第22卷，江苏教育出版社2004年版，第52～59页。

时半宣告休息，余与圣陶乘机脱身，……"

5月11日："时髦术语，称为'学习报告'……余表示吾人应不断学习，匪自今始。唯物辩证法等亦当涉猎，且时时研究，但如被指定读某书，限期读完，提出报告，则无此雅兴也。……"

5月12日："晚与圣陶小饮，谈小资产阶级。余近来对于满脸进步相，开口改造，闭口学习者，颇为反感。将来当撰一文，专谈知识分子，择一适当刊物发表。……"

6月5日（引案，记柳亚子与东四二条教材编审委员会办公室武装警卫发生冲突之事）："柳老进门时，门房请其登记，彼大怒，谓此系官僚作风，不顾径入，警卫员随之入内，柳老至办公室，见案头有墨水瓶，举以掷之，……柳太太谓今日警卫员确有不是，因彼曾持所佩木壳枪作恐吓状也……圣陶谓我们不需要武装警卫，今后须将警卫员之武装解除，……"

7月2日："上午全国文代会开幕，出席代表及来宾共约六百余人。余之席次为四百零三号。旁有沙发二，专供齐白石、高士其坐。"

7月5日："晚文代会有曲艺晚会……连阔如为北平曲艺

界出席文代会之代表，然其'评书'表演殊平平也。"

7月6日："下午出席文代大会，周恩来作报告，自二点半至七点半……期间休息时间不及一小时也。"

7月16日："上午文代会来电话请出席，以今日选举委员，事关重要也。圣陶、孟超皆出席，余独未往。"[①]

胡风日记的记述并不十分详尽，但每天坚持记，所以也留下了一份珍贵的记录。第一章已经介绍过胡风北上的曲折道路。他一路上尽管没有得到什么高规格的接待，但他能够从两件事情中得到安慰。一是最高层中有领导人一直记着他、信任他，二是一路上遇见的作家，无论已经成名的作家还是青年作家，念及他在三四十年代的文学声望，都十分尊重他。到北平后，直到文代会召开的这一段时间里，胡风心里极其矛盾，他的行为可以这样概括：受文坛要人"冷落"，与作家颇为亲近。会场中消极，甚至不肯发言；会场外积极，几乎天天与朋友饮酒、长谈，有时竟通宵达旦讨论文学问题。一方面满怀介入的热情，一方面拒绝与茅盾等人合作，甚至闹情绪。

胡风闹情绪的原因，在后来呈送给中央的《关于解放以来的文艺实践情况的报告》（即"三十万言书"）中有所表露：

在李家庄（引案，1949年3月21日夜），周总理嘱我到

① 宋云彬：《北游日记（一九四九年二月—一九四九年八月）》，见《红尘冷眼》，山西人民出版社2002年版，第125～141页。

北平后和周扬、丁玲同志研究一下组织新文协的问题。但旧文协由上海移北平的决定，恰恰是我到北平的前一天公布的，到北平后没有任何同志和我谈过处理旧文协和组织新文协的问题。我是十年来在旧文协里面以左翼作家身份负责实际工作责任的人，又是刚刚从上海来，但却不但不告诉我这个决定的意义，而且也不向我了解一下情况，甚至连运用我是旧文协负责人之一的名义去结束旧文协的便利都不要。这使我不能不注意这做法可能是说明了文艺上负责同志们对我没有信任。①

文代会的前期筹备工作没有邀请胡风参加，他也不是常务委员。3月26日之后他虽象征性参加过几次筹备会全体会议，但没有进入决策层。依胡风日记中记载，直到1949年4月5日他才"收到'全国文协'筹委会'常委会'会议记录"②，6月4日从许广平处才"知道了一点代表团的情形"。他原有的情绪已经开始渐渐表露出来，并开始与茅盾较劲。《胡风日记》记载：

> 4月8日："被茅盾绑（架）到永安饭店商提蒋管区参加'文协'的代表名单，到后谈了几句就溜出来……"接着开始拒绝参与茅盾主编的《文艺报》（会刊）工作。

---

① 胡风：《胡风全集》第6卷，湖北人民出版社1999年版，第107页。
② 胡风：《胡风全集》第10卷，湖北人民出版社1999年版，第50页。以下所引，只写胡风日记的日期，不再详注。

4月17日："厂民、茅盾来谈《文艺报》事，我坚辞主编责任。"

4月18日："访沙可夫，谈辞去《文艺报》编辑事。"

4月20日："厂民来，要填表去登记《文艺报》，我辞谢了。"

4月22日："茅盾来，闲谈二小时以上，目的是为了要我五一出去演讲，他好向吴晗交差。"

4月26日："茅盾来，还是要我不辞《文艺报》编委。"

4月29日："茅盾送来《文艺报》第一期稿，我没有看。"

4月30日："晨，被茅盾吵醒，又是《文艺报》的编辑问题。"

5月20日："茅盾来谈了约二小时，似乎又觉得不能得意而顺遂地去做。"

6月8日："茅盾送两首诗稿来，代他看了。"

6月9日："看了杨晦等起草的国统区报告草稿（铅印的），主要是对我的污蔑……沙可夫、丁玲来，沙可夫谈起报告，我表明了态度，拒绝了出席会议……得胡乔木信，官架子十二万分。"

6月22日："董均伦来，要为《文艺报》写文章。"

6月24日："茅盾差遣太太来要稿。"

6月28日："（大家）脸色都变了，避免和我谈话。"

6月30日："到怀仁堂开文代会预备会。已见过的人避不讲话，新见到的人，有的很亲热。"

7月4日："茅盾作国统区报告还是胡绳黄药眠那一套。得赵纪彬信，邀我到青岛教书。"①

7月15日："写对于国统区报告的意见，交出。"

7月19日："闭会。照相。与丁玲一道，到文代会筹委

---

① 　胡绳（1918—2000），哲学家、近代史专家。曾任重庆《新华日报》社编委，政务院出版总署党组书记，中央党史研究室主任，中国社科院院长等职。1948年发表长文《评路翎的短篇小说》，激烈批评路翎小说中的"小资产阶级思想"。黄药眠（1903—1987），文学家，诗人，文艺理论家。历任中共驻莫斯科青年共产国际代表，共青团中宣部部长，中国文联常委，北京师范大学教授。1946年发表《论约瑟夫的外套》等文章，激烈批判胡风等人的文艺思想。赵纪彬（1905—1982），哲学家、教育家。1926年入党，后转入文化界，历任山东大学、东吴大学、中央党校教授。1940年以《论民族形式的中心源泉》一文介入关于民族形式的争鸣。

会。她邀去聊天，……谈到对于茅盾的估计。"

从胡风日记中可以看出，文代会前两三个月里，茅盾十几次主动与胡风寻求"合作"，均遭到拒绝。胡风对茅盾关于国统区文艺状况的报告不满，也拒绝参与该报告起草工作，影响了该报告对国统区文艺创作的总体估价，许多优秀的作家和作品都没有提及。其中原因十分复杂，后人无法置喙。不过，胡风除了拒绝与茅盾合作，其他的工作（如文代会小说组、诗歌组的工作）则自始至终都参与了。有一种观点认为，如果胡风不闹情绪，而是积极地合作，后果就会不一样。这种说法是靠不住的。丁玲、艾青、罗烽、白朗等人不是一直在合作吗？会议期间，丁玲、艾青、冯雪峰等人也暗示过，或者委婉地批评过胡风的"情绪"，希望他能积极合作。胡风没有接受那种"合作"方式。胡风在被定为"反革命集团"之首以前，一直在寻求合作，但不是跟周扬、茅盾等人合作，而是希望自己的文艺思想得到更高层的认可，否则就不合作。实际上他就是这样做的，直到20世纪80年代，他从来没有改变过自己的观点。胡风的主要观点是，反对图解政治，反对将阶级斗争漫画化的创作方法；坚持将文艺的政治性，通过与作家主观战斗精神的血肉关系，与文艺的艺术性结合在一起。胡风的潜台词是，路翎以及"七月派"的创作，才是新文艺的方向，而不是赵树理。

此外，在文代会的业余时间里，除偶尔去看演出之外，胡风大部分时间都在与老朋友聊天、喝酒。从《胡风日记》中可以看出，文代会期间胡风经常接触的人有：欧阳山、艾青、丁玲、冯雪峰、萧殷、田间、袁静、孔厥、周文、周颖、聂绀弩、马加、路翎、鲁黎、鲁煤、侯唯动、苏金伞、阿垅、绿原、芦甸、吕荧等。这些人中一部分是老友，有的是有情绪，有的是不同程度地受到打压或冷遇。另外还有一部分人是"七月派"胡风的学生辈。其中欧阳山①和艾青，几乎是每天都见面，一起到王府井大街的东安市场附近小酒馆喝酒、闲谈到深夜，对当时的文艺界颇有微词。路翎、绿原、阿垅等人主要是来陪胡风的。

四、文代会上的"失踪者"

这里的"失踪者"主要是指1949年以前就成为著名作家而缺席文代会的人，如萧军、高长虹、姚雪垠、沈从文、萧乾、张爱玲、周作人、废名、施蛰存、徐訏、叶灵凤、无名氏、钱锺书等人。下面大体介绍他们的情况。

沈从文和萧乾早在1948年就被郭沫若斥为"反动文人"。与"京派"代表作家沈从文一直留在北平不同，萧乾1949年在香港《大公报》工作，1949年3月，萧乾拒绝英国剑桥大学的聘任，毅然决定回北平，8月乘海轮经青岛于9月底到达北平。文代会在北平召开时，《围城》的作者钱锺书正在上海。钱锺书与杨绛1938年8月自法国回国，到香港后，钱锺书一人下船独自往西南联大任教授，不久后辞职到湖南蓝田国立师范学院英文系担任主任。1941年暑假返上海探亲，因太平洋战争爆发而滞留上海，在震旦女子文理学院和暨南大学兼课。

---

① 　欧阳山（1908—2000），作家。著有长篇小说《高干大》《一代风流》（小说共5卷：《三家巷》《苦斗》《柳暗花明》《圣地》《万年春》）等。

1948年，钱锺书推辞台湾大学、香港大学、牛津大学邀请，1949年8月26日，接受清华大学聘书与杨绛一起入清华教书。著名作家、翻译家、学者施蛰存，无疑也是一位重要的"失踪者"，1949年后蛰居上海，任大同大学中文系教授，经常与刚从南京监狱出来的周作人见面聊天；1950年，施蛰存任沪江大学中文系教授，1952年入华东师范大学教书，直到2003年去世。《鬼恋》《风萧萧》《江湖行》《悲惨的世纪》的作者徐訏（1908—1980），1949年也在上海，1950年5月离开上海到香港，任香港中文大学教授，浸会学院文学院教授院长，留下了2000多万字的文学作品。40年代因《北极风情画》《塔里的女人》《海艳》等作品而风靡一时的作家无名氏（卜乃夫，1917—2002），1949年居住在杭州，1949年后销声匿迹，1968年囚禁于杭州小车桥监狱，1982年经香港去台北。

作为五四新文学运动先驱之一的周作人，于1949年1月26日从南京老虎桥监狱提前获释（时年65岁），随后在上海的一位学生家赋闲半年，日子过得悠闲舒适，高朋满座，诸多老友、学生前来探视，如施蛰存、陶亢德、徐訏、沈尹默、龙榆生等，并赠予不少钱财。他不时为人作诗题字。其间也开始了写作和翻译工作，编译了《希腊女诗人莎波》，还为上海《自由论坛报》的中文晚报副刊撰写了不少文章。1949年7月4日，周作人给周恩来写了一封类似于"思想汇报"性质的长信，大致有两层意思：一是表明他对共产主义的态度（"共产主义是唯一的出路"，"知道共产主义的正路，因此也相信它可以解决整个社会问题"）；二是为自己抗战期间的行为开脱。1949年8月获准回北平，入住八道湾11号寓所，"解放后唯在家译书，别无所事"。①

周作人回到北平，学生废名常陪伴左右。著名作家废名是周作人在北京大学时的得意门生。二三十年代，周作人多次为废名的小说集（《竹林的故事》《桃园》《枣》）作序，赞许有加。废名原名冯文炳，京派文学代表作家，毕业于北京大学英文系，1929年留校任国文系讲师，抗战期间避难于湖北黄梅老家，任小学教员。1946年抗战胜利后废名返回北京大学，由俞平伯推荐为国文系副教授，1949年任教授，1952年因为院系调整，被调往长春东北人民大学（吉林大学）中文系任教授，1956年任中文系主任，1967年10月7日病逝于长春。

《金锁记》《倾城之恋》的作者张爱玲应电影导演桑弧之邀，二人合作完成电影剧本《哀乐中年》，1949年电影公映。1949年5月27日上海解放，夏衍接管上海文化界，对张爱玲也表示了"团结"之意，并于1950年7月邀请张爱玲出席上海市第一次文代会，还有意让张爱玲参与上海电影剧本创作所工作。②夏衍同意创办《亦报》《大报》等报纸。报纸同时开始约周作人、丰子恺、张爱玲等人撰稿。1950年3月，张爱玲以"梁京"为笔名，开始为《亦报》写连载小说《十八春》（70年代在海外出版时改名《半生缘》），直到1951年2月才连载完毕，1951年11月出版单行本，共18章25万字。《十八春》的连载在上海的读者中反响巨大，《亦报》紧接着又约张爱玲的新作，于是有了《小艾》。《小艾》1951年11月4日开始在《亦报》连载，到1952年

---

① 此处关于周作人的资料，包括周作人给周恩来的信（原刊《新文学史料》1987年第2期，《周作人的一封信》，第28～38页），均见陈子善编《知堂集外文·四九年以后》，岳麓书社1988年版。

② 柯灵：《遥寄张爱玲》，见陈子善编《私语张爱玲》，浙江文艺出版社1995年版，第21页。

1月24日结束。据说写作《小艾》之前，张爱玲有过随同上海文化界土改工作团到苏北体验生活三四个月的经历。她后来的小说《秧歌》和《赤地之恋》，都与这次下乡的经历有关。[①]1952年7月，张爱玲离开上海去香港，后定居美国。

1898年出生的"狂飙文人"高长虹，1949年一人孤独地住在沈阳的一家旅馆（东北局招待所）里，是属于"因病而需要监管"的对象。20年代，高长虹因与鲁迅的恩怨蜚声文坛，后在日本、法国等国学习经济，回国之后辗转武汉、重庆等地，1941年底投奔延安，在丁玲创办的"星期文艺学园"授课。老作家舒群在接受采访时回忆说：

> 高长虹徒步进入延安之后，经有关方面酝酿，责成延安鲁艺代为照管，并给了他一个陕甘宁边区文协副主任的名分。当时文协主任是柯仲平，高对这种安排有所不满，因为他在狂飙社的地位比柯仲平高。高长虹当时经常给延安《解放日报》第四版投稿，文、史、哲无不涉及，但由于缺乏马列主义基本理论的武装，思路不清。据我回忆，他的文章大约一篇也没有采用。我当时曾接替丁玲担任《解放日报》第四版的主编，出于对高的尊重，退稿时往往由我亲自出面，因此跟高接触的机会比较多。1943年年底至1944年8月，我改任鲁艺文学系主任。高长虹住在鲁艺北面山头的一个窑洞里，我也住在鲁艺校外的窑洞，与高的住处相距不远。因为

① 　殷允芃:《访张爱玲女士》，见陈子善编《私语张爱玲》，浙江文艺出版社1995年版，第118页。另见萧关鸿《寻找张爱玲》（1995年11月10日《南方周末》），言及张爱玲的姑夫李开第证明张爱玲参加过土改。

高由鲁艺照管，所以我常去看他。在我的印象中，高长虹个子很矮，头发半白，身体瘦弱，有点歇斯底里，不过还保持着一点童心。他待人比较真诚，对延安"抢救运动"中出现的扩大化现象十分不满……①

高长虹研究专家董大中介绍：1946年，毛泽东曾问高长虹，是留在延安还是去哪个解放区？高长虹说："我想到美国去考察经济！"毛泽东听后大怒，将高长虹逐出室外。据说这次谈话在党内高级干部中传达了，以后对高长虹不再信任，不再重用。②

1946年9月，高长虹离开延安到达哈尔滨，住在东北局宣传部招待所。1949年，东北局迁至沈阳时，高长虹随行，在沈阳又与舒群相见，要求安排工作，并因舒群的关怀之情而"掉了眼泪"。此时的高长虹已经被怀疑有精神病，再后来便"下落不明"。2005年，高长虹的孙女，一直生活在山西老家的独生子高曙之女高淑萍，一位普通的农村妇女，自费从山西老家到沈阳寻找高长虹的下落。她找到了当年高长虹住宿的东北旅社的三位老员工，得知当年高长虹一直住在2楼205房，直到去世。在三位老员工的印象中，"高长虹有文人气质，特别是留一头齐肩的花白头发，更加引人注目。"据三位老人共同回忆，高长虹1954年春天病死在他居住了5年多的205房。工作人员将

①　　陈漱渝：《寻找高长虹》，《纵横》2007年第3期，第46页。
②　　董大中：《鲁迅与高长虹》，河北人民出版社1999年版，第24～25页。

他安葬在沈阳塔湾公墓。①

作家姚雪垠,《差半车麦秸》的作者,茅盾最欣赏的、被誉为"抗战文学新典型"的作家,也是文代会的"失踪者"。抗战时期,姚雪垠曾担任中华全国文艺界抗敌协会理论部的副主任,与胡风是同事。1945年前后在重庆,姚雪垠曾遭到胡风的激烈批判,并被某些人冠以"色情作家"的头衔,后来又遭到邵荃麟等正统左翼的批判。姚雪垠于1946年回到老家河南,1947年返回上海,一直待到上海解放。人们仿佛把他忘记了。他一度甚至想到台湾大学去任教,但未成行。1949年文代会期间,姚雪垠正在上海的大夏大学当兼职教授。姚雪垠后到河南文联工作,1953年移居武汉,直到写出长篇历史小说《李自成》,才重新进入人们的视野。

下面着重介绍著名的左翼作家、《八月的乡村》和《五月的矿山》的作者、"鲁迅的学生"、延安"鲁艺"教员、东北鲁迅艺术文学院院长萧军。第一次文代会紧锣密鼓地筹备的时候,萧军还在东北。1949年4月,萧军和妻子王德芬一起,被中共东北局领导刘芝明安排到抚顺矿务局体验生活,工作关系挂在矿务局总工会资料室,他连去北平的资格都没有,更不要说参加第一次文代会了。由于文艺观或价值观的差异,加上性格脾气原因,萧军在40年代遭到两次严厉的批判,一次在延安,一次在东北。

萧军于1940年6月到达延安,一度是毛泽东窑洞的座上宾,两人之间的谈话、书信往来,无拘无束,平等自由。对此,萧军在《延安

①　　陈漱渝:《寻找高长虹》,《纵横》2007年第3期,第47页。另据孔罗荪、师陀、汪金丁三位作家回忆,1956年全国总工会组织作家到东北参观访问期间,三人曾在辽宁省文联食堂见过高长虹。见陈漱渝、师陀、孔罗荪、汪金丁《关于高长虹结局之谜的通讯》,《鲁迅学刊》1983年第5期,第67~70页。

日记》对此也中有详尽的记录。没过多久，萧军就开始对延安文艺界表示反感。他的想法诚挚、天真、激进，不能见容于延安文艺界。萧军的《延安日记》对此也有详细的记载，现摘录如下：

> 文艺作家和将军政客不同的，他不能任命，也不能借光，更不能以别人底牺牲铸成"自己的"成功。①

> 革命政党中的卑劣分子，那是应该和他斗争。……美丽之中一定要有丑恶的对象存在；常常是美丽的花朵要从丑恶的粪土里生长出来。②

> 延安文艺现象上有着两种倾向：一个是作家写东西总是不敢走出圈子一步。……再就是一些政治负责人，对于文艺随便根据自己的浅薄见解写文章。……③

> 给毛泽东去了一封信，请他约定时间和我作一次谈话……我要把一些事实反映上去，这对中国革命是有利的……④

① 萧军：《延安日记》，见《萧军全集》第18卷，华夏出版社2008年版，第283页。
② 萧军：《延安日记》，见《萧军全集》第18卷，华夏出版社2008年版，第335页。
③ 萧军：《延安日记》，见《萧军全集》第18卷，华夏出版社2008年版，第439页。
④ 萧军：《延安日记》，见《萧军全集》第18卷，华夏出版社2008年版，第460页。此次讨论有丁玲、王实味、罗烽、艾青和萧军等人，他们都是共产党员，于1942年三四月间在《解放日报》文艺副刊上发表一系列杂文，主要描写了对延安的深切失望的一种"幻灭感"，以及"干部冷漠、虚幻和官僚主义"等。这同毛泽东所提出的文艺要光明，并且要摒弃鲁迅式的"隐晦曲折的""冷嘲热讽式的杂文形式"等《讲话》观点相违背。这些文章包括：丁玲《三八节有感》，王实味《野百合花》《政治家、艺术家》，萧军《论同志之"爱"与"耐"》，罗烽《还是杂文的时代》，艾青《了解作家、尊重作家》等。

在送出给毛泽东、洛甫（张闻天）、艾思奇的信之后，萧军决定离开延安，但要等开完"鲁迅逝世纪念大会"之后。毛泽东约萧军长谈，听取了意见，挽留了他，并致信给他说：要注意自己的方法，省察自己的弱点，方有出路，否则痛苦甚大。[①]萧军留了下来，并参加了文艺座谈会。座谈会前夕的三四月间，延安《解放日报》发起了"还是杂文的时代"的讨论，萧军、丁玲、王实味、罗烽、艾青都是积极参与者。

1942年5月2日，延安文艺座谈会正式召开，直到5月23日结束。萧军在会上多次"放炮"，引起了一些人的不满。特别是在23日会上，萧军为自己并不太熟悉的王实味辩护，遭到毛泽东的秘书胡乔木的反驳。6月4日，参加中央研究院第二次对王实味的斗争会时，萧军严厉批评围攻王实味者不让王实味辩解的行为。10月2日，萧军碰上几近疯癫的王实味。王实味大声呼叫萧军的名字，希望得到萧军的帮助。萧军受王实味的委托，将王实味的信转给毛泽东。王实味在写给中央领导人的信中说："伟大的乔（引案，胡乔木），转呈伟大的毛主席、转党中央：我要请教你们伟大的伟大的伟大的，人为什么要用'脚底皮'思维呢？……为什么'为工农'的伟大的伟大的那样多，而工农却觉得自己是'三等革命''不是人''没有出路'呢？"[②]10月18日鲁迅逝世纪念会上，萧军再一次为王实味辩护，遭到周扬、柯仲平、艾青、李伯钊、陈学昭等人的批评，最后落了一个"同情托派分子"的罪名。

①　萧军：《延安日记》，见《人与人间——萧军回忆录》，中国文联出版社2006年版，第334~349页。
②　萧军：《延安日记》，见《人与人间——萧军回忆录》，中国文联出版社2006年版，第386页。

1945年11月15日，萧军带着三个孩子，随鲁艺文艺大队向东北进发，于1946年初到达张家口，9月到达哈尔滨，随即有50多天的巡回演讲，轰动一时。11月初到达佳木斯就任东北大学鲁迅艺术文学院院长，不久辞去院长职务。后来在当时东北局领导人彭真的支持下，萧军到哈尔滨，还创办了一份短命且不断惹麻烦的《文化报》。与此同时，由中共东北局秘书长兼宣传部副部长刘芝明挂帅、剧作家宋之的主编的《生活报》，也在哈尔滨创刊。

　　不久，《生活报》和《文化报》两份报纸，便展开了针锋相对的论争。《生活报》对萧军展开了激烈的批评。萧军则在《文化报》上发表了《苏联人民中底渣滓》《新年献辞》和《古潭里的声音》等文章，对来自《生活报》上纲上线的批评进行了无情的还击。其中，以《古潭里的声音》为名的一组文章共4篇，副标题都是《驳〈生活报〉的胡说》，言辞犀利，嬉笑怒骂，痛快淋漓，但也招致了严重的后果。东北局宣传部主持的对萧军反动思想的批判，罪名是"挑拨中苏友谊，诽谤人民政府，污蔑土地改革，反对人民解放战争"。①

　　1948年5月，东北局党组织发布了《中共中央东北局关于萧军问题的决定》《东北文艺协会关于萧军及其〈文化报〉所犯错误的结论》等文件。东北局宣传部部长刘芝明亲自撰写长文《关于萧军及其〈文化报〉所犯错误的批评》，并组织东北文艺协会等15个团体召开联席大会，对萧军进行集体批判，还组织了徐懋庸、草明、张心如、陈学昭等人撰写批判文章。②

---

　　①　　李长虹：《东北作家群小说文化精神》，吉林人民出版社2008年版，第178页。
　　②　　张心如、刘芝明、草明等：《萧军思想批判》，大众书店（北京、天津、上海）1949年10月版。

第二章　拿笔的军队大会师

刘芝明的批判文章以《萧军批判》为名，有多家书店出版了单行本并在全国发行，认为萧军《文化报》的错误是"严重的、无原则性的"，其思想是"堕落的、反动的"，萧军的思想上的三个罪名是"极端自私的个人主义""反阶级斗争学说""狭隘的民族主义"，并认为"萧军的小资产阶级道路是一条死路"。①

同一本书的香港新民主书店版的编者，称萧军为"才子加流氓"型的作家。这是一次有组织的批判，宣布了萧军的政治生命和文艺生命的终结。所以才有第一章提到的，萧军被安排到抚顺矿务局的事情，才有1951年萧军向刘芝明要求回北京与家人团聚被拒绝而擅自离开工作岗位的事情，他也才有试图开设私人中医诊所的想法，才有了在北京9年的"无业游民"生活。

---

① 刘芝明：《萧军批判》，知识书店1949年版。

第三章

机关大院的文学生活

一、东总布胡同二十二号

全国第一次文代会筹备期间（中华人民共和国成立前夕），中国文联和全国文协的办公地点都设在东总布胡同22号。1953年之后文联搬到东四头条4号，东总布胡同22号（后改为53号，现已拆除）后就成为了中国作家协会的办公室兼宿舍，同时购置了东总布胡同46号（后改为60号）做宿舍。对于作家而言，那是一个办公室和私人居室合在一起，公家的工作和私人的生活搅作一团，荣誉和恐慌混杂，轻松和压力兼顾的"黄金时代"。下面是现在的中国作家协会官方网站，对中国作家协会新中国成立后的17年基本情况的介绍：

> 1949年7月23日中华全国文学工作者协会（中国作家协会的前身，简称"全国文协"）在北平成立，……主席茅盾，副主席丁玲、柯仲平。丁玲为文协党组组长，冯雪峰为副组长。协会设职能部门5个，并相继创办《文艺报》《人民文学》《新观察》等报刊，建立了中央文学研究所、创作委员会等机构。到1953年7月，定编245名，所属单位15个。此间，冯雪峰、邵荃麟为"文协"党组书记，舒群、陈企霞、严文井先后任秘书长。
>
> 1953年9月，全国文协召开第二次会员代表大会，选

举了88人组成的理事会，茅盾任主席，周扬、丁玲、巴金、柯仲平、老舍、冯雪峰、邵荃麟任副主席。……1953年10月，文协正式更名为中国作家协会。周扬为作协党组书记，邵荃麟为副书记。1955年4月增补刘白羽为党组副书记，陈白尘任作协秘书长。……

1955年10月，中国作家协会成立9人临时工作委员会，为理事会闭幕期间的执行机构。1956年3月，在理事会第二次（扩大）会议上，正式成立了作家协会书记处，原临时工作委员会撤销。书记处11人，刘白羽任第一书记，1955年12月，书记处经中央批准进行改组，茅盾任第一书记。郭小川担任作协秘书长。

在"肃反"中，作协成立5人领导小组，刘白羽任组长。1956年12月，任命邵荃麟为作协党组书记，刘白羽、郭小川为副书记。1958年，任命严文井为党组副书记，免去刘白羽党组副书记职务。1958年"反右"后期，丁玲、冯雪峰的作协副主席职务被解除。

在此期间，根据工作需要，作协机构屡有增减，1956年所属单位19个，编制482名。至1960年，所属单位减为14个，编制400余名。

1960年7月，作协召开第三次理事会（扩大）会议，经这次会议增补后的理事会理事共118名，并增选刘白羽为副主席，秘书长由张僖担任。恢复刘白羽的党组副书记职务，免去严文井、郭小川党组副书记职务。1960年作协按照国家要求，对机构做大幅度削减，一些报刊和出版社相继停办。

1962年至"文革"前仅剩《文艺报》《人民文学》两个报刊和5个部室，编制152名。1965年8月，刘白羽为作协党组书记，副书记严文井、张光年、许翰如为作协秘书长。[①]

中国作家协会自1953年从中国文联独立出来之后就是正部级单位，比音协、剧协、美协等协会的级别要高，属于与共青团中央、全国总工会、全国妇联、中国文联同级别的"民间团体"。作协第一任主席茅盾兼任文化部部长，行政四级干部。第一任党组书记周扬兼任中宣部副部长，行政六级干部。作协副主席丁玲兼任中宣部文艺处（当时不叫"局"而叫"处"）处长，行政七级干部。[②]那时候整个中国作协机关只有40多人（不包括机关大院以外的刊物和文学讲习所）。从1953年初到1954年底，全国文协和中国作家协会陆续成立了创作委员会、外国文学委员会、普及工作部、文学讲习所、古典文学部、文学基金管理委员会，还编辑出版了《文艺报》《人民文学》《新观察》《文艺学习》《文学遗产》《译文》《中国文学》（英文版）等报刊。

创作委员会主任是周扬，邵荃麟和沙汀任副主任。在创作委员会之下，成立了诗歌、小说、散文、戏剧、电影、儿童文学、通俗文学等创作组和文学批评组。创作委员会不但要有计划地组织作家深入生

①　"中国作家网"，访问日期：2009年6月12日。
②　参见张僖《只言片语：中国作协前秘书长的回忆》，北京十月文艺出版社2002年版，第157、162页。张僖（1917—2002），曾任东北鲁艺文工团副团长，东北人民政府文化部办公室主任，东北文联副秘书长，中国作协秘书长、书记处书记。关于50年代中国作家协会的情况介绍，完整系统的材料非常少，我接触过协助张僖整理回忆录的晚辈子女，了解到张僖完成回忆录严谨负责，因此，与中国作协有50年因缘的张僖的回忆录很有价值。

活，帮助他们解决在深入生活中遇到的困难和问题，还要经常与这些深入生活第一线的作家联系，经常组织作家讨论作品和当前文学创作上出现的问题。

外国文学委员会主任由萧三担任，副主任是戈宝权。当时中国和许多国家还没有建立外交关系，因此，这个机构除了在文学上与国外的作家进行交往和联络，还做着国家在外交上不便于开展的许多工作，即所谓"民间外交"。通过作家与作家之间的交往，达到中国与世界交流的目的。

普及工作部的部长是老舍，副部长是韦君宜。他们创办了《文艺学习》刊物。普及工作部经常组织作家、大学文学教授等给青年作家作报告，或者召开业余作者座谈会。参加这些活动的有工人、农民、学生、战士、机关干部、学校的教员。

中国作家协会专门培养青年作家的机构是**文学讲习所**，其前身是1950年冬天成立的中央文学研究所。到了1953年秋天，研究所划归中国作协领导，改组后叫作"文学讲习所"。开始的时候主任为吴伯箫，后来由丁玲担任。

1953年11月成立**古典文学部**，部长为郑振铎，副部长为何其芳、聂绀弩、陈翔鹤。

文学基金管理委员会是作家协会对作家在物质上予以帮助的机构。委员有郑振铎、许广平、陈白尘等人。驻会作家创作期间（包括游历、旅行、体验生活、搜集材料、写作、修改作品等）如果在生活上遇到困难，都有权利向管委会要求无息贷款或申请津贴。1954年的驻会作家有：周立波、张天翼、艾青、刘白羽、胡风、谢冰心、白朗、罗烽、艾芜、陈学昭、赵树理、马烽、严辰（厂民）、雷加、康濯、秦兆阳、孔厥、袁静、白薇、碧野、逯斐、菡子、西戎、古立高、金近、李纳、杨朔、沙汀、舒群等人。1953年前后，中国作协的日常工作主要是学习政治文件，进行学术研讨。政治学习主要是毛选、联共党史和苏联的文学作品。每个星期有三个半天学习。学术讨论会也是经常的，每个星期起码有两次。经常参加讨论会的人有何其芳、袁水拍、陈荒煤等。会议大部分是林默涵主持。[①] 当然，并不是所有的作家都喜欢开会，我们从丁玲、胡风、叶圣陶、宋云彬等作家的日记中可以看到，他们对那时没完没了的会议和冗长而毫无新意的发言，表现出无奈的心情。

东总布胡同22号，既是作协机关办公的大院，也是一些作家和领导同志的宿舍。大院是一个三进院落。后院的一座小楼共有五间住房，艾青住二层的一间（他当时的夫人韦莹带着孩子住在东院的一间平房里），陈企霞住一间（他的夫人带着孩子住在贡院胡同），张僖住在楼下一间（其家属住在象鼻子中坑胡同），邵荃麟住两间。在另一栋小楼里，张天翼住一间（那时他还没有结婚），沙汀住两间，严文井住一间（后迁至46号）。而周立波全家住在后院的四间平房里。在东总布胡同22号，还住着作家白薇、甘露等人。丁玲刚到北京的时候也住在这里。其他作家都住在外边，马烽、西戎、田间住鼓楼，罗烽、白朗、舒群、刘白羽、康濯、陈白尘、赵树理、艾芜、秦兆阳、萧乾、草明、张光年、郭小川等，都先后住进东总布胡同46号。[②]

中国作家协会前秘书长张僖在其回忆录《只言片语：中国作协前

---

① 张僖：《只言片语：中国作协前秘书长的回忆》，北京十月文艺出版社2002年版，第31~35页。
② 这里综合参考了张僖的回忆录《只言片语：中国作协前秘书长的回忆》和严文井之女严欣久《大酱园里的作家们》一文（《北京文学·精彩阅读版》2004年10期，第123~130页）的材料。

秘书长的回忆》中写道：

> 每个星期六晚饭以后，许多作家和艺术家就到东总布胡同22号院来。没有什么预先规定的题目，也没有什么具体的组织和引导，只是随便进行文学艺术交谈，讨论一下最近的新闻时事，而大多数时间则是游乐活动，演唱、文艺表演、打麻将、下棋、聊天等等。
>
> 当时的作家中，丁玲、茅盾、老舍、郭沫若、罗烽、白朗、舒群、李季、阮章竞、谢冰心、赵树理、张天翼、周立波；艺术家中，梅兰芳、程砚秋、洪深、田汉、侯宝林、李波、王昆；北大的教授游国恩、何其芳、吴组缃，北师大的教授钟敬文、吕叔湘；翻译家冯至、曹靖华、纳迅等等，都是这里的常客。大家都很愿意来，还经常无拘无束地开玩笑。
>
> 许多知名人士经常即兴"上台"表演。像田汉唱过他自己写的京剧……，洪深唱过《审头刺汤》。文联副主席柯仲平和韩起祥说过相声，赵树理唱过山西的上党梆子。侯宝林先生著名的相声段子《醉酒》，就是在那里产生的。
>
> 谈起《红楼梦》的时候，大家不禁争论起来，有的说林黛玉进北京是从德胜门进来的，所以住的应是北城。……有的说林黛玉住的地方根本不是北城，再说也不一定住哪城就非得从哪边的城门进来。……那是中国作家协会成立以后一段比较宽松的时期。①

① 　　张僖：《只言片语：中国作协前秘书长的回忆》，北京十月文艺出版社2002年版，第37～39页。

二、五六十年代作家的待遇

1956年，全国进行了工资改革。下面是当时作家待遇定级情况：张天翼、周立波、冰心等人被定为文艺一级（月薪345元，接近行政六级），但政治或者行政待遇靠向行政八级（行政八级的月薪是287元）。丁玲没有选专业级别，而是选了靠行政七级（月薪322元，如果选文艺一级，每月工资要高二三十元）。上海电影制片厂一级演员赵丹、白杨、金焰、舒绣文月薪为365元（因地区差比北京同级高20元）。被定为文艺二级的作家，有舒群、罗烽、白朗、陈企霞、草明等人。被定为文艺三级的作家，有康濯、马烽、西戎等人。当时的文艺三级就相当于正局级干部的待遇。当时的作家在行政级和专业级之间，往往更倾向于选择往行政级别靠。比如赵树理放弃文艺二级（月薪270元），选择了靠行政十级（月薪218元），邢野放弃文艺三级，选择了行政十一级。为什么这样选择，原因不言自明。

再来比较一下作家与某些行业的待遇。1956年工资改革之后，北京地区的教授月薪为207～345元，副教授为149～241元，讲师为89～149元，助教为56～78元。研究生为70元（行政二十级），本科生为62元（行政二十一级），大专生为56元（行政二十二级），高中学历者为37～46元，初中学历者为33元。当时大城市居民的人均每月基本生活费为10～15元，城镇的普通职工平均月薪是40元左右。[①]可见作家的工资待遇跟大学教授差不多。

但作家除了工资，还有稿费收入。那时候全面向苏联学习，稿费

---

① 陈明远：《知识分子与人民币时代》，文汇出版社2006年版，第79～91页。

制度也是，采取基本稿酬加印数稿酬的方式。稿酬计算方式很复杂，可参见陈明远的专著《知识分子与人民币时代》中的相关章节。陈明远从总体上比较之后认为，与30年代前后（民国时期）相比，作家的稿酬标准很低，且一降再降，直至取消。而在张僖的回忆中，他认为当时的稿酬标准很高。像杨沫的《青春之歌》、梁斌的《红旗谱》、柳青的《创业史》、曲波的《林海雪原》都赶上了那个高稿酬的时代。那时候书的品种少，每本书的印量也大，往往一本书就可以拿到五六万或者七八万元的稿酬。后来，拿稿酬的作家就不再从作协领取工资，丁玲（还有巴金）等著名作家带头不领工资。丁玲还将《太阳照在桑干河上》的"斯大林奖金"（1951年度）的全部奖金五万卢布（当时折合人民币约33770元）捐给全国妇联儿童福利部用于儿童福利事业。[1]当时北京的一个小四合院，价格也就是几千元至多上万元，许多作家都买了属于自己的房子。[2]老舍、张恨水、艾青、吴祖光、田间、胡风、赵树理、马烽都用稿酬买下了属于自己的四合院。田间花5000元买下了后海北沿一个四合院。[3]胡风花2000多元买下了地安门内的太平街甲20号院。[4]赵树理在宣武门外香炉营15号的四合院价值10000多元。[5]丁玲后来离开东总布胡同22号，搬入作家协会分配给她的多福巷16号的四合院，一直住到1958年去"北大荒"为止。

---

[1] 新华社：《丁玲将所获斯大林奖金全部捐用于儿童福利事业》，《人民日报》1952年9月10日，第3版。

[2] 张僖：《只言片语：中国作协前秘书长的回忆》，北京十月文艺出版社2002年版，第35页。

[3] 陈光中：《风景——京城名人故居与轶事（6）》，新世界出版社2003年版，第116页。

[4] 三联书店编：《60个瞬间》，生活·读书·新知三联书店2009年版，第171页。

[5] 《文汇报》特刊部编：《花季荆棘》，文汇出版社2002年版，第218页。

按照其子蒋祖林的描述，这个四合院非常漂亮，应该有十几间房子，包括多间卧室、书房、两个客厅、秘书和女工住房、锅炉房等。[①] 如果没有能力自己购买四合院的，可以住在单位的家属宿舍，按照行政级别分配住房的大小：处长或副教授两间半到三间半，科长或讲师两间到两间半。在作家协会的宿舍里，周立波有四间住房，邵荃麟等人只有两间。[②]

"作家康濯，1954—1957年四年中，他在文学出版社出版四种作品，可得稿酬11822元，平均每年约3000元"[③]，如果加上重印书籍及发表其他短文的稿酬，不算固定工资，仅此一项就相当于大学一级教授一年的收入。更为典型的是当时的青年作家刘绍棠：

1952年，北京通县16岁的刘绍棠发表小说《青枝绿叶》，不仅被《新华月报》文艺版转载，还受到人民教育出版社社长叶圣陶先生推荐，编入高中语文教材。1953年，刘绍棠出版了第一本短篇小说集《青枝绿叶》。1954年，他刚满18岁，出版了第二本小说集《山楂村的歌声》，同年被保送到北京大学中文系。……1956年春，刘绍棠用稿费在中南海附近买了座小三合院……刘绍棠的第一部短篇小说集《青枝绿叶》4万字，每千字15元基本稿酬，印了3个定额63000册，收入人民币1800元。加上短篇小说集《山楂村的歌声》、中篇小说《运河的桨声》、中篇小说《夏天》、短篇《瓜棚记》，仅仅这5本不厚的小书，刚刚走上文学之路的青年作家刘绍棠，前4年的收入就达到18500元，平均年收入4625元。刘绍棠花2000元购置了一座三合院。

① 　蒋祖林、李灵源：《我的母亲丁玲》，辽宁人民出版社2004年版，第96～97页。
② 　包恩奇：《1950年代作家组织与作家生活》，《华夏文化论坛》2018年第1期。
③ 　陈明远：《知识分子与人民币时代》，文汇出版社2006年版，第106页。

刘绍棠的另一篇11万字的中篇小说《夏天》的稿酬，可以买4座这样的三合院。1957年上半年，刘绍棠的长篇小说《金色的运河》已在《人民日报》上刊登广告，定于国庆节出版，印数10万册，此书如果出版，可得稿费35000元。[①] 后因划为"右派"，所有出版合同自然中止。即便如此，刘绍棠的稿费和存款，也让他安全渡过了整整22年（1957—1979）的"右派"生涯。

一份"文化大革命"时期的红卫兵报纸曾刊登《触目惊心的高稿酬》一文，披露作家在"文化大革命"前的稿酬（准确性存疑，仅供参考）：

巴金	《巴金文集》等	229624元
茅盾	《茅盾文集》	192266元
杜鹏程	《保卫延安》	107400元
丁玲	《太阳照在桑干河上》等	70248元
艾青	《艾青诗选》等	58636元
曲波	《林海雪原》	54349元
周而复	《上海的早晨》等	49326元
杨沫	《青春之歌》	43400元
华君武	1958—1962年画册	43022元
沙汀	《还乡记》等	41634元
周立波	《暴风骤雨》等	40086元
吴强	《红日》	40000元

① 　　陈明远：《知识分子与人民币时代》，文汇出版社2006年版，第107～108页。

秦兆阳	《在田野上前进》	35985元
梁斌	《播火记》等	30061元
齐白石	画集（三集）、书法集	21514元

（见广州市郊区机关革命联合会"风雷"战斗团《文革风雷》报）

　　之所以有人说是"触目惊心的高稿酬"，因为当时普通职工平均月工资只有40元（当时的普通职工除了工资不可能有别的收入），一级教授的月薪也只有340多元。也就是说，一部小说倘若成了官方确定的"经典"，或者成了新作家的"优秀作品"，那么，它的价值就是一个普通职工100年的收入，甚至更多。《巴金文集》的稿酬近23万元，就相当于当时一位一级教授50多年的总收入。可见，获得官方"钦定"的资格，是进入计划经济体制内传播渠道、获得巨额稿酬的通行证。这里所谓官方确定的"经典"，就是符合官方的文艺精神和宣传口径，能够纳入新闻出版规划，并进入高等学校"中国现代文学史"（新文学史）教学大纲者。其中，五四时期的作家以"鲁郭茅巴老曹"为代表；延安时期的作家以赵树理、周立波、丁玲、艾青、田间、臧克家等为代表。还有一类是新中国成立之后出现的新作品或者新作家，包括老作家的新作。

　　在五四时期的代表作家中，先看"鲁郭茅"，鲁迅去世了，他的地位没有发生什么变化。郭沫若和茅盾在政府担任高级干部，直到"文化大革命"期间都受到"重点保护"，文学地位也没有太大的变化。"巴老曹"的情况则不同，新中国成立后他们几乎没有什么拿得出来的作品问世，整天忙于开会、访问、批判。可是，即使他们紧跟斗争的形势，也没有逃脱"文化大革命"一劫。至于延安时期的"代表作家"，地位并不稳固，从延安时期开始，有的就遭到严厉批评，新中国成立后他们尽管也进入了文学的核心层，但并不能保证他们的文学地位，随时可以被批倒批臭。但是，要批倒这一批作家，往往需要借助于行政手段（比如文联、作协主席团的文件），乃至调动更高层的力量。至于新中国自己培养的年轻作家，比如刘绍棠、从维熙、王蒙、刘宾雁、流沙河、萧也牧、陈登科等，往往是刚出道的时候风光无限，但转眼间就成了"敌人"，有时候，只要一封"读者来信"，一篇批评文章，甚至一个纸条就够了。这种高待遇看似很容易得到，实际上要保住它是非常困难的。历次批判运动的背后，都伴随着这种高待遇的获取和丧失。

三、在荣誉和高收入的背后

1. 主编《说说唱唱》的赵树理

1950年1月，李伯钊和赵树理出任北京大众文艺创作研究会主办的刊物《说说唱唱》的主编。该杂志1950年第3和第4两期，赵树理连续编发了署名"淑池"的小说《金锁》，结果就丢掉了主编职务。小说《金锁》一发表，就招来了批判。邓友梅在1950年5月的《文艺报》第2卷第5期上，发表了《评〈金锁〉》一文。文章说："……我看过之后，觉得在这篇作品里，存在着一个极大的缺陷。首先就是人物的不真实，因此也就影响了主题，甚至在某些地方侮辱了劳动人民。……这篇文章看不到金锁有什么反抗、对地主有什么憎恨，有的只是对地主的羡慕。……这是农民吗？是劳动群众吗？简直是地痞，连一点骨气也没有的脓包。……而作者把这当作劳动人民的正路。"①

同期陶君起的批评文章《读了〈金锁〉以后》，也批评小说《金锁》的人物塑造不连贯和阶级观点不明确，侮辱了劳动人民。同期《文艺报》还发表了赵树理的检讨文章《〈金锁〉发表前后》，以编辑的身份对小说《金锁》由支持转向了检讨。赵树理的文章说他有"两点错误"："第一，是其他编委提出来的意见自己不同意，不和人家再商量，就按自己的意见处理了，在作风上欠民主。第二，是以迁就毛病为尊重作者，其实就是对作者不诚恳。"②

到发表《〈金锁〉发表前后》为止，赵树理依然在坚持自己的部分观点，即"一点辩解"中对于《金锁》人物真实性的肯定。赵树理在检讨基础上，虽然收回了一些创作认识，但还是再度受到质疑。《文艺报》在第2卷第8期上，又以"读者来信"的形式对《金锁》做了进一步的批判，认为"《金锁》是歪曲和侮辱了劳动人民的"，"关于金锁这个人物性格的刻画上前后是不一致的"，"孟（淑池）先生写《金锁》是无立场的，纯以个人兴趣出发，没有中心"。更有人直言不讳地说："在整篇中没有乡村中尖锐的阶级斗争，至多作为附带来插进去。而对农民呢？我非常愤怒，作者把农民写成挖大腿、认干娘的人。农民是又落后性的，要批判它，但不能让市侩的色情在其中奔驰。"③

赵树理也在《文艺报》第2卷第8期发表了《对〈金锁〉问题的

① 邓友梅：《评〈金锁〉》，《文艺报》1950年第2卷第5期，第14页。
② 赵树理：《〈金锁〉发表前后》，《文艺报》1950年第2卷第5期，第16～17页。
③ 常佳东等：《读者对于〈金锁〉的看法》，《文艺报》1950年第2卷第8期，第16～17页。

再检讨》一文，将自己的保留意见最后也予以否定，并对自己的态度和做法做了深刻的检讨："一、好多人指出这篇小说'是对劳动人民的侮辱'，我的辩护说'不是'。大家是对的，我是错误的。把恶霸地主和农民平列起来，一例地挑着眼用俏皮话骂下去，还能说不是侮辱劳动人民吗？……二、'说有些写农村的人……把一切农民理想化了，所以才选一篇比较现实的作品来作个参照'也是错的。……"①最终承认《金锁》是一篇低级趣味、侮辱劳动人民的小说。不久，编委会在1950年第7期的《说说唱唱》上发表了检讨的文章《半年来编辑工作检讨》，对赵树理在编辑方面出现的问题提出了批评，对编委会内部的思想意识问题做出了检讨。

除了"《金锁》事件"，赵树理在《说说唱唱》1951年第6期（总第18期）发表的《"武训"问题介绍》一文，也因阶级立场不清晰（只介绍，不表明态度）而导致严重错误。这一次《文艺报》轮番批判的最终结果是，赵树理于年底被调回中宣部文艺处，实际上，他并没有回文艺处上班，而是到山西省长治市武乡县参与初级社建设试点工作去了。此后，赵树理经常往来于北京和山西之间，1953年冬到中国作家协会当专业作家，创作《求雨》《三里湾》《灵泉洞》（上集）等作品，1959年10月在山西阳城县任县委书记处书记，1964年调到山西省文联工作，直到1970年去世。

2. 束沛德和严望事件

束沛德（1931—　），1952年作为复旦大学新闻系优秀毕业生到中国作家协会工作。严望（？—1991），又名阎有太，辽宁人，抗战

---

① 　赵树理：《对〈金锁〉问题的再检讨》，见《赵树理全集》第4卷，大众文艺出版社2006年版，第31～35页。

期间曾在重庆任小职员，结识了诸多进步文化人。1953年为中国作家协会创联部工作人员。1955年2月4日，他从同宿舍的束沛德那里得知将要召开胡风批判大会，就将消息告诉了胡风，于是胡风提前准备了答辩材料，不想被舒芜揭发，导致束沛德和严望一生的流放。下面是张僖对这件事的转述：

> 1955年2月5日，中国文联主席团和中国作协主席团决定举行第十三次扩大会议，准备对胡风的唯心主义文艺思想进行批判。……在召开大会的前一天晚上，作协党组和文联党组在东总布胡同46号召开会议。由郭沫若同志主持部署明天对胡风的批判。这个预备会没有胡风参加，胡风对此也一无所知。……预备会议担任记录的是束沛德同志和陈淼同志。……第二天，大会正式召开。参加会议的人员有文联在京的全委、作协在京的理事，以及其他各文艺协会的负责人等等大约二百多人，胡风也坐在主席台上。会议由郭沫若主持，茅盾和周扬作为助手帮助主持。……会下，舒芜找到冯雪峰说，胡风在开会之前已经知道了今天会议的内容，并且做了准备。因为舒芜是人民文学出版社的编审，而冯雪峰是社长兼总编，所以舒芜首先向他汇报了这件事。
>
> 肯定是有人把前一天晚上会议的情况告诉了胡风。于是我们对参加会议的人员逐一进行了分析，最后分析到束沛德同志的身上。
>
> 我负责找束沛德同志谈话，他承认是他透露给了同在一个宿舍住的阎望（案，严望），但决不是故意的，而且也

绝没有料到阎望又告诉了胡风，使他有所准备。束沛德说他回到宿舍，阎望问他开什么会，他就告诉阎望要批判胡风的三十万言书。

在研究对束沛德"泄密"问题如何处理的时候，我说，束刚出大学门，没有社会经验，又和阎望同住一个宿舍；阎望是从旧社会过来的，而束是个年轻的学生。

无论是什么理由，束沛德不能再担任记录了。我们让他写检查，后来他又被下放到河北的涿鹿地区劳动锻炼。……①

严望（阎有太，胡风日记写作"阎有泰"）在重庆的时候并不认识胡风，按他自己的话说，既没有机会，也没有资格，不过对那些文化界的名人仰慕而已，1953年到中国作家协会做联络工作才与胡风有较多的接触（1951年5月下旬，严望曾多次到胡风的临时住处拜访胡风）。1955年他被定为"胡风反革命集团分子"遭到羁押逮捕。根据亲历者之一的涂光群回忆：

起初他被关在作协大院后楼的一间地下室。是啊，作协这座中西结合的花园式大院，日伪时期曾驻过日本宪兵的一个部门，后楼地下有很深很隐蔽的地下室。严望在这儿隔离反省一年，由一个大胡子工人看守着。什么叫隔离反省呢？就是和所在机关、社会、人群完全隔绝起来，回不了家，家

①　　张僖：《只言片语：中国作协前秘书长的回忆》，北京十月文艺出版社2002年版，第60～62页。

人也不知他在何处。那时严望刚刚新婚一个月。……

一年后，严望被转移到西总布胡同的老《工人日报》对过一处地方，这时由公安部门的人看管、审问。不久又转移到西城区安福胡同一处门禁森严的大院，一人一间小房，每人门口站着一个卫兵。对面住的是徐放，隔壁住着绿原。谢韬、刘雪苇关在后院。这会子工资还照发，但不让看报，家属探望、通信，均不允许。在安福胡同住了两三年，审讯已基本结束，但仍被看管着。1959年老婆提出离婚，严望只好同意。这时他才知道他已有个没法见面的5岁女孩，自然判给对方。他被送进秦城监狱。1957年"反右"后，工资停发（严望原为16级干部，50年代初期工资收入九十多元），这时改为每月发50元生活费（其中伙食费二十多元）。……他跟徐放、谢韬、绿原同处　宝，插在被关押的战犯中间，住一号楼。规定每天三小时劳动，种地瓜、花生。常去三号楼院中挑水，给战犯（年纪都比他们大）挑，一星期洗一回热水澡。此时已没有了审讯，但不准家属看望、对外写信。图书馆可以借书。绿原开始攻读他的第二外语：德语和法语。徐放攻中国古典文学，练习翻译旧体诗，将每月发的大便纸订成本子记笔记。唯有住在隔壁的路翎最不安宁，经常大声吼叫，立即被制止，鸦雀无声。不久复又大声吼叫，骂人，他已精神分裂。一天，隔壁"1075号"（起义将领董其武的一个部下）突然将自己吊在门上的铜扣上自杀，严望他们吓了一跳。那时候不叫名字，都叫代号。四个住在一起的熟人不许交谈。徐放—0685，绿原—0686，严望—0687，谢韬—0688，简称为85号、86号、87号、88号。

　　1965年9月某天公审宣判。胡风被判14年徒刑（差4年刑满），保外就医。严望、徐放、绿原、牛汉、谢韬等人，在被关押了十年后，被宣布"交代彻底，态度较好，免于刑事起诉，戴胡风分子帽子，予以释放。"……按照当时的政策，这些戴帽人员，一般不宜回大城市，只能安排在边远地区劳动改造。严望就只有被安置在辽宁西部大山区凌源的劳改队。……1980年春天，严望回到了他的原单位中国作家协会。①

严望恢复了工资待遇，但没有给他安排工作。

3. 后海四合院里的诗人田间

"肃反"时期，田间一度精神紧张，想自杀，在马路上试图往车底下钻。周扬对此的解释是："田间是诗人，容易神经紧张。"②1955年7月至1957年底，全国范围内开展了一场群众性肃清暗藏的反革命分子的政治运动，简称"肃反"运动。中国作协内部成立了一个领导肃反运动的五人小组，组长是刘白羽，组员是严文井、阮章竞、康濯、张僖。张僖在回忆录中说：

　　延安时期曾经有过审干运动，上级领导说那次是局部的，而这一次却是全国性的干部档案核对。大家都知道，政

①　　涂光群：《五十年文坛亲历记（1949—1999）》上册，辽宁教育出版社2005年版，第105～108页。
②　　张僖：《只言片语：中国作协前秘书长的回忆》，北京十月文艺出版社2002年版，第70页。

治运动离不了开会。作家协会也是每天开会，而且没有上班下班的概念，经常是晚上开会。运动开始，先由干部根据自己写的自传说出自己的"来龙去脉"。从学生时代说起，不但要说出那段时间做了什么、担任什么职务，还要说出证明人。审查办公室要根据每个人的自传到全国调查取证，一个人一个人地过关。

在全国大规模地展开批判胡风文艺思想的活动中，大约是4月份，舒芜在《人民日报》上发表了题为《胡风文艺思想反党反人民的实质》的文章，并且主动上交了胡风在四十年代与他的大量私人通信。……

许多人听说舒芜交了信，不知道信里都说了些什么，有一部分同志就紧张了。这主要是在胡风主办的刊物《泥土》《七月》《呼吸》上发表过作品的同志。如田间、严辰、陆菲、艾青等。

从那段时间开始，机关的肃反运动就和对胡风的揭发批判联系起来了。……5月中旬的一次会上（会是由当时的总支书记阮章竞同志主持的，我当时是总支副书记），有人提到田间在胡风的《七月》上发表了很多诗，胡风的泥土社还出版了田间的书，要田间交代与胡风的关系。当时田间很紧张。……

1955年5月中旬的一天，下午1点多钟，田间来到严文井家说，他有支手枪要交。严文井急忙把我叫到他家，当田间的面对我说："田间有支手枪要交给总支"。……田间说："我的家里有一支手枪，我有些害怕。"严文井说："你拿来交给总支给你保管。"田间说："我不敢拿来，怕路上出事。"我说："这好办，你怕路上出事，我向司机班要个车，你坐车回家去拿。"田间还是不同意，"我不能拿枪，有人监视我。我上车的时候在门口出事怎么办？"……我从司机班要了车，记得开车的司机是曹玉露。我们一起来到田间家里。田间家紧挨着后海，一个小四合院，房子是他自己买的，有五间北房，屋里都有门相互连通。……过了有二十分钟的样子，他突然从那个房间通向院子的门跑到院子里，大声喊："我不能活了！"听见他的喊声，我急忙跑出门，只见田间右手持枪对着自己的脑袋。……我把枪夺下来之后，他转身就往院外跑。……从田间的家门出去就是后海的湖面，我没有想到就在这一两分钟的时间里，田间就跳进了后海。……等我赶到湖边的时候，田间已被过路的人救了上来。……

田间和我还有民警一起坐车来到严文井的家。我们让民警走了，然后问他为什么要跳湖。田间说："没有找到枪证，怕挨整。"就在这时候，公安部六局局长陈中来电话，要我去汇报田间自杀的情况。

我把田间交给了严文井，交待了一下，就径直去了公安部六局。

在走廊上，我看见办公室里坐着刘白羽、袁水拍、林默涵等人。……陈中问我：他（田间）和胡风到底是什么关系？我说：他（田间）是根据地长大的，不是在白区参加的地下党；他就是把作品投到胡风办的刊物，也就是作者和刊物的关系。……陈中又问：那他为什么跳后海？我说：他的神经可能受了刺激，一时激动，不是反革命行为。陈中说：那我们就不管了，你们作协自己处理吧……我又赶到严文井家。严文井说：我真是紧张得要命。刚才，他又跑到马路上，要钻汽车！……大约十天以后，田间和葛琴（引案，田间的妻子）一起到作协总支办公室来，交给我一个枪证，上面所注明的手枪号码、子弹数目与田间那支手枪号码、子弹数目相符。……

1955年7月中旬，周扬同志来作协召开过一次党组扩大会。我在会上汇报了"田间假自杀"的问题。周扬说田间是诗人，容易神经紧张，跳后海是神经错乱。周扬还说：田间和胡风的关系只是一般的投稿的关系。

大约过了三个月以后，刘白羽召集了一个规模不大的会，在会上对田间批评了一下。最后，党支部给了田间一个警告处分。[①]

四、一位青年作家的"歧路"

刘绍棠（1936—1997），北京通州儒林村人，1948年参加革命，1953年加入中国共产党。他少年得志，1956年20岁成为中国作家协会最年轻的会员，是50年代中国文坛的"神童作家"。1949年12月，13岁的刘绍棠在北京《新民报》上发表第一篇小故事《邰宝林》，14岁

---

① 张僖：《只言片语：中国作协前秘书长的回忆》，北京十月文艺出版社2002年版，第63～70页。

发表短篇小说《蔡桂枝》，16岁发表《摆渡口》等小说，引起读者注意。1953年17岁时入党，并出版第一本短篇小说集《青枝绿叶》。1954年通过推荐和入学考试，入北京大学中文系学习，后退学。1956年，因当时共青团中央领导人胡耀邦的赏识，刘绍棠被派往中国青年报社工作，并开始专业创作生涯，成为机关大院的干部。但一转眼到了1957年，21岁的刘绍棠被错划为"右派"，受到全国范围的激烈批判。从16岁到21岁，短短的5年，刘绍棠像一颗流星在文学的天空中滑过，留下一道惨淡的白光。

1956年至1957年，刘绍棠因发表论文《我对当前文艺问题的一些浅见》《现实主义在社会主义时代的发展》以及小说《田野落霞》《西苑草》等，于1958年被错判为"右派"。《文艺报》和《中国青年报》上铺天盖地的社论和批判文章，顿时宣判了这位青年作家的"死刑"。《文艺报》的社论是《从刘绍棠的堕落中吸取教训》。《中国青年报》的社论是《青年文学创作者走哪一条道路》。1957年10月7—11日，首都青年文学工作者1000余人，由共青团中央宣传部、中国作家协会青年作家工作委员会和中国青年报社三个单位联合主持，"揭露、分析和批判了刘绍棠的浅薄无知然而狂妄自大以至反党反社会主义的各种事实和原因。在会上发言的有：中国作家协会主席茅盾、副主席老舍、作协书记处书记严文井、作协党组副书记郭小川及中国青年报编委陈棣……"[1]茅盾在《我们要把刘绍棠当作一面镜子》发言中指出刘绍棠的两个问题。第一个是和"丁陈反党集团"主要成员有基本类似之处，就是"严重的资产阶级个人主义（骄傲自满，对党闹

<hr>

[1]　东海文艺出版社编：《青年作者的鉴戒——刘绍棠批判集》，东海文艺出版社1957年版，第10页。

独立，觉得党限制了他们的发展，觉得党干涉了他们的自由，这样当然发展到反党）和资产阶级的唯心主义的文艺思想。……刘绍棠还多了一个特点，就是：无知（生活经验、文艺知识、一般文化知识都是很贫乏的）而又狂妄。……他叫嚷着要'独立思考'，似乎党不给他独立思考；党是鼓励独立思考的，但不容许刘绍棠那样的独立思考，他一思考就到资产阶级那边去了，这不是独立思考，而是做了资产阶级思想的奴隶了"。[①]

刘绍棠的老朋友房树民，连续发表批判文章《刘绍棠是怎样走向反党的》《一篇恶毒歪曲新农村的小说——批判刘绍棠的"田野落霞"》。房树民在文章中回忆了刘绍棠的成名之路，认为他的每一点进步都是党教育的结果，现在他是"对党的忘恩负义"，而且公布了很多他们平常聊天的细节和"原话"[②]。日常生活中的亲密交往和闲谈，转眼间就成了杀伤性武器。这种情形在当年屡见不鲜。对此，刘绍棠到晚年都耿耿于怀。他在回忆录《我是刘绍棠》一书的第45节中，专门回忆了这一时期的遭遇和经历：

> 1979年1月24日，共青团中央彻底改正1957年把我错划为右派的政治结论，逐条批驳和否定加在我头上的污蔑不实之词。我至今对这个改正结论非常满意，称赞这个结论写得像悼词一样好。
>
> 但是，有三个扣在我头上的屎盆子，错划结论中并无记

[①] 东海文艺出版社编：《青年作者的鉴戒——刘绍棠批判集》，东海文艺出版社1957年版，第34页。

[②] 东海文艺出版社编：《青年作者的鉴戒——刘绍棠批判集》，东海文艺出版社1957年版，第25~28页。

载，改正结论也就无法予以澄清。然而，这三个屎盆子的臭气流传甚广，对我的伤害极大，不消除影响我很窝心。

一个屎盆子是"为3万元而奋斗"，一个屎盆子是"带着馒头下乡"，一个屎盆子是"每月只交一毛钱党费"。

"为3万元而奋斗"的揭发人是从维熙。我听到的原话并非如此。这是为了把我搞臭，记者受命歪曲的。从维熙写有《走向混沌》一文，据实更正，我就不再赘述。

"带着馒头下乡"也是我的一位老友揭发的。当时，我在京东的家乡挂职，这位老友在京西的山村体验生活。我俩返城休假，在我家小酌，谈起农村在高级合作化以后，粮食产量下降，却浮夸丰产，实行高征购，农民口粮不足。这些情况，在粉碎"四人帮"以后出版的那本《毛选》五卷中，有更详尽的记载，不是我和那位老友只见树木，不见森林。我在家乡挂职的职位，算是乡和大社的领导人之一，在乡和大社机关吃饭，有酒有肉，不缺香油白面。然而，看到乡亲们吃不饱，尤其看到本族同宗的老人、小孩饥肠辘辘，心里很不好受。于是，每次回城，都买15斤左右馒头，装在一个大人造革手提包里，拎回来分给大家打一打牙祭。如果是为了自己食用，完全没有必要付这个辛苦。因为我享有乡和大社领导干部的特权，吃喝不比城里差。

我这位老友揭发，跟从维熙一样，本是为了敷衍塞责。谁想，竟然引起茅盾先生的浓厚兴趣。在对我展开的"全党共诛之，全国共讨之"的大批判中，茅盾先生写了两篇批判文章，做了一次长篇批判发言。书面和口头，每次都痛斥我的"带着馒头下乡"，而且把带馒头的方式，从拎提包改为挎篮子。如此艺术加工，颇有乡土风味。

1957年我的年资和级别，不能坐小车，那时的小车也比现在少得多。我往返城乡，要换乘几次市内公共汽车和郊区长途汽车。馒头装在篮子里，而且挎在胳臂上，多次换车岂不要被挤得七零八落？我当时就想，以茅盾先生阅历见识之深广，生活经验之丰富，怎么能说出和写出如此违背生活常识的话语呢？

茅盾先生逝世，一些人耽心我不忘旧恶，可能拒不参加向茅盾先生遗体告别仪式和追悼会。我没有那么心胸狭窄，多少还能以历史唯物主义的眼光看人量事。这两个活动我都参加了，对这位文坛老人尽到了晚辈后学的敬礼。

回忆"每月只交一毛钱党费"的冤案，我更痛心。

揭发此事的人，是一位对我有知遇之恩的老大姐。她是一位老革命，我出生那年她就入了党。我们亲如姐弟，两人无话不谈。我划右后，她也被内定为右派，为了立功赎罪，把自己从恶运中抢救出来，便不顾情义和事实，千方百计加罪于我，开脱自己。

50年代，按照缴纳党费的规定，中学生中的党员每月交五分钱，大学生中的党员每月交一毛钱。我在中学时期入党，后来又上大学，交过五分也交过一毛。由于50年代稿费高，我已经是个"万元户"，所以我每月又交一部分稿费，到1957年累计已达两三千元。这位老大姐故意只说一面，掩盖另一面。各路报告急需此等"臭闻"，便一不跟本人核对，二不向组织部门查证，纷纷捅了出来。姚文元著文惊呼："令人不寒而栗！"

这三个屎盆子扣在我的头上，我并不想逆来顺受，几次进行解释，说明真相，都被斥为"纠缠小事，趁机反扑"。于是，这些污蔑以讹传讹，更被坐实。[①]

也就是说，正在刘绍棠得意地规划自己的写作前程的时候，正在刘绍棠准备将自己即将得到的巨额稿酬用于下基层体验生活、回老家购房的时候，一场"风暴"将他的所有都刮得无影无踪。刘绍棠在回忆录中写道：

1956年3月我加入中国作家协会，4月被团中央批准专业创作。从此，不拿工资，全靠稿费收入养家糊口。

当时年仅20岁的我，竟有如此胆量，一方面是因为我不知天高地厚勇气大，一方面也由于50年代稿酬高，收入多。

1957年"反右"前，小说稿酬每1000字分别为20元、18元、15元、12元，我的小说1000字18元。然而，出书付酬，完全照搬苏联方式，3万册一个定额，每增加一个定额便增加一倍稿费。发表之后出书，出书又印数多，稿酬收入也就相当可观。

我专业创作时，已出版了4本书，收入情况如下：

短篇小说集《青枝绿叶》，4万多字，每1000字15元稿

---

① 刘绍棠：《我是刘绍棠：刘绍棠自白》，团结出版社1996年版，第125～127页。

酬，印了6.3万册，三个定额，每1000字45元，收入1800元左右。

短篇小说集《山楂村的歌声》，6万多字，每1000字15元稿酬，印了4万多册，两个定额，每1000字30元，收入2000元左右。

中篇小说《运河的桨声》，10.4万字，每1000字18元，印了6.8万册，三个定额，每1000字54元，收入5000多元。

中篇小说《夏天》，11万字，每1000字18元，印了10万册，四个定额，每1000字72元，收入8000元左右。

光是这4本书，我收入一万七八千元。稿费收入的5%交党费，但不纳税。

存入银行，年利率11%，每年可收入利息2000元左右，平均每月收入160元，相当于一个12级干部的工资。那时的物价便宜，一斤羊肉4角多，一斤猪肉6角。我买了一所房子，住房5间，厨房1间，厕所1间，堆房1间，并有5棵枣树和5棵槐树，只花了2000元，加上私下增价500元，也只花了2500元。这个小院我已住了33年。前几年大闹"公司热"时，曾有人出价20万元买我这所跟中南海相邻的小院。本人奉公守法，拒不高价出售。平价当然也不肯卖。

我专业创作之后，立即下乡挂职，当了个乡和大社党委副书记，到1957年8月划右的1年4个月，主要致力于50万字的长篇小说《金色的运河》的创作，一年多只发表了3个短篇小说和3篇论文，从报刊上得到的稿费不算多。但这一年多出版了3本书，却收入了6000多元，也不算少。最有意思的是少年儿童出版社出版我的《瓜棚记》，只是个1万多字的小册子，但是印了17万册；六个定额，稿酬每1000字竟达108元。

当时，我的长篇小说《金色的运河》，已在《人民日报》上刊登广告，定于10月1日国庆节出版，印数10万册，其中5000册是精装，此书如果出版，可得稿费3.5万元。因而，我打算拿到这笔稿费，深入生活10年，10年之后拿出多卷体长篇小说。我想花5000元在我那生身之地的小村盖一座四合院，过肖洛霍夫式的田园生活。10年内虽然不发表和出版作品，但每月的利息收入仍可使全家丰衣足食。

我是个"撑不着，饿不死"的命，没等到《金色的运河》见书，就被划了右。……我虽有2万元存款，但"反右"之后利率年年下降，到"文革"前，已降到年利率3.6%，所以，利息已不能维持生活，年年都要吃一部分本金。本金年年减少，利息也就年年降低。1979年1月24日，我的错划问题得到改正，银行存款也只剩下2300元，坐吃山空已经亮了囤底。①

① 刘绍棠：《我是刘绍棠：刘绍棠自白》，团结出版社1996年版，第116～118页。

第四章

中央文学研究所和作家培养模式

一、苏联作家培养模式的影响

由官方创办的、专门用于培养文学方面的作者、编辑、评论家或文学管理干部的学校，应该说是苏联时代计划经济体制的产物。"高尔基文学院"就是代表。它是1932年9月17日，苏联中央执行委员会为庆祝高尔基从事文学活动四十周年，决定创办的一个培养作家的高等教育机构。高尔基文学院1933年12月1日正式成立于莫斯科，主要是为有一定创作能力和基础的作者（尤其工农兵作者）提供深造机会的培训机构，最初的名称是"工人文学夜大学"，1936年高尔基逝世之后，才正式称之为"高尔基文学院"。

高尔基文学院的学员在学习期间侧重文学技能训练。文学创作讲座（散文、戏剧、评论、诗歌、文艺作品翻译）由有经验的作家讲授，如费定、法捷耶夫、康·帕乌斯托夫斯基、列昂诺夫等。文学院还开设散文理论（主要是小说理论）、戏剧理论、诗歌创作、舞台艺术和造型艺术原理、电影艺术原理等课程。1954年，增设文学高级进修班，学员都是苏联作家协会的会员。苏联作家西蒙诺夫、邦达列夫、田德里亚科夫等都毕业于高尔基文学院。高尔基文学院培养出来的作家，体现了苏联时期俄苏文学的典型风格。按照后来的文学史家的评价，这种风格是斯大林时代"一种独特的官方文体。这是一种浮夸、刻板、虚伪、唱高调而又粗俗不堪的文体，……和他们的前辈，即老一辈的知识分子相比，他们缺乏艺术技巧，……他们描写的是完美无瑕的英雄形象和冗长的颂扬建设中的事迹的赞歌……"①

关于作家是否能够通过学校教育培养出来的问题，学界历来是有争议的。一般认为，作家是无法通过学校教育培养出来的，学校教育只能将那些与真正的文学相关的东西埋没，而给他们灌输许多与文学不相干的东西。20世纪苏联诗人、诺贝尔文学奖获得者帕斯捷尔纳克②就否定那种由官方组织的专门的文学教育。苏联的著名弹唱诗人奥库贾瓦③在《帕斯捷尔纳克是我一尊神》的文章中，回忆了一件发生在50年代的事情。当时，奥库贾瓦是第比利斯大学哲学系的学生，爱好诗歌并开始了诗歌创作。一次偶然的机会，他认识了自己所崇拜的大诗人帕斯捷尔纳克。他将自己试图放弃大学学业，要去高尔基文学院接受专门的诗歌创作教育的想法告诉了这位大诗人，帕斯捷尔纳克及时劝阻了他。

奥库贾瓦回忆道，帕斯捷尔纳克"把头稍稍向后一仰，闭上眼睛，讲起了我们的文学，其中也谈到文学院。我打算回家后把他说的话全记下来，但是记不下来。只记得他说：办文学院是高尔基的一个天才的错误。高尔基本人在校门外度过一生，使他深感沉痛，他便认为，必须创办一所文学院，以培养诗人和散文家。把人们从边远地区招到文学院来，是因为那些人自己挤不进去。帕斯捷尔纳克对我说：你们

---

① ［美］马克·斯洛宁：《苏维埃俄罗斯文学史：1917—1977》，浦立民、刘峰译，上海译文出版社1983年版，第248～249页。

② 帕斯捷尔纳克（1890—1960），苏联作家、诗人，著有长篇小说《日瓦戈医生》等。1958年获诺贝尔文学奖但未接受，1989年由家属补领。

③ 布拉特·奥库贾瓦（1924—1997），苏联作家、弹唱诗人，1994年获俄语布克奖。1997年病逝于访问法国途中，叶利钦下令在阿特巴尔街修"奥库贾瓦纪念馆"。

在综合大学学习多好啊，综合大学的教学大纲，即使是第比利斯大学的，也比文学院的大纲严肃得多，广泛得多。而要成为文学家，成为诗人，根本不需要专门的职业教育，需要的不过是广义的教育，人文学的教育，这种教育恰恰在综合大学进行"①。

帕斯捷尔纳克的文学教育标准仅仅是他个人的。新的文学标准并不要求那种综合教育，或者说将全面的综合性教育视为多余的，并且试图用各种方式，比如强制性学习，下乡入厂入伍，写检讨文章，乃至更为极端的措施，去清除它、改造它。对新的文学标准而言，帕斯捷尔纳克的那种"综合素养"恰恰是多余的，被视为"资产阶级的"，要予以清算的。当帕斯捷尔纳克获得诺贝尔文学奖的时候，费定代表苏联作协，要作者宣布拒绝诺贝尔奖。帕斯捷尔纳克最终被戴上了诸多吓人的"大帽子"："颓废的形式主义者""反革命雇用文人""叛徒"等；苏联作协还宣布，开除帕斯捷尔纳克的会籍，多名作家联合呼吁苏共中央将他驱逐出境。

苏联作家协会的《文学报》刊登了这样一封所谓的"读者来信"："我从未读过帕斯捷尔纳克这个小丑的作品（引案，当时《日瓦戈医生》还没有出俄文版，或许只有少数文学编辑读过它的俄文手稿），但是，我要求开除他的苏联国籍……应当把这个恶棍赶出我国，因为他在自己这部撒谎的、令人作呕的作品中，背叛了祖国……我是一名医生，祖上世代行医，我抗议诽谤我们这一行业的帕斯捷尔纳克。"②高尔基文学院的300多名学员被组织去参加所谓自发性游行示威，并

---

① ［苏联］奥库贾瓦：《帕斯捷尔纳克是我一尊神》，徐玉琴译，《俄罗斯文艺》1998年第2期，第49页。

② ［美］马克·斯洛宁：《苏维埃俄罗斯文学史：1917—1977》，浦立民、刘峰译，上海译文出版社1983年版，第351页。

要求在一封抗议信上集体签名。①在官方的威胁和强大的舆论压力下，帕斯捷尔纳克最后被迫在《真理报》上公开宣布拒绝接受诺贝尔文学奖。

新中国成立之初，中国政府就正式确定了坚定地站在以苏联为首的社会主义阵营一边的国际交往策略。毛泽东在《论人民民主专政》一文中，早就提出了"一边倒"（倒向社会主义一边）的政策："帝国主义侵略打破了中国人学西方的迷梦。""走俄国人的路——这就是结论。""积四十年和二十八年的经验，中国人不是倒向帝国主义一边，就是倒向社会主义一边，绝无例外。""我们在国际上是属于以苏联为首的反帝国主义战线一方面的，真正的友谊的援助只能向这一方面去找。""苏联共产党就是我们最好的先生，我们必须向他们学习。"②

周扬认为："走俄国人的路，政治上如此，文学艺术上也是如此。"③文学上"一边倒"的学习苏联的模式，反映在文艺政策、文学理论、文艺机关的管理体制、文学运动模式、对文学资源的控制和使用方法等各个方面。新的文学政策是冷战时期的国际、国内政治思维在文艺领域的表述。文学理论以苏联的"社会主义现实主义"为中国文学创作的最高规范和"唯一正确的道路"。文学机构设置和组织形式，内部运作规则（党组负责的权力形式）等都是如此。中国的中央文学研究所在基本任务、管理模式、教学内容与教学方式等方面，与

---

① ［奥］伊文思卡娅：《〈日瓦戈医生〉的风波》，高纫译，见帕斯捷尔纳克等《追寻——帕斯捷尔纳克回忆录》，花城出版社1998年版，第193～194页。

② 毛泽东：《论人民民主专政》，见《毛泽东选集》第4卷，人民出版社1991年版，第1473、1475、1481页。

③ 周扬：《社会主义现实主义——中国文学前进的道路》，见《周扬文集》第2卷，人民文学出版社1985年版，第183页。

"高尔基文学院"的模式十分接近。

1949年5月22日下午，全国第一次文代会召开前夕，茅盾约请黄药眠、钟敬文、焦菊隐、杨振声、卞之琳、冯至、闻家驷等18位专家座谈，茅盾说："苏联作家协会有文艺研究院，凡青年作家有较好的成绩，研究院如认为应该帮助他深造，可征求他的同意，请到研究院去学习，在理论和创作方法方面得到深造。"① 在5月30日召开的另一次座谈会上，郑振铎也介绍了苏联作家协会文学院的情况，但提出中苏各自的情况不同，一个刚刚解放，一个结束内战已经三十多年，作家的职业化程度很高。所以，在筹建文学院时，要考虑差别云云。② 只是他把苏联作协的"青年作家教育委员会"与"高尔基文学院"混为一谈。

1949年10月26日，丁玲作为团长（吴晗任副团长）率领中国代表团前往莫斯科参加苏联十月革命胜利32周年庆祝典礼。③ 代表团在苏联停留了一个月，专门到苏联作家协会高尔基文学院参观考察，回国后向中央领导做了汇报。徐光耀后来在回忆中也提到，丁玲的秘书陈淼在谈到创办中央文学研究所时告诉他："（1）解放不久，毛主席找了丁玲去谈话，问她是愿意做官呢，还是愿意继续当一个作家。丁回答说：'愿意为培养新的文艺青年尽些力量。'毛主席听了连说'很好很好'，很鼓励了她一番。所以，丁玲对这次文研所的创办，是有

---

① 《新文协的任务、组织、纲领及其他——文艺报主办第一次座谈会纪录》，《文艺报》（会刊）1949年6月2日，第5期第6版。
② 《关于新文协的诸问题——文艺报主办第二次座谈会纪录》，《文艺报》（会刊）1949年6月9日，第6期第4版。
③ "十月革命纪念日"一直为苏联的法定节日，为俄历10月25日，公历11月7日。2004年12月25日，俄罗斯国家杜马以324票赞成104票反对的结果，投票通过了新的《劳工法》修正案，废止每年11月7日的"十月革命纪念日"。

很大的决心和热情的。（2）文研所的创办，与苏联友人的重视也有关系。苏联的一位青年作家……一到北京便找文学学校，听说没有，表示很失望。（3）少奇同志去苏联时，斯大林曾问过他，中国有没有培养诗人的学校。以上两项，也对文研所的创办，起了促进作用。"①中央文学研究所图书资料室主任刘德怀回忆："刘少奇访问苏联，回国后找丁玲谈起苏联高尔基文学院培养青年作家，我国也需要建立相应的培养文学人才的机构。丁玲很乐意为新中国培养青年作家尽力。"②

1950年5月至6月，刘白羽到莫斯科参与影片《中国人民的胜利》的后期制作工作，回来后于12月在《文艺报》第三卷第四期上撰文，介绍苏联高尔基文学院的情况。刘白羽写道："文学院是一九三三年，由高尔基倡议创办，属作家协会所领导。创办的动机，并不是由于单纯培养作家的观点，而是高尔基鉴于工人群众当中有很多人欢喜文学，高尔基看到劳动人民中含有丰富的创造天才与智慧，所以这个学校当时是一所工人文化夜校，是个补习性质的学校。但后来，由于苏维埃社会的成长和成熟，人民文化水平的提高，对文学艺术的要求逐渐普遍……而逐渐变成为一所正规的学校。……学院里的课程，除了必须学习马列主义、政治经济学课程之外，学习中的重点最主要的部分是文学史、古代文学、民间文学、苏联文学、文学理论、诗、小说、儿童文学以及各民族文学史、各民主国家文学史。"③刘白羽介绍的高尔基文学院的课程设置情况，与下面介绍的中央文学研究所的课程设置情况基本上差不多。

①　徐光耀：《"丁玲事件"之我经我见》，《新文学史料》1991年第3期，第78～86页。
②　鲁迅文学院编：《文学的日子——我与鲁迅文学院》，内部纪念文集2000年版，第127～128页。
③　邢小群：《丁玲与文学研究所的兴衰》，山东画报出版社2003年版，第29页。

二、中央文学研究所的创办

中央文学研究所的筹建和创办工作，主要由丁玲主持。1950年上半年，经陈企霞执笔，刘白羽、周立波、雷加、艾青、曹禺、赵树理、宋之的、陈淼、碧野、杨朔、何其芳、柯仲平等人参与讨论和修改，完成并提交了一份《国立鲁迅文学研究院筹办计划草案》①：

《国立鲁迅文学研究院筹办计划草案》（1950年3月9日）

根据中央文化部及全国文联"1950年创办文学研究所的决议"草拟如下筹备计划。

一、定名：国立鲁迅文学研究院。

二、创办目的：培养新中国的文学作家及新文学理论、批评、编辑等干部。

三、教学原则：在毛主席文艺方向下，采取理论与实际结合的方针，即学习研究与参加各种实际工作（工厂、农村、部队）与创作相结合的方针。

四、学制：分研究班与普通班。

甲、研究班

1. 参加人员条件：第一，参加人员经过一定的思想改造，具有相当的政治修养及实际工作经验，并有一定的写作能力及表现，或在研究工作、实际工作（如编辑）上有某些经验与成绩者。第二，有相当的文学、政治修养，发表过一

---

① 本章所有原始材料，除注明出处者之外，均来自鲁迅文学院建院50周年展览档案。

些创作或理论，政治倾向进步者。第三，出身工农，有相当的实际工作经验，且有初步的写作能力及表现者。这是参加成员的三种不同对象的条件。

2. 研究班下设创作室、理论研究室。创作室下分散文（包括小说及剧作）及诗歌两组。理论研究室按性质分小组，如理论批评、文学史、民间文学等。

3. 研究班成员，可根据其条件、经验及表现分为研究员与研究生。

4. 研究班不论员、生，研究年限不固定，但起码一年，一年以后，得根据其成绩，决定其继续研究（包括研究生升为研究员）、继续创作，或分配下乡、入厂，以深入生活，并定期回来创作，或分配其适当的工作。此外，在研究的任何时期，都得视需要及情况派员生下乡、入伍、入厂，或组织集体创作及专题研究。

5. 研究班员生，除必须进行干部学习及参加指定的重要的文艺课程学习外，一般以自学及集体研究（理论问题、创作问题、作品〈名著或自己的作品〉等）为主。

乙、普通班

1. 学生条件：一，有一定的政治知识与实际工作经验，并有初步的文学基础知识或经验（如学习写过通讯、报告、快板诗或从事过部队、农村的编辑、记者等文字工作等）者。二，高中毕业以上程度，有起码的文学写作能力或理论研究实际工作（教育、编辑等）经验，政治倾向进步者。三，工农出身的文艺青年，有实际生活体验及起码写作能力者。

2. 普通班修业年限为二年，第一年为全部普通必修课程，第二年分创作、理论研究二系，创作系下又可分为小说、诗二组，理论研究系亦可分理论批评、文学史、民间文学等组。

3. 课程

第一，政治课为必修课，分哲学（辩证唯物论与历史唯物论）、马列主义（包括社会发展史、政治经济学、党史等）、国家建设（即各种政策）三门，两年学完。

第二，第一学年普通课程：文艺学（文学概论、毛主席文艺讲话），中国文学史（包括旧文学及五四以来的新文学），俄国文学及苏联文学，西洋文学，中国民间文学，名著研究，创作方法，创作实习。

第三，第二学年按创作、理论研究各系不同性质，制定不同课程，作进一步较专门的深入的学习。但本系得选外系一种至二种课程。

4. 学习方法，上课与集体讨论并重，但必须有一定的自学时间。每学期定为二十个星期，寒暑假得组织下乡、入伍、入厂实习。

五、组织机构

院长：正院长一人，副院长一人或二人。

院长办公室：设正副主任各一人，下设各科，助理院长处理日常工作。

教务处：在院长领导下，计划、推动、管理全院教育学习事宜，设主任一人，下分教务科（掌握课程，设科长一人、科员三人）。组织科（掌握干部、学生材料，负责对外联络，组织干部学习，设科长一人、科员三人）。图书资料科（建设图书室，整理、保存、供给学习研究资料，设科长一人兼图书馆长、图书管理员三人、资料组长一人、组员三人）。总计教务处得需干部十七人。

秘书处：在院长领导下，计划、推动、管理全院生活及事务事宜。设主任一人，下分秘书科（科长一人，文书股文书、打字、刻印四人；收发一人，并领导传达、看门、司车二人及通讯员三人；俱乐部负责体育娱乐的干部二人；公务员十五人；汽车司机等二至四人）；总务科（正副科长各一人，会计股三人，事务股保管、采购、建设等四人，管理股三人，伙夫七人）。总计秘书处需干部及勤杂人员约四五十人，内科员以上干部约需十二三人。

研究班：在院长领导下，按计划进行研究、创作、实习等。设班主任一人，秘书一人，下面创作室、理论研究室各设室主任一人，室下面可分组，组设组长；研究人员分为研究员与研究生。有些研究员可兼教授、教员、助教等等。研究班需要室主任以上干部四人。

普通班：在院长领导下，按计划组织学生学习。设正副班主任各一人，第二学年设创作、理论研究系主任各一人。刚创办时只需班主任二人。学生生活等由学生民主管理。

教授会：由各专任的教授、副教授、讲师、教员、助教组成，在院长领导下研究、讨论及建议全院教学具体实施上面的事宜。

院务会议：由院长、办公室主任、研究班主任、普通班主任、教务处主任、秘书处主任、教授代表、学生代表，组成院务会议，在院长的领导下决定全院的大政方针（首先是教学方针）。

此外，还可建立联系性质的教学会议，由院长办公室主任、教务处主任、各班主任及各科主任、教员、学生代表组织之。

六、创办第一期招生计划

甲、介绍、保送五十名

研究班员生暂定为三十名，全部介绍、保送，不招生；普通班学生介绍、保送二十名。介绍、保送来后审查确定入研究班或普通班，不合格者介绍工作。分配名额暂定：

1. 四大野战军，每一野送六人，共二十四人，但数目不一定平均分配。

2. 各大行政区、军区，统一由各中央局负责介绍、保送，共二十六名，东北、华北可多一些，华东、中南次之，西北、西南可少些。

3. 男女兼收，二十三岁以上，四十岁以下。

乙、招收普通班学生五十名

1. 京津二十名，沪宁二十名，武汉十名。

2. 男女兼收，二十岁以上，三十岁以下。

3. 此外，可酌情收取少数旁听生，不超过十名。

七、房子：约需一百五十间至两百间。

八、供给：一律供给制，研究班员生按干部待遇，学生按学生待遇，旁听生自费。

九、进行计划

甲、三月份批准计划，决定主要筹备干部，制定预算。

乙、四月份批准预算，找到房子。

丙、五月份初步建设房子，调人，配备干部，向各级调介绍保送的人员。

丁、六月份干部配备有个眉目，发出招生广告，拟详细教学计划。

戊、七月份建设大体就绪，批准详细教学计划，准备招生及开学后的一切。

己、八月份招生完毕，九月初开学。

十、目前的主要事项

甲、决定并批准计划。

乙、确定筹备处负责人。

丙、做预算，找房子。（完）

上面是一份手稿。在诸多草稿和文件中选择这份手稿的全文，是因为它包括了当时中国作协创办"文学研究院"者比较全面的设想，从中可以看出丁玲创办一个大型作家培养机构的勃勃雄心，但这些设想有许多并没有实现。

1950年4月24日筹办计划正式上报文化部时，是一份字数较少的打字稿，增加了诸多"创办理由"，省略了组织机构和招生计划的详细内容，增加了预算（小米44万1千斤）。上报材料中的机构名称，依然坚持写着"中央文学研究院"，但文化部1950年6月26日的批复是"文学研究所"。以下是批复全文：

本部为了培养一些较有实际斗争经验的青年文艺写作者及一些从事文艺理论批评的青年，业经呈准文化教育委员会及政务院，决定本年内筹办文学研究所，并聘请丁玲、张天翼、沙可夫、李伯钊、李广田、何其芳、黄药眠、杨晦、田间、康濯、蒋天佐、陈企霞等十二人为筹备委员，组织筹委会并以丁玲为主任委员、张天翼为副主任委员，特此函达。

中央人民政府文化部（盖章）

1950年6月26日

据说，"中央文学研究所"这个名称，是当时的政务院副总理兼文化教育委员会主任郭沫若最后定下来的。[①]也有人说，是因为周扬不同意叫"院"才改为"所"的。[②]"所"比"院"感觉上更小一些。根据作家梁斌的回忆，胡乔木也不主张叫"院"，并且说毛主席主持的"广州农民运动讲习所"也叫"所"嘛。[③]80年代，丁玲在鲁迅文学院的一次讲话中提到了这件事。她说："……按我的意思，是希望叫个'什么什么院'的，但上面不批，只准叫'所'。'所'好呀，你看'卫生所''托儿所''派出所'，还有'厕所'，都是'所'啊……"[④]丁玲的语气中明显带有不满和讽刺。文化部1950年10月18日的批复是：同意"中央文学研究所计划草案"，批复如下：

---

①　邢小群：《丁玲与文学研究所的兴衰》，山东画报出版社2003年版，第104页。

②　邢小群：《丁玲与文学研究所的兴衰》，山东画报出版社2003年版，第141页。

③　鲁迅文学院编：《文学的日子——我与鲁迅文学院》，内部纪念文集2000年版，第98页。

④　鲁迅文学院编：《文学的日子——我与鲁迅文学院》，内部纪念文集2000年版，第52页。

中央人民政府文化部长沈雁冰批复

一、同意中央文学研究所筹办计划草案及第一次筹委会会议决议七项照准，望即据此进行。

二、请此复发中央文学研究所筹备委员会长戳一枚。

此复中央文学研究所筹委会。

中央人民政府文化部（盖章）

部长沈雁冰

1950年10月18日

另有中央人民政府文化部令（50文秘字第589号）:

中央文学研究所业经政务院第六十一次政务会议通过设立，并通过任命丁玲为中央文学研究所主任，张天翼为副主任。奉此，原"中央文学研究所筹备委员会"应即结束，正式成立中央文学研究所。兹随令转发政务院任命书两份，并颁发"中央文学研究所印"木刻关防一颗。望即遵照执行，并将关防启用日期连同印模一式三份报部备查。（引案，"关防"即官印）

此令

中央文学研究所

丁玲主任　张天翼副主任

中央人民政府文化部（盖章）

部长沈雁冰　　副部长周扬　丁燮林

1950年12月27日

文化部下达的这份命令，应该是中央文学研究所正式成立的标志。但此前的1950年秋季，中央文学研究所的组织机构已基本内定，教员、第一期学员也都已经到位，校舍、资料室、办公设施已经办妥，所以，一般认为中央文学研究所是1950年秋季成立的。

1951年1月8日，第一期研究员班的开学典礼正式举行。第一期学员胡昭回忆："我永远忘不了我们的开学典礼。过去只在文学史上，在报刊上见过的名字和照片的文学前辈们相继走进小小的礼堂：郭沫若、茅盾、周建人、叶圣陶、丁玲、张天翼、李广田……"[①]还有周扬、沙可夫、黄药眠等人都参加了开学典礼。郭沫若说，新中国成立了，可歌可泣的事情很多。茅盾说，希望他们中间出现高尔基、马雅科夫斯基和莎士比亚。周扬说，希望大家认真学习毛泽东思想。

三、学员、师资和课程

中央文学研究所的校址在鼓楼东大街103号，另外在鼓楼东大街156号和后海北官房27号也有房产（主要是做学员的宿舍）。从1950年开始的丁玲时期的"中央文学研究所"（文化部和中国文联共同管理，历届主要负责人见表1）到1953年后的田间和公木时期的"中央文学讲习所"（全国文协管理，历届主要负责人见表2），前后经历了7个年头，开设四期五班（第一期两个班），有结业学员279人。经历了1955年的"丁陈反党集团"事件和1957年"反右"运动之后，中

[①]　鲁迅文学院编：《文学的日子——我与鲁迅文学院》，内部纪念文集2000年版，第336页。

央文学讲习所被迫终结，直到1980年重新恢复建制，改称"中国作家协会文学讲习所"（李清泉任所长，徐刚任副所长）。1985年改称"鲁迅文学院"（唐因任院长，1991年由贺敬之任代院长），终于实现了与苏联"高尔基文学院"的名称接轨的夙愿。但此时的"鲁迅文学院"或者说中国作家协会，与风起云涌的50年代时相比，已经不可同日而语了。下面的表格，是2000年鲁迅文学院庆祝建院50周年举行纪念展览时制作的。但文化部1954年1月的公文所示为"中国作家协会文学讲习所"，并附有方印（关防）图案，特此说明。

表1　中央文学研究所时期历届（1950—1953）主要负责人简介

姓名	简介	职务	任职时间
丁　玲	作家	所长	1950—1953
张天翼	作家	副所长	1950—1953
田　间	诗人	秘书长	1950—1953
康　濯	作家	副秘书长	1950—1953
马　烽	作家	副秘书长	1950—1953

表2　中央文学讲习所时期历届（1953—1958）主要负责人简介

姓名	简介	职务	任职时间
田　间	诗人	所长	1953—1956
吴伯箫	作家、教育家	所长	1953—1956
邢　野	作家	副所长	1953—1954
田　家	作家	副所长	1953—1954

姓名	简介	职务	任职时间
公　木	诗人、作家、教育家	副所长	1953—1958
萧　殷	作家、记者、教育家	副所长	1953
徐　刚	作家、记者	讲习班主任	1956—1957

中央文学研究所学员选拔的方式和标准，在上一节的"草案"中已有详细说明。第一和第二期学员属于调干性质，有些学员同时兼工作人员，比如马烽、徐刚等同时兼任文学研究所的干部和老师。综合鲁迅文学院展览资料和学员回忆文章，前四期五班的学员情况如下：

1. 第一期第一班为研究员班，1950年10月入校，1953年6月结业。学员有马烽、西戎、李若冰（即沙驼铃）、唐达成、陈淼、古鉴兹、徐刚、陈登科、李纳、刘德怀、周雁如、司仃、张今慧、吴长荣、王雪波、高冠英、郭小兰、王慧敏、段杏锦、董伟、逯斐、葛文、胡正、王景山、王谷林、丁力、雷加、张学新、杨润身、徐光耀、朱靖华、胡昭等52人。

2. 第一期第二班为研究生班，1952年9月入校，1953年8月结业。学员有曹道衡、玛拉沁夫、毛宪文、刘真、张凤珠、龙世辉等25人。第一期研究员班和研究生班两班共77人。

3. 第二期1953年9月入校，1955年3月结业。学员有邓友梅、张志民、白刃、孙静轩、沙鸥、苗得雨、赵郁秀、胡海珠、刘真、王谷林、和谷岩、王有卿、刘超、沈季平、漠南等45人，另外还有24名是第一期转过来继续学习的。第二期实际上是69人。

4. 第三期是1956年上半年的短训班。学员有吉学沛、李学鳌、胡万春、流沙河、梁信、钟艺兵、任大霖、王剑青、胡景芳等61人，都是从第一次全国青年文学创作者大会代表中挑选的。

5. 第四期是文艺编辑班。1956年10月入校，1957年6月结业。学员有马德波、王平凡、王成刚、王占彪、李昭、高歌今等103人。

第一班成名作家比较多，主要来自老解放区和解放军的青年作家。第二班是从各大学选来的，其中曹道衡、毛宪文、白婉清、王有钦、许显卿等来自北京大学，龙世辉、王鸿谟来自辅仁大学，还有复旦大学等高校的。

到中央文学研究所授课的，都是著名作家和著名学者。以下是鲁迅文学院提供的主要授课老师的名单（按姓名音序排名）：

阿红、艾青、卞之琳、冰心、蔡其矫、蔡仪、曹靖华、曹禺、陈荒煤、陈企霞、陈学昭、陈涌、陈占元、丁力、丁玲、杜秉正、方纪、冯雪峰、冯至、公木、光未然、郭沫若、何其芳、胡风、黄药眠、康濯、柯仲平、老舍、李广田、李何林、李霁野、李劫人、李又然、刘白羽、柳青、庐隐、吕叔湘、吕荧、马烽、玛金、茅盾、聂绀弩、裴文中、彭慧、秦兆阳、阮章竞、沙鸥、邵荃麟、孙伏园、孙家琇、孙维世、田间、吴伯箫、吴兴华、吴组缃、夏衍、萧三、萧殷、严文井、杨晦、杨朔、杨思仲、杨宪益、叶君健、叶圣陶、游国恩、余冠英、俞平伯、张道真、张庚、张天翼、赵树理、郑振铎、钟敬文、周立波、周扬。

鲁迅文学院提供的第一期第一班课程表（不全）：

1. 中国古典文学课程

裴文中：史前的文化

郑振铎：中国文学史、中国古代文学

郭沫若：屈原

俞平伯：古诗十九首、《孔雀东南飞》

郑振铎：三国六朝文集

余冠英：南北朝乐府诗、乐府词

郑振铎：唐代的骈文和传奇

游国恩：白居易和讽刺诗

叶圣陶：古文

郑振铎：词与词话

叶圣陶：辛稼轩词

叶圣陶：元朝时代的文学

张　庚：元曲

聂绀弩：《水浒传》

郑振铎：明代的小说与戏曲

郑振铎：《桃花扇》与《红楼梦》

郑振铎：清朝末年的小说

钟敬文：人民的口头文学

2. 五四以来的新文学

蔡　仪：五四新文学史

李何林：左联成立前后十年

李何林：抗日统一战线前期的新文学

李伯钊：苏维埃时期文艺史料

杨　晦：延安文艺座谈会讲话以后

李又然：鲁迅先生思想的发展

吴祖缃：茅盾的小说

陈企霞：丁玲的作品

丁　玲：漫谈"左联"点滴

老　舍：抗战时期的文协

郑振铎：文学研究会

黄药眠：郭沫若的诗

3. 文学理论课程

李广田：《实践论》与文艺工作

黄药眠：主题与题材

萧　殷：文学与语言

叶圣陶：语文问题

艾　青：谈诗

田　间："诗"的报告

丁　玲：读书问题及其他

胡　风：怎样阅读文学名著

4. 文艺思想与文艺政策

周　扬：毛主席"讲话"的历史意义

严文井：文艺批评

冯雪峰：社会主义现实主义的几个问题

艾　青：文艺的阶级性与党性

周　扬：文艺统一战线与思想斗争

陈企霞：为文艺的新现实主义而斗争

胡　华：关于党史

徐　刚：中国共产党党史

5. 苏联文学

周立波：契诃夫的小说

冯雪峰：关于《毁灭》

陈企霞：苏联短小说

光未然：苏联独幕剧

老学员事后的回忆文章，可以弥补这份课程表的不足。第二期学员赵郁秀的听课记录保留得比较完整，她在《我们的队伍向太阳》的回忆文章中说，**中国古典文学课程**，除郑振铎讲授文学史之外，还有李又然讲《诗经》，游国恩讲《楚辞》和白居易，冯至讲杜甫，宋之的讲《西厢记》，冯雪峰主持《水浒传》的课后讨论。**中国现代文学课程**，有李何林讲五四以来的新文学（现代文学史），吴祖缃讲茅盾的小说，黄药眠讲郭沫若的诗歌，陈荒煤讲电影创作，柯仲平讲解放区文艺，康濯讲丁玲的小说《太阳照在桑干河上》，冯雪峰讲鲁迅的小说，胡风讲鲁迅的杂文，孙伏园讲鲁迅生平。**西方文学课程**，有杨宪益讲古希腊神话、史诗、戏剧，吴兴华讲文艺复兴文学和《神曲》，冯至讲歌德的《浮士德》，叶君健讲《唐吉诃德》，蔡其矫讲惠特曼，陈占元讲巴尔扎克，高名凯讲《欧也尼·葛朗台》，张道真讲《约翰·克里斯多夫》，孙家琇讲莎士比亚，曹禺讲《罗密欧与朱丽叶》，卞之琳讲《哈姆雷特》，吕荧讲《仲夏夜之梦》，吴兴华讲《威尼斯商人》。**俄苏文学课程**，有李何林和彭慧讲俄国文学和苏联文学概况，方纪讲托尔斯泰，张光年讲《大雷雨》，潘之汀讲契诃夫，冯雪峰讲肖洛霍夫，等等。[①]

授课较多的老师是郑振铎和李何林。在一些学员的回忆中，游国恩、李何林、李又然、丁玲、郑振铎、杨宪益、冯至、曹禺、孙家琇等老师的课较受欢迎。第二期学员孙静轩，也讲了不受听的老师课堂情状。他回忆了冯雪峰和胡风讲课的情形："……此公（冯雪峰）最不善言辞，……每次开讲，就像是在自言自语，说给自己听似的，只听他唠唠叨叨没完没了地讲下去，简直听不懂他讲些什么。……无独有偶，除了冯雪峰，还有一个胡风，也是个不会讲话的人，……像是被什么堵塞了似的，断断续续说半句留半句，始终表达不出一个完整的意思……"。孙静轩还说，自己了解到胡风与党内的文艺领导"不和"的一些信息，便"特别留意捕捉他的每一句话，想抓把柄"。当孙静轩用"革命"观点质疑胡风对鲁迅的理解，说他只强调鲁迅的"进化论"阶段没有讲鲁迅从"进化论"到"阶级论"的飞跃时，师生冲突终于爆发了，胡风"拍着桌子叫嚷起来，……说胡某再不敢进文讲所的大门了，边说边走下讲台，气冲冲地走了出去"。孙静轩说，自己后来成为批胡风的积极分子，"很是出了一阵风头"，直到"文化大革命"后，才改变了态度。孙静轩还认为，讲得最糟的是玛金和沙鸥。玛金讲"文艺学"，绕来绕去，不但给学员绕糊涂了，连他自己

---

① 鲁迅文学院编：《文学的日子——我与鲁迅文学院》，内部纪念文集2000年版，第364～376页。

也糊涂了。沙鸥讲"联共党史"是"赶鸭子上架"，结果是谁也不听他的。[①]

四、培养方式和教学成果

中央文学研究所（讲习所）的教育方式是课堂教学和讨论、自学和创作实践、社会实践（下乡、入厂、入伍）三位一体的。第一、第二两期在教学上比较正规，也就是说正式上课的时间和自己读书创作的时间比较多。第一期第一学期共开设四门课程：马恩列斯方法论、大众哲学、文艺学、新文学史，14周，每周5天上课，周五小组漫谈，周六大组讨论，作业是提交学习心得或者读书报告。这种正规上课安排整整四个学期。第二期学员苗得雨回忆道：

> 文学讲习所的学习，包括政治理论、业务学习（中外文学史、文艺理论、作家作品研究）和创作实习。自第二期起更加系统，除原有的范围，又增加了"文学概论""中共党史""世界近代史"等。作家辅导也更加具体化，如丁玲、张天翼、康濯、马烽、赵树理、刘白羽、严文井辅导小说组，光未然、宋之的、陈白尘辅导戏剧组，艾青、田间辅导诗歌组，每人辅导谁都一一列明。第一学期，研读中国文

① 　鲁迅文学院编：《文学的日子——我与鲁迅文学院》，内部纪念文集2000年版，第163～165页。孙静轩（1930—2003），诗人，1943年加入八路军，1948年加入中国共产党，1953年入中央文学讲习所学习，1958年被划为"右派"，1962年定居成都。

学，第二学期，研读外国文学，第三学期重点研读鲁迅作品，第四学期研读《红楼梦》。研读重点有小组范围的，有全体的，全体的都由大组讨论数天，如第一期讨论《水浒》，第三期讨论鲁迅作品，……外国文学重点讨论莎士比亚戏剧。……①

学员除了在校学习和自己读书写作，还参加各种社会实践活动。1951年年底，第一期一班部分学员参加全国政协土改工作团到广西土改半年，田汉、艾青、李又然带队，回来后又分组下乡、入厂、入伍，或参加北京的"三反"运动；1953年第一期一班到浙江采风，第一期二班到大同煤矿实习；1953年第二期学员到青岛国棉六厂实习。

与延安鲁艺早期的"三三三制"（三个月在校学习，三个月上前线，再回学校学习三个月）相比，文学研究所（尤其是第一、第二期）要正规多了，学习时间也更长。延安鲁艺在周扬任常务副院长时期，一度也试图走正规化、学院化、专门化的道路。从一份1940年、1941年制订和修改的课程表，可以了解当时延安鲁艺在办学思路上的变化：

1. 文学、戏剧、音乐、美术四系公共课10门（包括中国的近代史、文艺思潮史、社会问题、西洋近代史、思想方法论、外国语等），共740学时（其中外国语360学时），三学年修完。

2. 文学系的专业课11门（包括中外文学史、文学概论、文学批评、文学名著选读、理论名著选读、中国小说研究、中国诗歌研究、

① 　　鲁迅文学院编：《文学的日子——我与鲁迅文学院》，内部纪念文集2000年版，第306页。

作家研究等），共1080学时，三年修完。

3. 选修课3门（包括民间文学、新闻学、文学翻译），共180学时，三年修完。

4. 文学系的师资力量也很强，有何其芳、周立波、陈荒煤、严文井等，丁玲、艾青、高长虹、萧军、欧阳山等人都应邀到延安鲁艺做过演讲。

然而，延安鲁艺在正规化、专门化方面的这种努力和尝试，却引起了毛泽东、贺龙等中央领导人、前方部队将领和边区某些文化界人士的不满。这种专业化的办学思路在1942年的整风运动中被尖锐批评为关门提高。[①]丁玲时期的中央文学研究所的遭遇也基本上是一样，第一、第二期之后就改成短训班了。

中央文学研究所学员管理在生活上实行一种半军事化的供给制或包干制。资料员李昌荣说：

> 不是供给制。供给制是全都管了；是包干制，给一点点钱，根据资历分吃大灶、中灶、小灶。我是部队转业到文研所的。在部队，我是排级，到文研所就给我一个班级待遇。那时的思想很革命，随便怎么都行。王景山（李昌荣的丈夫）是三十几元……我们拿包干制的人生活水平很低，谁富呢？有孩子的富。为什么？因为孩子有供应，营养费、保姆费，两个孩子，公家出线给你雇一个保姆，孩子的营养费花不了……后来，我得了肺病，王景山让我吃15元的中

[①]　王培元：《延安鲁艺风云录》，广西师范大学出版社2004年版，第82～94页。

灶（引案：据当时的食堂管理员张凤翔说，小灶20元、中灶18元、大灶12元），我再给母亲钱，就什么钱也没有了。我们从来不做衣服。但日常生活用品、学习用品都发，包括手纸。后来人事科干部王孔文劝我改成薪金制。我们没有孩子，如果改成薪金制就有上百元钱了。我想，坏了，让我领薪金，就是对我实行雇佣了，我就不是革命大家庭里的一员了，所以就哇哇地大哭起来，坚决不干。到了1955年一律改成薪金制时，有人和我开玩笑说李昌荣，我们都改了，你一人革命吧。[1]

王景山入学前是江苏通州师范学校的教师，有较高的收入，他在西南联大和北京大学的同学杨犁（当时在《文艺报》任编辑）推荐他来学习，所以一进文研所，丁玲就找他谈话："文学工作要耐得清苦、耐得寂寞。……你看杨犁，在外面肯定是领导干部了，在这里还是吃大灶。"[2]可见在这里学习而又吃大灶者，生活还是比较清苦的。从学员的回忆中可以看出，生活清苦并不是问题，等级制则在他们的脑子里留下了很深的印象。第一期学员朱靖华回忆：

那时的等级观念很重。……这是由战争年代长期的"供给制"演化而来的。我来文研所是吃大灶，使用的是简陋的三屉桌，椅子是木头板的，这是最次的待遇。秘书以上可以

①　邢小群：《丁玲与文学研究所的兴衰》，山东画报出版社2003年版，第23页。
②　鲁迅文学院编：《文学的日子——我与鲁迅文学院》，内部纪念文集2000年版，第57页。

用两屉一头沉带橱柜的桌子，并配有小书架。学员是"研究员"，可以用软椅和一头沉桌子。一般吃中灶的处级干部用大的一头沉，有三个抽屉，还可以用软座沙发椅，并配有大书架。……所长级干部是小灶，丁玲是特灶（也有说是小灶）。[①]

丁玲是文学研究所的所长（1950—1953）和主心骨，如果不受外力左右的话，她的话应该是文学研究所的"圣旨"。1951年3月12日，丁玲在中央文学研究所理论批评小组成立会上的讲话显得很有个性：

> 要大胆争论，要发现新鲜事物。开会不要成为形式。无形的、真正研究问题的会，三人五人的会，要多开。要讨论纷纷，是解决问题的议论。要善于听取别人的意见，修改自己的意见，集合大家的意见，使之成为最完整的东西。要用脑子，独立思想，不要鹦鹉学舌。应该老老实实，想什么说什么。[②]

1951年7月31日的第二学期，丁玲作关于"文艺思想和文艺政策"单元学习总结的"启发报告"。主要是结合当时批判电影《武训传》，批判萧也牧和朱定等人的小说，批判文学创作中的小资产阶级思想而来的。丁玲说：

---

① 邢小群:《丁玲与文学研究所的兴衰》，山东画报出版社2003年版，第24～25页。
② 邢小群:《丁玲与文学研究所的兴衰》，山东画报出版社2003年版，第209页。

是不是样样都要总结呢？……不是，而是要总结我们同学中思想上有了哪些进步。从《武训传》《关连长》《我们夫妇之间》里，讨论无产阶级的，非无产阶级的，小资产阶级的文艺思想，什么是好的，什么是为害人民的东西。……上海认为萧也牧是解放区最有才能的作家，其次是秦兆阳，认为萧也牧的作品有工农兵，又有艺术。人家反对我们，不是从内容上，他们不敢，而是从形式上反对我们，认为缺乏爱，缺乏感情，缺乏人情味。……《我们夫妇之间》主角是知识分子，是知识分子结合工农兵。写张英不好，就是想衬托李克好。《关连长》的出现，不是不了解解放军，而是故意出解放军的洋相。不是看不见好东西，而是专门去找坏的东西，夸大，甚至造谣。这不是有心、政治上的问题，而是思想上的问题。走下去，可能走到反我们的反对阶级方面去。小资产阶级改造，是一个很大的问题。①

第一期第一班（研究员班）入学一年多的时候，丁玲作创作动员报告，急于要求学员拿出有分量的重大题材的哪怕像《白毛女》那样集体创作的作品。这个动员报告似乎与丁玲的文艺观不大吻合，但她创办中央文学研究所之后，急于想推出一批能够鼓舞群众热情的作品。1951年11月14日，丁玲在《给第一期第一班学员作创作动员报告》中说：

① 　邢小群：《丁玲与文学研究所的兴衰》，山东画报出版社2003年版，第215～216页。

128

我所培养青年作家的方法、道路是对的，没有脱离政治，群众。但成绩是没有的。我们并没有说马上要成绩，但成绩却还是要的。……搞创作的一定要搞出东西来，而且要求写大的东西，分量重，主题意义大。写自己熟悉的东西，是对的，但要看你熟悉的是什么，身边琐事不合要求，不合水平。同时，我们还要强调集体来搞，《白毛女》就是集体的。当然，这不大容易。不过要相信，集体里能产生好的东西。

这次要求写作是任务，也是考验，对大家都是考验。集体地搞，有重点地搞，希望大家争取做重点。我们要争取写出一个剧本来，1952年上半年上演。写出几篇好的小说和报道来。魏巍的通讯受到欢迎，是因为文中对志愿军战士有无限的热情。群众要求热情蓬勃的东西，我们的作品往往不热烈，暗淡无光。……①

1953年，丁玲辞去文学研究所所长职务。1955年，中国作家协会开始批判"丁陈集团"，其间几经周折，最终定性为"丁陈反党集团"。对丁玲的判定主要就是"搞个人崇拜""一本书主义""不要党的领导"等。丁玲的学生张凤珠、徐光耀认为这些都是"莫须有"的。下面的章节里还要涉及这个问题，这里不再展开讨论。在阅读鲁迅文学院编的《文学的日子——我与鲁迅文学院》一书时，读到50年代老学员的20多篇回忆录，其中除了一些客观材料，多数是抒情，回忆起自己的青春岁月，但涉及创作问题本身的不多。这些学员毕业以后，

---

① 　邢小群：《丁玲与文学研究所的兴衰》，山东画报出版社2003年版，第219~220页。

当作家的并不多，他们大多数都成了文学干部，各省市文联、作协的领导。我现在做这样的假设：假设丁玲不辞去所长职务，她的愿望实现了，也就是按照她在创作动员报告中所想的那样，结果又怎么样呢？下面是鲁迅文学院建院50周年展览上提供的一份《文学研究所和文学讲习所学员1950—1966年的代表作》清单：

徐光耀：《小兵张嘎》（电影剧本）

邓友梅：《在悬崖上》（小说）

马　烽：《结婚》（小说），《三年早知道》（小说），《我们村里的年轻人》（电影剧本）

董晓华：《董存瑞》（电影剧本）

梁　斌：《红旗谱》（小说）

邢　野：《平原游击队》（剧本，后改编成电影剧本）

刘　真：《春大姐》《我和小荣》（小说）

李　纳：《明净的水》（小说）

和谷岩：《狼牙山五壮士》（电影剧本）

谷　峪：《一件提案》（小说）

陈登科：《风雷》（小说）

王雪波、张学新：《六号门》（剧本）

玛拉沁夫：《草原上的人们》《草原晨曲》（电影剧本），《敖包相会》（歌词）

白　刃：《兵临城下》（电影剧本）

郭梁信（梁信）：《红色娘子军》（剧本）

朱祖贻：《甲午海战》《赤道战鼓》（剧本）

就中央文学研究所和讲习所四期五班279名毕业生整整16年而言，尽管上列清单里的信息可能收录不完整，但可以从中看出不少作家都在响应号召改编电影剧本，创作束手束脚，因而成果确实少了些。值得注意的小说，也只有梁斌一部《红旗谱》。梁斌是一个比较执着的人，经常是夹着一个里面装着手稿的大牛皮纸文件袋，一边参加会议，一边偷偷写作。

　　上面列举的那些课程，其规格之高、阵容之强大、专业之精深，无论当时还是现在，都是令人羡慕的。第一期和第二期学员的学习期限都是两三年，还有一部分学员从第一期转到二期继续学习，最长的时间有四年，长期与著名作家和学者在一起交流、切磋，最终的教育效果却不明显，这不得不让人深思。倒是那件与中央文学研究所（讲习所）和丁玲等人密切相关的政治事件成了这一阶段当代文学史研究的内容之一。

第五章 文学媒介及其管理机制

一、对民营和同人报刊的管理

新中国成立初期，长期被分离在共产党领导下的解放区和国统区的文学工作者终于"会师"，五四新文学的战斗传统和战争中形成的解放区文化传统在目标一致的前提下分流了。首先体现在作家队伍的重整，再有是新作家的培养模式、表达方式（抒情方式和叙事方式）的规范化，最后是整整一个时代的文学趣味的变化。但是，对这些方面的重视，正是依赖报纸杂志这一重要的传播媒介而实现的。对文学媒介的管理和控制，是新中国文学生产和传播的核心内容之一。管理的基本步骤是：1. 取消民国时期已有的老报纸杂志；2. 中止新的同人刊物[①]或者民营报刊出现；3. 创办新的官方刊物（国家刊物、机关刊物）；4. 对新创办的官方刊物进行监督、批评、批判，直至符合预想的标准。第一步的结果是，到1952年前后，民国报刊基本退出舞台。第二步中不妨看看两家出现在上海的同人刊物和民营报纸。

梅志（胡风的夫人）、路翎、化铁等人，于40年代末50年代初期于上海创办同人刊物《起点》，胡风的长诗《时间开始了》第三部《青春曲》的第一曲《小草对阳光这样说》，就刊登在《起点》1950年第1期上。后来，主管全国民营文艺期刊发行工作的三联书店上海分

---

① 同人刊物即以趣味、志向相投的成员为主体，编辑、规划、执笔、编辑、发行的刊物。

店拒绝发行这份刊物，因为北京的总店有吩咐，"叫他们不要卖"，刊物才出了三期就停办了。①《起点》的命运就是新中国同人报刊的命运。当时国家对这类同人刊物采取的是一种比较柔性的态度，比如不发行，让它自生自灭，还没有采用"取缔"等措施。

上海的《亦报》和《大报》也是如此。1949年下半年到上海主持文化工作的夏衍，考虑到要团结和改造诸多因原来的报社被取缔而失去工作的报业人员，批准出版《大报》和《亦报》两种民营小报。《亦报》由唐大郎（唐云旌）和龚之方两人主办。《大报》于1949年7月由冯亦代和陈蝶衣创办，是上海解放后的第一张小型报，后来并入《亦报》。1952年，《亦报》停刊，部分工作人员并入《新民晚报》，上海的民营小报从此退出历史舞台。当时，刚刚创办的《亦报》在市民中影响较大，并团结了一批著名作家为固定撰稿人。周作人用化名在上面发表了近千篇短文，还有丰子恺的画，加上张恨水、张爱玲的小说，各种机缘巧合，使得这份小报，具有一般小报通常不可能具有的品位。陈子善所编《知堂集外文·亦报随笔》，收入周作人从1949年11月22日起至1952年3月15日止在上海《亦报》上发表的小文908篇。张爱玲也是《亦报》的重要作者，在上面以梁京的笔名发表了《十八春》和《小艾》两部小说。北京老作家张恨水在张爱玲的《十八春》连载完之后，接着在《亦报》连载《人迹板桥霜》。这可以说是20世纪上半叶都市类报纸的繁荣状况在上海滩的最后一次亮相，截止时间是1952年。

1951年11月24日，北京市文学艺术界召开整风学习动员大会，

---

① 梅志：《胡风传》，北京十月文艺出版社1998年版，第619页。

强调文艺工作者改造思想。胡乔木、周扬、丁玲在会上做了发言。丁玲做了《为提高我们的刊物的思想性、战斗性而斗争》的报告。丁玲说："我们还有很多人用一种传统的观点、旧的观点去对待我们今天的刊物，把刊物常常看成只是一伙人的事。过去一小伙人掌握了一个刊物（即是所谓同人刊物），发表这一伙人的思想，宣传这一伙人的思想，反对一些他们要反对的，也慷慨激昂过，也发牢骚。这些刊物有的曾经因为被进步人士所掌握，当时起过一些积极的作用，有的编辑部里因为有共产党员，曾反映过一些党的政策。但这种办刊物的办法，已经过时了，我们应该明白，我们已经处于另外一个崭新的时代了。我们已经是主人，国家和人民需要我们的刊物能担当思想领导的任务，能带领群众参加一切生活中的思想斗争，并且能引导和组织作家们一同完成这个任务……"[1]

按照丁玲的意思，"同人刊物"只是发表"一伙人"的作品和思想。这种说法有偏颇之处。解放前掌握在"进步人士"和"共产党员"手中的"同人刊物"曾经起到了积极的作用，解放后为什么不可以用同样的方式让它承担思想领导的任务呢？这次讲话当然是应时而发，也很有威严。这就意味着五四新文学运动以来，以《新青年》等杂志所开创的"同人报刊"传统正在走向终结！

编辑家胡风对这种新的办刊思维不以为然。他坚持自己"暂时不接管《文艺报》和《人民文学》"的决定，目的是希望有一天能够按照自己的编辑思想办刊。1954年7月，他在"三十万言书"中全面阐释了他的办刊思想和思路。"三十万言书"的第四章第二部分，专门

---

[1]　丁玲：《为提高我们刊物的思想性、战斗性而斗争——在北京文艺界整风学习动员大会上的讲话》，《文艺报》1951年12月10日，第5卷第4期。

当代文学的开端（1949—1965）

第五章　文学媒介及其管理机制

137

就刊物编辑工作向中央进言，他建议：

> 一、有领导地取消现在的所谓"国家刊物"或"领导刊物"或"机关刊物"的《文艺报》《人民文学》《文艺学习》《剧本》；《译文》保留；《新观察》研究后加以调整。
> 二、有领导地取消现在的所谓大区刊物如《文艺月刊》《长江文艺》《西南文艺》《东北文艺》等。
> 三、有领导地解散中央和各大区的、行政管理或变相的行政管理的所谓创作机构，如"驻会作家"、创作所、创作室、创作部、各种创作组等。……①

胡风指出那些机关刊物有诸多弊端，认为其编辑和审阅工作，由没有经验而且政治和艺术水准不高的青年和一些"培养"出来的"文艺干部"承担，作家们成了由编辑部裁决的物件。因为这些期刊都是"独占性的"，有垄断地位，它们不可能鼓励进行真正的作品竞赛，"反而成了一呼百诺的压死了思想斗争的局面"，"成了主观主义或机械论的基本阵地"。为了"保证创作实践能在更广泛的思想斗争的基础上争取发展"，"应建立几个公私合营的出版社"，容纳"可以出版但水准不高或审稿人把握不定的作品"。针对新的办刊方针，胡风提出以下建议：

> 一、创刊七八个作家协会支持并给以物质供给的会员刊

① 胡风：《关于解放以来的文艺实践情况的报告》，见《胡风全集》第6卷，湖北人民出版社1999年版，第408页。

物（不是"国家刊物""领导刊物"或"机关刊物"，而是作家协会支持的**群众刊物**），北京五六个，上海一两个。

二、每个刊物是一个劳动合作单位，绝对排斥任何行政性质（包括服从多数）的工作方式。

三、每个刊物由一个有领导影响的作家担负主编，用自愿担任，由中央宣传部批准的方法决定……

四、每一个刊物由主编的作家选任三四个负日常工作责任的作家为副主编，由中央宣传部审查批准。……

五、每一个刊物团结二十名上下到三十名上下的作家和青年作者，作为担负编辑工作的成员……

胡风还提出很多具体的措施，其中涉及用稿原则的看法是这样的：主编不同意，但责仟编辑坚持的稿件，可以发表，但责仟由编辑承担。主编同意发表，但编辑不同意的，也可以发表，责任由主编承担。①

胡风在这里强调的是"群众刊物""劳动结合单位""主编负责"等关键词。胡风无疑想借鉴五四时期的和自己在20世纪三四十年代的编刊经验，以便在当下的文学界，创造一个相对宽松自由的"公共言论空间"。

和胡风有类似想法的，其实也大有人在。1956年11月21日至12月1日，中国作家协会在北京召开"全国文学期刊编辑工作会议"，讨论如何在文学刊物编辑工作中贯彻"双百"方针。参加会议的有来

---

① 　胡风：《在中国文联主席团和中国作协主席团联席扩大会议上的发言》，见《胡风全集》第6卷，湖北人民出版社1999年版，第408～412页。

自全国各地64家文学期刊的主要编辑90多人。周扬在会上发表讲话，认为刊物的特点首先是要有自己鲜明的主张，要有倾向性，要有民族风格，要有地方色彩，一个刊物质量不高，就根本谈不上什么风格，要允许不同风格和不同流派出现。黎之回忆道："周扬讲话中讲不要怕片面性……你一个片面，我一个片面，加起来不就全面了么。……周扬提出可以考虑允许办同人刊物，他这个讲话影响很大，后来文艺界不少人准备办同人刊物。"①

时任《文艺报》编辑的侯敏泽（后为中国社会科学院研究员）回忆，他们也曾经有过办同人刊物的想法，因为适值"双百"方针时期，文艺界一些领导也公开提到过可以办同人刊物。侯敏泽等人就开办同人刊物的问题征求冯雪峰的意见，并向作协当时的领导做了询问，"得到的答复是十分肯定的……但我们此时还是想到了各种可能发生的指责，为了防止别人指责我们脱离党的领导，我们一个非党群众也不吸收；我们要根据党的方针办；并且要在党委领导下工作"。尽管如此，"这个远远没有成为行动的、经过当时领导人批准的打算和一些议论，不久就成了弥天的大罪！"②

郭小川在"文化大革命"期间写了很多检讨书，其中也回忆到他操办"全国文学期刊编辑会议"的情况。在《我的第三次检查》（1968年底）中，郭小川谈到自己主持的编辑工作会议，他说：

是在所谓解放思想……的借口下，对牛鬼蛇神的总动员，对党的无产阶级的舆论阵地的大出卖。我在准备和实际

---

① 黎之：《文坛风云录》，河南人民出版社1998年版，第52页。
② 敏泽：《带着歉疚的回忆》，《北京文艺》1980年第4期。

主持这个会议的指导思想，就是不要无产阶级立场，不要无产阶级领导，不要毛泽东思想，不要毛主席的为工农兵服务的文艺方向，更不让工农兵登上文艺舞台，而让反动的资产阶级知识分子、一切牛鬼蛇神，来个群魔乱舞，这样，当然就是使全国的文艺刊物都成为资本主义复辟的反革命阵地，使全国文艺刊物和报刊文艺副刊成为资本主义集团竞争的反革命工具。我自己还想自己办一个同人刊物，这所谓同人，不仅包括李兴华、杨犁、苏中、涂光群、杨志一这些人，而且还想拉林默涵、楼适夷等等一起办，后来，只因为林默涵从文艺黑线的全局考虑认为不需要，而应集中力量办好已有的反党喉舌如《文艺报》等等，才没有办出来。如果办出来，肯定是个右派刊物，单凭这一点，我也就早已成了右派。想到这里，真是怵目惊心，可怕得很。①

在检讨书《向毛主席请罪　向革命群众请罪》（1969年7月14日）中，郭小川再一次谈到文学期刊编辑工作会议问题：

> 这个黑会的方针是周扬和旧作协党组定的，会议也是由周扬指挥的，但会议的具体主持者却是我。
> 这个黑会的中心问题是把"百花齐放，百家争鸣"的阶级政策，歪曲成为资产阶级自由化。伟大领袖毛主席于5月初提出了"百花齐放，百家争鸣"的方针，反革命修正主义

① 　郭晓惠等编：《检讨书——诗人郭小川在政治运动中的另类文字》，中国工人出版社2001年版，第213～214页。

分子陆定一5月底就做了一个黑报告进行了歪曲，周扬也不断进行歪曲。我也跟着他们进行了歪曲。

在会议准备期间，9月初到9月中，我曾到上海、武汉两地访问了不少资产阶级作家和教授、几个刊物的编辑部，回京后写了一个所谓"资料性的材料"，集中了他们的错误看法，提出了在刊物上推行资产阶级自由化的全面意见，这些意见就成了编辑工作会议的重要根据。在开会后，《开幕词》是我致的，周扬的两次黑报告是我催促他来做的，会议通过的文学刊物的反革命修正主义纲领——《会议纪要》是我起草的，会议期间举办的五四以来的文学刊物展览会是我组织的。我在会前会后做了多方面的活动。实际上，我帮助周扬通过这一黑会使全国的重要的舆论阵地——文艺刊物进一步成为资产阶级复辟的工具，为1957年的右派向党猖狂进攻准备了条件。这个黑会的影响是很恶劣的，流毒是很广泛的。[1]

江苏作家陈椿年、高晓声、陆文夫、叶至诚、方之、梅汝恺、曾华等人于1957年6月发起组织了《探求者》文学月刊社，拟定章程、启事，在章程和启事中提出了他们在政治上和艺术上的主张。江苏的《雨花》杂志1957年10月号刊登了《"探求者"文学月刊社的章程和启事》，并在"编者按"中"希望大家对它进行讨论和批判，以便弄清楚到底是什么样的性质"。《探求者》的章程宣称："本月刊系同人

[1] 　　郭晓惠等编：《检讨书——诗人郭小川在政治运动中的另类文字》，中国工人出版社2001年版，第229页。

142

合办之文学刊物，用以宣扬我们的政治见解与艺术主张……刊物不发表空洞的理论文章，不发表粉饰现实作品。大胆干预生活。对当前的文艺现状发表自己的见解。不崇拜权威，也不故意反对权威，不赶浪头，不作谩骂式的批评，从封面到编排应有自己的风格。""本刊系一花独放、一家独鸣之物，不合本刊宗旨之作品概不发表。"《探求者》的启事声明："我们将勉力运用文学这一战斗武器，打破教条束缚，大胆干预生活，严肃探讨人生，促进社会主义。""我们还认为，自愿结合起来办杂志，和用行政方式办杂志比较起来有很多优越之处。""我们期望以自己的艺术倾向公之于世，吸引同志，逐步形成文学的流派。""我们的办法，不是先形成流派再来办杂志，而是用办杂志来逐步形成流派；我们认为，只有这样，形成文学流派才有可能。"①

　　同人刊物《探求者》的这些观点，与1956年底北京召开的全国文学期刊编辑工作会议精神相呼应，与周扬在会上的讲话（比如关于杂志风格、流派等）也相吻合。1957年10月13日出版的《文艺报》（第27期）刊登了樊宇的长文《他们"探求"些甚么？——驳"探求者"启事》，对"探求者启事"逐句加以批判，上纲上线，大加讨伐。《文艺报》同期还转载了《雨花》上的《"探求者"文学月刊社的章程和启事》，并加了一个标题：《一个"文学团体"的反动纲领》。正如樊宇的文章所言，"探求者"的寿命"像蜉蝣一样短暂，只有半个月"，但它与"蜉蝣"不同之处在于，它不是自生自灭的，而是被剿灭的。②

　　可见，到了50年代中期，不要说创办民营的或同人性质的报刊，

① 　　《"探求者"文学月刊社的章程和启事》，《雨花》1957年第10期，第13～15页。
② 　　《文艺报》1957年10月13日（第27期），第6、7、8版。（上文关于《探求者》月刊的引文，均出自《文艺报》批评文章。）

即使是你的言论中有这种动机或者念头，也要遭到批判整肃。除了上面提到的几个例子，还有1957年前后北京大学的学生刊物《红楼》（中文系）、《未名湖》（校报副刊）①的遭遇，中央民族学院的学生刊物《野草》（语文系）和《蜜蜂》（历史系）的遭遇②，等等，不再详论。

二、对作协"机关刊物"的管理

1949年7月，全国文联和全国文协（中国作协前身）等官方文艺管理机构成立之后，相继创办了一大批机关刊物：《文艺报》《人民文学》《人民戏剧》《人民音乐》《新戏曲》《新观察》《大众电影》《说说唱唱》《北京文艺》和《文艺学习》（天津）、《文艺月报》（上海）、《长江文艺》（湖北）、《作品》（广东）等。但这些官办的机关刊物究竟怎么办，新的文学表达和风格究竟如何，文艺批评的标准究竟是什么，没有人能够提供准确的答案，只能是摸着石头过河。因此，这些刊物在办刊中自然就伴随着批评、批判、调整、重组。1951年11月17日，全国文联举行第八次常委扩大会议，通过了两项决议：一是开展文艺界学习运动，二是调整全国性文艺刊物。这次会议成立了以丁玲为主任，茅盾、周扬、阳翰笙、蔡楚生等20人为委员的"文艺界学习委员会"。

---

① 　许觉民编：《林昭，不再被遗忘》，长江文艺出版社2000年版，第64～119页。
② 　中央民族学院整风办公室编：《关于"野草"、"蜜蜂"社反动小集团的材料》，1957年12月。

1951年11月23日，中共中央宣传部向中央提交了《关于文艺干部整风学习的报告》，其中专门谈到了"整顿刊物"一事："整顿文艺刊物，使成为严肃的战斗的武器。决定将《人民戏剧》《人民音乐》《新戏曲》《北京文艺》停止出版，集中力量办好《文艺报》和《人民文学》，使前者成为领导性的艺术评论和文艺学习的刊物，后者成为领导性的发表创作指导创作的刊物。同时，加强《说说唱唱》使成为指导全国通俗文艺的刊物……"①

无论民营性质的还是同人性质的报刊，其结局都是可想而知的。即使是文艺领导部门主管的机关刊物，也经常遭到批评和整顿，比如《文艺报》《说说唱唱》《北京文艺》，甚至中宣部理论处的刊物《学习》等。1954年《红楼梦》研究问题曾引起对《文艺报》的批判，下面以此为例。

1954年10月，毛泽东多次在《文艺报》《光明日报》的相关文章中写下批注，指出《红楼梦》研究的一些学术问题是"错误思想""胡适哲学的实用主义"等。10月16日，毛泽东给中共中央、文化界、文艺界等28位领导写了《关于〈红楼梦研究〉问题的信》，指出"这个反对在古典文学领域毒害青年三十余年的胡适派资产阶级唯心论的斗争，也许可以开展起来了"②。

10月18日，中国作家协会组织学习这封信。10月28日，《人民日报》发表了署名袁水拍的文章《质问〈文艺报〉编者》，指出《文艺报》对"唯心论观点的容忍依从"和"资产阶级贵族老爷态度"。袁

---

① 中共中央文献研究室编：《建国以来重要文献选编》第2卷，中央文献出版社1992年版，第466页。
② 中共中央文献研究室编：《毛泽东文集》第6册，人民出版社1999年版，第352页。

水拍列出一些事例批评这种"老爷态度"，毛泽东在原稿上加上一句批语："《文艺报》在这里跟资产阶级唯心论和资产阶级名人有密切联系，跟马克思主义和宣扬马克思主义的新生力量却疏远得很，这难道不是显然的吗？"①当时《文艺报》主编是冯雪峰，副主编是陈企霞。尽管《文艺报》转载了李希凡和蓝翎在《文史哲》上的批评文章，但大局已难以挽回。一个原因是"登晚了"，另一个原因是冯雪峰还加了不合适的编者按。按照后来文联主席团和作协主席团《关于〈文艺报〉的错误的决议》中的说法，就是"转载时，编者又加上了贬抑这个批评的重大意义的错误按语……"②从10月31日起，中国文联主席团和中国作协主席团便多次召开会议，展开了对《文艺报》的批判。10月31日，冯雪峰在中国文联主席团和中国作协主席团扩大会议上做了深刻的检查："特别严重的，是我对这个错误的严重性又不是很快认识到的。在主席关心到这问题并给以严厉的批评后，我才一步一步地认识到，这不仅证明我的思想确实有和资产阶级思想的长期的根深蒂固的联系，而马克思列宁主义思想在我思想中却是十分单薄；同时我身上的严重的包袱又在阻碍我从思想上去认识问题的本质和错误的严重性，例如我自以为做过一些帮助青年的工作以及自以为我平日在工作上是艰苦的等……"③毛泽东在阅读报刊上的冯雪峰的检讨时，又写了一些批注："是反马克思主义的问题""用各种方法向马克思主义作坚决斗争""应该以此句（引案，反马克思列宁主义的

---

① 中共中央文献研究室编：《毛泽东年谱（一九四九——一九七六）》第2卷，中央文献出版社2013年版，第309~310页。
② 《关于〈文艺报〉的错误的决议》，《人民日报》1954年12月9日，第3版。
③ 《关于〈文艺报〉的决议》，《人民日报》1954年12月9日，第3版。

错误）为主题去批判冯雪峰"。①毛泽东在阅读11月10日《人民日报》署名黎之的文章《文艺报编者应该彻底检查资产阶级作风》一文时写下批注："编辑部被资产阶级统治了""不是这些问题（引案，指"骄傲自大"问题），而是他们的资产阶级反马克思主义的立场观点问题。"②

中国作家协会前秘书长张僖回忆：文联主席团和作协主席团多次召开会议，商定起草对《文艺报》的处理意见。……1954年12月28日，中国文联主席团和中国作协主席团联席（扩大）会议正式通过了《关于〈文艺报〉的决议》，并根据决议中对《文艺报》改组的内容做出决议。

关于改组《文艺报》编辑机构的决议

根据1954年12月8日中国文学艺术界联合会主席团、中国作家协会主席团联席（扩大）会议所通过的《关于〈文艺报〉的决议》，《文艺报》编辑机构予以改组，兹决议：

一、撤消陈企霞同志所担任的《文艺报》副主编兼编辑主任职务。

二、成立《文艺报》编辑委员会，决定康濯、侯金镜、秦兆阳、冯雪峰、黄药眠、刘白羽、王瑶七同志为编辑委员，并以康濯、侯金镜、秦兆阳三同志为常务编辑委员。免去黄药眠及康濯同志原任的《文艺学习》编辑委员职务。

① 中共中央文献研究室编：《建国以来毛泽东文稿》第4册，中央文献出版社1990年版，第602～604页。
② 中共中央文献研究室编：《建国以来毛泽东文稿》第4册，中央文献出版社1990年版，第599～600页。

三、责成编辑委员会在两星期内提出改进《文艺报》的具体方案和新的编辑方针。①

接下来的工作就是全面地对中国作协系统的各个刊物进行检查。1954年12月16日，作协第四次常务办公会拟订了作协全面检查工作的计划，并指定由严文井、阮章竞和张僖组成检查工作小组，协助主席团具体研究与掌握全盘检查工作。除了《文艺报》，将各部门划并为以下七个检查单位：《人民文学》，普及部（包括《文艺学习》），古典文学部（包括《文学遗产》），创作委员会，《译文》，《新观察》，外国文学委员会。检查小组的分工是这样的：严文井总负责，另外主要负责联系了解《人民文学》、创作委员会。阮章竞负责联系《译文》、普及部（包括《文艺学习》）、《新观察》。张僖负责联系古典文学部（包括《文学遗产》）、外国文学委员会等单位。在将近一个月的检查活动中，各部门主要是从刊登稿件、来稿退稿的工作中对照毛主席的信，检查是否存在《文艺报》一类的问题。要检查"对资产阶级思想容忍和投降的问题""轻视和压制新生力量的问题""执行创作上的自由竞争的问题"，还要检查"权威思想""名人思想""脱离群众""脱离当前斗争任务"等。检查文章的过程中有些突出的例子。比如《人民文学》检查了3月号刊登的《洼地上的"战役"》，认为这是一篇有错误倾向的小说，但刊物至今也没有批判。还有柯仲平的诗《献给志愿军》，有人认为这诗的质量并不高，只因为他是名人（文联副主席），就给予发表。1955年初，对《文艺报》的批评处理和对作协系统各个

① 《关于〈文艺报〉的决议》，《人民日报》1954年12月9日，第3版。

刊物的检查告一段落。①

　　1956年"双百方针"提出后，《文艺报》《人民日报》文艺副刊都开始了改版工作。胡乔木指示《人民日报》文艺副刊："要作为贯彻'百花齐放，百家争鸣'方针的重要园地……学术问题和文艺理论问题可以有不同意见乃至争论……副刊稿件的面尽量可能地宽广……作者队伍尽可能地广泛。"胡乔木还嘱咐，要向沈从文、张恨水、周作人等老作家约稿。②《文艺报》改版工作自1956年下半年开始，1957年第1期直到当年4月14日才出版。萧乾、陈笑雨、巴人、钟惦棐等人成为《文艺报》的编委。三个月后的7月，很多人开始遭到批判，萧乾、钟惦棐、巴人的编委身份被取消。1957年12月29日的《文艺报》（第38期）刊登了《中国作家协会改进期刊编辑工作》，对《文艺报》《文艺学习》《新观察》《译文》等杂志的编辑方针进行了批判和整改。文艺期刊半年多的"百花齐放"时代结束了。

　　60年代，毛泽东两次就文艺问题的作出批示，就涉及文联系统的刊物。1964年6月27日，毛泽东在《对中宣部关于全国文联和各协会整风情况的报告的批语》中写道："这些协会和他们所掌握的刊物的大多数（据说有少数几个好的），十五年来，基本上（不是一切人）不执行党的政策，做官当老爷，不去接近工农兵，不去反映社会主义的革命和建设。最近几年，竟然跌到了修正主义的边缘。如不认真改造，势必在将来的某一天，要变成像匈牙利裴多菲俱乐部那样的团体。"批示下达不久，文联各协会迅速开始了自我批判和整顿，其中

---

① 　张僖：《只言片语：中国作协前秘书长的回忆》，北京十月文艺出版社2002年版，第42～46页。

② 　袁鹰：《风云侧记：我在人民日报副刊的岁月》，中国档案出版社2006年版，第42～45页。

关于期刊整顿方面提出："改进文艺刊物，加强刊物的战斗性，使刊物真正成为发展社会主义文艺、宣传党的文艺方针政策、宣传毛泽东文艺思想……的坚强阵地。"①"文化大革命"期间，全国期刊只剩下《红旗》《新华月报》《人民画报》等20种。"这仅存的20种期刊，不仅比建国初期的1950年（出版期刊295种）的数量少275种，而且也是近百年来中国期刊发展史上全国期刊出版量的最低点。"②

三、文学媒介标本之一：《文艺报》

在新中国的前17年，《文艺报》无疑是社会思潮的晴雨表。《文艺报》正式创刊于1949年9月25日，编者为中华全国文艺界联合会，从1966年7月开始，《文艺报》终刊10年，1976年7月复刊。这份奇异的报纸，是中国文联（委托中国文协组成《文艺报》编辑委员会负责编辑工作）的机关报，主要刊登全国的文艺动态和文艺批评文章，实际上是文艺政策的风向标，与1949年后的许多重大的问题和许多显赫的人物密切相关。特别是主编走马灯似的变更。《文艺报》编辑委员会成员及其变更情况如下。

茅盾时期，即试刊时期和创刊初期（1949年4月—1949年7月）：茅盾、胡风、厂民（严辰）。

丁玲时期（1949年9月—1952年1月）：主编为丁玲、陈企霞、

---

① 中央档案馆，中共中央文献研究室编：《中共中央文件选集（一九四九年十月～一九六六年五月）》第46册，人民出版社2013年版，第290～296页。

② 方厚枢：《"文革"十年的期刊》，《编辑学刊》1998年第3期，第4～7页。

萧殷；顾问为阿英。

冯雪峰时期（1952年1月—1954年8月）：主编为冯雪峰；编委为冯雪峰、陈企霞、萧殷、张光年、马少波、王朝闻、李焕之、黄钢。

集体编辑时期（1955年1月—1957年4月）：常务编委为康濯、侯金镜、张光年、秦兆阳；编委为冯雪峰、黄药眠、刘白羽、王瑶、袁水拍、陈涌；实际主持人为康濯。

张光年时期（1957年4月—1958年1月）：总编辑为张光年；副总编辑为侯金镜、萧乾、陈笑雨；编委为王瑶、巴人、华山、陈涌、康濯、黄药眠、钟惦棐、公木、严文井、陈荒煤（自1957年11月第32期开始，编委会成员中没有萧乾、黄药眠、钟惦棐的名字）。

《文艺报》正刊出版之前，1949年5月4日到1949年7月28日，共出版了13期"试刊"，编者为中华全国文艺工作者代表大会筹备委员会。同样是公开发行的报刊，并没有标明"试刊"字样，刊名也是《文艺报》，为了与正刊区别，姑且称之为"试刊"。它与"正刊"唯一不同的是编者。《文艺报》作为机关刊物，其创刊时间还应该是1949年9月25日。

我们先来了解一下13期"试刊"的基本情况。这13份报纸在通常情况下都是每期12版，只有第3期为8版，第8、9期（即全国第一次文代会开幕前后）为16版，第12期为14版。报纸为大16开，繁体竖排（印刷品自1956年开始改为的横排），"试刊"为周刊。我们可以从第1期（创刊号）了解它的一些基本情况。首先是报头，由著名画家丁聪设计（风格像工厂黑板报的报头），刊名"文艺报"三个字是变体美术字，红色图案体现了文艺与工农兵相结合的含义：一位农民站在田野（一张带方格子和五线谱的稿纸）上收割稻子，右边是两根冒烟的工厂烟囱，左边是一支枪、一支笔和一个笔记本。这个报头只用了一期，第二期只有手写草书"文艺报"三个字（书写者不详，正式出版的时候，"文艺报"三个字是根据鲁迅手迹拼成的）。报纸第一版左上角有责任表，标明编者为"中华全国文艺工作者代表大会筹备委员会"。根据筹委会文件汇编可知，编委会委员是茅盾、胡风、厂民（严辰），编委会干事是董均伦（抗大学员，曾任印度援华医疗队柯棣华大夫的翻译，民间文艺学者，退休于山东省文联）、杨犁（中国作家协会干部，中国现代文学馆首任馆长）、侯敏泽、钱小晦（作家钱小惠）。侯敏泽回忆说，茅盾是主编，胡风和厂民是副主编，主要管事是厂民，主要编辑是自己和董均伦，没有提到杨犁。^①侯敏泽说报纸"限内部参考，不公开发行"，似有疑问。因为责任表上分明标有"总经销：新华书店"字样，并标明了"定价：每份人民券15元"。1949年上半年的人民券（也就是人民币）15元，相当于一斤大米的价格。^②从第2期开始没有标定价，并不能说明它不发行了，而是那时候货币币值变化大，难以标价。但大体上，一份报纸相对于一斤大米的价钱。每一期报纸都有目录（目次），这不像报纸的编法，倒像杂志的编法。早期的《文艺报》也的确是在报纸与杂志之间游移不定，比如，正式出刊的《文艺报》其实是杂志的形式，而1957年再度改回周刊后的《文艺报》就像报纸。

《文艺报》创刊时规定了自己的办报宗旨："《文艺报》是文艺工作与广大群众联系的刊物。它用来反映文艺工作的情况，交流经验，

① 　　敏泽、李世涛：《"国家不幸诗家幸，赋到沧桑句便工"——敏泽先生访谈录》，《文艺研究》2003年2期，第64~73页。

② 　　据陈明远的《知识分子与人民币时代》，文汇出版社2006年版。当时的猪肉价格在人民券40元到65元之间波动，人民券180元相当于一块"袁大头"。

研究问题，展开文艺批评，推进文艺运动。"①后来，《文艺报》作为文艺界唯马首者的角色不断地加强，在文艺界整风期间，文联发布了《全国文联为加强文艺干部对〈文艺报〉的学习给各地区文联和各协会的通知》，要求"各地文联及各协会应将《文艺报》规定为各地区、各部门文艺干部经常阅读的学习刊物。对于《文艺报》所提出的有关文艺思想、文艺创作和文艺运动等方面的重大问题，应通过各种方式，组织本地区或本部门的文艺干部联系自己的情况和问题进行讨论。各大行政区文联的机关刊物，应有计划地组织发表讨论这些问题的文章。《文艺报》的社论和文章，各地文艺刊物亦应及时予以转载和介绍"②。《文艺报》已经完全成为全国文艺界的指导性刊物，同时成为政治权力在文学领域内表达自身意图最主要的阵地。

本书的各个章节所涉及的重大文艺思潮和文学运动，几乎都与《文艺报》有关，或者说，《文艺报》与新中国成立后17年的整个文学运动和文学思潮息息相关。因此，这里不再单独对《文艺报》进行详尽讨论。

四、文学媒介标本之二：《人民文学》的创刊号

1949年10月25日，中国文协的机关刊物《人民文学》正式创刊，至1966年5月12日（5月号）停刊为止，出刊198期，1976年1月20

---

① 　　《给愿意做文艺通信员的同志们的信》，《文艺报》1949年9月25日，第1卷第1期。
② 　　《全国文联为加强文艺干部对〈文艺报〉的学习给各地区文联和各协会的通知》，《文艺报》1952年1月10日，第1号。

日复刊。与注重文艺政策、文艺思想和理论批评的《文艺报》不同，《人民文学》是发表各类文艺作品为主的国家最高文学刊物。《人民文学》的"编辑者"是"中华全国文学工作者协会人民文学编辑委员会"。第一任主编是茅盾，副主编是艾青。1952年3、4月号合刊起，副主编改为丁玲。编辑成员有厂民、秦兆阳、古立高、吕剑、王燎荧、韦菱，厂民任执行编辑（即编辑部主任）。1952年3、4月号合刊起正式列出编委名单，他们分别为艾青、何其芳、周立波、赵树理，编辑分别为郝芬、赵宗珏、唐祈、李古北、何路等，陈涌继厂民之后任编辑部主任。创刊至第3卷第2期，出版、发行均由新华书店承担；自第3卷第3期起，出版者改为人民出版社，第4卷第1期起，又改为人民文学出版社，发行者依旧。早期版本分甲种纸本和乙种纸本，两种分别出版（时间略有先后）。刊物标明为月刊，每月1日出刊。作为与新中国同时共生的国家最高文学刊物，《人民文学》的创办理所当然地受到了国家最高权力和领导人的支持。它被赋予了很高的新中国新文艺政治文化使命。这种使命在《人民文学》创刊号上就获得了最为充分和明确的强调与体现。

1. 创刊号的总体特点

政治化。创刊号首先从形式上体现了对于国家意志与主流意识形态的刻意追求，从而确立了刊物的主流意识形态阵地地位。《人民文学》创刊号通过专论、社论、专题、译文、批评等形式来宣传执政党的文艺方针政策，并且刊登合乎政策规范的作品实践着这种指示。众所周知，社论是报社或杂志社在自己的报纸或期刊上，以本社名义发表的评论当前重大事件或问题的言论，并表明立场与主张。作为一个文学类的期刊，《人民文学》创刊于新中国成立伊始的10月，因此发表的社论一方面体现了人们对国家新生的喜悦，但同时从所发社论的数量及表达方式上看更能表现政治立场的坚定性。而《人民文学》创刊号的专论部分主要是以转载的方式来实现的，周扬的《新的人民的文艺》是以毛泽东的《在延安文艺座谈会上的讲话》为标准来对解放区文艺状况做概述，从而实现对整个文艺界的规范。转载的意义不仅在于大力宣传党的文艺政策也是《人民文学》用来表达该刊对于新中国文艺政策拥护的一种方式。

批评也是文艺政策下达给作家的一种重要途径，它更体现着文艺政策的指导性。周扬说："我们必须在广泛的文艺界统一战线中进行必要的思想斗争。必须经常指出，在文艺上什么是我们所要提倡的，什么是我们所要反对的。……必须经过批评来提高作品的思想性和艺术性。批评是实现对文艺工作的思想领导的重要方法。"[1]这也道破了批评的真谛。通过批评，让大众知道了什么才是新文艺需要的作品，对从政治的角度引导着文学的发展方面来说，这种方式可以称得上是一条捷径。《人民文学》创刊号选载的《孔厥创作的道路》一文正是对毛泽东文艺新方向的生发，体现着创作对党的文艺政策的配合。

通俗化。《人民文学》创刊号刊载的不论小说、诗歌、散文还是论文，都是以现实主义为主要创作手法，以朴实、真挚来打动人，较少雕琢或做过分的渲染，语言口语化，在表达上强调通俗易懂、大众化的特点，题材浅近，在阅读理解上基本不设置任何障碍。诗歌热烈奔放，语言浅显直白："我们爱护他，/像爱护自己底眼睛，/我们保护他，/像保护自己底肝花；/我们不许任何人，/胆敢来伤害他一根头发！"[2]

[1]　周扬：《新的人民的文艺》，《人民文学》创刊号，第32页。
[2]　柯仲平：《我们的快马》，《人民文学》创刊号，第17页。

小说语言也表现出口语化的特点，像话家常。从叙事角度上看，创刊号上三篇小说均采用了第三人称的全知叙事方式，按事件的发生发展的时间顺序，以平铺直叙为主，兼有倒叙和插叙。在审美情趣上，作家往往遵循一定的模式，善于设置尖锐的矛盾冲突，故事明显地呈现出开端、发展、高潮、结束的分界。"谁知从第三天起他们又遭遇了狂风暴雨，雨一来就如同抬了海来啦！哗哗合着口往下倒，树木都刷刷地弯身在地下，各处山峰都影影绰绰看不见了。"① "山西北部有条无名小河，小河南面有两个村庄：西边那个大村子叫赵庄；东边那个小村子叫田村。"②

散文的语言比较口语化，结构句式也比较随意，风格热烈、朴实、刚健，感情真挚。"然而我望着望着，我走开，又走回来，我仍然望着，他始终不曾动过。……我控制不住自己的眼泪，……"③ "我就遇到了这样的人。大约三个月以前罢，和一个有着优秀成绩的小说家作过大约四小时的讨论……"④

时代感。作品在内容上，往往围绕一个鲜明的主题发散开来，始终体现着对农村生活、军队战斗的着力表达。⑤宣传先进思想，歌颂时代主旋律，尤其是对中国共产党、毛主席及共产主义思想的颂扬是作品共同表达的中心。与此相适应，作品的基调多表现为乐观、昂扬、明朗、热烈，满眼充满气魄的豪言壮语："看我们有人民水手几万万，/我

---

① 刘白羽：《火光向前》，《人民文学》创刊号，第33页。
② 马烽：《村仇》，《人民文学》创刊号，第87页。
③ 巴金：《忆鲁迅先生》，《人民文学》创刊号，第60页。
④ 胡风：《鲁迅还在活着》，《人民文学》创刊号，第62页。
⑤ 《人民文学》编辑部曾经对创刊一年以来刊登过的作品情况进行统计，"内容比重，则反映部队的最多，反映农村的次之，反映工人的最少"，见《编后》，《人民文学》第2卷第6期，第102页。

们要胜利胜利再胜利，/我们的船要一直向前向前开向前，/我们能够胜利到将来，胜利到永远。"① "呵，让我们更英勇地开始我们的新的长征！/我们已经走完了如此艰辛的第一步，/还有什么能够拦阻/毛泽东率领的队伍的浩浩荡荡的前进！"② "我们前面还有漫长的艰苦途程，/但是我们有民族的英勇坚忍。/我们处处追随中国共产党，/我们就会处处旗开得胜！"③

小说通过描写战士和农民在党的领导下或克服困难奋勇作战或转变思想发展生产及认清形势摆脱阶级束缚，来表达对新国家新政权的拥护与热爱。除此之外，小说也能够提炼有典型意义的矛盾冲突来解释新旧社会关系的变化，塑造有血有肉的人物形象。小说中，为了民族与国家而置个人安危于不顾的士兵和群众形象、响应党的号召而积极发展生产的农民形象以及维护群众利益的干部形象屡见不鲜。如在《火光在前》中，文中人人不甘落后，争当枳极，争当先进，毛主席、中国共产党党员的称号成为他们前进的动力。政治委员梁宾为了大家置小家于不顾，为战争出谋划策，"当他（指梁宾）心中头绪纷繁，不可开交的时候，在朦胧中，他突然记起毛主席说过的话，那是在自己脑子里印象最深的一段话……"④

政策性。 作品的创作主题鲜明，有一定的时事性，往往配合着当时的政治工作对农民进行政策上的鼓动宣传。以小说为例，小说的创作与当时的政治运动和中心工作（如宣传新政权的合法性、在农村宣扬反封建迷信、搞好农村阶级斗争等）有很紧密的联系。《火光在前》

---

① 柯仲平：《我们的快马》，《人民文学》创刊号，第17页。
② 何其芳：《我们最伟大的节日》，《人民文学》创刊号，第20页。
③ 李霁野：《在"七一"庆祝大会上》，《人民文学》创刊号，第78页。
④ 刘白羽：《火光在前》，《人民文学》创刊号，第37页。

通过对战争的叙述表现了新政权的得来之艰难，希望人们珍惜胜利果实，同时在不同程度上宣扬了新政权的合法性。

新中国成立初期，农民不能认清自己的主人翁地位，深深植根在农民思想中的封建迷信等惯性思维也没有得到扭转，小说同时对广泛存在于农民思想中的与新时代不符的旧观念进行了揭露，并指出了解决的出路。《买牛记》向残存于农民意识中的封建迷信思想开炮，通过李老汉思想的转变，告诫人们只有抛开这种旧思想才能真正地过上好日子。小说先是描写李老汉受迷信思想的作祟，拒绝买牛；接着描写牛生病，表面上仿佛应了李老汉迷信的先兆，后来找到真正的病因后，牛恢复了健康，迷信也随之不攻自破了。

小说对表现农民在新的胜利面前，不能正确认清敌我关系方面的描写也相当成功。农民在敌人（地主）和朋友面前失去了辨别力，《村仇》就是针对这一现象而作。小说重视对矛盾冲突的表现，不回避生活中的矛盾，尤其是人民内部的复杂关系，强调波澜起伏的情节。作品首先表现了赵、田两村人持着火枪、铁锹进行的血腥残酷的原始械斗。赵拴拴和田铁柱两个好朋友也卷入了这场战争。先是田铁柱在昏醉的情况下打死了赵拴拴的儿子狗娃，田铁柱因此而坐牢，在刑满释放的那天，赵拴拴埋伏在路上打断了田铁柱的腿。两家的仇恨由此而生。解仇过程的一波三折既体现了农民心里的芥蒂之深，同时预示了开展农村工作的艰难。

艺术性。作品过于重视对思想性的表达，在艺术表现上难免苍白无力。一方面，诗歌在表达上社会功能加强，集体情感代替了个人情感。诗歌中再也寻不到"我"的字眼，"小我"被抛弃，"我们"取代"我"成为诗歌的情感抒发主体："我们的快马就是电，/乘电去，告诉全世界：/我们在古老的中华，/创立起新民主的国家；/我们爱护他，像爱护自己底眼睛，……"[①] "呵，我们多么愿意站在这里欢呼一个晚上！/我们多么愿意在毛泽东的照耀下/把我们的一生献给我们自己的国家！"[②] "我们前面还有漫长的艰苦途程，/但是我们有民族的英勇坚忍。/我们处处追随中国共产党，/我们就会处处旗开得胜！"[③]另一方面，诗歌的叙述能力加强，跳跃性、凝练性等特征被褪去。"中华人民共和国/在隆隆的雷声里诞生。"[④] "前年十月，/毛泽东指挥我们开始大进军，/并颁布了一连十五个'打倒蒋介石'的口号。"[⑤]

小说多以故事情节为结构中心，用情节来带动整篇小说的发展，而对于人物心理甚至外貌、场景的表现相当薄弱，且有概念化的倾向。小说叙事浅显，文学性不足，在表达中以白描居多，比喻也往往由于喻体的粗疏而失之于浅薄："他（指梁宾）是一个高身材、永远昂着头、明快、果决、将近四十岁的人，他嘴上挨过一粒子弹打碎了牙床，到现在说话总像是咬着牙齿，发出的声音就更显得果敢、动人、有鼓舞的力量。"[⑥] "这时，月光不断在波涛上闪亮，船在江上如同几根短粗的黑木片迅速漂行。"[⑦]

2. 选稿标准

毛泽东非常重视文学在政治中的地位和作用，他在《在延安文艺座谈会上的讲话》中将文学艺术的性质、作用规定为"作为团结人民、

---

① 柯仲平：《我们的快马》，《人民文学》创刊号，第17页。
② 何其芳：《我们最伟大的节日》，《人民文学》创刊号，第20页。
③ 李霁野：《在"七一"庆祝大会上》，《人民文学》创刊号，第78页。
④ 何其芳：《我们最伟大的节日》，《人民文学》创刊号，第19页。
⑤ 何其芳：《我们最伟大的节日》，《人民文学》创刊号，第20页。
⑥ 刘白羽：《火光在前》，《人民文学》创刊号，第36页。
⑦ 刘白羽：《火光在前》，《人民文学》创刊号，第45页。

教育人民、打击敌人、消灭敌人的有力的武器，帮助人民同心同德地和敌人作斗争"①。与此同时，他还提出"政治标准第一，艺术标准第二""文艺为现实斗争服务""文艺为工农兵服务"的原则，由此确立了解放区文艺发展的新方向，对新中国成立后文学艺术的发展产生了深远的影响。从以上的分析我们可以看出，《人民文学》创刊号试图表现的正是文艺发展的新方向，不论社论、小说、散文，还是诗歌，它们在主题上都或隐或显地表现了对于反映当前政治生活与文艺政策的热情，以及对于表达时代主旋律的迷恋。在表达上则追求通俗易懂，重视文学在政治上的宣传鼓动作用。

中国的革命和解放是以农民为主体的革命战争和民族解放，毛泽东对文艺的概括正是时代要求的反映，也充分体现了以毛泽东为代表的中国共产党人对文艺概况的基本认识。因此，它得到了当时中国大多数作家的认同并进而主导了当时以至后来的文艺界创作。显然，从这方面来说，《人民文学》创刊号的审美倾向与主流意识形态相吻合并非偶然，这种主观努力主要体现在《人民文学》创刊号的选稿上。

茅盾在《发刊词》中提道："通过各种文学形式，反映新中国的成长，表现和赞扬人民大众在革命斗争和生产建设中的伟大业绩，创造富有思想内容和艺术价值，为人民大众所喜闻乐见的人民文学，以发挥其教育人民的伟大效能。"②由此可见，进入《人民文学》视野的作品应该同时具备时代性、思想性和艺术性，并且还要做到大众化。通过以上的分析，我们可以看出艺术性并未真正地作为一项主要标准

---

① 毛泽东：《在延安文艺座谈会上的讲话》，见《毛泽东文艺论集》，中央文献出版社2002年版，第49页。
② 茅盾：《发刊词》，《人民文学》创刊号，第13页。

服务于稿件的遴选机制。而与此同时，我们还能观察到茅盾所未提及的选稿的几个隐性标准。

首先，进入《人民文学》视野的作品，创作者以国统区的进步作家和解放区作家为主，且解放区作家明显占据优势，以上很多作家如周扬、何其芳、周立波等，他们从解放战争时期就是延安文艺的中流砥柱，在社会主义初期的文学中他们再一次地成为文艺界的领军人物，这不是偶然的。全国第一次文代会不仅完成了解放区和国统区两支文艺大军的胜利会师，而且还以毛泽东文艺思想和解放区文艺实践为标准，确立了对文艺工作者及其文艺活动的等级划分。解放区文艺工作者由于很好地坚持了毛泽东文艺方向，因而解放区文艺实践被认为是高于国统区文艺实践的文艺范式。[1] 因此，《人民文学》作为官办的"思想领导的刊物""我们工作的司令台""我们的喉舌"，[2] 理所应当选择具有模范意义的文章。

其次，政治性也被纳入了考虑之中，这往往和反映问题的多少相关，政治性的高低就成为《人民文学》衡量稿子是否可用的重要标准。这是文学长时期与政治相结合的后遗症。1950年茅盾在《目前创作上的一些问题》一文中指出，在完成政治任务与高度的艺术性二者不能兼得的情况下，"与其牺牲了政治任务，毋宁在艺术上差一些"。当时的主要作家发表作品时也往往把在政治上是否成立作为重要的衡量标准。[3]

[1]　张钟等编著：《中国当代文学概观》，北京大学出版社2002年版，第3页。
[2]　丁玲：《为提高我们刊物的思想性、战斗性而斗争》，《人民日报》1951年12月10日，第3版。
[3]　胡风：《胡风全集》第9卷，湖北人民出版社1999年版，第291页。另外，沈从文曾经在信中提到，"另外寄篇文章来，……提出3个问题，只是普通编者看来，会以为不够政治性的。"（沈从文：《致程应镠》，见《沈从文全集》，北岳文艺出版社2002年版，第91页）

最后，主题是否明确也是重要的考虑因素。这是与政治性紧密相连的特点，在当时的选稿中往往被列为主要的考虑方面。1949年5月11日的胡风日记记录了这样的事情："康濯回答不出秦兆阳的长篇小说的主题是什么，于是被断定主题不明确，作品不看不发表"①。好的作品如果没有明确的主题，就得不到认可。与此同时，如果主题明确，即使粗制滥造，也同样能得到欣赏。"近来在报上读到几首诗，感到痛苦，即这种诗就毫无诗所需要的感兴。如不把那些诗题和下面署名联接起来，任何编者也不会采用的。"②这反映着当时文艺界的审美取向。《人民文学》创刊号在保证作品政治性的同时，给予了主题性以绝对的重视。

总的来说，时代主流意识施加的压力影响了《人民文学》创刊号的基本风貌，而刊物也通过对作品的作者、主题及政治性的刻意选择等主观努力来与主流意识趋同。具体说来，《人民文学》创刊号通过形式上对政治的刻意追求和内容上的大众化、高度的思想性，以及对主旋律的表达，实现了它对主流意识形态的表达与对国家意志的言说。

五、文学媒介标本之三:《说说唱唱》

在新中国成立之后的一年多时间里，中央和地方纷纷创办了许多文艺期刊。除了《文艺报》和《人民文学》之外，还有军队系统的

---

① 　胡风:《胡风全集》第10卷，湖北人民出版社1999年版，第64页。
② 　沈从文:《凡事从理解和爱出发》，见《沈从文全集》第19卷，北岳文艺出版社2002年版，第107页。

《部队文艺》（1949年11月在武汉创刊，陈荒煤、刘白羽任主编），上海文联工人文艺工作委员会主办的《群众文艺》（出版广告称之为《说说唱唱》的姊妹刊物），1949年10月创刊，周而复、柯灵担任主编；天津文协的《文艺学习》，1950年2月1日创刊（不是中国作协于1954年4月创办的《文艺学习》）。还有就是我们在这里要介绍的、由北京大众文艺创作研究会主办的《说说唱唱》杂志。北京大众文艺创作研究会，是北京市文联成立之前直属中共北京市文委的文艺领导机构。

《说说唱唱》曾经是一份声名显赫的杂志，负有发表优秀通俗文艺作品、指导全国通俗文艺创作的重任。它创刊于1950年1月20日，由红军出身的作家、杨尚昆夫人李伯钊和赵树理两人主编，编委有老舍、田间、马烽、王亚平等人，金受申、端木蕻良、汪曾祺只不过是普通编辑，编辑部最初设在东单三条24号"大众文艺创作研究会"的办公处。

新中国成立初期，文学管理面临的一个重要问题，就是如何争取普通市民读者。周扬早就发现："没有一本新文艺创作的销路，在小市民层中能和章回小说相匹敌。……旧形式的偏爱，……甚至到了新的社会，人民意识中……还可以延续很长一个时候。"[①]（当时的新文学作品起印数一般都在2000册到5000册之间，《北方文丛》中周扬的《表现新的群众的时代》一书起印2000册）周扬又说："经过'文艺座谈会'以后，文艺上的'洋教条'是吃不开了，但是以旧戏为主的封建艺术……仍然有它很大的市场。旧戏剧是中国民族艺术的重要遗

---

① 周扬：《对旧形式利用在文学上的一个看法》，见《周扬文集》第1卷，人民文学出版社1984年版，第294页。

产之一……"①所以，周扬认为，为了"团结人民"，就必须利用和改造旧形式，而不应该"全盘否定"。

1949年9月5日，《文艺报》专门召开了关于改造文学旧形式，争取普通市民读者的座谈会，提出"哪一种形式为群众所欢迎并能接受，我们就采用哪一种形式。"要团结原来给旧报刊写章回小说的作者，在政治上提高，然后"打进小市民读者层"。②之所以反复强调和十分关注普通市民阶层，目的并不是要表现他们，而是要通过利用旧文艺的形式，占领他们的阅读和思维。赵树理主编《说说唱唱》杂志的初衷，就是要让新文艺占领"天桥"，利用通俗文艺形式宣传新主题、新形象，比如用快板、弹唱、相声等通俗文艺形式进行宣传。《说说唱唱》杂志最高发行量近6万册。即便如此，它的处境也不是很好。

1951年11月全国整顿报刊，同年12月，创刊一年多的北京文联杂志《北京文艺》停刊，编辑部人员并入《说说唱唱》杂志，改由老舍担任主编，李伯钊、赵树理、王亚平为副主编，编辑部搬入王府井西边南河沿附近的霞公府15号。1952年第1期《说说唱唱》杂志，还有1952年1月19号的《光明日报》，同时刊登赵树理的检讨文章《我与〈说说唱唱〉》，赵树理在文中反省了自己的三点错误：第一，发表了歪曲农民形象的作品《金锁》；第二，过于强调形式的"形式主

---

① 周扬：《对旧形式利用在文学上的一个看法》，见《周扬文集》第1卷，人民文学出版社1984年版，第294页。周扬所说的"洋教条"，是指五四白话文文学中的欧化倾向。

② 杨犁：《争取小市民层的读者——记旧的连载、章回小说作者座谈会》（《文艺报》第1卷第1期，1949年10月出版），见洪子诚编《二十世纪中国小说理论资料》第5卷，北京大学出版社1997年版，第14～15页。

义"；第三，在配合政治任务时没有计划性，临时找人应付。事情起因于《文艺报》对《说说唱唱》杂志第3、4期连载孟淑池的小说《金锁》的批评，赵树理因此多次在几家报纸上发表检查文章，最后淡出《说说唱唱》编辑工作，回到中宣部文艺处，并于1952年春到山西乡村参与农业合作社建设（前面已有讨论，此处不赘）。

先看《说说唱唱》杂志的创刊号发表的作品：赵树理根据田间的长诗《赶车传》改写的鼓词《石不烂赶车》（分两期连载）；康濯创作的评话《李福泰翻身献古钱》；辛大明的大鼓书词《烟花女儿翻身记——献给北京市妇女生产教养院的姐妹们》等。杂志刊登的作品主要有两类：一类是根据现有作品改写成民间文艺形式的鼓词、评书、说唱；另一类是作家直接创作的民间文艺形式的作品，基本上不刊登现代白话小说和诗歌。刊物"稿约"的来稿要求为：内容上，用人民大众的眼光来写各种人的生活和新的变化；形式上，力求能说能唱，不能说唱但有内容的也要，可以经过本社改写后发表。这两条在1952年第1期的"稿约"中改为：第一，站在无产阶级的立场来写新社会、新人物、新生活；第二，通俗易懂，力求能说能唱能表演。

无论从内容还是从形式上看，编者都很谨慎，在处理"普及"和"提高"的关系上也是煞费苦心，以民间通俗文艺为主，偶尔刊登自己认为比较优秀的小说。如《说说唱唱》第3期开篇，就是老舍写的太平歌词《中苏同盟》："叫完大哥叫二哥，/列位仁兄听我说：/今天不讲精忠传，/不讲三国与列国；/国家大事表一表，/毛主席去到莫斯科。/主席一去两个月，/替咱们辛苦做事多：/……/毛主席的高见明日月，/斯大林的伟大盖山河，/……"第二篇是王春的《中苏关系史说本》，接下来是陶钝的弹词《二大娘进城》，最后是（孟）淑池的小说《金锁》。赵树理认为小说作者了解旧社会中国乡村，写得很真实。小说讲的是一个乡村流氓无产者金锁的故事，其实是将《阿Q正传》的风格和《小二黑结婚》的风格结合在一起。同时，叙事语调带有浓厚的民间色彩，语言雅俗杂糅：

> 草浦庄第一号有名的大户人家就是驴宅。驴宅无论男女老少都被人叫做"××驴"或"驴××"，以至于连真实姓名也埋没了；如黑驴、白驴、花驴、杂毛驴、老黑驴、小黑驴、公驴、母驴、瞎驴、拐驴、洋驴、土驴、驴混子、驴槌子、驴腿子……金锁不是驴宅的正脉，是拐驴曹五爷的干儿子。……

正是这篇非评书、说唱、鼓词的现代白话小说，给《说说唱唱》带来了麻烦。它的罪名是：侮辱了劳动人民，下三烂话太多，摹仿《阿Q正传》。1950年2月8日的《文艺报》发表了《读者对〈金锁〉的看法》一文，开始批评小说《金锁》。1950年5月25日的《文艺报》同时发表邓友梅的批评文章《评〈金锁〉》和赵树理的检讨文章《〈金锁〉发表前后》，赵树理的这篇检讨文章实际上是在为这篇小说和自己辩护。1950年6月1日的《光明日报》又刊登了赵树理的检讨文章，他自己承担了责任，但依然为作者和小说辩护。直到1952年1月9日的最后检讨，赵树理便与《说说唱唱》彻底说再见了。

《说说唱唱》杂志中，除了第3、4期的《金锁》，第6期赵树理的《登记》，第10期和第11期的陈登科的《活人塘》等少数小说，很少发表现代白话小说。现代白话小说从鲁迅开始就是以全新的形式和内容出现的，其叙事方式和语调，以及叙事者的角度和立场，都与民间的说唱、评书、弹词等有天壤之别，因而十分刺眼。1955年3月20日，《说说唱唱》这份存在5年零2个月，出版63期，发行量约为六万份的著名杂志，最终还是停刊了。

第六章

走与工农相结合的道路

一、文艺的工农兵方向

中国当代文学所强调的文艺的工农兵方向，是毛泽东在《在延安文艺座谈会上的讲话》中确立的，在1949年后迅速成为影响深远持续时间最长的文艺潮流。在1949年7月的全国第一次文代会上，周恩来所作的政治报告指出了文艺工作者深入生活、描写工农兵的重要性，认为文艺工作者"应该首先去熟悉工农兵"。在这次大会上，郭沫若作题为《为建设新中国的人民文艺而奋斗》的总报告，茅盾和周扬分别就国统区和解放区革命文艺作报告，都强调了坚持文艺"为人民服务"首先是坚持"为工农兵服务"的文艺方向的必要性和重要性。最后，大会把"坚持工农兵方向"写进"决议"，号召全国所有的文艺工作者都要努力贯彻执行。[1]在1979年10月的第四次文代会上，邓小平在致辞中继续强调文艺的工农兵方向："我们要继续坚持毛泽东同志提出的文艺为最广大的人民群众、首先为工农兵服务的方向。"[2]通过重读《在延安文艺座谈会上的讲话》(后文简称《讲话》)，可以从中梳理出"工农兵文艺"产生的基本逻辑。

第一，为谁服务？ "我们的文艺是为什么人的？"答案是为

---

[1]　中华全国文学艺术工作者代表大会宣传处编:《中华全国文学艺术工作者代表大会纪念文集》，新华书店1950年版。

[2]　邓小平:《邓小平文选》第2卷，人民出版社1994年版，第210页。

人民大众的。首先是为工农兵服务，而不是为剥削阶级和压迫者服务。

什么是人民大众呢？……占全人口百分之九十以上的人民，是工人、农民、兵士和城市小资产阶级。所以我们的文艺，第一是为工人的，这是领导革命的阶级。第二是为农民的，他们是革命中最广大最坚决的同盟军。第三是为武装起来了的工人农民即八路军、新四军和其他人民武装队伍的，这是革命战争的主力。第四是为城市小资产阶级劳动群众和知识分子的，他们也是革命的同盟者，他们是能够长期地和我们合作的。这四种人，就是中华民族的最大部分，就是最广大的人民大众。

我们的文艺，应该为上面说的四种人。我们要为这四种人服务，就必须站在无产阶级的立场上，而不能站在小资产阶级的立场上。……坚持个人主义的小资产阶级立场的作家是不可能真正地为革命的工农兵群众服务的……对于工农兵群众，则缺乏接近，缺乏了解，缺乏研究，缺乏知心朋友，不善于描写他们；倘若描写，也是衣服是劳动人民，面孔却是小资产阶级知识分子。……我们的文艺工作者一定要完成这个任务，一定要把立足点移过来，一定要在深入工农兵群众、深入实际斗争的过程中，在学习马克思主义和学习社会的过程中，逐渐地移过来，移到工农兵这方面来，移到无产阶级这方面来。只有这样，我们才能有真正为工农兵的文艺，真正无产阶级的文艺。①

第二，如何服务？"为什么人服务的问题解决了，接下来的问题就是如何去服务"，这个问题被转化为"普及"与"提高"的辩证关系。它要求作家"向工农兵普及"，"从工农兵提高"，并认为这是对工农兵的态度问题，作家的"情感要起变化"，必须在感情上跟工农兵打成一片。"中国的革命的文学家艺术家，有出息的文学家艺术家，必须到群众中去，必须长期地无条件地全心全意地到工农兵群众中去，到火热的斗争中去，到唯一的最广大最丰富的源泉中去，观察、体验、研究、分析一切人，一切阶级，一切群众，一切生动的生活形式和斗争形式，一切文学和艺术的原始材料，然后才有可能进入创作过程。"②

第三，如何普及？普及就是要到群众中去体验生活，改造思想和情感，了解工农兵的情感方式和生活方式，学习他们的语言，在这个基础上从事文艺创作。"我们的文学专门家应该注意群众的墙报，注意军队和农村中的通讯文学。我们的戏剧专门家应该注意军队和农村中的小剧团。我们的音乐专门家应该注意群众的歌唱。我们的美术专门家应该注意群众的美术。……一切革命的文学家艺术家只有联系群众，表现群众，把自己当作群众的忠实的代言人，他们的工作才有意义。只有代表群众才能教育群众，只有做群众的学生才能做群众的先生。如果把自己看作群众的主人，看作高踞于'下等人'头上的贵族，那末，不管他们有多大的才能，也是群众所不需要的，他们的工作是

---

① 毛泽东:《在延安文艺座谈会上的讲话》，见《毛泽东文艺论集》，中央文献出版社2002年版，第58～60页。

② 毛泽东:《在延安文艺座谈会上的讲话》，见《毛泽东文艺论集》，中央文献出版社2002年版，第63～64页。

没有前途的。"①

第四，**原则问题**。服务、普及、提高之所以成为"原则问题"，是因为它涉及文艺工作与党的工作之关系。文艺工作是整个革命事业的一部分，因此必须服从党的事业的需要，服从民族解放和阶级斗争的需要。因此：

> 无产阶级的文学艺术是无产阶级整个革命事业的一部分，如同列宁所说，是整个革命机器中的"齿轮和螺丝钉"……文艺是从属于政治的，但又反转来给予伟大的影响于政治。革命文艺是整个革命事业的一部分，是齿轮和螺丝钉，……它是对于整个机器不可缺少的齿轮和螺丝钉，对于整个革命事业不可缺少的一部分。②

第五，**斗争方式和批评标准**。斗争方式是文学批评，批评标准是政治第一，艺术第二。

> 任何阶级社会中的任何阶级，总是以政治标准放在第一位，以艺术标准放在第二位的。资产阶级对于无产阶级的文学艺术作品，不管其艺术成就怎样高，总是排斥的。无产阶级对于过去时代的文学艺术作品，也必须首先检查它们对待人民的态度如何，在历史上有无进步意义，而分别采取不同

---

① 　 毛泽东：《在延安文艺座谈会上的讲话》，见《毛泽东文艺论集》，中央文献出版社2002年版，第67~68页。

② 　 毛泽东：《在延安文艺座谈会上的讲话》，见《毛泽东文艺论集》，中央文献出版社2002年版，第69~70页。

态度……内容愈反动的作品而又愈带艺术性，就愈能毒害人民，就愈应该排斥。处于没落时期的一切剥削阶级的文艺的共同特点，就是其反动的政治内容和其艺术的形式之间所存在的矛盾。我们的要求则是政治和艺术的统一，内容和形式的统一，革命的政治内容和尽可能完美的艺术形式的统一。[①]

毛泽东提倡的"工农兵"文艺中的英雄，具有道德上的纯洁性，他们应该是"高尚的人、纯粹的人、有道德的人、脱离了低级趣味的人、有益于人民的人"。要有吃苦耐劳的传统美德、勇于牺牲的革命勇气、大公无私的献身精神、超越国界的共产主义境界等。这些美德其实早就在毛泽东的著作《为人民服务》《张思德》《纪念白求恩》中反映出来了。毛泽东相信，英雄们只要努力工作，勇于献身，一定会感动上帝的。这个上帝不是别人，就是人民大众。

在"文艺为工农兵服务"的思想中，"人民"概念随不同时期有不同的解释。毛泽东说："为了正确认识敌我之间和人民内部这两类不同的矛盾，应该首先弄清楚什么是人民，什么是敌人。人民这个概念在不同的国家和各个国家的不同的历史时期，有着不同的内容。"[②]1942年《讲话》中的"人民"包括工、农、兵、城市小资产阶级劳动者和知识分子，这是民族解放战争的要求。在1956年《关于正确处理人民内部矛盾的问题》中，"人民"是指"一切赞成、拥护和参加社会主义建设事业的阶级、阶层和社会集团"，这是新中国成

---

① 毛泽东：《在延安文艺座谈会上的讲话》，见《毛泽东文艺论集》，中央文献出版社2002年版，第73～74页。

② 毛泽东：《关于正确处理人民内部矛盾的问题》，见《毛泽东选集》第5卷，人民出版社1977年版，第364页。

立后阶级斗争和国际形势的要求。与这些变化的"人民"概念相应的"敌人"，也从帝国主义、资本主义演变成"反对社会主义"的"右派"、修正主义、坏分子，没有改造好的资产阶级知识分子（人民民主专政的对象）。但总的来说，"人民"主要是指占人口绝大多数的"工农兵"。小资产阶级知识分子，如果改造了，在情感上接近了工农兵，也可以列入其中。

从"为工农兵服务"和"人民"概念的演变中，我们发现毛泽东对资产阶级和小资产阶级知识分子的不信任。毛泽东批评那些没有改造好的知识分子不干净，"最干净的还是工人农民，尽管他们手是黑的，脚上有牛屎，还是比资产阶级和小资产阶级知识分子都干净。这就叫做感情起了变化，由一个阶级变到另一个阶级。我们知识分子出身的文艺工作者，要使自己的作品为群众所欢迎，就得把自己的思想感情来一个变化，来一番改造。"[1]毛泽东认为，在农民面前，"一切革命的党派、革命的同志，都将在他们面前受他们的检验而决定弃取"[2]。毛泽东高度赞扬农民和人民群众的言论比比皆是，比如："人民，只有人民，才是创造世界历史的动力。"[3]"群众是真正的英雄，而我们自己则往往是幼稚可笑的，……"[4]"高贵者最愚蠢，卑贱者最聪明。"[5]

---

[1] 毛泽东:《在延安文艺座谈会上的讲话》，见《毛泽东文艺论集》，中央文献出版社2002年版，第53页。
[2] 毛泽东:《湖南农民运动考察报告》，见《毛泽东选集》第1卷，人民出版社1991年版，第13页。
[3] 毛泽东:《论联合政府》，见《毛泽东选集》第3卷，人民出版社1991年版，第1031页。
[4] 毛泽东:《"农村调查"的序言和跋》，见《毛泽东选集》第3卷，人民出版社1991年版，第790页。
[5] 中央文献研究室编:《建国以来毛泽东文稿》第7卷，中央文献出版社1992年版，第236页。

二、延安的"下乡入伍进厂"

延安文艺座谈会召开之后大约一年，1943年3月10日，中共中央文化工作委员会和中共中央组织部联合召开党的文艺工作者会议。新任中央书记处书记刘少奇、《解放日报》和新华总社社长博古、中组部部长陈云、中宣部代部长何凯丰等人出席了会议。鲁迅艺术文学院（常务）副院长周扬主持会议。陈云在会上做了《关于党的文艺工作者的两个倾向》的报告，提出了两个尖锐的问题，也就是延安文艺工作者必须去除的两个重大缺陷：一是特殊；二是自大。陈云认为，党的文艺工作者首先是党员，然后才是文艺工作者，所以不应该搞特殊化，一律要服从党的领导；因此必须遵守纪律，必须认真学习马列主义和实际政治。知识分子之所以显得"特殊"，就是因为"自大"，反对"特殊"就要反对"自人"。①用什么来反对呢？用党的纪律和下乡改造两种方式，下乡改造是纪律的表现，纪律是下乡改造的保证。陈云的这个报告已经将"文艺的工农兵方向"和"整顿文风"这一理论具体化了。

时任中共中央宣部代理部长的凯丰的报告《关于文艺工作者下乡的问题——在党的文艺工作者会议上的讲话》，将"工农兵方向"更加具体化。②凯丰指出，之所以在文艺座谈会之后一年才讨论"下乡"

---

① 《解放日报》1943年3月28日，第4版，《人民日报》1982年5月23日，第1版，见中国社科院新闻研究所编《延安文萃》上册，北京出版社1984年版，第363～371页。

② 《解放日报》1943年3月28日，第4版，《人民日报》1982年5月23日，第1版，见中国社科院新闻研究所编《延安文萃》上册，北京出版社1984年版，第371～383页。以下凯丰讲话的内容，均引自此处。

问题，是为了让大家在整风运动的帮助下统一思想，转变观念。现在看来，留在延安一年是有收获的。延安文艺界经过了一年的整风学习，气象为之一新。"从今年春节的宣传中可以看出来。春节文艺宣传活动，大量采用民间形式，采用为广大群众能够听得懂看得懂得形式，采用为老百姓能解得下的形式，这是表示延安文艺活动向新的发展方向的开始，向毛主席号召的方向的开始。比如鲁艺的秧歌队为各方面所赞誉，其他各个剧团及机关学校所组织的秧歌队都有了成功，这是值得表扬的。许多作家已经开始去访问老百姓劳动英雄，写他们的事业，小说诗歌戏剧木刻等等都在向着接近群众这一方向走。所有这些都是表现延安文艺界向着新的方向的开始，向着为工农兵服务的方向开始。"凯丰在报告中着重强调了三个问题：

第一，为什么下乡？怎样下乡？"过去我们有许多文艺工作者到前方去，到部队去，到乡下去，到工厂去，为什么没有收到应有的效果……就是因为对下乡的认识还不够。"下乡的目的是与实际相结合，让文艺为工农兵服务。在这一目的下强调两点：第一，打破做客的观念，不要抱着收资料的态度下去，要抱着工作的态度下去；不要抱着临时工作的态度下去，要抱着长期工作的态度下去；不要害怕长期不写会生疏、不能写了，"这种问题是不会有的，即使有，也不很大，一个有技术的人，会写文章的人，并不会丢生去……真正有材料，在业余还是可以写"。第二，放下文化人的资格。"做客的观念不能打破，也就是因为文化人的资格没有放下……结果就势必做客……他们那里不是文化工作，而是军队工作，政府工作，党务工作，经济工作，群众工作等，而你以文化人的资格去工作，结果还是格格不入，……不要把自己看做是特殊的，应当看作是他们之中的一个工作人员。"

第二，下乡遇到的困难。主要是工作上的困难，也就是文化人对新的工作的适应问题。下乡后首先要服从党和地方政府的领导。工作不比写作，写作是灵感来了就写，没来就不写。但工作如果让你去动员牲口驮盐、征收公粮、牵一头驴，却不能等灵感来了才做，而是没有灵感也要做。要动手动脚，不怕麻烦，照毛主席所说的"放下臭架子，甘当小学生"，就可以把事情做好。其次是物质生活上的困难，城里长大的知识分子看不惯乡下的习惯，需要改变。农村并不是那样卫生，知识分子们看不惯，老百姓却觉得很平常。要和老百姓打成一片，才能接近他们，提高他们。

第三，下去应该注意什么？要与地方干部搞好关系，先学习他们的长处，再帮助他们的缺点，不要一下去就夸夸其谈。下乡后会发现很多问题，但是"要从整个工作过程、发展历史去看问题"。工农兵文艺就是要赞扬人民大众的光明，暴露压迫者的黑暗。老百姓身上的"愚昧、落后、怯懦、自私等"，是黑暗势力加在人民大众身上的坏东西，写这些是暴露侵略者压迫者的问题。"我们的抗日根据地更是处在一个光明的时代，所以对于斗争中的群众，当然是写光明，只有对于敌人才是暴露黑暗。"

这次会议之后，整个延安文艺界开始了"下乡、入伍、进厂"运动。延安文艺界提出了"到农村、到工厂、到部队中去，成为群众的一分子"的口号。在延安的许多党内外作家，纷纷到群众斗争中去。诗人萧三、艾青，剧作家塞克等到南泥湾（王震的三五九旅驻地，艾青等人后来一直受到王震的保护，大概跟延安时期的友谊有关）；作家陈荒煤去了延安县；作家刘白羽、陈学昭等到部队和农村体验生活；柳青到陇东。丁玲在1943年3月15日接受《解放日报》记者采访时说："如果有作家连续写二十篇边区农村的通讯，我要选他做文艺界的劳动英雄。"[①]1944年6月，她写出关于劳模事迹的人物通讯《田宝霖》，曾得到毛泽东的好评；7月写作长篇通讯《一二九师与晋察鲁豫边区》；8月到安塞难民纺织厂体验生活两个月，写出杂文《老婆疙瘩》。[②]音乐界也提出"音乐上街""音乐进厂"的口号。戏剧界也纷纷下乡、进厂，向群众学习，为群众演出。画家也背着画板到农村去塑造农民的形象。延安部队艺术学校改组为文艺工作团，号召"面向士兵，到部队去"，创作通俗的、容易为战士所理解的作品和短小的通讯、歌曲，以适应战时部队需要。

会议之后，3月下旬的《解放日报》，发表了多篇作家的自我批评文章：周立波的《后悔与前瞻》，批评了自己以往乡下入伍时的"做客"思想，决心痛改前非；何其芳的《改造自己，改造艺术》一文认为，只有改造了"旧我"，才能创造新的艺术；张仃的《画家下乡》、舒群的《必须改造自己》等文章，都表示要更好地走与工农兵相结合的道路。1943年下乡、入伍、进厂之后，《解放日报》刊登了大量关于工农兵和部队将领的人物通讯，现将关于一些重要人物的文章列举如下：

萧　三：《毛泽东同志的初期革命活动》（1944年7月1日、2日）

爱泼斯坦：《这就是毛泽东——中国共产党的领袖》（1945年10月10日）

徐特立：《学习朱总司令》（1945年12月26日）

---

① 丁玲：《延安作家纷纷下乡，实行党的文艺政策》，《解放日报》1943年3月15日，第2版。

② 李向东、王增如编：《丁玲年谱长编》上卷，天津人民出版社2006年版，第183～186页。

林　间:《朱德将军生活散记》(1946年11月30日)

王朗超:《林伯渠主席——人民的勤务员》(1946年1月21日)

李　普:《陈毅将军印象记》(1946年3月30日)

刘漠冰:《贺龙将军印象记》(1946年4月25日)

王　匡:《李先念将军印象记》(1946年7月21日)

刘白羽:《周保中将军》(1946年7月16日)

周立波:《王震将军记》(1946年9月17日)

张香山:《记刘伯承将军》(1946年10月22日)

但延安时期的改造,不是为改造而改造,而是通过作家介入革命斗争实践,转变情感方式,最终是要使他们的价值观念、审美趣味和表达方式接近"工农兵"这一新的"总体性"。新的"总体性"的构成,从形式上看,就是被改造了的民间形式和农民话语(包括快板、道情、民歌、街头剧、秧歌剧等载体),从内容上看,就是中国共产党领导下的革命斗争,以及它的必胜的信念。形式和内容依附在工农兵革命斗争实践的具体行动上。因此,塑造新的工农兵形象,成了新文艺的唯一任务。新中国成立之后,塑造和歌颂工农兵形象已经成为"共识",少数偏离轨道的现象,可以通过批评、批判乃至更为极端的方式加以纠正和制止。

三、新中国成立初期的"思想改造"

20世纪50年代初期的知识分子思想改造运动,被形象地称为"脱裤子,割尾巴",又称"洗澡"。杨绛著有反映这一时期知识分子思想改造过程的小说，名曰《洗澡》，意思就是"洗脑筋"。①这是延安整风时期发明的一个术语。

1942年5月的文艺整风与1942年2月开始的党内整"三风"（学风，即思维方式的主观主义；党风，即组织上的宗派主义；文风，即内容空洞、玩弄形式的党八股）大致是同时进行的。毛泽东发表了《整顿党的作风》（1942年2月1日在中共中央党校开学典礼上的演说）和《反对党八股》（1942年2月8日在延安干部会上的讲演）等文章。为了配合毛泽东的这些讲话，1942年的2月至5月，《解放日报》相继发表《整顿学风党风文风》《教条和裤子》《整顿三风必须正确进行》等多篇社论，发动对干部和知识分子的整风运动。由胡乔木执笔的《教条和裤子》一文指出：

> （教条主义）高声叫道，大家要洗澡啊！大家要学习游泳啊！但是有些什么问题发生在他们的贵体下了，他们总是不肯下水，总是不肯脱掉他们的裤子……裤子上面出教条——这就是教条和裤子的有机联系。谁要是诚心诚意的想反对教条主义，……就得有脱裤子的决心和勇气。……毛泽东同志在他二月一日的讲演里，曾经说今天党的领导路线是正确的，但是在一部分党员中间，还有三风不正的问题。于是你也来呀，我也来呀，大家把主观主义、宗派主义、党八股的尾巴割下来呀，大叫一通"尾巴"完事，……可惜，尾巴是叫不下来的。大家怕脱裤子，正因为里面躲着一条尾巴，

① 　　　杨绛：《洗澡·前言》，生活·读书·新知三联书店1988年版，第1页。

必须脱掉裤子才看得见，又必须用刀割，还必须出血，尾巴的粗细不等，刀的大小不等，血的多少不等，但总之未必是很舒服的事。……我们自动地主张脱裤子，不要秘密地脱，不要害怕在群众面前脱，主张公开脱，让群众来监督和审查。①

这里出现了很多形象的说法：洗澡、游泳、下水、脱裤子、割尾巴，而且是多层意思叠加在一起。文章先说"教条主义"口头上说着"游泳"的道理，却不身体力行地下水去实践，也就是不肯脱裤子。接着又把"游泳"转为"洗澡"的比喻，实际上就是"洗脑筋"。洗脑式的思想改造，转化为一系列具体可感的动作：洗澡就要脱裤子（洗脑就要公开思想），而且要当众脱掉，把个人的羞耻感、自尊心、尊严毁掉，最后达到的效果是露出自己裤子里面的"尾巴"（资产阶级和小资产阶级思想残余），然后用刀子割掉这个"尾巴"，而且还要"出血"（也就是所谓的"灵魂深处闹革命"）。

新中国成立初期的知识分子思想改造运动，方法上与延安时期类似。但此时的知识分子改造的难度更大一些，因为人数更多，思想成分也更复杂。胡乔木在《在北京文艺界学习动员大会上的讲话》中指出：虽然全国第一次文代会宣布接受毛泽东1942年《讲话》指示的方向，但是，不经过延安整风那样深刻的思想斗争，这个方向就不会自然而然毫无异议地被接受。一部分曾经在文代会上举过手的作家，并没有真正了解毛泽东同志关于文艺工作的指示内容。他们对文艺工

---

① 《解放日报》1942年3月9日，第1版，见中国社科院新闻研究所编《延安文萃》上册，北京出版社1984年版，第13～16页。

作，仍抱着资产阶级和小资产阶级的见解，而不是站在无产阶级立场上。因此，新中国成立后两年来，文艺作品还是缺少"新人物、新事件、新情感、新主题"，甚至"歪曲劳动人民的形象"。作家与劳动人民缺少联系，态度冷漠，创作上怠工，粗制滥造，饱食终日，行为放荡。只有按照毛泽东思想认真改造思想，才是唯一的出路。①

新中国成立后的知识分子思想改造从50年代初期就开始了。1950年6月6日，毛泽东在党的七届三中全会上说："对知识分子，要办各种训练班，办军政大学、革命大学，要使用他们，同时对他们进行教育和改造。要让他们学社会发展史、历史唯物论等几门课程。就是那些唯心论者，我们也有办法使他们不反对我们。他们讲上帝造人，我们讲从猿到人。有些知识分子老了，七十几岁了，只要他们拥护共产党和人民政府，就把他们养起来。"②

新中国成立初期的知识分子思想改造，主要针对的是国统区的旧知识分子和刚刚参加革命的青年知识分子。改造的步骤与延安时期一样，也是分为两大阶段：第一阶段是学习中央文件（从思想上"脱裤子割尾巴"），第二阶段是下乡入伍进厂（身心双重"洗澡"）。同时，这一时期的知识分子改造是和利用合而为一的，因为新中国急需有文化的干部，但他们思想又不合要求，所以采用短训班性质的教育形式，就是参加"革命"前的快速"洗澡"。

就第一阶段而言，1949年创建于北京、上海及诸多省会城市的"人民革命大学"，就是典型的例子。先来看一份中央组织部的法规性

① 　胡乔木：《文艺工作者为什么要改造思想？》，《人民日报》1951年12月5日，第1版。
② 　毛泽东：《不要四面出击》，见《毛泽东文集》第6卷，人民出版社1999年版，第74～75页。

文件对"革命大学"的定性：

> 建国前我党开办的华北人民革命大
> 学、华东人民革命大
> 学、西北人民革命大学、江西"八一"革命大学、湖南人
> 民革命大学、湖北人民革命大学，它们和华北大学、中原大
> 学，以及各军政大学一样，都是"我党为吸收干部而创办
> 的。以学习政治理论政策为主的、短期训练班性质"的干部
> 学校。①

实际上，"革大"的学员主要是急需改造和利用的旧知识分子、国民党时期的政府工作人员和一部分刚刚准备参加工作的知识青年。学习内容就是政治（历史唯物论、辩证法、革命史、党史等）。学习方法是政治培训和政治审查（思想改造）。《人民日报》曾经对华北人民革命大学第一期学生的毕业典礼进行了报道：

> 华北人民革命大学第一期学员一万二千余人……已
> 胜利完成学习，即将出发到全国各个工作岗位上去。昨
> （二十二）日在平学员一万人在西苑校部举行毕业典礼……
> 革大同学经过了四个月的马列主义的基本理论学习，思想、
> 作风、生活习惯等均有显著的进步：初步建立了无产阶级的
> 革命人生观，开始掌握批评和自我批评的武器，并纷纷要求

---

① 　《中共中央组织部关于建国前我党开办的华北人民革命大学、延安中学等校学员参加革命工作时间问题的通知》（1983年10月26日组通字［1983］49号），北京大学法学院北大法律信息网，访问日期：2008年8月19日。

加入革命组织，有二百余学生已光荣地参加了共产党，加入青年团的，已达四千五百余人。由于革命胜利形势的飞速发展和工作需要，校部决定将原定为六个月的学习时间提前结束。……①

华北人民革命大学第二期学员曲辉明回忆说：

　　……考进了华北革大。其实根本就没有什么考试，只是招生人员问了问籍贯学历，有没有参加什么党派，就录取了。……我们是第二期，这期招收了约六千学员，还有一个研究班，都是一些统战人物……校长是刘澜涛，副校长是胡锡奎，教务主任是王若飞的夫人李培之……这六千学员分成三十多个班，每班约二百人左右，有一老干部做班主任，还有几位辅导员。每班再分成十来个小组，男女学员合编。我分在第二十七班……在文化程度方面，一般都是初中以上文化程度，最高有出国留过学的，甚至大学教授，可能个别人或许只有小学文化程度。在出身成分方面就复杂了，就我们这个组的二十余人来说吧，大概有一半左右是像我一样的青年学生，其他的什么人都有：一个从东北解放区来的"翻身农民"，在革大入了党，可是毕业后一查却是一个逃亡地主分子；一位大学教授；一位日本留学的高级职员；一位店员；一位国民党少将的小姐；一位是彝族国民党校级军官；

① 　　《永远作毛主席的好学生，革大万二千学员毕业——刘澜涛校长等勉以理论与实际结合》，《人民日报》1949年7月23日，第1版。

一位是国民党青年军军官，直到毕业还没有弄清楚他到底是个什么人物；还有两三位已结婚的太太；还有一个是张家口有名的妓女呢……从一九四九年九月三日正式开学到一九五零年三月毕业……六个月里，只发了一本书，我也就只学了这一本书。这本书就是艾思奇写的《社会发展简史》。六千人听大课，由艾思奇、杨献珍等讲这本书的内容……在最后的一月里就是思想总结，我们每个人都要向组织讲清楚自己的家庭和历史，包括是不是非无产阶级出身的家庭，是否参加过反动组织或军队，以及对劳动人民和对劳动的态度如何，还要进行批判和重新认识，在这个基础上写出自己的自传……①

武汉的湖北人民革命大学成立于1950年国庆前夕，1952年停办，一共开办了4期，李先念兼任校长。学员高光菊回忆道：

学习内容是"社会发展史和历史唯物论"，后来还加学了"共产党员八条标准"（简称"党八条"），一般是上午听课，下午讨论……记得在讨论"人是从猿猴变的，那么猿猴又是从什么变的"这节课时，一时争论得全校沸沸扬扬，……校方不得不以"不要钻牛角尖"为由结束了这场没有结果的讨论。在讨论"资本家是如何剥削劳动人民剩余价值"时，我们班有个同学就不承认"资本家是靠剥削起家

① 曲辉明：《崂山地瓜干养育的孩子的一生》，《崂山春秋》2006年6月号。

第六章 走与工农相结合的道路

的"这种说法。他说，他父亲是裁缝店老板，靠的是一针一线自己做起来的，还养活了三名工人。……这下，又成了我们全班的导火线，终日辩论不止。[①]

张兆和是华北人民革命大学的学员。张兆和于1949年5月10日入校，校址在北京安定门内的国子监街，她是华北人民革命大学第二部第四小组的学员。张兆和这个小组共有10人，每天一起"讨论学校指定的小册子"，学唱《你是灯塔》《国民党，一团糟》等流行歌曲，不定期地听革命知识分子的政治报告，周一至周五不得离校。[②]

沈从文于1950年3月2日进入北京西苑拈花寺的华北大学政治研究院，4月初转入华北人民革命大学研究院第三部第五班学习。这种"政治研究班"，主要是培训民国时期的高级官员和高级知识分子（北京一些名牌大学的教授，包括北平市市长何思源都曾在这里学习）。沈从文1950年12月30日离校，共学习10个月。他在致友人的书信中披露自己的心思：

我事实上已经变成一个经过改造的小小螺丝钉，做个老老实实公民，毫无芥蒂在一种材当其分的小小职务上去工作。……近来学习最大的发现，即个人对于群众的"无知"，及对"政治的无知"。……在革大学习半年，由于政治水平低，和老少同学相比，事事都显得落后，理论测验在丙丁之

---

① 高光菊：《回忆当年在"革大"》，《武钢文艺》2006年第5期。
② 参见张兆和给沈从文的书信，见《沈从文全集》第19卷，北岳文艺出版社2002年版，第37～44页。

间，且不会扭秧歌，又不会唱歌，也不能在下棋、玩牌、跳舞等等，群众的生活上走走群众路线，打成一片。换言之，也就是毫无进步表现。……学习的大部分时间都用到空谈上。……我就只有打扫打扫茅房尿池，可以说是在学习为人民服务。①

沈从文认为，"倒是大厨房中八位炊事员，终日忙个不息，极少说话，那种实事求是素朴工作态度，使人爱敬"②，后来他还以此为题材创作了短篇小说《老同志》（寄给丁玲，被推荐到《人民文学》后退稿，未发表，收入《沈从文全集》）。沈从文还发明"生命经济学"一词，用于解释被解放了的人力资源的浪费上，暗示工作和日常生活中那些冗长的报告、转公义、空谈、个人业余时间的浪费等，都是对生命的浪费。只有将这种浪费了的生命能转化为物质生产，才能"解放已解放的生命力"。③这在当时完全是奇谈怪论。

当时在北京大学图书馆工作的胡适之子胡思杜（1921—1957），不愿随父赴台而留在北京，后进华北人民革命大学学习，是沈从文政治研究班的同学，为第二班第七组的学员。华北人民革命大学学员宁致远回忆说：胡思杜在学习期间，思想激进，在墙报上写文章批评同

---

① 沈从文：《致布德书信》，见《沈从文全集》第19卷，北岳文艺出版社2002年版，第68～69页。
② 沈从文：《革命大学日记一束》，见《沈从文全集》第19卷，北岳文艺出版社2002年版，第71页。
③ 沈从文：《革命大学日记一束》，见《沈从文全集》第19卷，北岳文艺出版社2002年版，第71页。

学，认为他们想吃"小灶"是"不知天高地厚"，是资产阶级思想。[1]
胡思杜1949年9月入学，1950年9月毕业。他的毕业"思想总结"的
第二部分为《对我的父亲——胡适的批判》，在文中对父亲胡适进行
了猛烈批判。[2]胡思杜从华北人民革命大学毕业之后，被分配到唐山
铁道学院（西南交通大学前身）任政治教员，1957年"反右"运动中
自杀。

四、到实际工作中去改造

　　思想改造的第二阶段是下乡入厂。1951年9月，周恩来向京、津
两市专科以上学校教职员工作了关于知识分子改造问题的报告，就知
识分子如何确立革命立场、观点、方法问题，作了详尽说明，号召大
学教师认真开展批评与自我批评，转变立场，做文化战线上的革命战
士。10月，毛泽东在全国政协一届三次会议上指出：思想改造，首先
是各种知识分子的思想改造，是我国彻底实现民主改革和逐步实行工
业化的重要条件之一。11月，中共中央发出《关于在学校中进行思想
改造和组织清理工作的指示》，要求教职员和高中以上学生普遍开展
学习运动。1952年1月，全国政协全国常委作出了《关于开展各界人
士思想改造的学习运动的决定》，组织各民主党派、无党派人士、工

[1]　宁致远口述：《我经历的政法往事及其他》，见陈夏红、李云舒整理《中国政法
　　大学校报》2006年3月19日。
[2]　该文同时刊登在《人民日报》和香港《大公报》，胡适将《大公报》剪报附于
　　日记中，并记载了胡思杜写给父母的信件（叮嘱父亲不要抽烟，不要熬夜），
　　见《胡适日记全编》第8卷，安徽教育出版社2001年版，第63～68页。

商界和宗教界人士参加思想改造的学习运动。这样，从1951年十月开始，逐步形成全国规模的知识分子思想改造运动。

思想改造的方法，主要是组织知识分子学习马列主义、毛泽东思想，树立为人民服务的思想，组织他们参加抗美援朝、土地改革、镇压反革命和三反五反运动，在实际斗争中划清敌我界限，走与工农相结合的道路；同时，在组织上进行必要的清理。运动到1952年秋基本结束。①

（一）新土地改革

年纪较大的老知识分子主要是到下面去参观一两周，比如燕京大学教授侯仁之，北京大学教授钱学熙、杨人楩，清华大学教授潘光旦等。侯仁之在《人民日报》上撰文表示，自己参观土改工作之后，学到了"翻身农民的恨与爱"，"我向翻身农民学习了恨，咬牙切齿的恨；我也向翻身农民学习了爱，真挚热烈的爱。而且我也明白了：唯其能痛恨，才能热爱。在乡下我看到了也听到了翻身农民对毛主席普遍的关切和普遍的热爱"。②到湖南参观土改的杨人楩撰文表示，参观土改一次，胜过两年的学习，原以为只要"和平土改"就行，不需要激烈的斗争；通过参观，听了农民的诉苦，见到地主的硬挺，感到自己以前的想法是错误的，是对革命的无知。③

中青年知识分子，则需要三到五个月（甚至更长时间）参加土改工作。1951年8月23日，由北京大学、清华大学、燕京大学、辅仁大学四校师生共800多人组成的"中南土地改革工作团"，在北京大

---

① 肖效钦主编：《中国革命史新编》，山东人民出版社1986年版，第403页。
② 侯仁之：《我在土地改革中所学习的第一课》，《人民日报》1951年5月23日，第3版。
③ 杨人楩：《跟农民学习以后》，《人民日报》1951年4月19日，第3版。

学工学院礼堂举行成立大会，工作团于9月初分批前往中南区，参加今冬明春土地改革工作。该团的团员，都是各大学法学院政治、法律、社会、经济等系的师生，他们参加土改工作是为了理论联系实际，向实际工作学习。当时，他们正在北京大学集中学习土地改革的政策。①

为了土地改革工作的需要，中国人民政治协商会议全国委员会也组织了中南土地改革工作团，派遣了两千多人去参加土地改革运动。中共中央申南局、中南军政委员会已号召和正在组织中南直属机关干部分配下乡参加土地改革，同时指示各省都要动员大批机关干部下乡，并欢迎各民主党派、民主人士和各界人民下乡参加土地改革。中南军政委员会直属机关已决定首批抽调两千人下乡，同时武汉大学文、法两院师生600余人组成土地改革工作团出发参加土地改革。华中大学师生1000余人，也准备下乡参加土地改革。②

1951年12月10日，中国人民政治协商会议全国委员会参加三大运动筹备委员会组织的参加中南区明春土地改革工作的工作团，由阳翰笙、千家驹、田汉、胡绳等率领前往汉口。全团982人。团员包括中央人民政府的工作干部、各民主党派，各人民团体中央机关的工作干部和北京、天津、保定、太原、石家庄等大中城市的各界人士。③

全国各界积极响应号召，轰轰烈烈地投入到土地改革中。

① 新华社：《北京等四大学师生八百人组成中南土地改革工作团》，《人民日报》1951年8月29日，第3版。
② 《到农村去，到土地改革斗争的前线去》，《长江日报》1951年10月14日。见中国社会科学院、中央档案馆编《中华人民共和国经济档案资料选编（1949—1952）：农村经济体制卷》，社会科学文献出版社1992年版，第194页。
③ 《政协全国委员会参加三大运动筹委会，组织土地改革工作团赴汉口》，《人民日报》1951年12月13日，第1版。

由全国政协"参加与参观三大运动筹备委员会"所组织的"西南土地改革工作团",该工作团成员有各民主党派中央委员和高级干部,科学工作者,北京天津两市民主党派的负责人,大学教授,文教界、工商界和宗教界的人士以及中央人民政府若干部门的司长、局长以上干部,在团长章乃器和副团长胡愈之、陆志韦率领下,一行99人于1951年5月17日飞抵重庆。西南土改工作团的其他成员,于5月29日乘火车前往汉口,再改乘轮船于6月13日到达重庆,分配到巴县的人和镇搞土改,9月27日回北京,历时3个月。

陈垣任团长的西南土改工作团第二团共530人,分东、南、西、北和巴县五个分团。胡风在第一分团,即巴县分团,到人和镇负责7个村的土改,还负责了巴县分团和总团的工作总结的写作。

沈从文是西南土改工作团第七团(团长为北京大学哲学系教授郑昕)的普通团员,从1951年年底至1952年年初下乡土改4个多月。1951年10月25日,沈从文背着背包随近千人的队伍一起乘火车往汉口,后改乘轮船于11月4日到达重庆。沈从文在家信中介绍,工作团成员成分复杂。有地主出身的、毕业于师范大学的张女士,幼稚园主任王女士,助产士张女士,家庭妇女孙女士,商店的老板,神学院学生,中学老师,18岁的中学毕业生;还有与张闻天同去过苏联的老干部,各行各业的北京市民等。沈从文所在的第七团第四队,被分配到川南成都与重庆之间的内江县第四区。他在写给儿子的信中,语气已经像工作团的人了。沈从文对儿子说,自己下乡的工作:

> 和你们下乡捉蝗虫一样。我们这次去是打一群吃了人民
> 三千年的老蝗虫,相当厉害的。经过了减租、退押、反霸,

第六章 走与工农相结合的道路

搞了一大阵子，大地主小地主都在家中不能随便外出，有了个数目，要用三个月的时间去清理扫除。比起你们的工作，困难得多的。特别是农村干部，直接面对大蝗虫，艰苦得很。但是人民力量已经起来了，就和你们的工作情形一样，必然打得倒。帮同农民打，我们不过是打打杂而已，知识分子是不中用的，不大中用的。能好好学习、改造，自己才不至于成为人民的蝗虫。[①]

全国政协土改工作团第二十一团，胡绳为团长，田汉为副团长，团员有安娥、艾青（团党委委员）、李可染、李又然，还有部分北大、清华、北师大的师生，以及中央文学研究所第一期部分学员（胡昭、王景山等），1951年离开北京，1952年1月17日抵达广西邕宁十三区麻子畬村，1952年4月回到北京，历时4个月。在广西邕宁麻子畬村土改期间，田汉创作了话剧《农民见青天》；艾青写了《智信村土地改革检查报告》，刊登于1952年4月3日的《广西日报》，并收入广西人民政府"土委会"编的《土改重要文选》。河南文联副主席李蕤参加土改工作团之后在《人民日报》上撰文写道：

地主阶级利用农民和他半年的休战……的空隙，利用我们的宽大政策在执行中成为"宽大无边"的空隙，敌人再不是像半年前那样，膝盖上绑着破鞋准备跪倒投降的敌人了，他们从"蠢蠢思动"到"气焰万丈"，到处都恶狠狠照着农

① 沈从文：《致沈龙朱、沈虎雏》，见《沈从文全集》第19卷，北岳文艺出版社2002年版，第163页。

民反扑，要农民翻身，便得先打退他们的反扑，这样一开始就是炮火连天的斗争。……后来经过法律手续的判决，杀了一批，关了一批，管了一批，只十几天的战斗，地主阶级的凶焰便打退了，土地改革工作才扫清障碍。在这一阶段里我体验到，阶级感情的确立和巩固，"温情主义"残根的铲断，并不是件说说便能做到的事。在书本上，我们老早便接受了"对敌人仁慈便是对人民残忍""不能因为狗的落水便怜而不打"这些道理，但那是从书本上来的，……只是个空洞的认识，……过去我虽然读了一些革命书籍，反对"人道主义"，但我却有严重的"人道主义"的倾向，我是个"心肠软"的书呆子……。但在这一次土地改革中，那些罪大恶极的土匪恶霸特务，不法地主，却锻炼"硬"了我的心肠。[1]

（二）抗美援朝

为慰问在朝鲜前线英勇作战、反对美国侵略的中国人民志愿军和朝鲜人民军，中国人民抗美援朝总会曾三次组织中国人民赴朝慰问团。

1951年4月，第一届中国人民赴朝慰问总团赴朝，5月29日回京。总团由575人组成，其中正式代表210人，曲艺服务大队86人，文艺工作团85人，电影放映队17人，工作人员及记者88人，其他行政警卫人员92人。总团团长是廖承志，副团长是陈沂、田汉。下设7个分团和一个直属分团，外加曲艺服务大队和文工总团。田间任直属分团秘书长，黄药眠、叶丁易、丁聪为团员；严辰、唐因、杨朔为随团记

---

[1]　　李蕤：《从土地改革前线归来》，《人民日报》1951年5月20日，第3版。

者。其他分团的作家还有王汶石、刘盛亚、徐铸成、黄谷柳、吴祖缃、方纪、凤子、陈因、草明、白朗等。此后，巴金、路翎、魏巍、安娥、刘白羽、欧阳山尊、马加、鲁藜、蓝澄、韶华、井岩盾等人先后到朝鲜采访。巴金写了散文《我见到彭德怀将军》和中篇小说《团圆》（后改编成电影《英雄儿女》），魏巍写了著名的散文《谁是最可爱的人》。路翎1952年12月第二次赴朝鲜战场采访，1953年7月回国，写了《初雪》《洼地上的"战役"》《战士的心》《你的永远忠实的同志》等小说。

也有一些反映抗美援朝的文学作品遭到批评，比如南京《新华日报》刊载的一首诗《献给汉城的解放者》，又如《山东文艺》第3卷第1期登载的陶钝的诗《绣红旗》。

（三）镇压反革命

在1951年的"镇反运动"中，全国的作家和文学期刊都调动起来了。据《人民日报》报道，当时"各种文艺刊物、报纸副刊等，在大张旗鼓镇压反革命宣传中，已有一部分文艺作品，以生动的事实，用连环画、鼓词、短剧、快板、诗歌、小说等通俗的文艺形式，揭露了反革命的罪恶，反映了人民的正义呼声。如连环画《谁害了你》（《内蒙文艺》）……独幕剧《难逃法网》（《天津日报》）……剧本《不能入库》（《平原文艺》）……速写《无边的仇恨》（《山西文艺》）……诗歌《人民在控诉》（《新民报》）……同时，我们也看到，除了一两份报纸连续不断地刊载了这类作品之外，其余各地报刊都是零碎地、寥寥无几地出现了几篇东西来招架应付，作品数量少，质量低，活动规模不大，还未足够地重视这个当前严重的政治斗争任务。……镇压反革命，是巩固人民民主专政的剧烈阶级斗争，若干地区的党委和党的宣传部还未注意组织与领导所有的文艺力量，投入这一运动。也还有些文艺工作者并未认识这是一个严重的急待表现的革命主题……而是在这千百万人民轰轰烈烈的伟大斗争面前，表现熟视无睹，在那里被迫地'应景'，在那里袖手旁观。应该指出，这是严重的脱离现实脱离群众的错误，应该加以纠正。人民群众迫切要求我们多多创作出、演唱出有关镇压反革命的新作品来。人民群众在巩固自己的胜利，在和反革命进行斗争中，创造与提供给艺术家们以丰富的生动的材料，如三轮车夫、老太太、小学生都积极地英勇地告发和逮捕特务。妻子、儿女公开地检举自己的特务丈夫和父亲。他们以高度的爱国主义精神，保卫人民的生活和祖国安全。类似这样的模范事迹很多，但在文艺创作上却表现得很少。在大张旗鼓镇压反革命宣传中，展览、广播、控诉都做得很不少，但我们还未充分地利用起文艺这个教育群众的有力武器，还未充分地利用文艺形式，正确地全面地宣传人民政府镇压与宽大相结合的政策，鼓舞人民的斗志，巩固与提高人民的革命热情。因此，我们要求各级党委，特别是党的宣传部，认真地把文艺力量组织起来，积极参加这个斗争，组织创作，动员一切文艺工作者，城乡新旧艺人，专业与业余的文艺团体，利用多种多样的形式，特别是更易于和群众见面的戏剧、电影、幻灯、洋片、连环画、墙画、鼓词、歌曲、街头诗等等，广泛地大规模地活动起来"。①

---

① 　　　《把文艺力量动员起来参加镇压反革命宣传》，《人民日报》1951年5月31日，第3版。

五、五六十年代的作家"下乡"

新中国成立初期，城市和农村人口可以相对自由流动。城市人口下乡容易，农村人口进城相对要困难一些，但乡村知识青年进城还不是很难的事情，可以通过学校招生、工厂招工的形式进入。到1955年前后，为了解决城市剩余劳动力越来越多乡村青年大量涌进城市的状况，城市开始压缩招生（升高中比例为70%）和招工规模，同时鼓励乡村青年立足家乡建设。《人民日报》同时刊发大量文章进行宣传，1953年和1954年，已经开始零星刊登一些说下乡如何好的文章，旨在引导城市青年自愿放弃城市生活。1955年8月11日《人民日报》发表社论，明确指出了中小学毕业生的未来出路，要求各地青年组织，帮助城市中的中小学毕业生"转到农村参加生产和工作"，并批判了那些轻视体力劳动和体力劳动者的资产阶级思想。[1] 毛泽东在《中国农村的社会主义高潮》一文的按语中，肯定了知识青年在社会主义革命和建设中的重要作用。他在《在一个乡里进行合作化规划的经验》一文的按语中指出："一切可能到农村中去工作的知识分子，应当高兴地到那里去。农村是一个广阔的天地，在那里是可以大有作为的。"[2] 1958年1月9日公布的《户口登记条例》，将城乡界限固定下来，全国分为两种人：农民和市民。大跃进时期，又一次出现乡村人口向城市回流。1962年5月27日，中共中央、国务院印发《关于进一步精减职工和减少城镇人口的决定》，要在3年内压缩城镇人口2000万，

---

[1] 《必须做好动员组织中小学毕业生从事生产劳动的工作》，《人民日报》1955年8月11日，第1版。

[2] 毛泽东：《毛泽东文集》第6卷，人民出版社1999年版，第462页。

主要原因当然是城市的粮食、住房和就业已经超出可以承受的限度。

在这种城乡矛盾越来越突出的背景之下，50年代后期至60年代初期的文艺工作者和知识分子下乡劳动，不只是50年代初期那样仅仅与"思想"改造相关了，其中隐含着一个潜在的危机：城市居民身份是否稳固。资产阶级思想、小资产阶级思想没有改造好，还可以继续改造；城市居民身份没有保住，一切全都落空，一旦户口迁到了乡村，将成为永久的乡下人。因此，50年代后期的下乡改造，由主动要求、积极响应、检查忏悔，渐渐变成一种接受"惩罚"。1957年和1958年，划为"右派"的知识分子，绝大部分都被罚到乡下"接受劳动人民的教育"，一去就是近20年。其间经历了"三年困难时期""文化大革命"时期，加上繁重的体力劳动和营养不良，以及精神上的折磨，能够活着回到北京和其他城市的，几乎都是九死一生。

劳改"右派"最集中的地方就是生产建设兵团。1956年，王震率领的铁道兵7个师两万多人，在北大荒成立农垦兵团，建成了八五零至八五一一12个农场，其中，以1956年11月正式命名的八五三农场最艰苦。八五三农场地处乌苏里江边的饶河县境内，下设多个分场，以雁窝岛的开垦难度为最大。丁玲1958年6月12日离开北京，前往黑龙江省佳木斯地区的合江农垦局汤原农场等地劳改，分配在畜牧队养鸡，与陈明等人成为"雁窝岛作家"的代表，蜚声北大荒，1975年转往山西农村，1979年1月12日平反获准返京，晚年勤奋创作并培养新人。

丁玲的丈夫陈明（曾任八一电影制片厂编剧）最初是分配到密山八五三农场的，原本可以留在北京不下乡的丁玲决定随夫前往，后被王震照顾到汤原农场（离佳木斯市较近，交通较方便，有电灯照明）。

丁玲的改造比较接近"深入生活"。或许由于资历和年龄的关系，加上一些额外照顾，丁玲与其他人相比，吃的苦要少一些。或许丁玲在肉体上没有受到太大的折磨，后来才会写文章赞美八五三农场所在地密山："密山，我是喜欢你的。你容纳了那么多豪情满怀的垦荒者，他们把这块小地方看成是新的生命之火的发源地，是向地球开战的前沿司令部。"①她的语调与同在密山劳改比她年少许多的杜高、殷毅的回忆中地狱般的场景，有天壤之别。②

作家吴祖光、田庄、陶冶、柳萌等人在八五二农场最艰苦的地方。新华社记者戴煌，《人民画报》总编辑漫画家丁聪，画家黄苗子，电影演员李景波、张莹、郭允泰、管仲强，外交部礼宾司司长王卓如，《光明日报》记者徐颖，新华社记者姚昌淦，北京电影制片厂编剧陈瑞琴，《世界知识》高级编辑谢和赓（电影演员王莹之夫）等人在八五零农场。③聂绀弩1958年3月到黑龙江密山县的农垦局八五零农场4分场2队（虎林县境内）劳改，一度被关进虎林监狱；1959年被调至牡丹江农垦局《牡丹江文艺》当编辑，与画家丁聪同事；1960年回京后"摘帽"；1967年再度入狱，1969年转押山西，1976年10月随特赦战犯一起释放，接回北京。艾青1958年4月补划为"右派"，随即到北大荒农场劳改，被王震安排在八五二农场南垦村林场当副场长；1959年与妻子高瑛一起转到新疆生产建设兵团石河子农八师；

① 丁玲：《魍魉世界·风雪人间：丁玲的回忆》，人民文学出版社1989年版，第211页。
② 杜高：《又见昨天》第四章，北京十月文艺出版社2004年版，第131～191页。
  殷毅：《回首残阳已含山》第三章，北京十月文艺出版社2003年版，第109～181页。
③ 戴煌：《九死一生：我的"右派"历程》，中央编译出版社1998年版。

"文化大革命"期间被遣送144团2营8连劳改；1973年因眼疾要求回京治疗；1979年获得平反。

此外，著名的劳改农场还有北京远郊的清河农场（按编号五八一至五八五共5个分场，《北京日报》郊区版记者从维熙曾在这里劳改）、北京大兴县团河农场（北大学生"右派"谭天荣、郑光第，北师大学生"右派"曹克强、梦波，人大美术教授朱维民，《括苍山恩仇记》作者吴越等，曾在这里劳改）、河北唐山柏各庄农场（陈企霞、钟惦棐等曾在这里劳改）；等等。中国青年艺术剧院编剧、路翎的同事、"小家族集团"骨干成员之一的杜高，先到北大荒的密山县凯兴湖农场劳动（八五零农场），后又被押回北京受审，曾在清河农场、团河农场、北苑农场劳改。1969年宣布"摘帽"，解除监禁后，与北大学生"右派"谭天荣等一起被押回湖南原籍；从1958年4月至1979年获得平反，前后整整21年。①

也有一种是自觉自愿主动下乡。如果说上面所说的"下乡"有强制性的色彩，是对作家和知识分子的傲慢性格和"异端"想法的惩罚，那么，有两位著名作家并不在此列，他们主动放弃城市居民身份，要求到农村安家落户。这实际上可以理解为一种肉体上的"自我惩罚"，类似于精神上的"自我忏悔"。这两个作家就是赵树理和柳青。他们的共同特点是不愿意介入政治和权力之争，淡泊名利，心系乡村，潜心创作。换一个角度看，他们都被定位为"工农兵文学"的典型，是擅长描写农民的代表。

赵树理1951年年底离开《说说唱唱》杂志编辑岗位之后，编制

---

① 李辉编：《一纸苍凉：〈杜高档案〉原始文本》，中国文联出版社2004年版。

曾挂在中宣部文艺处和中国作家协会十几年，1965年正式被调入山西省作家协会，其间他一直在山西乡下体验生活和创作，被称为"京城里的乡下人"。《三里湾》《表明态度》《灵泉洞》《锻炼锻炼》《实干家潘永福》《套不住的手》《老定额》等农村题材的小说，都是他体验生活的产物。有人回忆道："赵树理同别的作家有个不同点，就是长年下乡。当时他的家在北京，北京的家里有他的老伴和女儿、儿子。……但是谁想找赵树理只知道到北京他的家里找，那就大错了。那么应该到哪里找他呢？只有一个地方——太行山上。平顺县呀，武乡县呀，阳城县呀，沁水县呀，总会找到赵树理。后来赵树理搬回太原市，他也一样到太行山下乡。所以北京的家，太原的家，那简直是赵树理进京开会、进省城开会的一个留守处。赵树理的一生有大半生是生活在太行山上，生活在农村的。"[1] "他的穿着却十分简单，一身蓝色中山服，一顶蓝色前进帽、一双黑色千层底布鞋。他的穿着给大家一种很大的想象反差，可是，又给人们一个俭朴、庄严、大方的印象，更给农民一种亲切感。……劳动、吃派饭、参加各种会议是他联系群众的好方法；和农民拉家常、讲故事、谈人生是他的拿手好戏，农民和他成了朋友，成了无话不说、无事不讲的好伙伴。老百姓说，来了个大官，又不像大官；来了个大作家，也不像个大作家，倒像个咱农民的老大哥。"[2] 1965年，赵树理开始到山西晋城县挂职任县委副书记，并参与创作上党梆子《焦裕禄》《万象楼》《十里店》等作品。1970年9月18日，赵树理晕倒在太原的5千人批斗大会会场上，9月

① 韩文州：《和赵树理一起下乡》，《太原晚报》2006年9月21日，第C46版。
② 于太成：《赵树理在黄碾》，《文史月刊》2006年第6期，第47~49页。

23日离世，时年64岁。^①

柳青^②也是一位为了写作长期住在乡下的作家。1952年5月，柳青离开他工作的单位共青团中央，到陕西落户，8月，到陕西长安县挂职，任县委副书记。1953年3月，他辞去长安县县委副书记，保留常委职务，开始定居皇甫村，前后共14年。1967年离开皇甫村，遭受批判和4年的关押，1978年病逝。柳青当时就说"我已下定了决心，长期地在下面工作和写作，尽可能和广大的群众与干部保持永久联系"。^③1954年春，柳青开始写作长篇小说《创业史》，年底完成第一部的初稿，此后6年，反复修改，1959年开始在《延河》连载（1960年5月，中国青年出版社出版《创业史》第一部）。与挂职、劳动、创作相伴随的是疾病，柳青在青年时代曾患严重的肺结核，抗战时期在前线采访时复发，被迫到西安治疗；1949年初在米脂县下乡时再一次复发，咯血十几天，到西北局疗养。1955年写完《创业史》第一部之后，柳青的身体极差，"又黄又瘦，一身黄水疮"，妻子马葳被组织安排离开工作岗位（某区委副书记），在家照顾他的生活（暂不领工资）。

1957年5月，柳青在患严重的哮喘病期间，还给自己定了四条规划：（1）终生在农村群众中生活、工作、学习。（2）把一个100万字以上的关于合作化历史的小说写出来。（3）在哮喘和风湿病允许的情

---

① 董大中：《赵树理评传》，百花文艺出版社1986年版。
② 柳青（1916—1978），本名刘蕴华，作家，曾任《中国青年报》编委，中国作协理事，陕西作协副主席等职，著有《种谷记》《铜墙铁壁》《创业史》等长篇小说。
③ 蒙万夫：《柳青生平述略》，见蒙万夫等编《柳青写作生涯》，百花文艺出版社1985年版，第60页。

况下，尽力参加集体劳动。（4）生活上不计较任何待遇问题。①1959年到延安疗养，1960年到鞍山钢铁厂疗养和参观，1961年到四川疗养参观。1969年病情继续恶化，"哮喘病发展为严重的肺心病"，以至五七干校不敢收留他，让他回家，1970年11次病危，被抢救过来。1972年到北京治病，卫生部按周总理的指示，安排柳青到首都医院就诊，病情得到缓解。1974年病重，柳青入长安县医院治疗，此后经常住在医院，一边治疗一边修改《创业史》第二部，直到1978年2月才转到北京治疗。1978年6月，柳青对医生说："你们采取一些措施，让我再活上两年，有两年的时间，我就可以把《创业史》写完了！"②这就是柳青简单的"下乡史""写作史"和"疾病史"。

---

① 蒙万夫：《柳青生平述略》，见蒙万夫等编《柳青写作生涯》，百花文艺出版社1985年版，第171页。
② 蒙万夫：《柳青生平述略》，见蒙万夫等编《柳青写作生涯》，百花文艺出版社1985年版，第150～192页。

第七章

一种特殊文体的发生

20世纪50年代初至70年代中，中国文学界出现了许多"思想斗争"和"意识形态批判运动"。这些"意识形态批判运动"深刻地改变了中国文学界的面貌。1951年，历时约八个月的批判《武训传》是新中国成立后第一次大规模的思想批判运动。在批判《武训传》中，《人民日报》《文艺报》《光明日报》《学习》杂志等报刊先后发表文章数百篇，许多学者、作家、编剧、演员写了检讨文章。1954年9月，两位青年学者李希凡和蓝翎，在《文史哲》杂志发表文章《关于〈红楼梦〉简论及其他》，批驳俞平伯的观点。之后，运动迅速发酵，从对《红楼梦》研究批判开始，扩大到对胡适学术思想的批判，进而扩大到整个文化思想领域。而后爆发的"胡风小集团""丁玲小集团"则是针对文学界进行的"肃反"与"清场"。这些"思想斗争"和"意识形态批判运动"最早往往只是针对思想问题。思想问题是可以通过"学习"和"检讨"改正的。但随着批判运动的展开，性质逐步地升级为"反党集团"，最后被定性为"反革命集团"。批判方式也由最初的思想交锋到思想批判，再到最终定性。也正是在频繁的"思想斗争"和"意识形态批判运动"之中，一种特殊的文体随之发生。

一、群体表态的心理

表态，是群体文化的典型现象。个人与群众的关系，是通过"表明态度"来判别的。表态通过语言（各种形态的"语言"，包括表情、声音和肢体语言等）改变或者维护群体之间的关系。在这里，我们关注的是通过言说和书写呈现出来的口头语和书面语。我们先讨论"群众"这一概念及其心理特征。

群众的诞生。德国文学家卡内提说：当有人惊呼"着火了！"时，"群众"就诞生了。[①] 这当然只是一种形象的说法。卡内提在著作《群众与权力》中，对群众的诞生、分类、心理特征进行了详尽而又具有洞见的阐释。卡内提认为：

> 只有解放群众才真正创造出群众。解放是这样一个时刻……所有属于群众的人都失去了他们的差别并感到自己是平等的人。这些差别是指特别由外在加诸人的差别，指等级、地位和财产的差别。作为单个的人总是意识到这些差别。这些差别使他们深受其苦，迫使他们在重负之下相互疏远。……只有所有的人在一起才能把他们从他们的距离重压下解放出来……在解放中，各种距离被抛弃，所有的人都感到是平等的。在这种密集中，人与人之间鲜有空隙，身体挤压着身体……为了这一幸福的时刻……人们聚成群众。[②]

① ［德］埃利亚斯·卡内提：《群众与权力》，冯文光、刘敏、张毅译，中央编译出版社2003年版，第11页。

② ［德］埃利亚斯·卡内提：《群众与权力》，冯文光、刘敏、张毅译，中央编译出版社2003年版，第3～4页。

群众诞生的第一个条件是"解放",解放的第一个结果就是"平等",解放的第二个结果是"失去差别"。这种失去差别的群众,就像一团火、一阵风、一盘沙——既有边界又没有边界,既紧密又散乱。在整体运动的时候它可以自由移动并保持严密的边界;分离就意味着死亡,风、火、沙是不能分离的。只有"整体"的群众才能完成"解放"任务。它的力量来自破坏性:

　　　　破坏那些具有某种代表意义的具体形象,就是破坏人们不再承认的等级制度。人们在破坏……普遍建立起来的距离。……它们被推翻了,被打得粉碎。解放就以这种方式完成了。……通常的破坏,无非是对一切界限的攻击。窗户和门是房子的一部分,它们是房子与外界接触的边界地方最脆弱的部位。如果门和窗户被打破,房子就失去了它的个性。这时,任何人都可以随心所欲地进入房子。……人们相信,住在这些房子里的人通常是一些力图把自己同群众隔绝的人,他们是群众的敌人。但现在呢,把他们分隔开来的东西已被摧毁,不再有什么东西把他们和群众分开。他们可以从房子里出来,加入群众;……瓦罐所以激怒他,是因为瓦罐只是界限;房子激怒他的是紧闭的大门。典礼和仪式,保持距离的一切东西,都对他构成威胁,使他无法承受。他担心人们到处都会试图把群众分散开,使他们回到这些准备好的容器中去。群众仇视他们未来的监狱……[1]

①　　　[德]埃利亚斯·卡内提:《群众与权力》,冯文光、刘敏、张毅译,中央编译出版社2003年版,第5页。

国当代文学的开端(1949—1965)

第七章　一种特殊文体的发生

群众有不断繁衍、增长的需求，广泛吸纳新的冲破界限的成员，显示出高度的"开放性"。这种开放性仇视一切阻碍繁衍和增长的、反动的限制力量。同时，它敏锐地觉察到了一种分离和瓦解的威胁，于是就产生了高度的"封闭性"。这种"封闭性"针对的是来自外部和内部的各种诱惑，特别是群众内部可能产生的个人欲望（吃、喝、玩、乐等）、不整齐划一的动作和思维（躲着谈恋爱，玩些生活小情调，说话措辞与众不同等）。因为对群众而言，非道德的欲望和习性会消解战斗力，从而可能使群众分崩离析。这种左右为难的处境产生"双重的群众"：既开放又封闭，既整齐划一又变化不定，既温柔又暴烈，既紧密又分散。解决内外胁迫这一困境的最好办法就是培养一种"重复性人格"。只有重复性人格才能既满足繁衍和增长的需求，又能够防止内部的分裂。或者形成一种人格结晶，透明而又紧密地结构在一起。相反，变化莫测的具有个人性的人格是不合时宜的。

群众的特性。卡内提总结出群众的四种特性：（1）群众要求永远增长。封闭性的要求并不能阻止它的繁衍；（2）平等在群众内部占统治地位。否则就不会诞生群众，成为群众就是要满足一种体验绝对平等的愿望；（3）群众喜好紧密地结合在一起。群众从来也不会感到拥挤，解放和紧密两种感觉经常重叠；（4）群众需要向导。为了防止群众瓦解，一个统一的向导必不可少，因为这个向导既在个人之外，又为每一个体所共有。[①]这种向导就是领袖人物。

群众集团的演化。集团是群众的结晶体。群众是集团晶体的松散

---

① 　[德]埃利亚斯·卡内提：《群众与权力》，冯文光、刘敏、张毅译，中央编译出版社2003年版，第12～13页。每一分类的名称均由卡内提命名，解释文字为本书著者从复杂的文字中总结而来的。以下注释相同。

化形式。集团更古老，群众更现代。当然，现代社会也有一些群众晶体（如宗派小集团、党派小集团）。卡内提将群众集团的历史演化分为四个阶段和四种类型：（1）狩猎集团。这是一种最古老的群众，他们唯一的目的就是集中力量把猎物杀死，然后一起把它吃掉；（2）战争集团。两个狩猎集团相遇，就产生了战争集团。必须补充的是，这两个集团极其相似，都想对另一个集团做自己要做的事情，且绝不放弃；（3）哀恸集团。对战争中即将死去的群体成员的哀恸。群众眼看着一个紧密结合在一起的躯体无可奈何地就要分离而产生激动情绪。其情绪根源是一种集团性的群体激动，表现形态为紧紧抱住濒死的身体，然后号哭，最后迅速离开。我认为哀恸集团是战争集团的一种附加形式，似乎不应该成为并列关系；（4）繁衍集团。这或许正是战争和哀恸的结果，是一种变成更多的愿望。繁衍集团是现代群众的基本前提。[①]

卡内提还分析了繁衍集团与无产阶级的关系：无产阶级和生产之间的关系是严密的、独一无二的，"作为繁衍集团基础的古老观念又以特别纯粹的形式再现出来了。无产者繁衍得比较快，他们人数的增多有两种途径。一种途径是他们比别人有更多的孩子，仅仅由于他们的子孙，无产者就成为群众性的了。无产者人数的增多还有另一个途径：越来越多的人从农村汇集到生产中心。……正是增长的双重含义，是原始繁衍集团的特征。人们汇集在一起举行庆典和仪式……上演预示他们会多子多孙的节目。……人们从未考虑到，无产阶级的人数应该少一些，因为他们的情况很糟糕。……人们认为无产阶级和生产应

---

① ［德］埃利亚斯·卡内提：《群众与权力》，冯文光、刘敏、张毅译，中央编译出版社2003年版，第63～73页。

该一起增长。这完全是原始繁衍集团的活动中表现出来的那种不可分割的联系。"①

群众的仪式。最典型的仪式就是吃，一起进餐共享，把战利品吃掉。"共餐是一种特殊的繁衍仪式。在这种特殊的仪式上，每一个参加者都分到一块被杀死的动物的肉；人们一起吃他们共同捕获的猎物。这个动物被分解成一块一块，被整个集团吃掉；这个动物的躯体一部分一部分进入所有集团成员的口中。他们抓住它，撕咬、吞食。所有吃肉的人通过这一只动物而结合在一起了……"②通过大家聚在一起吃同一猎物，个人结合或者繁衍为群众。这种原始集团的共享仪式在现代社会可以转化为各种其他形式。比如，教堂礼里的礼拜仪式，也是一种共享仪式，众多的信徒聚集在一起"共餐"，分享上帝的"圣餐"，目的在于将零散的个人联结在一起，也就是繁衍教徒和繁衍信仰。再比如，现代社会超级市场的消费仪式，消费者在一起共享商品的"荣耀"，目的在于繁衍消费者群体，商品仿佛进入肠胃的猎物一样将人们纠集在一起。

还有一种更为特殊的"共餐仪式"，就是群众大会，比如批判大会（或者不用声音，大家一起在报刊上发表批判文章），也是大家聚集在一起分享猎物（批判对象：共同的敌人）。所有的人都用语言杀死同一个对象，这就相当于每一个人都在将猎物撕成碎块，吞进肚子里。这些被吃的猎物的残片，就把所有"共餐"的人结合在一起了。要想和群众融为一体而不被抛弃，必须参与这种特殊的共餐仪式。即

① ［德］埃利亚斯·卡内提：《群众与权力》，冯文光、刘敏、张毅译，中央编译出版社2003年版，第136页。

② ［德］埃利亚斯·卡内提：《群众与权力》，冯文光、刘敏、张毅译，中央编译出版社2003年版，第77页。

使你觉得它的味道并不美妙，为了成为群众的一部分，你也必须要津津有味地撕咬、吞食。

我们花费了不少篇幅来介绍群众心理学的成果，并试图探索一种更为复杂的"表态文化"的群众心理根源。卡内提的《群众与权力》内容如此丰富复杂，完全不只是可以用于解释表态文化，还可以用于解释更多、更复杂的文化现象。

表态运动。表态，是一种融入群众的特殊言论形式，是群体文化的一种内在要求。对个体而言，是一种安全措施。目的在于大家一起将另一些个体吃掉，而不至于让自己变成晚餐。大家一起吃同一个"猎物"，是大家团结的标志，因为同一个"猎物"进入了大家的肠胃。只不过这里的工具不是牙齿，而是语言。正如郭小川在诗歌中所说的："要发射一排语言的子弹，思想制造的语言同金属制造的子弹一样贵重，每一颗都应当命中反党分子的心肝。"①

一个现代健全的、多元的社会，是由一个个具有独立性的个体构成的。在这个社会里，面对群体性事件，一个人既可以表态，也可以沉默，人同时有言论的自由和沉默的自由。在一个存在安全隐患的社会里，或者说在一个带有原始群体文化遗存的集体中，表态就是个体融进集体的一种最简便的方式，表示你跟大伙儿还在一起，并愿意在一起，没有彼此抛弃。只要选择合适的时机和方式表态，一般来说都很安全。沉默就不一样了，它会产生很多后果，比如"孤独"，这已经是沉默的最好结局了。在特定的年代，沉默还能产生很坏的结局，就是给自己带来不测。因为"沉默"作为一种权力形式，作为一种保

---

① 　　郭小川：《发言集》，原刊《诗刊》1957年第9期，见《郭小川全集》第1卷，广西师范大学出版社2000年版，第262~263页。

密的形式，并不是随便一个人就可以使用的，随便使用就是僭越。因此，表态（当众大声说出来）就显得至关重要。如果你坚持不发出声音，那么群众会在你的其他声音中（书信、文章等）发现你的声音，那时候你就完了。

近半个世纪以来，中国人对"表态运动"非常熟悉。从延安整风开始，到50年代的反右斗争、60年代的整风和社教、"文化大革命"期间的批判和"站队"，人们不停地表态，表明自己是"群众"而不是"个人"。开始当然是迫于压力，表态者还感到有点困难、犹豫、自责，后来渐渐变得主动，一有风吹草动，他们就争先恐后地主动表态，形成一种独特的"表态文化"。从上到下，从机关、工厂到学校，每周半天的政治学习，无事就读报，有事就表态。还有一种偷偷摸摸的表态，那就是趁黑到领导那儿去打小报告。

当时的"表态"其实很简单，因为"调子"已经定好了（通过重要报刊的社论），你只要举手就行，用不着承担责任，更用不着动脑子去思考，不管是"指鹿为马"还是"黑白颠倒"，你都必须"赞成"或"反对"，"没有沉默的自由"。后面这个短语出自胡适。50年代全国上下掀起了一场"批判胡适资产阶级唯心论"的思想围剿运动。胡适的儿子胡思杜作为当时华北人民革命大学培训班的学员，参与了这次全国性的表态运动。1950年9月22日，香港《大公报》"发表"胡思杜的署名文章：《对我的父亲——胡适的批判》，称胡适在没有回到人民的怀抱之前，"就是人民的敌人，因此也是我自己的敌人"，同时宣布与胡适划清"敌我界线"。其实，背地里他们并没有划清界线，胡思杜在给母亲的信中劝"爸爸要少见客，多注重身体"。由于父子之情，胡适理解儿子的处境，知道他"没有沉默的自由"，但胡适并

214

没有原谅当时众多不敢选择沉默而表态的知识分子。①

在一种个人不可控制的力量操纵下，"表态运动"的目的在于造成一个众口一词、人多势众的局面，以达到增加打击力度的效果。那一张张表态的嘴巴，只是一个与脑子、思考、理性相分离的器官，与思想和情感没有关系，也就是卡内提所说的"重复性人格"的语言表征。它的背后是高压权力在起作用。积极表态，就表明你站在了人民群众一边，不表态就是与人民群众为敌。只要暂时中止脑子的思维功能，将两片嘴唇按照公众的统一模式动一动，你就安全了。

所谓"表态运动"，就是通过直接的或间接的、硬的或软的、压迫的或诱惑的等各种手段，解除个人沉默的权力和自由。任何表态运动，不管"旧表态"还是"新表态"，它们都有一些共同的特点。第一，它们都由一种个人无法控制的力量在支配，支配旧表态运动的是传统政治权力，支配新表态运动的是大众媒体权力。第二，它们都对孤独的个体构成压力。旧表态运动的压力是直接针对人身安全，新表态运动的压力是让独立的个体产生被公众抛弃的感觉。第三，在新旧两种表态运动中，个人意见都无足轻重，旧表态运动体现的是一种完全操纵了个体权力的集团意志，新表态运动体现的是一个媒体市场操纵下的抽象数据。第四，它们都缺少真正商谈的过程，都有不容分说的特点，它不能保护少数人的安全，或者不能尊重少数人的意见，而是追求一种风暴式的群体效果，从而强化集团权力。

表态文体的分类。几十年来长期不断的表态运动，形成了一种独特的表态文体。根据这种文体的功能、心理特征和语言风格，大致可

---

① 胡适：《胡适日记全编》第8卷，安徽教育出版社2003年版，第59～62页。

以分为三种基本类型。第一，**忏悔型**。其表现形态就是"忏悔请罪"，将自己过去的"罪"与新时代的"功"进行对比，然后表明思想改造的态度和决心。第二，**攻击型**。就是将自己的语言变成一把把刀子，直插敌人的心脏。这种文体有两种情形：一种是，某一对象已经被确定为集体"共餐仪式"的食品，你只要跟着吃（表态）就行了，前提是你自己不想变成食物。另一种是，你独自一人捕获的猎物，然后奉献给集体"共餐仪式"让大家分享。第三，**逃避型**。如果说第一种表态文体在忏悔请罪的同时，还有最后一点个体人格的边界；第二种表态文体在批判的同时也有一些反批判，甚至会沉默。第三种表态文体就是一种彻底的放弃，也就是一种不愿意参与厮杀而放弃挣扎的"语言自杀"。这种文体的特点是，一出来就自己宣判自己的死刑，也就是通过上纲上线的方式，把自己变成"敌人"和主动愿意成为"被吃"的猎物，变成"语言上的死人"，以便群众顺利"进餐"。这三种类型的表态文体，也有其历史演变的规律，大致上就是按照以上的顺序从第一种到第三种发展。

二、忏悔型表态文体

忏悔型表态文体主要出现在1949—1951这几年。北平解放之后，拿枪的敌人已经被消灭，一个新的群众集团形成了。整座城市沉浸在一片庆典、欢呼、共享、共餐的狂欢仪式之中。但也有少数人并没有真正进入这个群众集团的狂欢节日，而是寂寞地置身于这个庞大集团的边缘地带。他们或者是因为遭到"群众"的怀疑而尚未取得资格

（获取资格就需要表态）；或者是个人"道理上想通了，但情感上还没有通"（《人民日报》曾经就这个问题，发表多篇文章展开了讨论[①]）而犹豫不决。在这些暂时还没有加入群众集团的人中，民国时期就已经是高级知识分子的那个群体最有代表性，他们的表态文章也最有代表性。

较早表态的是北京大学中文系教授、古文字学家唐兰。1949年8月29日唐兰在《人民日报》上发表题为《我的参加党训班》的表态文章。文章首先反复强调，早在20多年前自己就对共产主义理论发生了兴趣，就相信共产主义将来一定会胜利。接着指出自己的缺点："在现实的环境里，我没有勇气去接受。由于过去的一知半解，常常怀疑到马克思主义也许还有缺点，例如：到了共产主义社会，怎么就是最完善的社会，而不会有正反合的反面呢？……这种幼稚的想法……"通过党训班学习，学习了毛泽东的《新民主主义论》和刘少奇的《论共产党员的修养》之后，自己就开始转变。"接受了诚挚的批评，也自己发掘出了无数的缺点"，他最后表态说，今后有这样的机会还要来学习，真心真意为人民服务。[②]唐兰的文章分三层意思：一是回顾过去的思想经历，并彻底否定自己的过去；二是一边学习一边检讨自己的错误和缺点，阐明思想转变经过；三是表明态度。文章写得比较粗糙，思想和心理根源的挖掘不深，但有它的特点：首先是表态比较早（真诚与否变得不大引人注目了），其次是包含了这种忏悔文体的"三段论"式的基本结构：否定旧我—披露心迹—重塑新我。

---

①   若文：《理论上承认，感情上接受不了》，《人民日报》1949年10月12日，第6版；若水：《试论理智与感情的矛盾》，《人民日报》1949年10月28日，第6版。
②   唐兰：《我的参加党训班》，《人民日报》1949年8月29日，第6版。

在否定的时候，主要是把自己矮化、幼稚化，变成小学生，然后阐明学习改造的必要性。在披露心迹的时候，既要写心灵的挣扎，还要写在群众的教育下心灵得到洗涤的过程。在重塑自我的时候，表态说对自己能够改造好很有信心。

类似的表态文章还有古人类学家裴文中的《我学习了什么？》，刊于1949年10月11日的《人民日报》。裴文中的文章结构与唐兰的类似，也是全面否定过去的学术思想，决心按照唯物主义观点改造思想，融入新的群体。但文章写得更细致，语调更诚恳，特别是增加了一堆自我贬低的词汇："典型的小资产阶级人物""糊里糊涂""睡眼朦胧""思想太偏，学习才渐渐明白"等，把自己变成"学生"。他还交代了自己的"活思想"——自己如果急着"表态"，害怕身边一批"落后的朋友"说自己"投机""抬轿子"。[1]

朱光潜的文章《自我检讨》发表于1949年11月27日的《人民日报》。表态功能自然是主要的，表明自己赞成共产党的道路。但他对自己的批评则比较谨慎，在检讨自己的缺点时，认为自己是一位温和的改良主义者，思想陈腐、温和谨慎，没有革命思想：

> 从对于共产党的新了解来检讨我自己，我的基本的毛病倒不在我过去是一个国民党员，而在我的过去教育把我养成一个个人自由主义者，一个脱离现实的见解褊狭而意志不坚定的知识分子。我愿意继续努力学习，努力纠正我的毛病，努力赶上时代与群众，使我在新社会中不至成为一个完全无

①　　裴文中：《我学习了什么？》，《人民日报》1949年10月11日，第5版。

用的人。我的性格中也有一些优点，勤奋，虚心，遇事不悲观，这些优点也许可以做我的新生的萌芽。①

1949年前后，表态文章写得最多的是费孝通。发表于1949年9月2日《人民日报》的《我参加了北平各界代表会议》一文，首先否定自己，把自己变成"小学生"："开了六天会，对我来说是上了六天课，这六天课里学到的抵了过去六年，甚至三十多年。三十多年来我所追求的梦想的，在这六天里得到了。这是什么呢？是民主。"②费孝通接下来说，自己知道共产党能拼命工作，有办法，中国有希望。但对他们是否能够实现民主持怀疑态度。经过6天会议6天教育才真正相信新社会的新民主，一种人民民主与无产阶级专政辩证结合的新民主。这时候他自己感到特别的惭愧。费孝通的这篇表态文章，仅仅是在表态，并没有彻底否定过去的旧我。

1950年1月3日的《人民日报》，又发表了费孝通的表态文章《我这一年》，在这篇文章里，他开始批判自己了：

> 一套想法归根是在对人民的力量没有信心。没有这个信心，必然会缩手缩脚，自甘落后了。……知识分子的缺乏信心，其实只是反映出中国资产阶级的懦弱无能罢了。经过百年来革命斗争锻炼的人们并不是这样的。依靠了这一片黄土，终于把具有飞机大炮的敌人赶走，这只是深厚潜伏着的力量的一个考验，就是这个力量同样会把中国建设成为一个

① 朱光潜：《自我检讨》，《人民日报》1949年11月27日，第3版。
② 费孝通：《费孝通文集》第6卷，群言出版社1999年版，第95～98页。

在现代世界中先进的国家。当我看到和接触到这个力量时，我怎能不低头呢？

经过一番斗争，心定了一些，改造罢。可是知识分子毕竟还是知识分子。传统知识分子是唯心而且是不辩证的。他们在这个转变关头，总是不太肯从历史发展观点来看问题，对于自己的改造也是如此。百无是处的悔恨心理，恨不得把过去历史用粉刷在黑板上擦得干干净净，然后重新一笔一笔写过一道。①

这篇文章和前面一篇文章加在一起，基本符合表态文章的"三段论"式结构。但还是有人不满意，认为只是写了转变过程，没有写为什么转变，是什么东西使得你转变，也就是旧知识分子转变的必然性。

1950年2月2日，费孝通在《人民日报》上发表第三篇表态文章《解放以来》，文章说：

主要是共产党的作风感化了人。共产党是有主张的，而且所主张的和我在解放前的主张是有距离的。我经过了长期学习之后，才认识到这一点。共产党是以整个人类历史为出发点的，是全盘的；继往开来，从整个社会的发展来看问题的，是整体的；因为是全盘的和整体的所以能包括局部，指出片面的错误，因而说得服人的。所谓"服"必须是"悦"的，悦就是发现了真理的高兴。没有这一点就变了力屈。力

① 费孝通：《我这一年》，《人民日报》1950年1月3日，第5版。

220

屈就不甘心。……在无产阶级领导下，他们是可以改造的，也就是说可以说得服的。新政协的成就，在我看来，就是使所有革命的人民都悦服于一个共同纲领。①

上面所列举的，都是学者的例子。学者的文章要死板一点，心思也不够活络，更重要的是，他们的文章"忏悔"成分还不够，干巴巴几条，显示不出真诚忏悔的一面。作家就不一样了，他们能够将"三段论"融进整个忏悔之中，浑然一体，给人一种真诚的感觉，还能够感化更多的读者。较早写表态体文章的是戏剧作家曹禺。他在《文艺报》1950年第3卷第1期上发表《我对今后创作的初步认识》一文，把自己从前创作的《雷雨》和《日出》等作品说得一无是处，几乎就是全盘否定。更重要的是，曹禺在文章中是做真正的忏悔，忏悔以前的创作中的错误及思想根源，忏悔自己在思想转变过程中的小资产阶级的软弱性。曹禺将"三段论"的逻辑融进了忏悔文体之中，才称得上是**忏悔型表态文体**的标本：

> 我写过几本戏，常有人在演，自己觉得内容大致是"进步"的。便放了心，以为尽了责任，就很少用心去检查这些作品对于群众发生的影响，哪些是好的，哪些是坏的。这些作品的读者和观众是些什么人呢？他们大约是店员、职员、学生、城市中的小资产阶级知识分子和市民吧？我不曾严肃地想过。我只是辛辛苦苦地写，只是凭我个人的是非之

---

① 　　费孝通：《解放以来》，《人民日报》1950年2月2日，第3版。

当代文学的开端（1949—1965）

第七章　一种特殊文体的发生

221

感，在我熟习的狭小圈子里，挑选人物，构成故事，运用一些戏剧技巧来表达我的模糊而大有问题的思想。我曾经用心检查过自己的思想么？发现个人的思想对群众有害的时候，我是否立刻决心改正，毫不徇私，在群众面前承认错误，诚诚恳恳做一个真为人民利益写作的作家呢？不，我没有这样做。现在，我看出我很含糊，在沉默之间把严重的过失轻轻放过。虽然我不肯用动听的言辞为自己护短，可是过去每当读到了正确的、充满了善意的批评之后，我无话可说，我沉默，说明批评是对的，我很信服；但是我还是我，我没有拿出勇气改正创作的道路，沉默有时是躲避真理的方法。我仿佛有一个自命"进步"的盾牌，时常自以为很能接受批评，而实际上觉得错误不大，慢慢地改吧。

我的作品对群众有好影响么？真能引起若干进步的作用么？这是不尽然的。《雷雨》据说有些反封建的作用，老实讲，当时我对反封建的意义实在不甚了解；我以个人的好恶，主观的臆断，对现实下注解，做解释的工作。这充分显出作者的无知和粗心，不懂得向群众负责是如何重要。没有历史唯物论的基础，不明了祖国的革命动力，不分析社会的阶级性质，而贸然以所谓的"正义感"当作自己的思想的支柱，这自然是非常幼稚，非常荒谬。但一个作家的错误看法，为害之甚并不限于自己，而是会扩大蔓衍到看过这个戏的千百次演出的观众。最可痛心的就在此。

我对于旧社会的罪恶是深恶痛疾的。爱憎之心虽然强烈，却从不能客观地分析社会的现象，把罪恶的根源追究个明白，我不惯于在思想上做功夫，我写戏很用心，而追求思想的意义就不恳切。我时常自足于"大致不差"的道理，譬如在反动统治下，社会是黑暗的，我要狠狠地暴露它；人是不该剥削人的，我就恶恶地咒骂一顿。其实，这些"大致不差"的道理在实际写作中时常被我歪曲，有时还引出很差的道理。我用一切"大致不差"的道理蒙蔽了自己，今日看来，客观效果上也蒙蔽了读者和观众。……

一个作家若是与实际斗争脱了节，那么，不管他怎样自命进步，努力写作，他一定写不出生活的真实，也自然不能对人民有大的贡献；同样，一个作家如若不先认识中国革命的历史，不能用正确的眼光分析生活，不能从自己的思想掘出病根，加以改造，他的思想只能停留在狭小的天地中，永远见不到中国社会的真实，也就无从表现生活的真埋，便终身写不出一部对人民真正的有益的作品。

我是一个小资产阶级出身的知识分子，"阶级"这两个字的涵义直到最近才稍稍明了。原来"是非之心"，"正义感"种种观念，常因出身不同而大有差异。你若想做一个人民的作家，你就要遵从人民心目中的是非。你若以小资产阶级的是非观点写作，你就未必能表现人民心目中的是非，人民便会鄙弃你、冷淡你。思想有阶级性，感情也有阶级性。若以小资产阶级的情感来写工农兵，其结果，必定不伦不类，你便成了挂羊头卖狗肉的作家。……作为一个作家，只有通过创作思想上的检查才能开始进步，而多将自己的作品在文艺为工农兵的方向的X光线中照一照，才可以使我逐渐明了我的创作思想上的疮脓是从什么地方溃发的。

挖疮割肉是痛苦的。一个作家对于自己的产物时常免不了珍惜爱护，就怕开刀。这是什么作家呢？这是小资产阶级的作家……。一个决心为人民服务的无产阶级作家绝不如此。他的思想情绪和工农兵的思想情绪打成一片。他考虑写作怎样从人民生活出发，怎样使自己的作品成为教育人民的工具，怎样提高自己的思想与艺术，为着使人民的思想情感提高一步，鼓励人民更好地劳动生产，要使人民的生活一天比一天美好。小资产阶级作家便不如此，他在口头上，很容易说工农兵的利益比小资产阶级的思想意识更重要，但一到实际行动，便不期然有所偏爱，有所顾虑。我这样讲，并非说我已克服了缺点，俨然是一个完全改造过来的人。不，差得很远。只就检查自己的作品一点看，我感到我在许多地方依旧姑息养奸，还有，由于思想水平低，有了毛病，也看不出来。有一阵曾经这样泛泛地讲，我的作品无一是处，简直要不得。……表面看来，这很坦白，很谦虚，实际上，是小资产阶级情绪的流露，这里有一半是不服软……有一半是马马虎虎，不肯认真检查，学习掌握思想的利器，在自己的作品上开刀。

这一年来，我有许多机会和一些年轻的，年长的，对人民文艺有成绩的作家和批评家们在一道。他们使我认清创作的道路，也教给我一些创作的方法，那就是学习马列主义，实践马列主义，向工农兵学习，深入到他们的生活中间去。他们是毛主席的好学生，给我印象最深的是他们对人民的利

224

益认真负责的态度。

毛主席说："中国的革命的文学家艺术家，有出息的文学家艺术家，必须到群众中去，必须长期地无条件地全心全意地到工农兵群众中去，到火热的斗争中去，到唯一的最广大最丰富的源泉中去，观察、体验、研究、分析一切人，一切阶级，一切群众，一切生动的生活形式和斗争形式，一切文学和艺术的原始材料，然后才有可能进入创作过程。"

每当读到这一段话，就念起以往走的那段长长的弯路，就不觉热泪盈眶，又是兴奋，又是感激。我真能做这样一个好学生么？无论如何，现在该学习走第一步了。

我很快乐，在四十之后，看见了正路，为着这条正路，我还能改正自己。因为，我知道，一个作家只有踏上了这条正路，才开始有一点用处。[①]

三、攻击型表态文体

通过忏悔文章表态，决心放弃旧我，重塑新我，这样就不再是"个人"了，从而获得进入新的群众集团的通行证。于是，群众得到繁衍，集团得以壮大。这符合群众的特征。不过，"繁衍集团"随时有可能转化为"战争集团"。作为群众的一员，参与新的集团的战斗，就是理所当然的义务。战斗要消灭的对象，是集团共同的敌人。这种

① 　　　曹禺：《我对今后创作的初步认识》，《文艺报》1950年第3卷第1期。

敌人有几类：一类是外来的敌人，这种敌人是新的群众集团一直试图消灭的对象，因此，战斗形式是"持久战"，可以集中精力打歼灭战，也可以分散打游击战，没有固定的要求。这类敌人是"美帝国主义""现代修正主义""资产阶级和小资产阶级个人主义"等。还有一类是内部的，也就是集团内部成员身上的、那些有可能变成外部敌人的苗头和观念。这种敌人比较危险，它是隐蔽的，不容易发现它。发现的方式有两种：一种是群众发现（检举揭发）；另一种是群众向导的发现（定性）。无论如何，一旦发现了新的敌人，一种"攻击型表态文体"就诞生了。

这种"攻击型表态文体"主要集中在1952—1957年。围绕着知识分子思想改造运动，几年间出现了诸多由群众向导发起的大事，也就是出现了很多值得群众一起举行语言"共餐仪式"的大事。所攻击的对象，主要是那些还没有忏悔的人，以及没有从内心深处真正忏悔的人。他们表态不及时、不深刻，错失良机，以致被群众和群众向导从集团之中剔除出来，成为群众的敌人。

这时候，作为"繁衍集团"的群众就转化为"战争集团"了，他们要齐心协力杀死共同的敌人。你的攻击性文章就是你的表态。下面将举一些"攻击型表态体"的例子以看出这种文体的基本程式。

首先，表示一种集体性的惊诧和愤怒（情绪上的合一，是形成新的群众的先决条件）。

> 病中很吃力地看了关于胡风反动集团的一批又一批的材料，也就是对这个集团狰狞面目的一层又一层的揭露，我真气得头脑欲裂，无论如何也不能平静下来。……我苦于脑病，

思想很难集中和多说话，但只要还有一口气，我就要同大家一道声讨这种人类的渣滓、外国帝国主义和蒋介石匪帮残余势力的别动队、人民的可耻叛徒！①

我是怎样也无法继续我的日常工作了，真是令人毛骨悚然！敌人在哪里？敌人就在自己的眼面前，就在自己的队伍中，就在左右，就在身边，明枪容易躲，暗箭最难防！胡风原来是一个披着马克思主义外衣，装着革命的小资产阶级知识分子，混在我们里面，口称"朋友"，实际包藏着那末阴暗的、那末仇视我们的、卑视我们的、恨不能把我们一脚踩死的恶毒的心情，进行着组织活动的阴谋野心家。②

我很气愤，在文学界里面竟有这样阴险毒辣的反革命组织，那个挂了"作家"招牌的反革命头子胡风，竟敢这样胆大妄为地进行阴谋活动。③

在病床上，一天天读到"人民日报"上发表的揭露胡风反党、反人民、反革命集团的材料，以及各报各方面揭露和声讨胡风反革命集团阴谋活动的罪行，我一次次压抑不住半年来和疾病做斗争的养病性子，我愤怒！④

---

① 萧三：《"如果敌人不投降——消灭他！"》，《人民日报》1955年6月17日，第5版。
② 丁玲：《敌人在哪里》，《人民日报》1955年5月23日，第3版。
③ 金近：《胡风是人民的公敌》，《人民日报》1955年5月26日，第3版。
④ 于伶：《同胡风反革命集团斗争到底》，《人民日报》1955年6月5日，第3版。

我在病床上看到报上发表的一批又一批揭露胡风的材料和文章，那个肚里装着一副黑心肠的假笑的嘴脸，如同就在眼前。①

其次，检讨自己以前的麻痹思想，指出敌人的危害性（提示自己没有离开群众）。

胡风反革命的罪状源源不断地被揭发出来了。这样顽强地在革命阵营内潜藏了二十多年的反革命分子，在没有酿出更大的祸害之前得到揭发，对祖国的建设来说，应该是不幸中之幸。我们以前是太马虎了，一直把胡风当成为友人，真可以说是和豺狼一道睡觉。今后是应该更加提高警惕了……我们的敌人是很狡猾的，决不能让他们"钻进肚皮"来做破坏工作。②

斗争早已开始，我们必须彻底地打垮他整个集团，不让他们有卷土重来的机会。我们要完全揭穿他们的假面目，剥去他们的伪装，使这个集团的每一分子都从阴暗的角落里站出来，放下"橡皮包着钢丝的"鞭子和其他秘密武器，老老实实诚诚恳恳向党和人民投降，从此改过自新，重新做人。这是他们唯一的向人民赎罪的路。③

---

① 　柳青：《必须刨根》，《人民日报》1955年6月7日，第3版。
② 　郭沫若：《请依法处理胡风》，《人民日报》1955年5月26日，第3版。
③ 　巴金：《必须彻底打垮胡风反党集团》，《人民日报》1955年5月26日，第3版。

敌人——一切恶毒的阴谋诡计，其目的就是毁灭我们正在建设的新社会，破坏我们已经获得的自由、幸福的生活，就是让那吃人的万恶旧势力复辟，让那罪恶的枷锁再加在我们肩头。……我们看到涂成黑色的美国飞机碎片，我们看到杀人不闻声的暗杀手枪，我们看到美国特务亲笔写下的供状，我们对背叛祖国的，不只一次宣布了庄严的、正义的判词，现在，我们彻底揭穿了胡风这种长期以来，一直在窥伺着，进行着破坏活动的反革命黑帮。不管你怎样伪装暗藏，不管你怎样刁诈险恶，六亿人民的新中国是坚强的，谁企图来破坏它、动摇它，其结果，是只有跌得稀烂，碰得粉碎的。①

然后，开始发起进攻（共餐仪式的主体部分就是一起吃同一个猎物）。

恶鬼的画皮是容易迷惑人的。今天画皮已经剥去了，难道谁还那么愚蠢，要对恶鬼自始至终保持他的"忠贞"吗？那是国法所不能容许的事。彻底醒悟过来，忠于人民祖国，不要忠于恶鬼胡风！②

……象他那样的脏臭的狗头，抛掷一万个，也打不碎我们的钢铁般的革命的现实，但从他的口气上，我们可以听出

① 刘白羽:《人民的敌人必须严厉制裁》,《人民日报》1955年6月11日，第3版。
② 郭沫若:《请依法处理胡风》,《人民日报》1955年5月26日，第3版。

他的反对革命的凶恶的狠心。他使人想起了"聊斋志异"上的披着人皮的恶鬼。①

胡风等人的娘家在什么地方——原来他们是国民党匪帮双料"中"字号（"中统"和"中美合作所"）的走狗。被这两个"中"字号杀害的中国人，要比有史以来的豺狼吃的人还多，而胡风等人这一小帮子走狗，正是这样的狼种。他们不仅是狼种，而且似乎又当过狐狸的徒弟。他们不但会打闷棍、甩鞭子、投掷集束手榴弹、抓缺口，而且会假埋头、空检讨、装老实、卖积极、敷衍、装死、布疑阵、拖时间；甚至象出刊物、开书店、学技术、教学生、作诗、编剧、赴朝慰问、写英雄人物、读马克思列宁主义等等好事，一到他们手里就都变成破坏革命的手段，真是万恶皆备于他们矣。象胡风和几只丧尽人性的嫡亲狼种走狗，人民对他们除了决不能饶恕；其余已染狗风但狗性未全的人，只要不是甘愿做狼狗的孤臣孽子、而愿意彻底交代递迹，一洗狗风，我们当允其重新做人。不过他们如敢再用假埋头、空检讨、装老实、装死等狐狸伎俩，也是不行的。死不悔改的反革命分子如果要死，那末这死就不能让他们仅仅是"装"一"装"了。②

胡风和他的小集团是一个反党、反人民、反革命的组织，胡风一直就是一个跟我们势不两立的敌人，是隐匿在革

---

① 周立波：《清洗胡风这个坏家伙》，《人民日报》1955年5月26日，第3版。
② 赵树理：《胡风集团哪里逃》，《人民日报》1955年6月15日，第3版。

命阵营里的暗藏分子。我从来没有见过象胡风这样的恶人。这样狠毒，这样阴险，这样奸诈，这样鬼崇，这样见不得阳光，人坏到了这样的地步，真是"今古奇观"！然而，他和他的小集团就在我们身边阴谋活动了二十多年。到了今天，我们才看出来，这个魔鬼的心里原来长期藏着这么一大堆反党、反人民、反革命的东西！①

在作协党组的扩大会议上，有人说："丁玲和陈企霞是一条狐狸，一条狼。"他们互相勾结，抱着反党情绪，鬼鬼崇崇。陈企霞到丁玲家里都是等到丁玲的公务员出门学习的当口。我忽然想起，胡风的妻子梅志曾经说过："对公家人不能不存戒心。"想不到丁玲他们也有了同样的心理。一个闻名世界的党员作家，一旦她有了反党情绪，背叛了党，她便会堕落成象梅志那样的阴险。……这个反党集团一直提倡个人崇拜，互相吹捧，对党和群众都玩弄两面派的手法，挑拨离间，拒绝党的领导，这些人已成了一小撮鼠目寸光、失去了党性的人。这群"作家"早已不是"灵魂的工程师"，而是"灵魂的蛀虫"。②

不管丁玲肯不肯彻底交代，丁、陈的反党集团是一定会打垮的。在新中国的文艺界中不能允许有任何小集团存在。作为一个作家必须把个人的事业跟集体的事业、个人的命运

① 曹禺：《胡风，你的主子是谁？》，《人民日报》1955年5月28日，第3版。
② 曹禺：《灵魂的蛀虫》，《人民日报》1957年8月15日，第3版。

跟集体的命运连在一起，离开了党和人民另找出路，不管是有着多大声誉的作家，哪怕是丁玲罢，也会为人民唾弃，因为她已经自绝于人民了。①

读了萧乾的文章，知道了萧乾做的事情，我们感觉到，萧乾就象那种偷偷在井水里放毒的人。他要放毒，又怕被人抓到，处处先给自己留退路，装好人。然而，这个放毒的罪人终于被人民抓住了，被我们看破了。②

最后，为"群众"出一个好点子，以便迅速消灭敌人。

据说有一种九尾狐，因为有九条尾巴的缘故，才是狐狸中最狡猾的。今天这个九条尾巴的狐狸，似乎才露出一条。但，露出来总比不露出来好，而都露出来又比仅仅露出一条好。因为尾巴完全露出来的狐狸，大家才知道这是个真"狐狸精"，必须"打"。再则，狐狸知道自己在群众面前是个狐狸，才开始打算，想转变为人。③

我们要求把他从文艺界清洗出去。并对其反革命罪行依法予之制裁。④

①　巴金：《反党反人民的个人野心家的路是绝对走不通的》，《人民日报》1957年8月31日，第3版。
②　曹禺：《斥洋奴政客萧乾》，《人民日报》1957年8月23日，第3版。
③　曹禺：《谁是胡风的"敌、友、我"》，《人民日报》1955年5月18日，第2版。
④　周立波：《清洗胡风这个坏家伙》，《人民日报》1955年5月26日，第3版。

把胡风集团彻底打垮，把胡风从人民作家行列中踢出去，踢出去！①

我完全赞成好些机构和朋友们的建议：撤销胡风所担任的一切公众职务，把他作为反革命分子来依法处理。②

胡风是反革命分子，他仇恨党、仇恨人民和我们的革命事业已达到疯狂程度，我们不能让他保存"实力"，等待时机，卷土重来。我代表我们北京师范大学全体教职员工学生请有关当局对反革命分子胡风依法惩处，加以严厉的制裁。③

四、逃避型表态文体

从"忏悔型表态文体"向"攻击型表态文体"的转变，是群众运动的必然趋势。而"逃避型表态文体"的"语言自杀"倾向，是"攻击型表态文体"的一种必然结局。它表明群众话语体系的建立，个人言谈方式和思维习惯的消亡。"逃避型表态文体"用一种近乎疯癫的话语方式，向群众表明个人语言系统的死亡。其基本模式是：（1）将"忏悔文体"和"攻击文体"合而为一，自己既是"忏悔者"，又是"攻击者"，反转枪口指向自身；（2）按照群众的意愿审判自己，首先

① 玛拉沁夫：《彻底打垮胡风集团》，《人民日报》1955年5月31日，第6版。
② 郭沫若：《请依法处理胡风》，《人民日报》1955年5月26日，第3版。
③ 陈垣：《我们绝对不能容忍》，《人民日报》1955年5月31日，第5版。

是在语言上宣判自己的死刑，完全没有自己的话语方式，而是把群众的意愿加诸自身，群众喜欢听什么就说什么，目的就是尽快能够使自己迅速逃离语言风暴的中心，逃避语言的杀戮。这种将"忏悔者""攻击者""审判者"多重身份集于一身的语言行为，只能是一个疯癫的文体。自我审判文风和疯癫文风，是这种类型表态文体的两种表现形式。来看看郭小川1959年11月的检讨：

> 资产阶级右派分子的进攻，和我个人主义的世界观发生了呼应，敌人的进攻就使我守不住阵脚，我原有的阶级意识发生了动摇。首先是厌倦斗争，……另一方面，就是我的个人欲望更加发展了。……这时，我的思想上积累了越来越多的阴暗的东西。……就跟党产生了离心倾向，……我的世界观发展到了极为严重的地步，甚至连犯错误都在所不惜，实在是离反党只有三十六公里了。……我如果这样下去，无产阶级忠心是会"死"的。①

下面他开始结合自己的作品"带帽子""打棍子"：

> 《一个和八个》，这是我在思想上和行动上的一次反党的罪恶，无疑是隐藏在我思想深处的阴暗思想的总暴露，是我的资产阶级世界观的总暴露，是当时修正主义思潮对我的影响的总暴露。第一，我对肃反是有阴暗心理的，在延安抢救

---

① 　　郭小川：《郭小川全集》第12卷，广西师范大学出版社2000年版，第34～36页。

234

运动时，我因为幼稚、糊涂，自己抓来一顶帽子。由此，我表面上是毫无怨言的，而且不愿暴露，可是，当有人和我谈起这些事，我也觉得，当时虽是我糊涂，但也是环境造成的，别人把我们搞糊涂了。……当别的同志和我谈起延安审干和抢救运动，为了被审查而发牢骚时，我也往往表示同情的态度，劝他们不要埋怨，自己人的事，错了也没有关系。这种态度和劝说的前提，实际上是延安审干搞错了。……在理论上，在口头上，我当然是拥护肃反的，但在我内心深处，在感情上，还是延安的老观念，以为搞错了一些"好人"，心中同情，却不去想这些人是什么人，什么阶级，什么具体情况，而一古脑儿把戴帽子的错误全算到党的账上。这种阴暗的思想，在这首诗里直接地起了作用。这首诗，就是为那些被肃过的人作辩护。第二，我的自我扩张到了严重的地步。由于小资产阶级的根性，我一直是散漫、缺乏组织性纪律性的，战争时期好一点，解放以来，由于一帆风顺，便过高地估计自己，不能听取批评，不能做党的驯服工具，到了1956年写出一些作品受到某些喝彩之后，便更加骄傲自满起来。如同在这首诗中所表现出来的那样，反党分子王金就是我心目中的英雄，也是我自己的写照。这个人可以敌我不分，向敌人诉苦，对于党的审查，暴跳如雷，把个人看成"超人"，强调自己的所谓"人格力量"和"主观战斗精神"。从这里，可以深刻地看到个人主义与各种最反动的思想观点的联系。由于个人主义的发展，便自动地投到尼采哲学、胡风思想和甘地哲学的门下。……第三，这时期，我对党已经有了更多的不满，我要离开作家协会，拒绝党所交付的政治任务，党不允许，我是不满的……才会歌颂像王金这样的反党"英雄"，才把党的干部丑化，才忍心对我们的干部进行恶毒的讽刺。第四，人性论的观点在这首诗中达到极点……①

郭小川此时的检讨书与"文化大革命"期间的风格完全不同。他此时的检讨，基本上是一种强迫性重复的语言，翻来覆去地重复讲那几件事情："文艺黑线""同情丁玲陈企霞反党集团""个人创作压倒了党的工作""对肃反的意见"等。再来看他"文化大革命"期间的检讨书：

在我没有检查我的严重罪行的时候，我首先向我们伟大的领袖毛主席请罪！向毛主席的亲密战友、我们的林副主席请罪！向毛主席派来的亲人——工人、解放军毛泽东思想宣传队请罪，向革命群众请罪！……我深切感到，革命群众的每一句话、每一个声音、每一个眼神，对我都有无限督促和鞭策的力量，我一定不辜负革命群众对我的挽救和教育，珍惜每一分钟、每一秒钟，用自己最大的决心狠触自己的灵魂，深挖自己犯罪的一切行为和思想，以便早日开始我的第二次生命，真正回到毛主席的无产阶级革命路线上来。②

① 　　郭小川：《郭小川全集》第12卷，广西师范大学出版社2000年版，第39～40页。
② 　　郭小川：《郭小川全集》第12卷，广西师范大学出版社2000年版，第160～161页。

我检查得不好，认识不深，觉悟不高，但是，我是从心里愿意检查的，是从心里感到必须革自己的命的，对于群众对我的革命大批判，我真正是心服口服的。伟大的史无前例的无产阶级文化大革命，对于我这样的人来说，也千真万确"是完全必要的，是非常及时的"。在伟大领袖毛主席的号令下，革命（群众）正伸出千千万万只手，把我从刘少奇的反革命泥坑中拉回到毛主席的无产阶级革命路线上来，我真是无限感激。我确确实实是对毛主席犯了罪，对党和人民犯了罪，我要向毛主席请罪，向革命群众请罪！同时，我也要发出誓言：我要永远革自己的命，革阶级敌人的命，永远跟着伟大领袖毛主席在无产阶级专政下继续革命，重新革命。①

复旦大学历史系教授王造时（1903—1971）1957年的检讨，风格也近似：

我犯罪的根源之一是资产阶级民主法治和费边社会主义的反动思想体系。我犯罪的另一根源是个人政治野心和个人英雄主义，一贯地不靠拢党。今后决心：1.争取半年内，粉碎自己的资产阶级思想，基本上改变立场，跳出右派泥坑。2.争取在二年内成为资产阶级的中左派。3.争取在三年内成为左派的知识分子。4.争取在五年达到候补（共产）党员的政治水平。②

---

① 郭小川：《郭小川全集》第12卷，广西师范大学出版社2000年版，第241~242页。
② 叶永烈编：《王造时：我的当场答复》，中国青年出版社1999年版，第260页。

时任森林工业部部长的罗隆基（1898—1965）1957年的检讨：

我是中华人民共和国一个有了罪过的人，我最近有些言论和行为犯了反党、反社会主义的罪过。今天，我站在这个庄严的讲台上是来向诸位代表低头认罪，是求向全国人民低头认罪。

解放以后，党和人民对我的照顾是优厚的。我担负的是国家机关和人民团体中的相当高的而且相当重要的职位。站在这个岗位上，有了反党、反社会主义的言论和行为，我的恶劣影响就更大，我的罪过就更严重了。

现在我经过这次反右派斗争后，感觉到了羞愧无以自容的地步，我今日幡然悔悟，愿意以今天之我来同昨日之我作斗争，来检举我自己的罪过。（按，以下交代了八大罪状）……我对不起毛主席，对不起领导党，对不起民主同盟几万个同志，我对不起国家，对不起全国人民。我今天只是低头认罪是不够的。今天我的问题是幡然悔悟，决心改过自新，还是坚持错误，自绝于国家，自绝于人民。①

最奇特的是，错划为"右派"的中国戏剧家协会剧作家杜高的"窝窝头检讨"。1960年大饥荒时期，在劳改农场劳改的杜高，在食堂见到本应属于沈姓劳改犯的但沈犯却没有来领取的两个窝窝头，想吃的念头一闪而过，之后被告密。劳改队干部召集了批判大会，

① 　　　罗隆基：《我的初步交待》，见谢泳编《罗隆基：我的被捕的经过与反感》，中国青年出版社1999年版，第310～322页。

238

杜高写下了检讨：

> 我内心深处萌动了一个不纯洁的念头：……自己吃掉
> 它。……"为什么在吃的问题这么经不起考验？"我问自
> 己。能不能把这简单地看成是想多吃一点东西的问题呢？不
> 能的。在对待粮食问题上，现在尖锐地考验着每一个人的立
> 场。当全国人民都在自觉地减少自己的粮食定量来和天灾带
> 来的困难进行斗争的时刻，当先进的人们以少吃一颗粮食为
> 乐事，把节约一粒米看成自己对国家和人民尽了自己的责任
> 的时刻，而我却产生了贪得别人的粮食的可耻念头，居然在
> 两只窝窝头面前表现了这样大的动摇，……反人民的，个人
> 主义的贪婪本性就显示出来了。……有着资产阶级个人主义
> 思想的人，在接触到与自己的利益有切身关系的事物时，总
> 是会牺牲大多数人的整体利益来谋取个人的利益的。从对
> 这两个窝窝头所产生的自私观念中，我看到了自己的资产阶
> 级个人主义思想的浓厚和丑恶，有着自私的观念的人，必然
> 在粮食问题上是站在反集体、反人民的立场上的。……我看
> 清了自己的真正思想品德是何等底下，而剥削阶级的剥削意
> 识又是怎样根深蒂固……让它再发展一步，那结果是不堪想
> 象的。①

所有这些"逃避型表态文体"（我没有用"检讨体"，因为"检讨

① 　李辉编：《一纸苍凉：〈杜高档案〉原始文本》，中国文联出版社2004年版，第
291~293页。

体"的情况比较复杂。一般性的思想检查，比如50年代初期，也是检讨），都是一上来就审判自己，目的是尽快"解脱"。为了保持最后的尊严（也就是"我要活下去"这一最后的生命之尊严），也就是保存肉身存在而不至于被消灭，他们选择了放弃思想的尊严、语言的尊严，及时地在语言上宣布自己的"死刑"。这就是"逃避型表态文体"最后的防线。

第八章

昔日先锋今何在

一、"写什么"和"如何写"

新中国成立初期，为确立新的文学标本，周扬主持编辑"中国人民文艺丛书"，收入作品177种。其中，战争题材的101种，农村题材的41种，工农业生产的16种，陕北土地革命历史题材的7种，干部作风题材的12种。在这些作品中，以赵树理、周立波、欧阳山、贺敬之、刘白羽、丁玲、袁静和孔厥、马烽和西戎、阮章竞、柳青、草明等人的为代表。周扬说："反映工业生产和工人阶级的作品非常之少……工人阶级、农民阶级和革命知识分子，是人民民主专政的领导力量和基础力量，我们的作品必须着重地来反映这三个力量。解放区的知识分子，经过整风和长期实际工作的锻炼，在思想、感情、作风各个方面都有了根本的改变，他们已经相当地工农化了，我们的作品应当反映他们的新的面貌。"①新的文学题材中的人物，既不包括"工农兵"之外的普通市民，也没有"已经相当地工农化的革命知识分子"之外的其他知识分子。

作家进城之后，文学创作究竟能不能表现小资产阶级的市民和知识分子呢？争论首先出现在中国最现代化的、小资产阶级知识分子最集中的上海。1949年8月22日，《文汇报》在报道欢迎上海参加全国

①　　周扬：《新的人民的文艺》，见中华全国文艺工作者代表大会宣传处编《中华全国文学艺术工作者代表大会纪念文集》，新华书店1950年版。

第一次文代会的代表返沪的新闻里，发表了陈白尘的讲话要点："文艺……应以工农兵为主角，所谓'也可以写小资产阶级'，是指以工农兵为主角的作品中可以有小资产阶级的人物出现。"①8月27日《文汇报》又刊登了冼群的文章《关于"可不可以写小资产阶级"的问题》，认为站在无产阶级的立场上，也可以写小资产阶级为主角的作品。8月31日，陈白尘发表答辩文章《"误解以外"》，说他的原意是："工农兵在社会上取得了主人公地位，在文学作品中，他们也应取得主角地位"，"在一般作品里，城市小市民、知识分子也是可以出现，但主角应该是工农兵，而不是小资产阶级"。那些只是关心"可不可以写知识分子和小资产阶级"这个问题，而不关心"如何与工农兵相结合"的人"显然潜伏着避重就轻、投机取巧的隐衷"。②署名左明的文章厉声说："这一问题之所以被很多作者们关心而终于正式提出，我认为是有其阶级的思想意识的根源的……正说明了他们还没有能够摆脱小资产阶级知识分子的思想意识的支配，不自觉地做了旧思想的俘虏。"③

上海《文汇报》在此后的一个月就此展开了讨论。这次讨论的主要问题是：小资产阶级可不可以作为文艺作品的主角。一种意见认为可以写，但写什么是题材问题，怎么写才是立场问题。另一种意见则认为，既然强调文艺为工农兵服务，强调作家与工农兵相结合，就不能把小资产阶级人物作为作品的主角。两个月之后何其芳在《文艺报》上发表《一个文艺创作问题的争论》一文，对上述两种意见作了

① 《上海影协会欢迎赴京出席文代会代表》，《文汇报》1949年8月22日，第3版。
② 陈白尘：《"误解以外"》，《文汇报》1949年8月31日，第5版。
③ 何其芳：《一个文艺创作问题的争论》，《文艺报》第1卷第4期，转引自《中国新文学大系1949—1976》第2集第2卷，上海文艺出版社1997年版，第68页。

分析并提出了自己的看法。何其芳又认为："如果能够通过作品中的人物正确地生动地写出小资产阶级的特点和命运，写出他们的政治觉悟和思想改造，是可以用这样的人物为主角来教育人的。"何其芳认为，在"写什么"和"怎样写"的问题上，只强调"怎样写"是不够的，应该强调文艺如何能更多地表现工农兵的生活。何其芳的观点模棱两可，一方面认为小资产阶级和知识分子还是可以写的，另一方面又留有余地，强调"为工农兵服务"的新文艺方向。①

1950年8月，时任《文艺报》主编的丁玲在《文艺报》上发表《跨到新的时代来——谈知识分子的旧兴趣与工农兵文艺》一文。文章首先综述了报社收到的"许多读者来信"的观点：

> 第一，不喜欢读描写工农兵的书，说这些书单调、粗糙、缺乏艺术性。说这些书既看不懂也不乐意看。又说这里主题太狭窄，太重复，天天都是工农兵，使人头疼。还有人举了一个工人的例子，说工人也不喜欢，那个工人认为这些书太紧张了，他们乐意看点轻松的书，如神话戏，或山水画。他们工作生活都紧张，娱乐还要紧张，怕要"崩了箍"，他们说这些书只是前进分子的享乐品。第二，他们喜欢冯玉奇的书，喜欢张恨水的书，喜欢"刀光剑影"的连环画。还有一批人则喜欢翻译的古典文学，或者巴金、冰心等人的作品。第三，要求写小资产阶级知识分子的苦闷，要求写知识分子典型的英雄，写出他们在解放战争中可歌可泣的

① 何其芳：《一个文艺创作问题的争论》，《文艺报》第1卷第4期，转引自《中国新文学大系1949—1976》第2集第2卷，上海文艺出版社1997年版，第59～70页。

当代文学的开端（1949—1965）

第八章 昔日先锋今何在

故事。要求写知识分子改造的实例；或者写以资产阶级为故事的中心人物，或者写城市的小市民生活的作品。并且要求这些书不要写得千篇一律，老是开会，自我批评，谈话，反省……①

丁玲的文章对这些观点进行了逐一反驳，认为新文艺的主题、人物、场面都是新的，比旧时代的革命文艺、欧化文学形式、庸俗陈腐的鸳鸯蝴蝶派文学"都要显得中国气派，新鲜而丰富"。如果说还有人不喜欢，那是他们的思想观念有问题。丁玲也说：尽管以工农兵为对象的新文学还不是很成熟；对于这些新的人物虽然显出了崇高的爱，却还不能把这些人物很好的形象起来，给读者以很深的印象；甚至不如过去一个时期知识分子写知识分子的苦闷那么深刻。但是，这种缺点一定会得到克服。丁玲接着说：

> 一件绣花的龙袍是好看的，是艺术品，我们却只能在展览会展览，但一件结实的粗布衣却对于广大的没有衣穿的人有用。我们会慢慢提高我们布的质量，并使它裁剪适宜，缝工精致，我们要使我们将来的衣服美丽，但那件龙袍，不管怎样绣得好，却只能挂在墙上作为展品了。让我们为爱护新文艺的成长而努力，我们应该在爱护之下来批评，却不是排斥，不是装着同情的外貌而存心的排斥。我们对这些热心的

① 　　　丁玲：《跨到新的时代来——谈知识分子的旧兴趣与工农兵文艺》，见洪子诚编《二十世纪中国小说理论资料》第5卷，北京大学出版社1997年版，第37～44页。

读者也是非常放心的，因为他们是要求进步的，他们又已经置身于新社会里，新社会的各种生活，会从各方面帮助他放弃一些旧观点的，他们会一天天更接近人民群众，会一天天更理解人民文艺，甚至他们不久就会参加到这里面来，与大家完成这一新的创作时代。①

我理解丁玲的意思是，"新的人民的文艺"没有什么问题。如果硬要说有什么问题的话，那就是艺术技巧（"如何写"的问题）还不够成熟，这一点可以慢慢地在写作实践中加以改进。而丁玲对于"写什么"的问题态度十分明确："知识分子在动荡时代中的一些摇摆，一些斗争，比起工农兵的战斗来，的确是显得单薄无力得多。知识分子在这样庞大的作为人民主体的工农兵队伍里面就不觉得自己有什么值得表扬了。"②在丁玲的文章中，"如何写"的问题是在"写什么"的问题确立的前提下讨论的，有了正确的感情和立场，再来谈技巧。这种情感和立场的确立，是要经过长期艰苦的思想和身体的双重改造的。

文学创作中"写什么"的问题看似简单，其实十分复杂。可以说，中华人民共和国成立初期的"写什么"问题是一个立场问题、政治问题；"如何写"的问题是个人风格问题、技巧成熟与否的问题。而在

---

① 丁玲：《跨到新的时代来——谈知识分子的旧兴趣与工农兵文艺》，见洪子诚编《二十世纪中国小说理论资料》第5卷，北京大学出版社1997年版，第37～44页。

② 丁玲：《跨到新的时代来——谈知识分子的旧兴趣与工农兵文艺》，见洪子诚编《二十世纪中国小说理论资料》第5卷，北京大学出版社1997年版，第37～44页。

文学批评中，这个问题又经常变得摇晃不定。可以说你"有什么样的立场就有什么样的风格"以及"如何写"的问题中就包含了"写什么"的问题。可以从"写什么"的角度批评你，也可以退一步说，你写这种人物和事件可以，但你为什么要这样写呢？因此，为了避免麻烦，一般作家都是选择写工农兵题材。"如何写"呢？就是要真诚地热爱你所写的对象。赵树理也写农民的缺点，但主要是中农。即使是中农，最终也在干部的教育下进步了。还有一种选择，那就是不写或者尽量少写，比如茅盾、巴金、曹禺等，当然还有沈从文、钱锺书。选择不写的人，多是些已经成名的作家。至于青年作家，创作之路刚开始，内心充满写作欲望。像萧也牧在检讨书中所说的："来北京以后，自思写来写去，总是写不好，于是下决心要写规模较大一点的作品。开头，我打算要写关于抗日战争和土地改革的小说，手头的材料确实不少，自以为生活也熟悉，但一动手，不论题材、人物、生活，都显得很生疏，写起来非常吃力，终究写不出来。但不写，又不甘心；总还是念念不忘地要写小说。"①

就在"写什么"的问题还在争论不休，"如何写"的问题也暂无定论的节骨眼儿上，青年作家萧也牧写了一篇关于知识分子的短篇小说《我们夫妇之间》，发表在《人民文学》（当时主编为茅盾，副主编为艾青）1950年第1期上，一时引起了一片赞扬声，还被改编成了电影（昆仑影业公司1951年出品，郑君里导演，赵丹饰演男主角知识分子李克，蒋天流饰演李克的妻子女主角工农干部张英）。

最早的批评来自1951年6月10日《人民日报》刊登的陈涌的文

---

① 萧也牧：《我一定要切实地改正错误》，《人民日报》1951年10月26日，第3版。

章《萧也牧创作的一些倾向》。文章说，萧也牧"把知识分子与工农干部之间的'两种思想斗争'庸俗化了"，"丑化了工农出身的女干部"。"这事情正好说明，小资产阶级出身的文艺工作者的改造是长期的，一个忘记了警惕自己的人，在特别复杂的城市的环境下，便特别容易引起旧思想情感的抬头，也特别容易接受各种外来的非无产阶级思想的影响。"[1]

丁玲看到小说后对康濯说："这篇小说很虚伪，不好，应该……纠正这种倾向。"当时丁玲并不想公开批评萧也牧这位"老朋友"。后来发现，萧也牧的小说影响越来越大，即将要对"人民的文学事业"构成危害了，再加上陈涌已经在《人民日报》上发表了批评文章，丁玲才决定用公开信的形式对萧也牧进行批判。丁玲的文章叫《作为一种倾向来看——给萧也牧同志的一封信》她从"写什么"（"你为什么偏要写这样一对夫妇呢？"）和"如何写"（丁玲从萧也牧的叙事风格中，发现了他的小说是"一个大丑角戏弄一个小丑角，并以此去博得观众的哈哈大笑……的小噱头戏"，进而判定这部小说是"歪曲和嘲弄工农兵的小说"）两个角度展开批评，意思是，选择这个题材本身就不对，在叙事语调和叙事风格上的错误更大。丁玲的文章最后也指出："希望你老老实实站在党的立场，站在人民的立场，思索你创作上的缺点，到底在哪里。"[2]

如果说对萧也牧的批评是因为他写了小资产阶级知识分子嘲笑了工农出身的女干部，也就是说在"写什么"的问题上犯禁了，那么路

---

[1] 　陈涌：《萧也牧创作的一些倾向》，《人民日报》1951年6月10日，第5版。
[2] 　丁玲：《作为一种倾向来看——给萧也牧同志的一封信》，见洪子诚编《二十世纪中国小说理论资料》第5卷，北京大学出版社1997年版，第55～62页。

翎呢？路翎在新中国成立后所写的小说，表现的几乎都是底层的工农形象和志愿军战士形象。从诸多的批判文章中可以看出来，路翎主要是在"**如何写**"的问题上犯禁了。因此，路翎的小说是"歪曲现实"的现实主义，路翎笔下的工人形象是"个人主义、无政府主义、流氓无赖"，路翎笔下的工人阶级的精神状况是"歇斯底里、精神病患者"，路翎笔下的党员干部是"无知无能，失去立场"的。① 路翎那些战争题材的小说，"对部队生活作了歪曲的描写"，"立脚在个人温情主义上，用大力来渲染个人和集体——爱情和纪律的矛盾"，"把正义战争与人民幸福对立起来"②

还有一批青年作家及作品遭到批判，比如朱定的《关连长》，秦兆阳的《改造》，王林的《腹地》，孟淑池的《金锁》，方纪的《让生活变得更美好罢》，刘绍棠的《田野落霞》《西苑草》，王蒙的《组织部新来的青年人》，宗璞的《红豆》，刘宾雁的特写《本报内部消息》《在桥梁工地》，以及邓友梅、从维熙、邵燕祥等人的作品。那些批判文章的作者，艺术感觉粗糙，思维逻辑混乱，推理松散，感情用事，夸大其词，强词夺理，上纲上线。总之，青年作家稍有新意的作品，就要遭到他们的一顿"棍棒"，甚至导致一生的悲剧（萧也牧、路翎、刘绍棠、王蒙等都是如此）。

---

① 　陆希治：《歪曲现实的"现实主义"》，见洪子诚编《二十世纪中国小说理论资料》第5卷，北京大学出版社1997年版，第75～83页。
② 　侯金镜：《评路翎的三篇小说》，见洪子诚编《二十世纪中国小说理论资料》第5卷，北京大学出版社1997年版，第110～120页。

二、萧也牧①的"进城干部"

刊登于《人民文学》1950年第1期（第1卷第3期）萧也牧的《我们夫妇之间》，是新中国成立之后第一篇以"知识分子"干部（主人公是一位初中文化的干部）及城市生活为题材的短篇小说。它一出来就引起了广泛关注。小说写了一位叫李克的"知识分子"干部，与工农出身的干部妻子进城后日常生活中的矛盾冲突，以及矛盾冲突的化解过程。严格地说，它并不能算作"知识分子"题材小说，只能说是**"进城干部题材"**小说（这在当时是新题材）。由于当时的文学创作全部是写"工农兵"题材，城市"小资产阶级"知识分子题材又是禁区。因此放宽泛一点，也可以把它当作"知识分子"题材。何况小说一开头就说："我是一个知识分子出身的干部"。

小说主人公李克与妻子在战争年代结为夫妻，但进城后因情感方式、价值观念、审美趣味的差别而经常发生冲突，以至出现情感和婚姻危机。后来，两个人都检讨了自己身上的缺点，女方表示要进一步提高文化修养、改变思想方式和工作方法，男方则表示，要学习工农出身的妻子身上的优点，改造自己身上的小资产阶级毛病。小说以大团圆的方式结尾——这种写法并无多大新意，是解放区作家处理知识分子与工农干部关系的常见模式。这是从整体叙事结构的角度看。从

①　　萧也牧（1918—1970），原名吴承淦，后改名吴小武，笔名萧也牧。有《萧也牧作品选》（天津百花文艺出版社，1979年版），收入其1943年至1962年的短篇小说30篇。代表作《我们夫妇之间》发表于1950年第1卷第3期的《人民文学》上，提出了干部进城后所面临的新问题。1970年10月15日在河南"五七"干校被迫害致死。1980年春天平反。关于萧也牧的生平资料，可参见张羽《萧也牧之死》（《新文学史料》1993年第4期，第163、164～174页），盛禹九《萧也牧的悲剧》（《书屋》2006年第11期，第29～31页）等。

叙事的过程和细节描写的角度看，这篇小说有很多敏锐的发现和大胆的描写。这些细节正是小说遭到批判的重要原因。

萧也牧在新中国成立前后，就开始尝试在小说中表现城市劳动者、知识分子和进城干部的生活。1949年前后，他写了《母亲的意志》（抗美援朝前后一位城市青年和母亲之间的故事，无疑受到高尔基的长篇小说《母亲》的影响），《海河边上》（新中国城市青年工人张大男和马小花之间的爱情故事，情感刻画得比较细腻，这篇小说也遭到了批判），《携手前进》（新中国工厂先进青年帮助落后青年吕三炮转变思想的故事），《爱情》（刚走上革命工作岗位的青年编辑，在老革命出身的编辑教育下，转变自己的小资产阶级爱情观的故事，结构有点失调，忆苦思甜式的回忆部分占据了太多的篇幅，年轻编辑思想转变的过程太简单）。[1]这些小说在当时都具有很强的探索性，但技巧还是不够成熟。今天看来，这些小说的叙事尽管粗糙，但在当时也算得上是"先锋小说"了。

小说《我们夫妇之间》也是如此，萧也牧将"知识分子干部""工农干部""城市生活""谁改造谁"这样一些关键词或敏感问题综合在他的故事之中，通过小说叙事，将两种对立的价值观念、审美趣味、生活态度通过日常生活琐事并置在一起。

小说中的两位进城干部，一位是受过教育的知识分子，一位是粗通文字的工农出身。李克和妻子"张同志"（电影中取名张英）的矛盾，是在新事物（城市文化）面前的价值取舍不同、审美趣味不同而导致的，更是农民（"工农兵"）和市民（"小资产阶级"）面对新鲜甚

---

[1]　　萧也牧：《萧也牧作品选》，百花文艺出版社1979年版。

至陌生事物在思维方式上的冲突。"一天也没离开过深山、大沟和沙滩"的妻子"张同志"，进城之后对一切人和事都看不惯，情感和心理都不适应："那么多人！男不像男，女不像女！男人头上也抹油……女人更看不的！那么冷的天气也露着小腿。怕人不知道她有皮衣，就让毛儿朝外翻着穿！嘴唇血红红，头发像个草鸡窝！那样子，她们还觉得美的不行！坐在电车里还掏出镜子来照半天！整天挤挤囔囔，来来去去，成天干什么呵！……总之，一句话：看不惯！"她纳闷地问李克："他们干活也不？哪来那么多钱？"李克说："这就叫做城市呵！你这农民脑瓜吃不开啦！"①

小说叙事一直在这种紧张的观念冲突、对抗、妥协中展开——

第一，"张同志"认为：那么多人挤在城里，不劳动，不生产，整天在街上瞎逛、消费；他们哪来的那么多钱？消费就是浪费，就是忘本，应该保持艰苦朴素的作风；得好好改造他们。李克认为这就是城市跟农村不一样的地方；进城后家里人在一起适当消费也是可以的。（这是一种城市消费价值与农村的生产价值的矛盾。）

第二，"张同志"不喜欢城里人标新立异的新奇的装扮，也看不惯他们有脚不走路，坐人力三轮车让别人拉的作派；李克认为，对新事物的接受需要一个过程，改造他们也需要过程，不能急躁，不要恨不得一夜之间就完成改造的任务。（这是一种市民张扬个性和农民低调处事、市民时尚和农民朴实、市民强调交换价值和农民强调伦理价值的矛盾。）

第三，"张同志"认为，保姆到家里来也是参加革命工作，革命

① 萧也牧：《萧也牧作品选》，百花文艺出版社1979年版，第167页。以下引用此书皆据此版本，仅在内文括注页码。

工作不分高低，大家一律平等。李克认为，该干什么干什么，不要让人干活之后还上政治课。（这是一种通过货币体现的市民社会细致社会分工，与通过情感体现的乡村社会粗放社会分工的矛盾。）

第四，"张同志"认为，自己老家乡下有困难就要支持，至于寄了谁的钱并不重要。李克认为把自己的稿费寄走，要跟他打个招呼，"不应该不哼一声就没收了"。（这是一种社会性的个体思维与血缘性的群体思维的矛盾。）

第五，"张同志"认为：进城是来改造城市的，而不是自己被城市改造了；对城市的习惯就是不能妥协，不能迁就。李克认为这是"固执、狭隘、很不虚心"！（这是一种消灭城市和维持城市的矛盾，城市是由市民组成的，没有市民就没有城市。）

就在两个人矛盾不断加剧的时候，"张同志"开始发生变化："服装上也变得整洁起来了，见了生人也显得很有礼貌！"（第178页）"张同志"的变化并不是因为她想通了，更不是接纳了丈夫李克的建议，而是接受了组织的指令。她说："组织上号召过我们，现在我们新国家成立了，我们的行动、态度，要代表大国家的精神。风纪扣要扣好，走路不要东张西望，不要一边走一边吃东西，可能的条件下要讲究整洁朴素，不腐化不浪费就行！"（第178页）

为了更好地符合群体思维的要求，"张同志"还决定要让李克帮助她提高思想和文化。李克也开始改变。首先，他肯定了"张同志"身上的优点："你倔强、坚定、朴素、爱憎分明——这句话的意思就是说你有着很深的阶级仇恨心和同情心。"（第178页）然后反省自己身上的缺点："我的思想情感里边，依然还保留着一部分很浓厚的小资产阶级的东西！有时甚至模糊了革命者的立场，这是一个严重的思

254

想问题！"（第182页）最后两人重归于好，给了小说一个大团圆的结局和光明的尾巴。尽管有这样的结尾，但整个叙事过程还是把当时进城出现的重大矛盾充分地表现出来了。

这篇小说探索的确实是当时的一个重大问题。1949年3月5日—13日，在西柏坡召开党的七届二中全会决定，中国共产党的工作重心将由乡村转向城市，并制定了一系列接管城市、进驻城市的工作规划。其中一项重要的规定就是"把消费城市变成生产城市"。1949年3月17日《人民日报》发表的社论《把消费城市变成生产城市》指出：

> 怎样才能把城市工作做好？怎样才能使城市起到领导乡村的作用？中心环节是迅速恢复和发展城市生产，把消费的城市变成生产的城市。在旧中国这个半封建、半殖民地的国家，统治阶级所聚居的大城市（象北平），大都是消费的城市。……它们的存在和繁荣除尽量剥削工人外，则完全依靠削剥乡村，……不仅搜括乡村的农产品来供给它们的需要，而且吮吸乡村农民的脂膏血汗去换取帝国主义的工业品，……造成了乡村和城市的敌对状态。我们进入大城市后，决不能允许这种现象继续存在。而要消灭这种现象，就必须有计划地、有步骤地、迅速恢复和发展生产……这样，才能够充分而便宜地供给乡村以必要的工业品，而换取其农产品，使乡村和城市，从相互敌对转变为相互依存；这样，才能改善城市的经济地位，从而改善城市人民首先是工人的生活；这样，才能抵制帝国主义的经济侵略，而不再受其剥削；这样，才能使城市领导乡村，变农业国为工业国；这

样，才能巩固工农联盟，巩固从城市到全国范围的、无产阶级领导的、以工农联盟为基础的人民民主专政的政权。

社论最后也涉及"消费"的问题：

> 只知鼓励生产，而在供销上没有计划，没有办法，致使生产和消费脱节，供给和需要矛盾，生产品推销不出去，势不能不陷生产于停滞的状态中，且给予投机商人以操纵剥削的机会。为了避免这种弊害，必须一方面尽可能地、比较有计划地进行生产，另一方面在需要和可能的条件下，逐步地发展供销合作社。这种合作社是联系生产者和消费者的纽带，也就是沟通乡村和城市的桥梁。它以公道的价格，把工业品卖给乡村，而又以公道的价格，收买农产品，供给城市。这不仅可使乡村避免投机商人的中间剥削，城市获得粮食和原料，而且可鼓励农民生产，发展乡村经济。[①]

这里提到的消费不是严格的经济学意义上的消费，而是为了满足生活必需的"生产力再生产"的"生产资料"。并且，这种生产资料不允许进入自由市场，而是要通过一个特殊的机构——"供销合作社"来统一调配。这是计划经济的一大特色。真正意义上的消费还是被看作生产的对立面。将城市文化中的消费与生产对立起来，无论在理论上还是实践上都行不通，"变消费城市为生产城市"不符合城市经济

---

① 　　《把消费城市变成生产城市》，《人民日报》1949年3月17日，第1版。

256

恢复的普遍要求。这种含混不清的提法，无疑是"进城干部"，特别是"工农干部"的指导思想。刚进城的人，更多是处于一种分裂状态：一方面"仇视"城市文化，将它视为"罪恶的渊薮"，另一方面又贪婪地掠夺和破坏城市文化。

关于这一点，当时中共华北局领导人、参与城市接管工作的薄一波回忆说："我们党诞生在城市，但后来长期生活、战斗在乡村，许多同志不熟悉城市工作，还有一些同志难免用一种小生产者的观点去看待城市。华北最初接管城市，走了一些弯路，这是重要的原因。如收复井陉、阳泉等工业区，曾经发生乱抓物资、乱抢机器的现象，使工业受到很大的破坏。收复张家口的时候，不少干部随便往城里跑，乱抓乱买东西，有的甚至贪污腐化……攻克石家庄，接管工作虽有所改进，但仍有不少士兵拿取东西，他们还鼓励贫民去拿。开始是搬取公物，后来就抢私人财物……在城市的管理上，自觉不自觉地搬用农村的经验，混淆了封建主义和资本主义的界限，损害了工商业的发展。"

毛泽东看到薄一波的报告之后批示：在城市或乡镇破坏工商业，"是一种农业社会主义思想，其性质是反动的、落后的、倒退的，必须坚决反对。"①

萧也牧小说的城乡冲突主题的确十分尖锐，但并没有涉及薄一波所提到的那些严重问题，只是涉及一些思想观念和审美趣味的冲突问题，而且，女主人公还是一位单纯的工农干部。即使这样，也遭到了彻底的否定。

① 薄一波：《若干重大决策与事件的回顾》上册，中央党史出版社2008年版，第6～7页。

1当代文学的开端（1949—1965）

第八章 昔日先锋今何在

三、路翎①的"战地爱与恨"

　　路翎是一位过早中止创作的作家，是一位"夭折的天才"。1949年之前，他的创作除了伟大的长篇小说《财主底儿女们》，以小资产阶级知识分子的奋斗、求索、漫游为主题，其他绝大多数中、短篇小说，都把笔墨给了挣扎在底层的苦难的劳工，如《饥饿的郭素娥》《卸煤台下》《蜗牛在荆棘上》《罗大斗的故事》《在铁链中》等。入狱之前，路翎的创作主题集中在三个方面：一是城市劳工新生主题，如《女工赵梅英》《粮食》等；二是歌颂新中国的主题，如话剧剧本《迎着明天》《祖国在前进》等；三是朝鲜战争志愿军主题，如《初雪》《洼地上的"战役"》《战士的心》《你的永远忠实的同志》等。路翎的"错误"不是出在"写什么"的，而是出在"如何写"的上面。路翎的小说从来就是写主旋律的，但他的写法是独一无二的。我们来分析《洼地上的"战役"》和《初雪》这两部小说。

　　《人民文学》1954年第3期发表了路翎的小说《洼地上的"战役"》。这是一首"战地浪漫曲"，是一曲将战争的残酷、战士的勇敢和无私，与年轻人敏感的心灵、纯朴的情感、多情的梦想交织在一起的生命和爱的赞歌。我多次重读这篇小说，一些场景使我联想到托尔斯泰《战争与和平》中的某些片段，联想到肖洛霍夫《静静的顿河》中的一些情节，还有瓦西里耶夫《这里的黎明静悄悄》中的场面。只不过各种顾忌使得路翎的描写更含蓄、更隐讳、更收敛而已。即使这样，路翎

①　　路翎（1923—1994），原名徐嗣兴，作家。1937年开始发表作品，著有长篇小说《财主底儿女们》，中篇小说《饥饿的郭素娥》，短篇小说《洼地上的"战役"》等。1955年6月因"胡风反革命集团"案牵连被捕入狱。1980年平反，后任中国戏剧出版社编审。

还是将一种真诚的赞美之情和真正的文学精神传递出来了。我们经常会听到这样的议论，说同样经历了战争和苦难，我们的作家为什么写不出感人的作品，而俄苏作家为什么可以。我觉得路翎可以、只有他可以，并且已经开始写出那种真正让我们感动的最美好的文字。假如他的笔被剥夺的时候，他不是33岁的话，他一定会成为一位伟大的作家。

《洼地上的"战役"》是一篇战争小说，甚至可以说就是一篇"战壕小说"。所谓的"战壕小说"，不是那种只关心打斗和残杀场面的"武打故事"，而是"小说"，是"文学"，它必须关注"文学性"问题，也就是与人性密切相关的审美问题及其恰当的艺术形式。《洼地上的"战役"》有三分之二的篇幅在描写"战壕"，读之却丝毫也不觉得枯燥无味，甚至有诗意昂然的感觉。小说没有纠缠在战争、暴力、血腥场面上，而是充满了优雅、缓慢、舒展的叙事节奏。小说另外三分之一的篇幅，写朝鲜姑娘金圣姬如何悄悄爱上青年战士王应洪，王应洪如何懵懂无知，侦察班长王顺如何巧妙地揭穿并以战时纪律加以阻止，王应洪知道后如何滑稽地躲避，等等。路翎无疑是刻画人物性格的高手，能够通过几段短小的行动描写，将人物性格凸显出来。路翎也是结构故事的高手，只用了几个小小的道具（手绢、袜套等），贯穿故事始终，把战争主题和情感主题穿插在一起。路翎更是抒情的高手。所谓抒情高手，就是想象的高手，面对一切细小的事物而引发出无穷感叹的高手。这种带有抒情性的文字，给"战壕故事"带来了如此之多人性的光辉。其实路翎写得最好的地方并不是金圣姬爱上王应洪的故事，而是部队离开老乡家上战场后的心理描写。我们来看两段关于青年战士王应洪和侦察班长王顺的心理描写。

天气阴沉而且吹着小风，……大家卧倒，听着动静。除了微风吹动树叶，和附近的什么地方有溪水的流响声以外，没有别的声音。开阔地上长着一些春天的金达莱花，王应洪轻轻地拨开他面前的花枝，希望能更清楚地看见班长。但在这个不知不觉的动作里，他却摘下了一个花枝，把它衔在嘴里。这是因为他毕竟是初上战场，而这附近的这一片寂静特别使他激动，于是，面前的清楚可见的一切，杂乱的小草和小花，就叫他觉得安全和亲切：这些随处可见的小草和小花，仿佛是熟识的友人一般，忽然间就替他破除了战场上、敌人后方的那种神秘可怕的感觉——虽然他不曾意识到自己的这种状况。他在激动中比老战士们想得多。他甚至于忽然想，现在他可以写信告诉妈妈，他到敌人后方来战斗了。把那花枝在嘴里咬了一阵，班长又做了记号，他们又前进的时候，他就把花不知不觉地拿下来塞在衣袋里。他没有意识到这个，也不知道这是为什么。也许他的头脑是曾经闪过什么念头，他做这点多余的动作是为了对自己表示沉着。①

　　这是一段对战士王应洪埋伏在洼地里执行任务时的描写，另一段是班长王顺带领王应洪，两个人留下来掩护部队撤退之后，王应洪受了重伤，王顺想起自己对王应洪过于严厉，不禁思绪万千：

　　他的眼前就出现了那姑娘的闪耀着灿烂的幸福的面

①　　路翎：《洼地上的"战役"》，见《路翎小说选》，四川文艺出版社1986年版，第371～372页。

貌。……在他命令王应洪和他一同留下的那个严重的瞬间，以及在他拖着这青年爬进栗子树林的时候，这个灿烂的幸福面貌都似乎曾经在他的心里闪了一下。现在回想起来，好像确实是这样的。他替这个不论从军队的纪律，或是从王应洪本人说来都没有可能实现的爱情觉得光荣，于是他觉得，他拖着王应洪在山沟里一寸一寸地前进，除了是为了别的重大的一切以外，也是为着这姑娘。她曾经在那黄昏的山坡上掩面哭着从他的身边跑过，于是他觉得他是对她负着一种他也说不明白的、道义上的责任。他怜惜她不懂得战争，怜惜她的那个和平劳动的热望；他觉得他真是甘愿承担战争里的一切残酷的痛苦来使她获得幸福。于是，爬进栗子树林进入这条小沟，替王应洪裹着伤，要他吃馒头，拿纪律来强迫他，哄他，又对他小声地柔和地说着话，这一切动作都好像在对他心里的金圣姬姑娘说：你看，我是要把他带回来再让你看看的，你要知道我爱他并不比你差，我更爱他，而且，你看，我决不是你所想象的那种不通情理的冷冰冰的人！说来奇怪，他所担心，所反对的那个姑娘的天真的爱情，此刻竟照亮了他的心，甚至比那年轻人自己都更深切地感觉到这个。那年轻人沉默着，透过面前的草叶和几枝紫红色的金达莱花望着明朗的天空……①

能够将战争题材写得如此细腻的现代中国作家，大概只有路翎。

① 　　路翎：《洼地上的"战役"》，见《路翎小说选》，四川文艺出版社1986年版，第386～387页。

更重要的是，这是一个纯粹的战争题材的小说，三分之二的篇幅发生在战场上。而当时的舆论环境，也不允许路翎去写一个爱情故事。当批评者将这个小说定性为"爱情故事"的时候，路翎写出3万多字的答辩文章《为什么有这样的批评》为自己辩护。但是，在叙事的间隙，路翎的确将一个"没有发生的爱情故事"穿插在其中。几个小小的"道具"，几处心理活动的描写，使得小说中的两个主题："战争"和"爱情"天衣无缝地交织在一起，从而让残酷的战争充满了人性的温情和光辉。当然，小说的问题还是明显的，对"洼地战斗"场面的描写拖拉、冗长。或许，路翎为了让小说更像战争小说，不得不这样分配叙事篇幅。

小说《初雪》写得更奇妙。志愿军司机老刘（刘强）和小助手王德贵，运送一车朝鲜妇女穿过封锁线、离开轰炸区向安全地带转移。其中一位妇女还抱着正在吃奶的、七八个月大的婴儿。因后面车斗太拥挤，刘强让18岁的助手王德贵将孩子抱到驾驶室。王德贵"像捧着一盆热水一样捧着孩子"，刘强开着车在黑暗中颠簸。一路上，炮火声、马达声与妇女的惊呼声、婴儿的哭声交织在一起。每当炮火封锁太厉害的时候，刘强就停住车，抱一抱那个孩子。一路上，刘强一边注视着车窗外的情况，一边不时地转过脸看着孩子的脸蛋。王德贵开始一直有抵触情绪，认为这种婆婆妈妈的事情让他碰上了，甚至想跟刘强换一换。后来，就着探照灯的光亮，王德贵发现孩子长得很俊，胖胖的、圆圆的脸，"紧闭的薄薄的嘴唇非常可爱地翘着，黑黑的睫毛贴在面颊上。于是孩子在他的紧张的内心里面唤起了模糊的甜蜜的感情"。王德贵抱着抱着，"这个孩子叫他打心眼里觉得温暖。他觉得他和这孩子已经忽然地这么熟了，如果不叫他抱，他会难过的，他心里已经不再是最初的那个模糊而陌生的甜蜜的感情，而是禁不住的关心和热切的爱"①。小说的叙事，在车窗外的炮火、弹坑、白雪和探照灯映照下驾驶室的孩子的脸庞之间来回"移动"。这种叙事方式跟《洼地上的"战役"》类似，像老战士王顺和新兵王应洪一样，这里是刘强和王德贵。安置在炮灰纷飞的背景之下的整个叙事过程，也可以看作爱的情感的展开过程。

路翎的小说开拓了战争题材审美维度的多样性，使得小说没有成为"战况报告"，也没有停留在"仇恨叙事"和"暴力美学"层面，这是他的作品具有超越性的地方。这就是路翎在当时与众不同的地方，也是路翎遭到批判的重要原因。

四、宗璞②的"校园爱情梦"

发表于《人民文学》1957年第7期（即"革新特大号"）的《红豆》，粗粗看上去像是一篇"爱情小说"，其实，它是一个"梦"。爱情故事很简单，或者是爱情成功的喜剧，或者是爱情失败的悲剧，差别只是叙述技巧的高下。而"梦"就不一样了。梦是一个三段论式的"结构"，前面是"入梦"，中间是"梦"（故事）本身（也就是想象中各式各样的人生事件），后面是"梦醒"。"梦醒"是"入梦"的前提；"入梦"是对"梦醒"的否定，也是对"匮乏"的想象性满足，是对

① 路翎：《初雪》，见《路翎小说选》，四川文艺出版社1986年版，第324页。
② 宗璞（1928—　），原名冯钟璞，作家，著名哲学家冯友兰之女。主要作品有系列长篇《野葫芦引》（《南渡记》《东藏记》《西征记》《北归记》），短篇小说《红豆》等。

"压抑"的叙述性的"对抗"。宗璞的小说《红豆》正是这样一个结构性的"梦"。

1956年，28岁的宗璞写了一个8年前（1948年）的"梦"：梦里20岁的主人公江玫，1956年分配到北京西郊某大学（也就是江玫8年前就读的大学）去工作，巧合的是她的房间，正好是她当年的宿舍。宿舍墙上的耶稣像还挂在那里，藏在耶稣像背后一个小洞里的、她与齐虹的爱情信物还在那里——小盒子里装着的两颗红豆。面对十字架背后的红豆：

> 江玫站起身来，伸手想去摸那十字架，却又像怕触到使人疼痛的伤口似的，伸出手又缩回手，怔了一会儿，后来才用力一撤耶稣的右手，那十字架好像一扇门一样打开了。墙上露出一个小洞。江玫颠起脚尖往里看，原来被冷风吹得绯红的脸色刷的一下变得惨白。她低声自语："还在！"遂用两个手指，箝出了一个小小的有象牙托子的黑丝绒盒子。江玫坐在床边，用发颤的手揭开了盒盖。盒中露出来血点儿似的两粒红豆，镶在一个银丝编成的指环上，没有耀眼的光芒，但是色泽十分匀净而且鲜亮。时间没有给它们留下一点痕迹。江玫知道这里面有多少欢乐和悲哀。她拿起这两粒红豆，往事像一层烟雾从心上升起来——那已经是八年以前的事了。那时江玫刚二十岁，上大学二年级。那正是一九四八年，那动荡的翻天覆地的一年，那激动，兴奋，流了不少眼

泪，决定了人生的道路的一年。……①

接下来就是江玫和齐虹的爱情故事的主体部分，小说叙述了发生在1948年北京某高校学生江玫和齐虹纯粹的爱情，以及这一爱情因各种外部因素（价值观念的冲突、改朝换代的变化等）而导致的悲剧结局。一些集团和一些观念胜利了，一些集团和一些观念失败了；或者时过境迁，那种所谓的胜利和失败或许又翻转过来。但江玫和齐虹的爱情突然间消失了，只剩下耶稣像背后墙洞中的那两颗相思的红豆。小说的结尾，也就是"梦醒"时分，场景又回到了1956年西郊某大学革命干部江玫的宿舍：

> 雪还在下着。江玫手里握着的红豆已经被泪水滴湿了。"江玫！小鸟儿！"老赵在外面喊着。"有多少人来看你啦！史书记，老马，郑先生，王同志，还有小耗子——"一阵笑语声打断了老赵不伦不类的通报。江玫刚流过泪的眼睛早已又充满了笑意。她把红豆和盒子放在一旁，从床边站了起来。（第34页）

宗璞的小说《红豆》的结构，跟鲁迅《狂人日记》的结构，几乎完全一样。略有差别的地方在于：第一，《狂人日记》将"入梦"和"梦醒"两个部分合并在前面的序言中，而不像《红豆》那样按照时间顺序放在"正梦"的前后。第二，梦的内容的差别，一个是爱情梦

---

① 　　宗璞:《红豆》,见《宗璞代表作》,河南人民出版社1987年版,第5页。以下引用此作品皆据此版本,仅在内文括注页码。

当代文学的开端（1949—1965）

第八章　昔日先锋今何在

265

幻，一个是疯狂者的日记。一般的解读，只关注"狂人"的日记部分，而不关注他在"梦醒"之后"然已早愈，赴某地候补矣"的提示。毫无疑问，将整体结构因素考虑进去，是一种更为宽阔的解读视野。如果仅仅就主题部分的爱情故事来解读，当然也有很丰富的内容，但很容易被"爱情梦幻"中的某些具体的要素，比如"思想交锋""趣味差异""观念冲突"等问题抓住；进而纠缠于"究竟是江玫对，还是齐虹对？究竟是肖素对，还是齐虹对？为什么江玫不跟随齐虹到美国去？肖素为什么不安分守己学习而要参加革命？江玫将来的处境怎么样呢？"等次要问题，从而削弱了《红豆》的结构性力量。因为，江玫对也罢，齐虹错也罢，肖素正确或崇高也罢，都无法弥补青春和纯情消失的悲剧，也无法解释我们阅读《红豆》时从整体上产生的悲凉的情感。

爱情故事的展开当然也是精彩的。除了对情感描写的敏锐和细腻，这种爱情故事的基本要求，它的内涵超出了年轻人的情感本身，而指向了人生观和价值观的冲突。比如，齐虹喜欢科学的单纯美和音乐的纯粹美，不喜欢社会人生杂乱，"物理和音乐，能把我带到一个真正的世界去，科学的、美的世界，不像咱们活着的这个世界，这样空虚，这样紊乱，这样丑恶。"（第10页）江玫对此不置可否，肖素认为这是小资产阶级思想。其实江玫在脱离肖素的控制时，与齐虹更接近，都喜欢贝多芬、肖邦、苏东坡、李商隐，都喜欢"十年生死两茫茫，不思量，自难忘。千里孤坟，无处话凄凉"的意境。

当齐虹对"自由"进行"小资产阶级"的解释时，江玫试图表示自己的一点不同意见，说"自由是对必然的认识"。他们一个在说"实践论"意义上的自由（身体的自由行动，是自由的本来的意思），

266

一个却在说"认识论"意义上的自由。齐虹一听，就知道江玫所说的，是通俗小册子《大众哲学》上来的，不是江玫自己的观点，估计是从肖素那儿学来的。齐虹视江玫为太阳，视两个人的世界为唯一的圆满。而肖素则要把江玫变成"同志"，让她了解集体的力量，品尝"大家"在一起的"甜头"。奇怪的是，肖素赢了，齐虹输了。更离奇的是，肖素采用了两种手段争取江玫，一种是"剥夺"，一种是"给予"。她通过不断在江玫面前贬低齐虹而剥夺齐虹爱情的权力（肖素说江玫的同班同学齐虹的"灵魂深处自私、残暴、野蛮"，她鼓动江玫："结束了吧，你那爱情，到我们中间来，我们都欢迎你，爱你。"）。

肖素还通过把自己的鲜血抽出来给予江玫（也就是献血给江玫生病的母亲），从而达到控制江玫的效果。另外，江玫之所以拒绝跟齐虹一起去美国，还有另一个重要原因，就是齐虹身上早就带上了"原罪"的印记，因为他是富家子弟。其实，江玫一直在痛苦地挣扎，在个体意义上的爱情与社会意义上的"阶级之爱"之间挣扎，导致她变得失眠、四肢无力、脸色苍白、痛苦不堪。这些都是"梦"的重要内容。

宗璞的《红豆》和路翎的一些小说，代表了20世纪50年代短篇小说艺术技巧的高峰。如果要进一步追问原因，那就是，宗璞和路翎一样，关注的不仅仅是社会性的主题，更是人性的主题，并且能够将这些主题融进一个比较合适的艺术结构之中。与此相应的是另一种风格的小说，表达了强烈的现实关怀和社会责任感。比如王蒙、刘绍棠、从维熙、邓友梅等的人的小说。

五、王蒙的"办公室故事"

与路翎那种将极端的场景（战争场面和日常生活）和极端的情感（恨和爱）并置在一起的小说不同，王蒙的《组织部新来的青年人》和萧也牧的《我们夫妇之间》一样，是写日常生活的。萧也牧的故事主要是在"私人空间"中展开，而王蒙的故事主要在"公共场所"展开。对于这一类关注普通的日常生活的小说，阅读起来是需要耐心的。但是，日常生活，毕竟是我们每天都要面对的"常态"，许多重大问题，也就是正在威胁乃至破坏"常态"的事情，就正在其中发生。

王蒙发表于《人民文学》1956年第9期的《组织部新来的青年人》①，既可以看作一篇"暴露小说"，也可以看作一篇"抒情小说"。小说暴露了官僚主义的各种病症，暴露冷漠、圆滑、不作为还找借口的"官油子"嘴脸；而满腔热血的理想主义者林震，热情正在缓慢消退但偶尔还流露出来的赵慧文，他们青春时代美好得情感表现得也十分明显。王蒙将两种对立的人生态度、情感方式并置在一起。社会层面（准确地说是"单位"）的矛盾对立的冲突结构，是小说叙事的基本动力。这个冲突结构由两组人物及其相关的行为构成：林震、赵惠文为一方，代表着青春、热情、理想、不容任何缺点的人生态度。刘世吾、韩常新为另一方，代表了权威、体制、冷静、世故、麻木的精神状态，维护现状则是他们基本的处世准则。尽管王蒙的叙事语调平静而稳健，似乎没有造成紧张和尖锐的矛盾冲突，但效

---

① 　　王蒙：《组织部新来的青年人》，《人民文学》1959年第9期，第29~43页。以下引用此作品皆据此版本，不再标注。

果还是出来了。

作品描写了多种类型的官僚主义：区委副书记兼组织部部长李宗秦，一个在其位不谋其政的官僚。区委组织部第一副部长刘世吾，一个革命意志衰退，看透了一切，满嘴"犬儒主义哲理"，对错误采取冷漠麻木态度的官僚。区委组织部工厂党建组组长韩常新，一个平庸的官僚，最擅长的是写假大空的汇报材料。麻袋厂厂长王清泉是一个懒惰且工作方法简单粗暴的官僚主义。

当官僚主义者碰上执拗的"理想主义者"时，他们会说："必须掌握一种把个别问题与一般问题结合起来，把上级分配的任务与基层存在的问题结合起来的艺术。"当官僚主义者遭到批评的时候，他们不但会反驳、狡辩，还会反攻："王清泉气急败坏地到区委会找副书记李宗秦，说魏鹤鸣在林震支持下搞小集团进行反领导的活动，还说参加魏鹤鸣主持的座谈会的工人都有历史问题……最后说自己请求辞职。"

最后领导总结："林震同志的工作热情不错，但是他刚来一个月就给组织部的干部讲党章，未免仓促了些。林震以为自己是支持自下而上的批评，是做一件漂亮事，他的动机当然是好的；不过，自下而上的批评必须由领导去开展，譬如这回事，请林震同志想一想：第一，魏鹤鸣是不是对王清泉有个人成见呢？很难说没有。那么魏鹤鸣那样积极地去召集座谈会，可不可能有什么个人目的呢？我看不一定完全不可能。第二，参加会的人是不是有一些历史复杂别有用心的分子呢？这也应该考虑到。第三，开这样一个会，会不会在群众里造成一种王清泉快要挨整了的印象，因此天下大乱了呢？等等。至于林震同志的思想情况，我愿意直爽地提出一个推测：年轻人容易把生活理想化，他以为生活应该怎样，便要求生活怎样，作为一个党的工作者，要多考虑的却是客观现实，是生活可能怎样。"这样一来，青年林震"犯错误"了。

两个年轻人后来仿佛开窍了："他们的缺点散布在咱们工作的成绩里边，就像灰尘散布在美好的空气中，你嗅得出来，但抓不住。……他看透了一切，以为一切就那么回事。按他自己的说法，他知道什么是'是'，什么是'非'，还知道'是'一定战胜'非'，又知道'是'不是一下子战胜'非'，他什么都知道，什么都见过……于是他不再操心，不再爱也不再恨。他取笑缺陷，仅仅是取笑；欣赏成绩，仅仅是欣赏。……"

小说一出来就产生了轰动。王蒙回忆道：

1957年2月，《文汇报》突然……发表李希凡的长文，对于《组》进行了猛烈的批判，从政治上上纲，干脆把小说往敌对方面揭批，意在一棍毙命。……我无法相信李希凡比我更革命，我无法接受李代表革命来揭批我。我很快给公认的文艺界的最高领导周扬同志写了一封信，说明自己身份，求见求谈求指示。……周扬开宗明义，告诉我小说毛主席看了，他不赞成把小说完全否定，不赞成李希凡的文章，尤其是李的文章谈到北京没有这样的官僚主义的论断。……后来我听了毛主席在中央宣传工作会议上的讲话录音。主席说，有个王蒙写了一篇小说，……一些人准备对他围剿，把他消灭。主席说，我看也是言过其词。主席说王蒙我不认识，也不是我的儿女亲家，但是对他的批评我就不服。比如说北京没有官僚主义。中央出过王明，说自己是百分之百的马克思主义，百分之九十就不行？北京就没有官僚主义？反官僚主义我就支持。王蒙有文才，有希望。主席又说，小说有缺点，正面人物写得不好。对缺点要批评，一保护，二批评，不是一棍子打死。①

毛泽东还说："这篇小说有缺点，需要帮助他……王蒙写正面人物无力，写反面人物比较生动，原因是生活不丰富，也有观点的原因。有些同志批评王蒙，说他写得不真实，中央附近不该有官僚主义。我认为这个观点不对。我要反过来问，为什么中央附近就不会产生官僚主义呢？中央内部也产生坏人嘛！用教条主义来批评人家的文章，是没有力量的。"②毛泽东的这段话，是1957年2月26日说的，他的表态，息止了批判的声音。后来因为"事情正在起变化"，王蒙还是被划为"右派"。

除了上面列举的代表性作家和作品，还有一些当时的青年作家也值得注意，比如青年作家刘绍棠的《西苑草》《田野落霞》，邓友梅的《在悬崖上》，茹志鹃的《百合花》，刘真的《长长的流水》等，限于篇幅，不再作详细的文本分析。

---

① 王蒙：《王蒙自传1：半生多事》，花城出版社2006年版，第167~168页。
② 中央文献研究室编，逄先知、金冲及主编：《毛泽东传（1949—1976）》上册，中央文献出版社2003年版，第616~617页。

第九章

抒情文体的演变

一、领袖颂歌体：抒情的原点

（一）当代"颂歌"溯源

抗日战争的全面爆发，无疑是20世纪中国文学的一个重要转折。这一时期的解放区文学一改五四时期怀疑批判和理性沉思的启蒙格调，而转向对人民战争、民族英雄的歌颂。适宜于街头朗诵的鼓动诗（还包括报告、速写、故事、活报剧等）成为流行的文学样式。1938年，诗人田间在为自己的诗集《给战斗者》写的"代序"《论我们时代的歌颂》中指出：

> 最尊贵的歌颂动员了，这歌颂冲荡在铁与血之间，……
> 在侵略中国的仇敌和保卫中国的人民之间；是我们底忠勇
> 的战斗者在歌唱了……把诗人自己底武器——歌颂的笔尖，
> 接触到人民生活的最紧张处，把歌颂的颜色涂染到人民生
> 活的最切实处，把歌颂的调子唱到人民大众生活的最生动
> 处……让我们的歌颂符合着战斗者的步伐吧，让我们的歌颂
> 迎接着英雄的呼唤吧。[1]

---

①   田间：《给战斗者·代序》，中国文联出版社2002年版，第1～5页。

诗集的编者胡风在为《给战斗者》所写的后记中，肯定了田间这一类诗歌在当时的社会学意义，并指出其"情绪有余"，但美学上"尚嫌不够"。胡风还认为，田间序言中的观点"不能完全恰如其分"，但对他蓬勃的热情和真诚的精神予以理解。^①这种颂歌的主题是民族救亡热血和集体主义情绪，一方面吻合了中国抗日救亡时局的必然要求，另一方面也使人们对五四时期的诗歌主题（个人主观情绪）产生了"疑惑"，进而要将它视为"洋八股"予以抛弃。为时代文学定下"颂歌"的基调，并不是所有的作家都能完全接受的，即使在解放区也是如此。

周扬晚年接受访谈的时候证实说：当时延安有两派，一派是以何其芳和周扬自己为代表的"鲁艺"派，"主张歌颂光明"；一派是以丁玲、萧军等人为首的"文抗"派，"主张暴露黑暗"。"我说：请你们不要在根据地找缺点，因为太阳中间也有黑点。……我不赞成萧军他们的观点，我才写了这篇文章。"^②"这篇文章"就是指1941年7月17日—19日周扬在《解放日报》上发表的《文学与生活漫谈》一文。该文的语气基本上是商榷式和劝告式的（但其中暗含着警告），内容也是以讨论文艺创作的内在规律为主，但潜台词十分明确："一个作家在精神上与周围环境发生矛盾，是可能有两种截然相反的原因的。一种是周围生活本身是压迫人的，窒息人的，是一片黑暗，作家怀着对光明的热望不能和那环境两立，他拼命地反对它。另一种是它处身在自己所追求的生活中了，他看到了光明，然而太阳中也有黑点，新

① 田间：《给战斗者·代序》，中国文联出版社2002年版，第131～132页。
② 周扬：《与赵浩生笑谈历史功过》，见朱鸿召编选《众说纷纭话延安》，广东人民出版社2001年版，第241～242页。

的生活不是没有缺陷，有时甚至很多；但它到底是在前进……延安作家几乎都是和革命结有血缘的，他们可以说都是革命的亲骨肉。这里大概不会出纪德，也更不至于有布宁吧。"①

周扬希望延安作家不要老是盯着"太阳中的黑点"，并警告他们不要做"纪德"和"布宁"。因为苏联作家、诺贝尔文学奖获得者布宁（1870—1953）对十月革命持反对态度，1920年流亡法国巴黎。另一位诺贝尔文学奖得主、法国作家纪德（1869—1951）曾经是苏联十月革命的同情者，1936年应高尔基邀请访问苏联，对所见所闻表示失望，回国后出版《访苏归来》一书，揭露苏联现实的阴暗面，批评斯大林的个人崇拜。

那时候的作家个性还是比较鲜明的。周扬的文章一发表，萧军等人就"动怒了"，随即召开座谈会，然后由萧军执笔（罗烽、舒群、白朗、艾青、萧军五人署名）写出《〈文学与生活漫谈〉读后漫谈集录并商榷于周扬同志》一文，但被《解放日报》退稿，后刊于萧军自己主编的、发行不到200份的《文艺月报》。②此外，丁玲、罗烽、艾青、王实味等人也向《解放日报》发表文章，表示与周扬意见不同。丁玲的文章《我们需要杂文》《三八节有感》等，主张发扬鲁迅精神，大胆批判官僚主义和封建恶习，批评那种认为边区"不宜于写杂文"，只能"反映民主的生活"的观点。③罗烽的文章《还是杂文时代》认为，在"光明的边区"也有"黑白莫辨的云雾"，也有"脓疮"，作家

---

① 周扬：《周扬文集》第1卷，人民文学出版社1984年版，第334～336页。
② 萧军：《延案日记》，见《人与人间：萧军回忆录》，中国文联出版社2006年版，第366～367页。
③ 陈明编：《我在霞村的时候——丁玲延安作品集》，陕西人民教育出版社1999年版，第251页。

第九章 抒情文体的演变

应该以杂文为武器，批判腐朽的思想，"常常忆起鲁迅先生。划破黑暗……的短剑已经埋在地下了，锈了，现在能启用这种武器的，实在不多。然而如今还是杂文的时代"。[①]

艾青发表了《了解作家，尊重作家》，文笔更为犀利："作家并不是百灵鸟，也不是专门唱歌娱乐人的歌妓。他的竭尽心血的作品，是通过他的心的搏动而完成的。他不能欺瞒他的感情去写一篇东西，他只知道根据自己的世界观去看事物，去描写事物，去批判事物。在他创作的时候，就只求忠实于他的情感，因为不这样，他的作品就成了虚伪的，没有生命的。希望作家能把癣疥写成花朵，把脓包写成蓓蕾的人，是最没有出息的人——因为他连看见自己的丑陋的勇气都没有，更何况要他改呢？愈是身上脏的人，愈喜欢人家给他搔痒。而作家并不是喜欢给人搔痒的人。……作家除了自由写作之外，不要求其他的特权。他们用生命去拥护民主政治的理由之一，就因为民主政治能保障他们的艺术创作的独立的精神。因为只有给艺术创作以自由的精神，艺术才能对社会改革的事业起推进的作用。"[②]

王实味发表了《政治家·艺术家》和《野百合花》等杂文。王实味在《政治家·艺术家》中指出："旧中国是一个包脓裹血的、充满着肮脏与黑暗的社会，在这个社会里生长的中国人，必然要沾染上它们，连我们自己——创造新中国的革命战士，也不能例外。这是残酷的真理，只有勇敢地正视它，才能了解在改造社会制度的过程中，必须同时更严肃更深入地做改造灵魂的工作。……鲁迅先生战斗了一生，

[①]　罗烽：《还是杂文时代》，见刘增杰编《抗日战争时期延安及各抗日民主革命根据地文学运动资料》上册，山西人民出版社1983年版，第118～119页。

[②]　艾青：《艾青全集》第5卷，花山文艺出版社1991年版，第378～379页。

278

但稍微深刻了解先生的人，一定能感觉到他在战斗中心里是颇为寂寞的。……革命阵营存在于旧中国，革命战士也是从旧中国产生出来，这已经使我们的灵魂不能免地要带着肮脏和黑暗。……艺术家改造灵魂的工作，因而也就更重要、更艰苦、更迫切。大胆地但适当地揭破一切肮脏和黑暗，清洗他们，这与歌颂光明同样重要，甚至更重要。揭破清洗工作不止是消极的，因为黑暗消灭，光明自然增长。有人以为革命艺术家只应'枪口向外'，如揭露自己的弱点，便予敌人以攻击的间隙——这是短视的见解。我们底阵营今天已经壮大得不怕揭露自己的弱点，但它还不够坚强巩固；正确地使用自我批评，正是使它坚强巩固的必要手段。……我并非平均主义者，但衣分三色，食分五等，却实在不见它必要与合理……如果一方面害病的同志喝不到一口面汤，青年学生一天只得到两餐稀粥……另一方面有些颇为健康的大人物，作非常不必要不合理的享受，以致下对上感觉他们是异类，对他们不惟没有爱……这是叫人想来不能不有些'不安'的。"①

这些不同的文艺思想观念，在随后的整风和审干中遭到了批判。最后"颂歌派"毫无疑问占了上风。1942年5月23日，毛泽东《在延安文艺座谈会上的讲话》给出了最终结论："歌颂呢，还是暴露呢？这就是态度问题。……革命文艺工作者的任务就是在暴露他们（引案：指敌人）的残暴和欺骗。……至于对人民群众、对人民的劳动和斗争，对人民军队、人民的政党，我们当然应该赞扬。"②20世纪中国文学的"颂歌传统"，在1942年的延安文艺座谈会上正式确立。而鲁迅开启

---

① 黄昌勇编：《王实味：野百合花》，中国青年出版社1999年版，第109～112页。
② 中共中央文献研究室编：《毛泽东文艺论集》，中央文献出版社2002年版，第50页。

当代文学的开端（1949—1965）

第九章　抒情文体的演变

279

的"批判国民性"的启蒙传统无疑自然而然地中止了，关于"还是杂文时代"的呼叫，只不过变成批判的材料而已，对这些"暴露派"的批判，一直延续到"文化大革命"前后。

新的文艺方针政策，实际上已经规定了要以歌颂为主，并把这一点上升到对人民、革命、政权的态度的高度。尽管没有明文规定不能批评缺点，但批评者的遭遇（以及由此而来的恐惧）和歌颂者所得到的奖赏（以及由此而来的诱惑），实际上已经让许多人不得不选择"歌颂"之路。歌颂的对象主要是人民、军队、政党。

"颂歌体"最适合的体裁当然是诗歌，或者说"诗"与"歌"。诗歌既有直接的歌颂效果，就像标语一样，又讲韵律、节奏，还有比喻、夸张等艺术要素，可以流传。"颂歌体"还有一个特点，就是抒情，省略叙事过程，直接将某种赞美的情绪抒发出来。我们知道，情绪、感觉乃至心理，之所以会出现偏差，是因为在叙事中情况多变，省略这个叙事过程，直接抒情，情绪就会更加稳定，效果就会更加单一和明显。这就是颂歌体的最主要的特点。

（二）早期颂歌的两种模式

新中国早期的颂歌，继承了自延安时期以来形成的总体"颂歌"风格，内容以歌颂工农兵革命斗争和生产实践，歌颂中国共产党的英明领导，歌颂党的领袖为主。与新中国成立前夕"进步文艺界"不同之处在于，它由原来的非主流变成了主流。从风格上看，感情更为奔放，调子更为昂扬，但诗艺越来越粗糙。如果说新中国成立前写那种颂歌还有危险的话（特别是在国统区），新中国成立之后的颂歌则为诗人带来了荣誉和奖赏。当代诗歌开始了新的"颂歌时代"，有人在呼喊，有人在歌唱，有人在赞美。任何一个时代的诗歌，都会同时存在"大声疾呼派"和"轻声细语派"。但在当代中国诗歌的"颂歌传统"中，"轻声细语派"是不合时宜的；当然，"大声疾呼派"中的另类想法也是不合时宜的。从新中国初期的颂歌内部来看，那种适合于"歌颂"的"大声疾呼派"内部也有差异。大声疾呼的颂歌中大致有两种基本模式：一种是"明确赞美模式"，强调内容的明白易懂，直接歌颂，以郭沫若为代表；还有一种是"含混赞美模式"，在歌颂的同时，还要不时照顾到内容的复杂性及诗歌形式本身的复杂性，以胡风为代表。

新中国成立之后，郭沫若在繁忙的领导工作之余，创作了大量配合当时的政治形势的即兴诗歌，带有典型的"明确赞美模式"。创作于1949年9月20日刊登于10月1日《人民日报》的著名颂歌《新华颂》是第一首：

> 人民中国，屹立亚东。/光芒万道，辐射寰空。/艰难缔造庆成功，/五星红旗遍地红。/生者众，物产丰。/工农长作主人翁。使我光荣祖国，/稳步走向大同。//人民品质，勤劳英勇。/巩固国防，革新传统。/坚强领导由中共，/无产阶级急先锋。/工业化，气如虹。/耕者有田天下公，使我光荣祖国，稳步走向大同。//人民专政，民主集中。/光明磊落，领袖雍容。/江河湖海流新颂，/昆仑长耸最高峰。/多种族，如弟兄。/四面八方自由风。①

---

① 　　郭沫若：《郭沫若全集·文学编》第3卷，人民文学出版社1983年版，第3~4页。

全诗四言为主，辅以七言、三言，似古代长短句，铿锵有力，明白易懂如民间歌谣，形式是古典加民间，内容是歌颂革命和领袖。

10月19日《人民日报》又刊登了郭沫若的自由体新诗《鲁迅先生笑了》，记述自1949年3月25日毛泽东到北京以来经历的重大事件。全诗共8段，每段叙述一件事，末尾都加上一句，鲁迅先生"那时候我看见了你，看见你笑了"[①]：

> 鲁迅先生，你是永远不会离开我们的，/我差不多随时随地都看见了你，看见你在笑。/我相信这决不是我一个人的幻想，/而是千千万万人民大众的实感。//我仿佛听见你在说："我们应该笑了，/在毛主席的领导之下，应该用全生命来，/保障我们的笑，笑到大同世界的出现。"

1950年1月1日，因毛泽东访问苏联，郭沫若写下了《史无先例的大事》，将毛泽东和斯大林比喻为太阳和北辰：

> 一个东方又加上了一个东方，/一朵红星又加上了一朵红星，/双重的太阳照临着整个世界，/从此后会失掉了作恶的夜阴。/……毛泽东坐在约瑟夫·斯大林的右手，/无数的大星小星在拱卫着北辰。[②]

---

① 　郭沫若:《郭沫若全集·文学编》第3卷，人民文学出版社1983年版，第5～7页。
② 　郭沫若:《郭沫若全集·文学编》第3卷，人民文学出版社1983年版，第12～14页。

此后，郭沫若经常在《人民日报》上发表颂歌，如1950年10月1日《突飞猛进的一年》、1951年6月30日《顶天立地的巨人——纪念中国共产党建党三十周年》、(《顶天立地的巨人》)诗云："……普天四海，从五万万人民的口中发出呼声：爱戴我们的领导党，我们的领袖，正确英明，/新中国万岁！中国共产党万岁！毛主席万岁！/这三呼万岁的欢声，年年岁岁地高唱入云！")、1952年6月27日《毛泽东旗帜迎风飘扬》(后来由贺绿汀谱曲)，等等。1958年1月25日，郭沫若还为毛泽东在飞机上的工作照写了一首著名的诗《题毛主席在飞机中工作的摄影》，发表在当年的《中国青年》第4期上，诗中再一次出现太阳的比喻："一万公尺的高空，/在安如平地的飞机之上，/难怪阳光是加倍地明亮；/机内和机外有着两个太阳。/不倦的精神啊，崇高的思想，/凝成了交响曲的乐章；像静穆的崇山峻岭，/像浩渺无际的重洋。"[①]

1958年之后，郭沫若的诗歌越来越带有民歌风，有的近于顺口溜乃至打油诗："回思往日苦，倍感今日甘。/回思往日苦，眼泪尚难干。/感谢毛主席，感谢党的恩。/鼓足大干劲，十年超英伦。"[②]"领袖带头挖土，/人民不亦乐乎！/三山五岭齐欢呼，/苦战何能算苦？"[③]"五光十色竞缤纷，/体现民族大家庭。/万众齐声呼万岁，/高歌领袖颂升平。"[④]"亲爱同志毛泽东，/你的领导好作风。/你把主义发展了，/中国革命庆成功。"[⑤]

为了配合1958年的全民除"四害"(苍蝇、麻雀、蚊子、老鼠)运动，郭沫若写了《四害余生四海逃》一诗，发表在1958年8月31

---

① 　郭沫若：《郭沫若全集·文学编》第3卷，人民文学出版社1983年版，第228页。
② 　郭沫若：《郭沫若全集·文学编》第3卷，人民文学出版社1983年版，第277页。
③ 　郭沫若：《郭沫若全集·文学编》第3卷，人民文学出版社1983年版，第296页。
④ 　郭沫若：《郭沫若全集·文学编》第3卷，人民文学出版社1983年版，第357页。
⑤ 　郭沫若：《郭沫若全集·文学编》第3卷，人民文学出版社1983年版，第361页。

日《人民日报》上，全诗共四节：苍蝇逃向英国，麻雀逃向美国，蚊子逃向日本，老鼠逃向西德。其中的第一节，是想象（或者说是希望）"除四害"之后苍蝇逃向英国："远从中国逃来，/真是十分愉快。/在此建立王国，/传之子孙万代。/中文虽叫苍蝇，/英文是叫'福来'。/可见英国绅士，/表示忠诚拥戴。/英国害过中国，/欠下鸦片旧债。/苍蝇帮助霍乱，/也曾为过大害。/中国人民憎恨，/那是理所应该。/英国绅士欢迎，/这是同类相爱。"①这是一首调侃加诅咒的打油诗。从青年时代的"凤凰意象"和"天狗意象"到晚年的"麻雀意象"和"苍蝇意象"，从某种意义上能够看出诗人的心路历程。

与郭沫若"明确赞美模式"颂歌的直截了当、毫不含糊相比，胡风"含混赞美模式"颂歌显得拐弯抹角、犹豫不决，最终导致文化界"权威人士"的猜疑乃至批判。我们以胡风著名的长诗《时间开始了》的创作风格和遭遇为例来分析胡风的颂歌。

《时间开始了》是胡风创作于1949年11月至1950年1月的大型交响乐式的长诗，或称"英雄史诗五部曲"，全诗由五个部分组成：第一部《欢乐颂》，以1949年9月中国人民政治协商会议开幕为由头，以夸张的激情描写大会的热烈气氛，歌颂毛泽东的伟大形象，刊登在1949年11月20日的《人民日报》上，全诗一共383行，这应该是当时公开发表的最长的颂歌。第二部《光荣颂》，具体描写了中国劳动妇女的苦难历史和她们在时代感召下奋起反抗，1950年1月6日刊登在《天津日报》上。第三部《青春曲》，将主观抒情转换成一组感性的形象，对小草、晨光、雪花、土地、阳光等新生事物的青春充满了

---

① 　　　郭沫若：《郭沫若全集·文学编》第3卷，人民文学出版社1983年版，第359页。

纯真的感激；其中第一曲《小草对阳光这样说》刊登在梅志等人自编的刊物《起点》1950年第1期上；第二、第三曲补写于80年代初。第四部《安魂曲》又名《英雄谱》，1950年3月由北京天下图书公司出版，由天安门广场上举行人民英雄纪念碑的奠基礼起始，以夸张的想象力，描写诗人与几位相知的先烈英魂的对话。第五部《胜利颂》或《又一个欢乐颂》，刊登在1950年1月27日的《天津日报》上，该诗再一次回到开国大典的场面。《时间开始了》按照胡风自己的说法有4600多行，气势磅礴，具有史诗格调，是新中国最长的颂歌。这部长诗的创作过程、发表的命运，充满了波折。而经胡风推荐的妻子梅志的长篇童话诗《小红帽脱险记》，很顺利地在1949年9月29日至10月12日的《人民日报》上分11次连载完毕，十分罕见。第一次发表时编者还加了按语："目前适合于儿童阅读的东西太少，富有思想教育意义的东西更少。象这种形式既适合于儿童阅读，内容又与现实结合得密切有力，我们特别向小朋友们推荐。"[1]钢笔手写题名，冯真（冯乃超之女）插图。

1949年9月，胡风从上海到北京参加政协会议。11月6日开始创作长诗《时间开始了》的第一部《欢乐颂》，这首400多行的长诗只花了6天时间：

……/海/沸腾着/它涌着一个最高峰/毛泽东/他屹然地站在那最高峰上/好象他微微俯着身躯/好象他右手紧握着拳头放在前面/好象他双脚踩着一个/巨大无形的舵盘/

---

[1]　梅志：《〈小红帽脱险记〉编者按》，《人民日报》1949年9月29日，第8版。

好象他在凝视着流到了这里的／各种各样的河流。①

……／毛泽东！毛泽东！／由于你／我们的祖国／我们的人民／感到了太空底永生的呼吸／受到了全地球本身底战斗的召唤……②

……毛泽东！毛泽东！／中国大地上最无畏的战士／中国人民最亲爱的儿子／你微微俯着身躯／你坚定地望着前方／随着你抬起的手势／大自然底交响乐涌出了最强音／全人类底希望发出了最强光／你镇定地迈开了第一步／你沉着的声音象一声惊雷……③

尽管全诗主题明确，颂歌风格也极其鲜明，其实它的节奏不甚流畅，比喻也不明朗浅显，而是过于曲折，分行方式也过于奇特怪诞。与郭沫若的颂歌相比，胡风的颂歌缺少朗朗上口的优势。尽管如此，《欢乐颂》为《人民日报》接受，因为它基本上是属于正统"颂歌"风格。《时间开始了》的第二部就没有那么幸运了，编辑部接到指示，不予发表。

1949年11月16日开始写《时间开始了》的第二部《光荣颂》时，胡风就感到"不顺遂似的……痔疮发了，很不舒服……痔疮剧痛"。④11月24日继续写《光荣颂》，26日写毕，交给《人民日报》副刊的编辑徐放。12月4日胡风接到袁水拍（马凡陀）的电话通知，《光

① 　　胡风：《胡风全集》第1卷，湖北人民出版社1999年版，第103页。
② 　　胡风：《胡风全集》第1卷，湖北人民出版社1999年版，第115页。
③ 　　胡风：《胡风全集》第1卷，湖北人民出版社1999年版，第120页。
④ 　　胡风：《胡风全集》第10卷，湖北人民出版社1999年版，第124页。

荣颂》太长，不准备刊用。12月15日，在电话中得知胡乔木的意见："他不赞成《光荣颂》里面的'理论'见解，当然不能在《人民日报》上发表了。"①尽管编辑徐放、王亚平、李亚群等人一直在争取，但最终还是不了了之。但胡风并没有停止他的颂歌创作，交完第二部分，12月2日开始写《安魂曲》（后改名《英雄谱》），整个创作过程伴随着咳嗽和偏头疼，以至于不得不想尽办法去缓释咳嗽之苦。该诗歌颂了几位革命烈士兼老友，其中写到新四军战士、作家、《第七连》作者丘东平。整首诗并不是纯粹的颂歌风格，而是颂歌加悲歌风格，时而高昂悲壮，时而婉转低吟，明朗和晦涩交织，有西洋交响乐的气派。

总之，《时间开始了》一诗尽管也是颂歌风格，但与郭沫若的相比，它的抒情（创作时的激情）过于猛烈以至于有梗阻的迹象，叙事过于复杂（细节冲淡了直接歌颂的效果），意象也过于奇异（意和象之间不能立刻接榫）。这种颂歌无疑不能有较好的、更为直接的接受效果。也就是说，胡风的颂歌有意识拒绝当时通行的那种浅显易懂的句式，而且个人体验和主观情绪过于浓烈，与当时标准的颂歌规范有一种疏离的感觉。后来胡风在"三十万言书"中描述了自己这首长诗的遭遇：

政协会议之后，我在感激的心情下写了歌颂党歌颂祖国的诗《时间开始了》。到第二篇就不能发表，投到地方报纸才发表出来。在周扬同志宣布所谓胡风"小集团"等于社会民主党的前后，就受到了一系列的猛烈的批评。在《文艺

---

① 　　胡风：《胡风全集》第10卷，湖北人民出版社1999年版，第131页。

报》（十二期）发表的关于诗的"笔谈"里，萧三同志一点也不接触内容，只随便地说我的诗里有"牢骚"；沙鸥同志只抽出几句，把那感情内容看成相反的东西，说成是"色情"。隔了四期（十六期），何其芳同志又批评了，把我对于旧意识的批判说成是骂革命内部的人；我说毛主席是海（他看不出我说毛主席就是说党的），他说我歪曲了毛主席，因为毛主席自比"小学生"。黄药眠同志在《大众诗歌》上写了长篇批评，这更是完全不从内容出发，对于内容随便加上歪曲的解释。例如第一篇写的是政协开幕式，但他当是写的天安门开国典礼，虽然他也参加了政协，一眼就能看明白的。《大众诗歌》是有由党员诗人主持的编委会的。我知道的，当时文化部编审处的同志们开过讨论会（也许是党内的），后来在《光明日报》发表了一篇集体批评。这批评也是不从内容出发，割断前后的联系对片段下歪曲的解释，而且还故意地拉到政治问题和人事问题上去，完全出乎我的意外。由于这些批评，印成的书新华书店限制发行，后来出版社当成废纸卖掉。①

通过比较我们可以发现，在抒情文本"规范化"的过程之中，"明确赞美模式"颂歌压倒了或者说淘汰了"含混赞美模式"颂歌。这与"歌颂"压倒或者淘汰"暴露"，"大声疾呼"的歌颂压倒或者淘汰"轻声细雨"的诉说，道理是一样的。

① 　　　胡风:《胡风全集》第6卷，湖北人民出版社1999年版，第143～144页。

（三）"大跃进"时代的颂歌

让我们先来感受一下1958年民歌"大跃进"时期的诗歌风格。

天上没有玉皇，/地上没有龙王，/我就是玉皇，/我就是龙王，/喝令三山五岭开道：/我来了。（陕西安康）

如今唱歌用萝装，/千萝万萝堆满仓，/别看都是口头语，/搬到田里变米粮。//种田要用锄头，/唱歌要用好歌手，/如今歌手人人是，/唱得长江水倒流。①（安徽民歌）

高唱山歌天地阔，/山南海北红火火，/工业农业大跃进，/共产党来掌船舵，/六亿人民一声喊·赶过英国赶美国！②

圪梁瞭见大后套，/毛主席领导有韵调。//前院里开花后院里红，/知冷知热的毛泽东。//上了大青山阳婆爷爷红，/千忘万忘忘不了毛泽东的恩。//山长水长路也长，/毛主席的恩情比天长。（内蒙古韩燕如）

千条江河归大海，/万朵葵花朝太阳，/鸟儿爱林鱼爱水，/人民热爱共产党。/共产党，像太阳，/照得人民暖洋洋，/毛主席，像爹娘，/他为人民做主张，/领咱实现了合作化，/

① 周扬：《新民歌开拓了诗歌的新道路》，《红旗》创刊号（1958年6月），第33～34页。
② 星火文学月刊社编：《红色山歌万万千》，作家出版社1958年版，第216页。

办社喜讯平频传扬:/农业纲要公布了,/党的光辉照四方。/……

（吉林谢友仁）①

梦中想起毛主席,/半夜三更太阳起。//种地想起毛主席,/周身上下有力气。//走路想起毛主席,/千斤担子不知累。//吃饭想起毛主席,/蒸馍拌汤添香味。//墙上挂着毛主席,/一片红光照屋里。//开会欢呼毛主席,/千万拳头齐举起。//中国有了毛主席,/山南海北飘红旗。//中国有了毛主席,/老牛要换拖拉机。（陕西王老九）②

1958年3月,毛泽东出席主持在成都举行的政治局扩大会议,中心议题是总结新中国成立八年来的工作,也涉及诸多的意识形态问题和文学艺术问题。在涉及借鉴苏联经验问题的时候,毛泽东说:"从苏联搬来了一大批……搬,要有分析,不要硬搬,硬搬就不是独立思考,忘记了历史上教条主义的教训……学习苏联及其他外国的长处,这是一个原则。但是学习有两种方法:一种是专门模仿;一种是独创精神,学习应与独创相结合。"③毛泽东反复强调,要独创、创新。在谈到大会上印发的古典诗词的时候,毛泽东说:"印了一些诗,尽是老古董,搞点民歌好不好?"他要求"各地负责同志回去收集一点民歌,搞几个试点,每人发三五张纸,写写民歌,不能写的找人代写。

① 上海文化出版社编:《大跃进歌谣选》,上海文化出版社1958年版,第1～10页。
② 张志民主编:《中国新文艺大系:1949～1966:诗集》,中国文联出版公司1990年版,第29页。
③ 中共中央文献办公室编:《毛泽东文集》第7卷,人民出版社1999年版,第365～366页。

限期十天收集，下一次会议印一批出来"。①他在谈到中国新诗的出路时说："我看中国诗的出路恐怕是两条：一条是民歌，一条是古典，这两面都要提倡学习，结果要产生一个新诗。现在的新诗不成型，不引人注意，谁去读那个新诗。将来我看是古典同民歌这两个东西的结婚，产生第三个东西。形式是民族的，内容应该是现实主义与浪漫主义的对立统一。"②就是在这次会议上，毛泽东正式发出了搜集和创作新民歌的号召，搜集和写作民歌便成了一项急迫的政治任务。

1958年4月14日，《人民日报》发表了《大规模地收集全国民歌》的社论，号召全国人民收集民歌，这就是著名的"新民歌运动"。社论指出："从已经搜集发表在报刊的民谣看，这些群众智慧和热情的产物，生动地反映了我国人民生产建设的波澜壮阔的气势，表现了劳动群众社会主义的高尚志向和豪迈的气魄。"社论认为，河南民歌"要使九百一十三个山头，一个个向人民低头"；四川民歌"不怕冷，不怕饿，罗锅山得向我认错"等，都是"现实主义和浪漫主义相结合的好诗"。③

积极响应这次民歌"大跃进"的还有当时任上海市委第一书记的柯庆施。他在1958年5月党的八大二次会议上作了一个关于文化"大跃进"的发言。这篇讲话后来以《劳动人民一定要做文化的主人》为题，刊发在《红旗》杂志创刊号上，他认为中国用15年一定能够超英赶美："那时候，人们将过着更为文明、卫生的生活。苍蝇、蚊子、

---

① 中央文献研究室编：《毛泽东传》第4册，中央文献出版社2011年版，第1763页。
② 中央文献办公室编：《建国以来毛泽东文稿》第7卷，中央文献出版社1992年版，124页。
③ 吉林大学文艺学编写组编：《文艺方针政策学习资料》（内部发行），吉林人民出版社1961年版，第543～544页。

老鼠、臭虫、老鼠等等已经消灭……人人服装整洁，饭前便后洗手……那时候，新的文化艺术生活，将成为工人、农民生活中的家常便饭……每个厂矿、农村……都有自己的屈原、鲁迅和聂耳……整个文艺园地处处'百花齐放'，天天'推陈出新'。"①紧跟着的一篇文章是周扬的《新民歌开拓了诗歌的新道路》，表达了同样的意思，认为新民歌既是"政治鼓动诗"和"生产斗争的武器"，"又是劳动群众自我创作、自我欣赏的艺术品"，"民间歌手和知识分子诗人之间的界线将会逐渐消泯，到那时，人人都是诗人，诗为人人所共赏"。②

在民歌"大跃进"中，这种重新确立文学创作主体的企图，与重新在经济和文化上确立民族国家主体的实践在逻辑上是同一的。由于激进思维和主观判断上的失误，这次"新民歌运动"跟工农业生产上的浮夸风是一致的。当时几乎全国各地都开展了创作和编选新民歌的"大生产"运动，像夸张地汇报粮食产量一样逐级向上汇报。据统计，当时出现了8万多种民歌选本，发行量几千万册。③在此基础上，郭沫若和周扬共同编选了著名的《红旗歌谣》于1959年由红旗出版社出版。周扬在人民文学出版社1979年版（印了1000册）后记中说《红旗歌谣》收入各类民歌300首，模仿《诗经》（三百篇）（新版"略有增删"，共256首，按党、农、工、兵顺序排列，"党的颂歌"59首，"农业大跃进之歌"133首，"工业大跃进之歌"40首，"保卫祖国之歌"24首）。《红旗歌谣》的体例模仿"诗三百"，从中可以看出急于

---

① 柯庆施：《劳动人民一定要做文化的主人》，《红旗》杂志创刊号（1958年6月），第28～29页。

② 《诗刊》编辑部编：《新诗歌的发展问题》第1集，作家出版社1959年版，第1～13页。

③ 潘旭澜：《新中国文学词典》，江苏文艺出版社1993年版，第1183页。

生产共产主义文艺经典的心情。

毛泽东提出的"两结合"，后来被郭沫若、周扬等人表述为"革命浪漫主义和革命现实主义相结合"，称之为一种"全新的创作方法""最好的创作方法"。邵荃麟、贺敬之等人在《文艺报》上纷纷撰文，谈学习"两结合"的体会，认为"大跃进"民歌和毛泽东诗词，都是"两结合"的典范。周扬在《新民歌开拓了诗歌的新道路》中，对此进行了详细的解释，他认为，没有革命浪漫主义的"现实主义"，会流于庸俗的自然主义；没有革命现实主义的"浪漫主义"，会变成"虚张声势的空喊或知识分子的想入非非"；只有"两结合"，才能充分反映人民群众的革命热情、建设热情，和共产主义风格。[①]

1958年新民歌运动的颂歌作者主要包括以下几类：一类是农民和工人出身的民间歌手（业余作者）。他们的代表是农民王老九、工人黄声孝等。[②] 他们是50年代的"民间百灵鸟"，经常亮开歌颂的喉咙婉转啼鸣。王老九在50年代初期就已经成名，北京的通俗读物出版社在1954年出版过《王老九诗选》。码头工人黄声孝的一些作品也被陆续出版，1958年12月出版了《黄声孝诗选——新国风第一集》，后又出版诗集《歌声压住长江浪》等。他的《我是一个装卸工》是大跃进时期新民歌的代表作之一："我是一个装卸工，/威震三峡显本领，/左手抓来上海市，/右手送走重庆城。//我是一个装卸工，/劳动干劲冲破天，/太阳装了千千万，/月亮装了万万千。/……"还有一类，原本

---

① 　邵荃麟《门外谈诗》，贺敬之《漫谈诗的革命浪漫主义》，周扬《新民歌开拓了诗歌的新道路》等文章，见《诗刊》编辑部编《新诗歌的发展问题》第1集，作家出版社1959年版。

② 　王老九（1894—1969），陕西临潼人，农民诗人，中国作家协会会员。黄声孝（1918—1994），工人诗人，湖北宜昌码头工人。

就是民间著名的艺人（就像陕北时期的孙万福、李有源一样）。这一类的代表是陕西的陕北说书盲艺人韩起祥。[①]他早在解放战争时期，就以陕北说书的形式演唱过《刘巧团圆》（1949年文本出版），新中国成立后任中国曲艺家协会副主席。

1958年的新民歌运动，从总体上来说是违背文艺创作和民间文艺生产的客观规律的。有论者指出："民歌之所以是民歌，不仅由于它出自人民群众之口，和采用人民熟悉的喜闻乐见的形式，更重要的还必须真实地反映人民的生活，真实地表达人民的爱憎，而且这种情感的抒发，又必须是自觉自愿地自由创作。可是五八年的民歌运动，从它的兴起、发展和它所反映的内容来看，与这些都是背道而驰的。……1958年的民歌创作运动是自上而下地号召、组织甚至是在强制下人为地发动起来的。它不是人民群众的自由创作，而是一次违反文艺创作规律的运动，是经济工作中浮夸风在文艺中的反映。"[②]也就是说，这种带有"民歌"风格的当代颂歌，实际上不是民间自发歌唱再经文人采集的结果，而是一种强制性（或者诱导性）的新文化生产运动，一种带有现代工业生产性质的文化再生产活动。在这里，"民间"无疑是被利用的对象。

1958年新民歌运动中出现的"歌谣"，不但对五六十年代的中国新诗构成巨大的冲击，而且对当时的"文人颂歌"构成了冲击。那些新民歌，让人觉得仿佛又回到了"延安时期"农民民歌和秧歌时代。"大跃进"新民歌有两大主题，一是歌颂中国共产党和领袖毛泽东，

[①]　韩起祥（1915—1989），曲艺艺人。代表作品为《白绫记》《万花山》《刘巧团圆》《翻身记》《我给毛主席去说书》等。

[②]　刘锡诚：《20世纪中国民间文学学术史》，河南大学出版社2006年版，第689页。

其风格与延安时期的歌谣十分相似，这从韩燕如和王老九的颂歌中可以看出；二是歌颂总路线、"大跃进"和当时的政策。后面这一类颂歌有两种形式，一种是直接歌颂，一种是利用"赋比兴"手法的歌颂，有一定的想象力和形式感。毫无疑问，其中部分"民歌"的"民间性"是有疑问的，大部分搜集来的民歌，缺少搜集地点、演唱者、记录者、旁证者等原始材料。估计有很大一部分是各地群众艺术馆的工作人员和干部自己编出来的。例如，上面引述的那首民歌中有"别看都是口头语"这样的句子，这种对歌唱语言本身具有自觉意识的观念，不大可能出现在民间歌谣作者身上。也有一些是在各级群众艺术馆干部通过培训班的方式引导编写的。因此，对1958年新民歌运动中搜集来的民歌进行整理和甄别，是一件极其繁重的工作，当然也是一件有意义的工作。

二、政治颂歌体：抒情的轴心

（一）政治颂歌体的精致化

早期的颂歌（比如延安时期和新中国成立初期），关注的是宏大的、具有"崇高美"的自然物象，比如太阳、月亮、星星、江河、高山、大海等。这些巨大的自然物象，对应的是崇高的现实主题、政治事件和政治人物，如"风暴—革命—战争""太阳—领袖—党""土地—母亲—民族""高山—青松—英雄""大海—人民"等。新的颂歌体，就是在重构一个"事物—词语—象征物—意义"之间的新的链条，将某一事物和某一词语（意义）之间的关系固定下来，构成一种新的、固定的象征关系。

因此，这种"象征"与象征主义诗歌主张的"象征"恰恰相反。象征主义强调的是词语与事物之间的多样性的关系，而不是固定的关系。象征主义主张对词语进行特殊的、出人意料的安排和组合，使之发生新的关联、产生新的含义。它所追求的效果，不是要让读者的理解局限在一种过于明晰的对等关系层面，而是要使读者对词语、事物、意义的理解更加朦胧和含混，从而引导读者对意义多样性产生感悟。中国当代文学初期的"象征"体系构成，其基本前提恰恰是明晰化、固定化。一切含混和晦涩，都会被视为资产阶级审美观念。

这种明晰化和固定化，要求事物与意义之间的关系固定为一种"A等于B""B等于A"的模式，赞美A就是赞美B，A是B的形象化表达。叙述B就会联想到A，B与A的属性合一，并通过毋庸置疑的抒情和叙述语调，使这种属性合一在新的语义层面合法化，绝不允许含糊其词。比如，"大地"或者"大河"就是"母亲"的代名词，"太阳"就是"领袖"的代名词，等等。于是，我们可以在新的诗歌中发现两个词语系列，一个系列是表达自然界宏大物象系列的词语，一个系列是表达社会宏大政治事件系列的词汇，经过联想、比喻的修辞中介，它们合而为一。

从50年代中期开始，当代诗歌发生了一些变化，与新中国成立初期的颂歌体诗歌相比，它的形式从粗糙开始走向精致，其意象也由单一化转而复杂化。这种变化首先表现在"事物—词语—象征物—意义"的不同转换形式之中。精致化的过程，实际上是将与政治相关的总体性意象分解到更多、更具体、更丰富的事物上去。也就是说，将原来简单的"物象—词语"序列变得更加多样，然后将这种多样性归

296

结在一个"词语等级体系"之中。这个"词语等级体系"对应于"社会等级体系",从而构成两个相互对应的词语"星云图"。

从自然物象的词语序列来看,在"太阳"这个宏大的词语之下,可以产生在阳光照耀和滋润下的许多次级事物(意象):小草、果园、果实、金色的田野、欢快的小溪、袅袅的炊烟等。太阳从东方升起,照耀着四面八方的山山水水,每一寸土地,每一个角落,每一件事物。小草茁壮成长,是因为阳光照耀、雨露滋润。小草对阳光和雨露的依赖,象征着人民对党和领袖的依赖。小草对阳光和雨露的赞美,就是人民对党和领袖的赞美。如果有人试图标新立异,去写阳光照耀不到的某一个角落(比如,被一块小石头压住、被一朵乌云遮住)的小草或者树木花卉的孤独(像流沙河的《草木篇》那样),那是要犯大错误的。何其芳后期的诗歌就没有问题,他把自己比作祖国肥沃的土地上的一棵树,和所有的树一样,在阳光的照耀下,如果没有结出果实,那是自己的问题:"一个人劳动的时间并没有多少,/鬓间的白发警告着我四十岁的来到。/我身边落下了树叶一样多的日子,/为什么我结出的果实这样稀少?/难道我是一棵不结果实的树?/难道生长在祖国的肥沃的土地上,/我不也是除了风霜的吹打,还接受过许多雨露,许多阳光?"[1]

从意义系统的词语序列来看,在伟大的社会主义建设这个宏大的一级词汇之下,也可以产生一系列次级的词汇:劳动的热情(特别是进入叙事诗中的工人和农民劳动和动作,而不是个人性的沉思默想)、欢歌笑语(比如,冯至1956年写煤矿区的诗,与采煤电钻声相伴随:

---

[1]　北京师院中文系现代文学教研室编:《中国当代文学诗歌选》第1卷,北京师范学院出版社1983年版,第12页。

"溪水两岸是一片欢腾的市声，/到处是妇女的笑声，儿童的歌唱"①）、人与人之间的阶级友爱甚至爱情（如闻捷那些看上去写爱情实际上是写幸福新生活的诗歌）等。没有普通人，普通人只能是这个词语等级序列链条中的一环，不可能独立出来，因为"人是社会关系的总和"。否则，也是要犯错误的。这种将两个宏大的词汇序列按照等级产生和排列出来的一系列次级词汇（事物）的组合，构成了一种更加精致化的、涵盖面更广泛的颂歌模式。

以上是就词语与物象和语义体系之间所构成的"星云状"象征体系而言。还可以从对这一新的词语象征体系提供支持的诗歌美学要素来讨论。比如，抒情诗的语调，叙事主体或者抒情主体的人称。新的政治颂歌体诗歌的腔调，由早期的大声喊叫或者放声歌唱，渐渐转变为轻声诉说式的感恩、夹叙夹议式的叙述和抒情。这种腔调是对神圣的对象和事业赞美的腔调。其中常常夹杂着拉长数拍的"啊""哦""呃"等虚词，再加上自由体的分段排列这一外在形式，构成一种气势磅礴的效果。再加上民间歌谣那种反复的句式和分段方式，构成一唱三叹的审美效果，以支持新的词语象征体系的语义合法性。

另一个特点，就是抒情诗最重要的内核——作为抒情主体的自我——的消失，取而代之的是一种借个人之口说出来的集体之声。因此，新政治颂歌体中的"我"就是"我们"，或者是包含了无数的小我的"大我"。德国资产阶级美学家黑格尔就认为，抒情诗就是要表现自我，心灵是抒情诗唯一的容器。"抒情诗的内容不能是一种扩展到和整个世界各方面都有联系的客观动作情节的展现，而是个别主体

---

① 　　　冯至：《煤矿区》，见《冯至选集》第1卷，四川文艺出版社1985年版，第190页。

及其涉及的特殊情境和对象，以及主体在面临这种内容时如何把所引起的他这一主体方面的情感和判断，喜悦，惊羡和苦痛之类内心活动认识清楚和表现出来的方式……它的内容可以是多种多样的，可以涉及民族生活的各个方面"抒情诗是个别主体的自我表现……它所特有的内容就是心灵本身。"①

这种"资产阶级美学观"在当时是不合时宜的。心灵作为抒情诗的内容，也只能是上述那个词语的星云图中的一个分子。因此，诗的美学规律必须与革命的、人民的和社会的利益相一致，诗人的身份必须与工农兵的身份相一致，词语的创造必须与工农兵的劳动创造相一致，最终的结果就是"诗学"和"政治学"相一致。诗人也就是无产阶级的革命者和战斗者，最后变成社会主义的生产者和劳动者，甚至领导者。

这里还需澄清一个问题，那就是当时的诗歌界一直在借鉴马雅可夫斯基的楼梯诗，以及欣赏马雅可夫斯基的诗学观念（本来还有一位拉美诗人聂鲁达可以借鉴，但聂鲁达的诗歌意象和观念偏于自由和大胆）。那种对马雅可夫斯基的借鉴是一种皮毛式的借鉴，也就是把诗行排列成楼梯状（"楼梯"在马雅可夫斯基的诗歌中，不过是一件随穿随脱的外套而已）。那种对马雅可夫斯基诗学观念的激赏，也是一种断章取义式的误解。有人甚至说马雅可夫斯基解决了诗歌（思想）与行动之间的矛盾。但我以为，马雅可夫斯基从来也不想解决矛盾，因为只有在矛盾面前，他才热血沸腾，诗意喷涌。他就是一个矛盾的人。他甚至根本就不"行动"。如果说他有什么行动的话，那就是大

---

① ［德］黑格尔：《美学》第3卷下册，朱光潜译，商务印书馆1991年版，第190页。

声朗诵，张开嘴巴到处朗诵，在工厂、学校、街道、电台。他唯一的敌人就是不让他朗诵诗歌的人。

马雅可夫斯基曾宣称："我们是今天口若悬河的查拉图斯特拉。"（《穿裤子的云》）他是那个时代最有激情的人；他像孩子一样，对一切新的东西都好奇；又像孩子一样地爱恶作剧，他到处与人争吵，甚至大打出手；他像孩子一样在街头玩赌博的游戏；他到处登台亮相，在诗歌沙龙里激情澎湃地朗诵，在工人和水兵的聚会上大声呼叫，在电台、在自己的诗歌的形式中，……在各种公共场合都表现出一种巨大的、过剩的激情，以至这种激情掩盖了他自身。

帕斯捷尔纳克说，马雅可夫斯基不知羞怯，但他不知羞怯的动力，正是来自强烈的羞怯心。在马雅可夫斯基"装模作样的意志坚强下面，掩盖着的是他罕见的、多疑而易于无端陷入忧悒的优柔寡断"[1]。这个世界在马雅可夫斯基那里，一会儿被紧紧抱着，一会儿被拒之千里；他完全凭自己的心血来潮。因此，他常常被那些难以把握的激情弄得言不由衷。在正式公开的场合，他所赞美的，有可能是他所厌恶的。肖斯塔科维奇回忆说，马雅可夫斯基在诗歌中大肆鼓吹宣传苏联的产品。马雅可夫斯基大骂资产阶级，自己却从头到脚都是最好的进口货——德国的套装，美国的领带，法国的衬衫和皮鞋。[2]所有这一切，都包裹在他那常人少有的激情之中，而且他常常表现出一种假激情。但由于他的生命结构中有着那种真正的"酒神"精神，因而，他的假激情在后期作品中常常表现出一种混乱不堪、言不由衷、难以理

---

[1] ［俄］帕斯捷尔纳克：《人与事》，乌兰汗、桴鸣译，生活·读书·新知三联书店1992年版，第135页。

[2] ［苏联］肖斯塔科维奇：《见证》，叶琼芳译，花城出版社1998年版，第314～315页。

解的形式。列宁认为马雅可夫斯基的长诗《一亿五千万》是"愚蠢的装腔作势的破烂货。"①托洛茨基说，马雅可夫斯基那些最像共产主义的作品，艺术上最差，他未能与革命融为一体。②严厉的批评丝毫也没有影响马雅可夫斯基继续写长诗《列宁》，可见他完全把写诗和行动分开。斯大林把他变成了官方作家，让所有的大中学校的学生都读他的诗歌。30—50年代官方的宣传中，马雅可夫斯基诗歌中真正的激情是被过虑了的。马雅可夫斯基是激情和"自我"的化身。这种激情，无论是对革命还是对他自己的命运，都是致命的。但是对于诗歌而言，恰恰是这真正的骨子里的激情拯救了他，使得他没有与那短暂的历史运动一起消失。因此，最好不要将中国当代诗歌与马雅可夫斯基扯到一起。我们在研究那些诗作的时候，甚至可以不考虑"楼梯"那种外在形式。

（二）贺敬之③的政治抒情诗

贺敬之具有代表性的政治抒情诗是《放声歌唱》《东风万里》《十年颂歌》《雷锋之歌》。《放声歌唱》写于1956年6月至8月，1956年7月1日、7月22日、9月2日分三次在《北京日报》上发表，全诗1600多行。

　　　无边的大海波涛汹涌……
　　　呵，无边的

① 　　[美]斯洛宁：《苏维埃俄罗斯文学史》，刘锋译，上海译文出版社1983年版，
　　　第28页。
② 　　[苏联]托洛茨基：《文学与革命》，刘文飞、王景生、季耶译，外国文学出版社
　　　1992年版，第133～134页。
③ 　　贺敬之（1924—　），诗人、剧作家。著有诗集《放歌集》《贺敬之诗选》等。
　　　参与创作的歌剧剧本《白毛女》获1951年斯大林文学奖。

大海

　　　　波涛

　　　　　　汹涌——

生活的浪花在滚滚沸腾……

呵，生活的

　　　浪花

　　　　　在滚滚

　　　　　　　沸腾！

…………

为什么

　　那放牛的孩子，

　　此刻

　　　　会坐在研究室里

　　写着

　　　　他的科学论文？

为什么

　　那被出卖了的童养媳，

　　今天

　　　　会神采飞扬地

　　驾驶着

　　　　她的拖拉机？

怎么会

　　在村头的树荫下，

　　　　那少年漂泊者

和省委书记

　　　　一起

　　讨论着

　　　　关于诗的问题？

　　　　　…………

　　研究着

　　　　　关于五年计划的

　　　　　　决议？

甘薯呵，

　　为什么这样大？

苹果呵，

　　为什么这样甜？

爱人呵，

　　为什么这样欢欣？

孩子呵，

　　为什么这样美丽？……

　……………

但是，

　　为什么？

　　　　为什么？

　　　　　为什么？

为什么会这样？

　　回答吧，

　　　　这个问题。

当代文学的开端（1949—1965）

当然，

　　这并不是

　　　　什么难题，

　　答案，

　　　　　就在这里——

就是

　　他！

　　　　我！

　　　　　　和你！

"人民"——

　　我们壮丽的

　　　　英雄的

　　　　　名字！

在中国的

　　神话般的

　　　　国度里，

　　创造一切的

　　　神明

　　　　　正是

　　　　　　我们自己！

但是，

　　在我们心脏的

　　　　炉火中，

　　在我们血管的

激流里

　燃烧着、

　　　沸腾着的，

　　却有一个共同的

　　　最珍贵的

　　　　　元素，

　　我们生命的

　　　永恒的

　　　　活力——

　这就是：

党！

　我们的党！

党的

　　血液，

　　　党的

　　　　脉搏，

党的

　　旗帜，

　　　党的

　　　　火炬！——①

这种气势磅礴的诗歌，"放声歌唱"的诗歌，试图全面描写新

――――――――――

①　　　　贺敬之：《放声歌唱》，见《放歌集》，人民文学出版社1961年版，第35～49页。

中国生活的变化和阐释这种变化的原因。作者认为，这种变化是人民创造的神话，但人民创造的根本动力还是来自中国共产党，只有中国共产党才是人民创造的活力的源泉。这样的道理表达得很清楚。作者采用了一种所谓的"楼梯式"的排列，试图给人一种陌生化的效果，从而引起人们的注意。但这种楼梯式的排列，会让阅读它的人眼睛疲劳，还不如整齐地排列更便于阅读，更能让人尽快地知道诗歌的主旨。

再如，《雷锋之歌》写于1963年3月，1963年4月11日发表在《中国青年报》上，全诗1200多行。与《放声歌唱》相比，这是一首歌颂一位英雄的诗歌，同样写得"气势磅礴"，写得"惊天地，泣鬼神"：

      ……惊蛰的春雷呵，

    浩荡的春风！——

         正在大地上鸣响；

        正在天空中飞行！

  一阵阵，

  一声声——

      "雷锋！……"

      "雷锋！……"

      "雷锋！……"

  …………

  那红领巾的春苗呵

  面对你

顿时长高；

那白发的积雪呵

在默想中

顷刻消溶……

…………

你的名字

怎么会

飞遍了

祖国的千山万水，

激荡起

亿万人心——

那海洋深处的

浪花层层？……①

你哨位上的

每一面的响动——

都使你燃起

阶级仇恨的

不灭的火种；

都紧盯着

你阶级战士

① 贺敬之：《雷锋之歌》，见《放歌集》，人民文学出版社1961年版，第162～165页。

警觉的眼睛！……

雷锋呵，
你虽然不是
　　在炮火连天的战场上
　　战斗冲锋，
在平凡的
工作岗位上，
你却是真正的
勇士呵——
　　你永远在
　　高举红旗，
　　向前进攻！
在我们革命的
万能机床上，
雷锋——
　　你是一个
　　平凡的，但却
　　伟大的——
　　永不生锈的
　　螺丝钉！

哪里需要？
看雷锋的

飞快的

脚步！

哪里缺少？

看雷锋的

忙碌的

身影！……

…………

呵，雷锋！

你白天的

每一个思念，

你夜晚的

每一个梦境，

都是：

人民……

人民……

人民……

你的每一声脚步，

你的每一次呼吸，

都是：

革命……

革命……

革命……

…………

当代文学的开端（1949—1965）

　　　　"小雷"呵——

　　　　　　你只有

　　　　　　一百五十四厘米

　　　　　　身高，

　　　　　　二十二岁的

　　　　　　年龄……

　　　　但是，在你军衣的

　　　　五个钮扣后面

　　　　却有：

　　　　　　七大洲的风雨

　　　　　　亿万人的斗争

　　　　　　——在胸中包容！……①

　　贺敬之的《雷锋之歌》的修辞效果在当时是十分明显的。除了上面按语中提到的，我们还可以发现他的诗歌有一种诱人的魔力，类似神话般的魔力。他总是善于利用自然物来强化效果。比如，大山在回响，大海在欢腾，浪花都跳跃起来了，树木都歌唱起来了，何况人呢？这种修辞效果，类似于民间传说和神话的修辞。贺敬之的诗歌热情奔放有余，理性思考不足，常常出现"用情过猛"的现象，也就是夸张过头。这种过头的热情，使得诗歌的思想性过于单一，用作政治鼓动诗倒是合适的。特别值得提及的是，他的诗歌中词语和意象之间的对应关系过于僵硬，有一种简单强硬的逻辑建构，贯穿在看似多样

①　　　贺敬之：《雷锋之歌》，见《放歌集》，人民文学出版社1961年版，第184～189页。

实则贫乏的词语系统之中。这种狭隘的词语建构，完全是建立在一种僵化的象征体系之中的。

贺敬之的诗歌，整体上呈现出一种浪漫主义风格。表面上看，诗歌的抒情主体是"大我"，是集体主义的，没有个人的"小我"，实际上，从对诗歌词语的任意支配的角度来看，其中隐藏着一种极端的个人主义的专横。这种"词语个人主义"，将意义系统与自然物象任意搭配，将意义等级体系与自然等级体系扭结为一体，并让自然等级支持意识形态等级，借此满足一种新的意识形态建构，也满足一种对进步和幸福的个人想象。在诗人"词语扩张"的过程之中，我们发现了一种隐藏着的"单独个体"，它隐藏在"集体个体"（国家、民族、党派、阶级、群体等）之中而威力无穷。从他的诗歌的总体审美效果上看，带有一种"审美神秘主义"色彩。山川、大海、太阳、月亮等宏大的自然物，都随着诗人的主观意愿起舞、歌唱、欢呼、爱憎。正是这种效果，成为支配阅读的强大诱惑和力量。

（三）郭小川[①]的政治抒情诗

郭小川的第一首政治抒情诗《投入火热的斗争》，其副标题是《致青年公民，并献给全国青年社会主义建设积极分子大会》。1955年至1956年，他陆续写了《向困难进军》《在社会主义高潮中》《闪耀吧，青春的火光》等以《致青年公民》为总题的组诗。早期的那些政治抒情诗，热情有余，思考不足，"达意"压倒了"诗艺"。1957年至1959年，他开始新的诗艺探索阶段。这一阶段的主要诗作有，1957年的三首叙事诗《白雪的赞歌》《深深的山谷》《一个和八个》，还有

---

① 郭小川（1919—1976），原名郭恩大。诗人。主要作品有《投入火热的斗争》《致青年公民》《将军三部曲》《望星空》《团泊洼的秋天》《甘蔗林——青纱帐》等。

1959年的长篇叙事诗《将军三部曲》、叙事诗《严厉的爱》和抒情诗《望星空》。1959年，《白雪的赞歌》《深深的山谷》和《望星空》，以及当时尚未出版的《一个和八个》《严厉的爱》，都被批评为"思想感情不健康""极端陈腐、极端虚无的情感""不能容忍的政治错误"等。1960年至1962年，他写有《厦门风姿》《乡村大道》《甘蔗林——青纱帐》和《秋歌》等诗。1962年10月调任《人民日报》特约记者，直到"文化大革命"开始，他的足迹遍及全国各地，诗人根据自己对战斗在各个不同岗位上的我国人民的火热斗争生活的观察体验，以深切的感受，写下了《林区三唱》《西出阳关》《昆仑行》和《春歌》等诗。

郭小川的政治抒情诗的代表作，是写于1956年的一组副标题为《致青年公民》的诗歌，如《投入火热的斗争》《向困难进军》《把家乡建成天堂》《闪耀吧，青春的火光》。这一组诗也是按楼梯的样子排列的，基本上是政治鼓动诗，风格与贺敬之的接近。稍有差别的是，郭小川在鼓动的时候，经常会考虑到客观实际中的一些困难，并且明确地告诉青年人。《向困难进军》这首诗的意思是：飞奔的骏马在遇到湍急的河流时也有害怕的时候；歌声豪迈的大雁遇到严寒时，声音中也含着哀愁。年轻人你们准备好了吗？在困难面前会不会低头呢？我相信你们不会的！我年轻的时候是如何克服困难、战胜黑暗的！道路是曲折的，前途是光明的。《把家乡建成天堂》这首诗的意思是：你们现在很幸福，你们将要进入真正的生活，迎接你的不只是小鸟悦耳的歌声，也有凄厉的风雨和雷的轰鸣。祖国辽阔的海面上还有帝国主义的飞机掠过；丰收而喜悦的合作社田野旁，那树林子里也有富农仇视的目光；社会主义的中心（城市）汽笛在欢快地鸣响，但资产阶级也在窥视着你们。

1955年至1956年前后，郭小川还写了一批配合政治任务的即兴诗，都带有讽刺色彩。比如：讽刺官僚主义的《代行检讨的故事》，配合合作化运动的《三户贫农的决心》《迎春曲》（组诗）、《一个合作社社员这样说》等，配合批判"胡风反党集团"的《"自我扩张"颂》《某机关有这样一位青年》（讽刺一位新上钩的青年"胡风分子"）《某作家的一段真是经历》等。1957年下半年的诗歌配合反右斗争，如《射出我的第一枪》《发言集》（组诗）等。

　　　　我这不是
　　　　　　　　在写诗
　　　　而是在斗争大会上
　　　　　　　　　　发言。
　　　　诗，一般说——
　　　　太文雅了，
　　　　而我这里
　　　　却要发射
　　　　一排语言的子弹，
　　　　思想制造的语言
　　　　同金属制造的子弹
　　　　一样贵重，
　　　　每一颗
　　　　都应当命中
　　　　反党分子的心肝，
　　　　我，

当然不是

熟练的射击手，

但是，它

带走了

我全身的热量

和满腔的愤懑。……①

　　然而让我感到惊奇的是，1959年的郭小川竟然写出了《望星空》这样的诗（刊登于1959年第11期《人民文学》）。这完全是一次哲学意义上的觉醒（这里指的是古典哲学而不是现代哲学）。对观念蒙昧的人进行哲学启蒙，最好的方式就是让他黑夜独自一人，站在空旷的星空下面，一人独自面对真正的自然、星空、旷野。如果他有所悟，那么他就开窍了。当然，也有不开窍的，认为黑夜和星空没有什么了不起的，他甚至可以想象自己将星星用弹弓一颗一颗地射下来。郭小川仿佛是真正地顿悟了。

…………

呵，星空，

只有你，

称得起万寿无疆！

你看过多少次：

冰河解冻，

①　　　郭小川：《语言的子弹》，原刊《诗刊》1957年第9期，见《郭小川全集》第1卷，广西师范大学出版社2000年版，第262～263页。

火山喷浆！

你赏过多少回：

白杨吐绿，

柳絮飞霜！

在那遥远的高处，

在那不可思议的地方，

你观尽人间美景，

饱看世界沧桑。

时间对于你，

跟空间一样——

无穷无尽，

浩浩荡荡。

呵，

望星空，

我不免感到惆怅。

说什么：

身宽气盛，

年富力强！

怎比得：

你那根深蒂固，

源远流长！

说什么：

情豪志大，

心高胆壮！

怎比得：

你那阔大胸襟，

无限容量！

我爱人间，

我在人间生长，

但比起你来，

人间还远不辉煌。

走千山，

涉万水，

登不上你的殿堂。

过大海，

越重洋，

饮不到你的酒浆。

千堆火，

万盏灯，

不如一颗小小星光亮。

千条路，

万座桥，

不如银河一节长。

…………①

---

① 　　郭小川：《望星空》，见《郭小川全集》第1卷，广西师范大学出版社2000年版，第444~445页。

316

这在当时的诗歌界简直是石破天惊、不可思议。面对寂寥的星空，诗人突然震惊了！震惊之后的沉思，让诗人产生了对个体"存在"本身的疑问，其中隐含着一种具有反思意识的个体生命隐约觉醒的征兆。他再也不可能装作毋庸置疑了，再也不可能虚张声势了，再也不会随意采用极度夸张的比喻了，再也不会随便拉上高山、大海、太阳、月亮、星星作为自己意识形态的陪衬了，再也不会随时随地以权威代言人的身份教育读者了。他开始感到表达上的困难和个体意义上的疑惑。

《望星空》不是郭小川在诗艺上的成熟之作，在今天看来甚至也算不上是什么好的诗歌，却是当代诗歌史上的一个标识，是他个人思想开始成熟的一个界牌。因此，这首诗在当时遭到了激烈的批判。此后的诗歌，比如收入《甘蔗林——青纱帐》，尽管也有激越的感情和热烈的语调，但字里行间总是带有一种忧郁的气息。它的句子变长了，节奏缓慢了，而不是早期的"楼梯诗"的句子那么短、节奏那么急促。尽管也是照例要依赖自然景物（特别是植物），但没有了那种急于通过气势和力量与人较劲的感觉，比如《乡村大道》《甘蔗林——青纱帐》等。最能代表郭小川后期风格的诗歌，还是他1975年9月在毛泽东关于电影《创业》的批示鼓舞之下写于天津静海团泊洼"五七"干校的《团泊洼的秋天》：

> 秋风象一把柔韧的梳子，梳理着静静的团泊洼；
> 秋光如同发亮的汗珠，飘飘扬扬地在平滩上挥洒。
>
> 高粱好似一队队的"红领巾"，悄悄地把周围的道路观察；
> 向日葵摇头微笑着，望不尽太阳起处的红色天涯。

矮小而年高的垂柳，用苍绿的叶子抚摸着快熟的庄稼；
密集的芦苇，细心地护卫着脚下偷偷开放的野花。

蝉声消退了，多嘴的麻雀已不在房顶上吱喳；
蛙声停息了，野性的独流减河也不再喧哗。

大雁即将南去，水上默默浮动着白净的野鸭；
秋凉刚刚在这里落脚，暑热还藏在好客的人家。

秋天的团泊洼啊，好像在香甜的梦中睡傻；
团泊洼的秋天啊，犹如少女一般羞羞答答。
　　　　　　①

三、个人抒情体：词语的偏移

（一）"资产阶级诗学"批判

在20世纪50年代，诗歌在中国文坛作为一种集体的声音，作为一种具有杀伤性的语言武器，作为一种具有进攻色彩的宣传工具，作为一种对某些固定的意义歌颂的话语，作为一种自身没有独立价值的次级功能物，成为一种政治时髦和文学时尚，但这不是诗歌创作风格的全部。须知还有另外一种个人主义的诗学，或者被称为"资产阶

① 　　郭小川：《团泊洼的秋天》，见中国作家协会诗刊社编《中国新诗白年志·作品卷》上册，中国工人出版社2016年版，第486~487页。

318

诗学"的诗学。黑格尔是这种诗学的理论集大成者，并且特别强调了它与时间上更为古老的、集体性质的"史诗"之区别。

关于这种抒情诗的内容。黑格尔认为，抒情诗就是要表现自我。心灵是抒情诗唯一的容器。"抒情诗的内容不能是一种扩展到和整个世界各方面都有联系的客观动作情节的展现，而是个别主体及其涉及的特殊的情境和对象，以及主体在面临这种内容时如何把所引起的他这一主体方面的情感和判断、喜悦、惊羡和苦痛之类内心活动认识清楚和表现出来的方式……它的内容可以是多种多样的，可以涉及民族生活的各个方面，但它和史诗却有本质的区别。史诗把民族精神的整体……纳入同一部作品中，抒情诗却只涉及这一整体的某一特殊方面……史诗只能出现于原始时代，而抒情诗却在民族发展的任何阶段中都可以出现。……抒情诗既是个别主体的自我表现……它所特有的内容就是心灵本身。"①

关于这种抒情诗的形式。黑格尔认为，抒情诗可以部分地采用史诗的形式，同样，史诗之中也会出现抒情的成分，抒情性侵入了史诗的范围，使抒情的内容呈现出来的形式十分复杂。其外在形式变化无穷，但宗旨在于如何更有效地表现自我的主体意识。"所以个别主体本身就要具有诗的意味，富于想象和情感，或是具有宏伟而深刻的见解和思想，本身就是一个独立自足的完满的世界，摆脱了散文生活的依存性和任意性。因此，抒情诗获得了一种不同于史诗所应有的那种整一性：抒情诗的整一性来自心情和感想的内心世界。"②

① ［德］黑格尔：《美学》第3卷下册，朱光潜译，商务印书馆1991年版，第190～191页。
② ［德］黑格尔：《美学》第3卷下册，朱光潜译，商务印书馆1991年版，第192～193页。

综上所述，第一，抒情的内容是个别主体心灵的自我表现，客观世界不过是心灵的材料。第二，抒情主体要具有丰富的想象和情感、宏伟而深刻的思想，是一个独立自足的完满的世界，而不是外部世界的附件，也不是某个集体中可有可无的分子。第三，情感的整体性就是诗人内心世界完整的整体性。第四，抒情诗将客观世界纳入内心世界，经过浓缩，将外部事物变成心灵的回声。这个抒情主体的心灵形式就是抒情诗的形式。

我们要特别注意"整体性"这个术语。抒情特别强调抒情主体的"整体性"。它要求抒情主体本身就是一个"自足完满的世界"。作为抒情的主体，诗人通过完美的抒情语言来展示完美的心灵（黑格尔以歌德和席勒为例）。按照古典诗学理论，抒情主体与客体之间的关系可以分为以下几种情况：一是抒情主体和客体都是整体的、完满的、融为一体的，这种抒情可以称为"素朴的"抒情，它"总是以不可分割的统一的精神来行动，在任何时候都是一个独立的和完全的整体"。[①]但素朴的抒情的缺点是：容易接近卑俗的自然，并鼓励大量低劣的模仿者一试身手。二是客体整体性的碎裂和主体整体性的强行维护，这种抒情可以称之为"感伤的"抒情。自然在感伤的抒情诗人身上"激起这样一种强烈的愿望：从他内心深处恢复抽象在他身上所破坏了的统一，在他自己的里面使人性益臻完善"[②]。感伤的抒情的缺点是：夸大其词，脱离世界，随意超越可能事物的界限，仅仅对自己的智力处理客观材料的能力感兴趣。

① ［德］席勒：《论素朴的诗和感伤的诗》，见《西方文艺理论名著选编》上册，北京大学出版社1985年版，第478页。

② ［德］席勒：《论素朴的诗和感伤的诗》，见《西方文艺理论名著选编》上册，北京大学出版社1985年版，第478～479页。

由此，我们就可以发现三种诗歌模式：第一种是个体尚未从集体中分离出来的"史诗"模式，在这里没有自我的内容，近现代抒情诗是对这种"史诗"的偏离。第二种是"素朴的抒情诗"模式，它容易产生卑俗的自然，没有思想深度。第三种是"感伤的抒情诗"模式，它容易随意想象和编排词语与事物之间的关系。50年代的中国诗歌，将这三种诗歌的毛病都带上了。

现代诗歌的抒情性根植于现代文化背景中的孤独者情绪，表现为一种孤独的心声、自我的交谈，它放弃了拯救他人的工作，它在挽救自我的心灵。在五六十年代，这种观念无疑是不被接受的，甚至连五四时期所接受的启蒙文学中的诗歌观念都要加以排斥。

诗言志，诗缘情，诗歌需要古典主义，诗歌需要李白杜甫，诗歌需要精神，诗歌需要浪漫主义，诗歌需要现实主义……诗歌的债权人纷纷包围上来了。其实，诗歌的这些债权人全部是伪装的！他们并不需要真正的诗歌。满怀仇恨地攻击技巧、形式的人，有必要提醒他们一个最古老、最基本的常识：文学，就是表达的技巧。不好好钻研技巧，这是缺乏最基本的职业道德。技艺是所有行业的良知，形式是所有创造物的最高自尊心。诗歌是认识世界、探索存在奥秘的加速器。诗人同时参与了梦境和现实、记忆和预言，是一种无法归类的异类事物。他像孩童那样沉湎于事物的多样性，他可以"求出一个现象的九次方根"，他察觉跃动在事物深处的细微的生命活力，他的使命是解放被遗忘的经验、细节，庇护那些被忽略、被贬低、从未被言语触动过的事物。要做到这一点，诗人比任何人都更需要依赖语言的力量。

其实，诗歌就是一种严肃的词语"游戏"。诗人的工作就是认真地在词语与外部世界的事物和假想的意义之间寻找关联的可能性。对于诗，诗人是应该具备道德感。对于诗歌而言，只有一种权力：语言的权力，词的权力。世俗的权力依赖的是历史，它像看护重病人那样看护着历史。而语言，它所依赖的永远是现实，无边无际的现实。它还试图发掘出通往未来所有世纪的通道。诗歌的最大奇迹，就是消除了陈词滥调。

我们在今天研究诗歌，不应该脱离当时的语境。20世纪五六十年代的诗歌创作，假如偏离陈词滥调的话，那是一件非常危险的事情。面对各种陈词滥调（对于时事而言它是新鲜的，对于诗歌的发现而言，它是陈词滥调），倘若还要继续写诗而不想沉默到底的话，那么只有两种方式：一种是悄悄地在诗歌中夹杂个人的抒情；还有一种就是写一些语义指向不明的诗，或者说让词语的最流行的语义发生偏离，偏向一种或者相反、或者全新的意思、或者用意义不明的表达以搅乱那种确定无疑的词语象征模式。

（二）穆旦①50年代的诗歌

20世纪40年代，穆旦在西南联大外文系读书时，就出版了《探险者》《穆旦诗集（1939—1945）》《旗》等诗集，成为"九叶派"的代表性诗人。1953年穆旦在南开大学任教，开始从事诗歌和文艺理论著作的翻译。

1956年至1957年上半年，穆旦的名字开始出现在官方权威报刊

①　　穆旦（1918—1977），原名查良铮，诗人、翻译家。其诗歌代表作有《探险队》《穆旦诗集（1939—1945）》《旗》《穆旦诗文集》等。主要译作有：俄国普希金的《青铜骑士》《普希金抒情诗集》《欧根·奥涅金》；英国雪莱的《云雀》《雪莱抒情诗选》，拜伦的《唐璜》《拜伦抒情诗选》，布莱克的《布莱克诗选》，济慈的《济慈诗选》,《英国现代诗选》等。

《人民日报》《人民文学》和《诗刊》上。首先是发表在1957年5月7日《人民日报》上的《九十九家争鸣记》，然后是发表在1957年5月号《诗刊》上的《葬歌》。1957年7月他与沈从文、周作人、汪静之、康白情等名家一起出现在《人民文学》的"革新特大号"上，穆旦发表的《诗七首》排在诗歌栏目的头条。这7首诗是：《问》《我的叔父死了》《去学习会》《三门峡水利工程有感》《"也许"和"一定"》《美国怎样教育下一代》《感恩节——可耻的债》。这些诗，绝大多数都写于1957年，只有最后两首批评美国资产阶级的诗写于1951年，当时他还在美国留学。最后两首诗带有一定的左派情绪，主要是批判资本主义社会的弊端，很有一点庞德《诗章》的风格，比如《感恩节——可耻的债》：

> 感谢上帝——贪婪的美国商人；／感谢上帝——腐臭的
> 资产阶级！／感谢呵，把火鸡摆上餐桌，／十一月尾梢是美
> 洲的大节期。／……呸！这一笔债怎么还？／肥头肥脑的家
> 伙在家吃火鸡；／有多少人饿瘦，／在你们的椅子下死亡？／
> 快感谢你们腐臭的玩具——上帝！ ①

给他带来麻烦的诗歌《九十九家争鸣记》，描述了一个101人开会的场景，其中有一个人不想参与争鸣，还有一个人是会议主席，剩下的99人参与了"争鸣"："毫无见识"的小赵，"条理分明，但半真半假"的老赵和小孙，"火气旺盛，对领导不满"的老李，"迎合领导，

---

① 　　穆旦：《感恩节——可耻的债》，见《穆旦诗全集》，中国文学出版社1996年版，第278页。

一贯正确"的周同志，还有展开了激烈舌战的"应声虫"和"假前进"。最后，会议主席还是要求不想参加争鸣的"我"发言，"我"说："很兴奋"，"会议相当成功"，"希望今后多开"。这首诗带有讽刺的意味，也可看出诗人对日常生活中的词汇、术语、概念的敏感，特别是对一种社会流行词汇的敏感。为什么要"百家"而不能"九十九家"呢？为什么所有的人都要表态而不能允许某一个人不表态呢？那些正在说话的人都在说些什么呢？为什么必须争鸣，而不能不争鸣呢？等等。诗的后面还有一个"附记"，说尽管这首诗没有什么意思，但是，"在九十九家争鸣之外，也该登一家不鸣的小卒。"① 穆旦的意思很明确，试图超身"争鸣"之外，但只有会议主席、领导能够不参与争鸣，而是对别人的发言进行点评。于是，当不得不发言的时候，这位"我"突然像领导一样说起话来。

1957年12月25日，《人民日报》刊登了戴伯健的文章：《一首歪曲"百家争鸣"的诗——对〈九十九家争鸣记〉的批评》。穆旦发表了一篇1000字左右的检讨《我上了一课》，他在检讨中说："我的思想水平不高，在鸣放初期，对鸣放政策体会有错误，横糊了立场，这是促成那篇坏诗的主要原因。因此，诗中对很多反面细节只有轻松的诙谐而无批判，这构成那篇诗的致命伤。就这点说，我该好好检查自己的思想。"②

刊登在《人民文学》上的7首诗，除批评美国的两首外，其他5首也都被指责为"晦涩""不知所云""故弄玄虚"。《问》比较短，流露出一种恍惚、无所适从的情绪：

① 　　　穆旦：《九十九家争鸣记》，《人民日报》1957年5月7日，第8版。
② 　　　穆旦：《我上了一课》，《人民日报》1958年1月4日，第8版。

生活呵，你握紧我这支笔 / 一直倾泻着你的悲哀，/ 可是如今，那婉转的夜莺 / 已经飞离了你的胸怀。// 在晨曦下，你打开门窗，/ 室中流动着原野的风，/ 唉，叫我这支尖细的笔，/ 怎样聚敛起空中的笑声？①

另一首《我的叔父死了》，意象曲折，意义指向不明：叔父死了却不敢笑，原因是"害怕封建主义复辟"。心里想笑又不敢，是因为内心有"毒剂"。因"孩子温暖的小手"而想起了过去的"荒凉"，正要落泪又"碰到希望"。整首诗充满一种词义的两歧性、不确定性，从而表现了更为复杂的心境。《去学习会》描写了"一路默默走向会议室"中的见闻和所思：春天、暖风、迷醉、蓝天、小鸟、爱情，会议室的争辩、焦急、烟雾。然而疑惑依然强烈：阳光下的这一切，是不是都属于那些在春天中行走的人呢？会议室的烟雾为什么那么浓烈了？笔记本上记了些什么？天空在说些什么？把一种程式化的生活和一种多彩的春色并置在一起，造成意义的含混甚至对峙。《三门峡水利工程有感》一诗的标题很像颂歌体的标题，实际上里面同样带着浓郁的个人抒情色彩：

虽然也给勇者生长食粮，/ 死亡和毒草却暗藏在里面；/ 谁走过它，不为它的险恶惊惧？/ 泥沙滚滚，已不见昔日的欢颜！// 呵，我欢呼你，"科学"加上"仁爱"！/ 如今，这长远的浊流由你引导，/ 将化为晴朗的笑，而它那心窝 /

① 穆旦：《问》，见《穆旦诗全集》，中国文学出版社1996年版，第294页。

还要迸出多少热电向生活祝祷！ ①

刊于《诗刊》上的《葬歌》比较长，更具有穆旦原有的诗风：

1

你可是永别了，我的朋友？

　我的阴影，我过去的自己？

天空这样蓝，日光这样温暖，

　在鸟的歌声中我想到了你。

我记得，也是同样的一天，

　我欣然走出自己，踏青回来，

我正想把印象对你讲说，

　你却冷漠地只和我避开。

自从那天，你就病在家中，

　你的任性曾使我多么难过；

唉，多少午夜我躺在床上，

　辗转不眠，只要对你讲和。

我到新华书店去买些书，

　打开书，冒出了熊熊火焰，

① 　　　穆旦：《三峡水利工程有感》，见《穆旦诗全集》，中国文学出版社1996年版，第298页。

326

这热火反使你感到寒栗，
　　说是它摧毁了你的骨干。

有多少情谊，关怀和现实，
　　都由眼睛和耳朵收到心里；
好友来信说："过过新生活！"
　　你从此失去了新鲜空气。

历史打开了巨大的一页，
　　多少人在天安门写下誓语，
我在那儿也举起手来：
　　洪水淹没了孤寂的岛屿。

你还向哪里呻吟和微笑？
　　连你的微笑都那么寒伧，
你的千言万语虽然曲折，
　　但是阴影怎能碰得阳光？

我看过先进生产者会议，
　　红灯，绿彩，真辉煌无比，
他们都凯歌地走进前厅，
　　后门冻僵了小资产阶级。

我走过我常走的街道，

那里的破旧房正在拆落，
呵，多少年的断瓦和残椽，
那里还萦回着你的魂魄。

你可是永别了，我的朋友？
我的阴影，我过去的自己？
天空这样蓝，日光这样温暖，
安息吧！让我以欢乐为祭！

2

"哦，埋葬，埋葬，埋葬！"
"希望"在对我呼喊：
"你看过去只是骷髅，
还有什么值得留恋？
他的七窍流着毒血，
沾一沾，我就会瘫痪。"

但"回忆"拉住我的手，
她是"希望"底仇敌；
她有数不清的女儿，
其中"骄矜"最为美丽；
"骄矜"本是我的眼睛，
我真能把她舍弃？

"哦，埋葬，埋葬，埋葬！"
"希望"又对我呼号：
"你看她那冷酷的心，
怎能再被她颠倒？
她会领你进入迷雾，
在雾中把我缩小。"

幸好"爱情"跑来援助，
"爱情"融化了"骄矜"：
一座古老的牢狱，
呵，转瞬间片瓦无存；
但我心上还有"恐惧"，
这是我慎重的母亲。

"哦，埋葬，埋葬，埋葬！"
"希望"又对我规劝：
"别看她的满面皱纹，
她对我最为阴险：
她紧保着你的私心，
又在你头上布满

使你自幸的阴云。"
但这回，我却害怕：
"希望"是不是骗我？

我怎能把一切抛下？
要是把"我"也失掉了，
哪儿去找温暖的家？

"信念"在大海的彼岸，
这时泛来一只小船，
我遥见对面的世界
毫不似我的从前；
为什么我不能渡去？
"因为你还留恋这边！"

"哦，埋葬，埋葬，埋葬！"
我不禁对自己呼喊：
在这死亡底一角，
我过久地漂泊，茫然；
让我以眼泪洗身，
先感到忏悔的喜欢。

3

就这样，像只鸟飞出长长的阴暗甬道，
我飞出会见阳光和你们，亲爱的读者；
这时代不知写出了多少篇英雄史诗，
而我呢，这贫穷的心！只有自己的葬歌。
没有太多值得歌唱的：这总归不过是

一个旧的知识分子，他所经历的曲折；

他的包袱很重，你们都已看到；他决心

和你们并肩前进，这儿表出他的欢乐。

就诗论诗，恐怕有人会嫌它不够热情：

对新事物向往不深，对旧的憎恶不多。

也就因此……我的葬歌只算唱了一半，

那后一半，同志们，请帮助我变为生活。[①]

全诗一共3章，整整100行。第一章10段40行，每段4行，写"我"（指代"现在""希望"）与自己的朋友"你"（指代"过去""旧我"）的告别，以及告别过程中的犹豫、痛苦、挣扎的心理。这个"你"曾经是自己朝夕相处的朋友，是自己的影子，与这个"你"分手使"我"辗转反侧，难以入眠。在分手之后的大街上、断垣残壁间，到处都可以看到"你"的魂魄。这样一种魂萦梦绕的语调和心绪，给人一种强烈的不确定感。于是，诗人反复采用疑问句："你可是永别了，我的朋友？我的阴影，我过去的自己？"仿佛被迫与一位心爱的姑娘分手一样。最后，"我"只能咬牙为那个离去的"你""我的过去"献上一首欢快的"葬歌"，以"欢乐"为祭。

第二章仿佛一首"葬歌"，8段48行，每段6行，写"我"在献上"葬歌"时遇到的心理障碍。这一障碍最主要是朝向未来的"希望"和朝向过去的"回忆"的争斗。失去了"过去""影子"的"我"，一边沉浸在哀悼之中，一边对将来的去处感到迷茫。这时候，"希望"

[①]　　穆旦：《葬歌》，见《穆旦诗全集》，中国文学出版社1996年版，第288～289页。

来了，对"我"说，"回忆"和"过去"都是"骷髅"和"毒血"，不值得留恋。而"希望"的仇敌"回忆"还在那里，一手牵着"慎重的母亲"——恐惧，一手牵着"最为美丽"的女儿——骄矜。诗人，也就是"我"说，骄矜"本是我的眼睛，我真能把她舍弃？""希望"说，她很冷酷，将把你引入迷途。这个所谓的"希望"，是不是在骗我呢？要是连"自我"都没有了，一个人哪里还有归宿（"温暖的家"）？突然像幻觉一样出现了一个与从前不一样的世界，向"我"招魂，于是"我"以泪洗身告别了过去。整个过程也是极端悲剧性的。

第三章12行长句子连续排列。对旧事物仇恨不深、对新事物热情不够的"我"在说，自己贫穷的心只有自己的葬歌。而且这首"葬歌"并没有唱完，只唱了一半，另一半将要在今后的实际改造中完成，"他决心和你们并肩前进"。这首诗真实地表达出"小资产阶级知识分子"在思想改造运动中的痛苦蜕变过程。批评者说他不是"旧我"的葬歌，而是小资产阶级的赞歌。批评者的目光是非常敏锐的。这在当时就是罪名，因为文艺要为"工农兵"服务。

在《"也许"和"一定"》中有这样的诗句：

也许，这儿的春天有一阵风沙，/不全像诗人所歌唱的那样美丽；/也许，热流的边缘伸入偏差/会凝为寒露：有些花瓣落在湖里；/数字列车开得太快，把"优良"/和制度的守卫丢在路边叹息；/也许官僚主义还受到人们景仰，/因为它微笑，戴有"正确"底面幕；/也许还有多少爱情的错误/对女人和孩子发过暂时的威风，——/这些，岂非报

纸天天都有记述？ ①

这首诗语义含混，指向不明，且不够通俗。这样的诗歌是写给工农兵读的吗？因此被斥之为资产阶级知识分子的"沙龙语言"。

（三）卞之琳 ② 等人 50 年代的诗歌

卞之琳在50年代的诗歌数量也不多，收入自编诗集《雕虫纪历》③ 中共14首：《谣言教训了"神经病"》《金丽娟三献宝》《夜行》《从冬天到春天》《采菱》《采桂花》《叠稻罗》《搓稻绳》《收稻》《向水库工程献礼》《动土问答》《大水》《防风镜和望远镜》《十三陵远景》。这些诗主要有两类：一类是常见的讽刺诗，还有一类是属于卞之琳特有的一种"无意义诗"。你说它"不知所云"也可以，你说它"单纯质朴"也行，甚至说它"颇含深意"也行，总之，与当时的诗风大相径庭。不管写什么题材，卞之琳都能够保持诗歌的底线：关注词语本身，让词语活起来，而不是死去。

先拿穆旦的讽刺诗来做一个比较。穆旦在50年代的诗歌也是两类，一类讽刺诗，一类抒情诗。讽刺诗在当时也比较风行，大多都师法袁水拍40年代中后期的《马凡陀的山歌》。不过，《马凡陀的山歌》的讽刺对象是确定的。而50年代的讽刺对象变幻莫测，因此写讽刺诗也比较危险。一般都是在"鸣放"期间讽刺官僚主义、教条主义、

---

① 穆旦：《"也许"和"一是"》，见《穆旦诗全集》，中国文学出版社1996年版，第300页。
② 卞之琳（1910—2000），诗人、翻译家。1931年开始发表作品，与李广田、何其芳被合称为"汉园三诗人"。著有诗集《三秋草》《鱼目集》《汉园集》等，代表译著《莎士比亚悲剧四种》，研究著作《莎士比亚悲剧论痕》等。
③ 卞之琳：《雕虫纪历》，人民文学出版社1984年版。

宗派主义，认为这不会有什么错。但事实上并非如此，批评者会对这类诗歌进行一种当时特有的文学社会学解读。

穆旦在检讨书中针对讽刺诗的写法有一些解释："写讽刺诗，就我通常看到的，似乎有两种方法。一是直叙，即作者把所批评的实际现象用正确而夹有讥讽的口吻叙述出来；这比较直截，目的性明确，不易被'误解'。另一种方法是采用一个虚构而夸张的故事，作者把他所要批评的几点溶化在虚构的故事中。这比较曲折，但生动；也有可能被'误解'。为什么呢？因为，如果写得不好，写得失败了，（一）首先是那故事吸引了人的注意，作者要批评的是什么，反而不清楚，甚至居于后景了。（二）是故事是有概括性的，作者可能是指个别，读者可能认为是一般。（三）夸张而虚构的喜剧可能被认为是'如实地描写现实'，歪曲了现实。我现在感到，要写后一种讽刺诗，作者必须要使故事能鲜明地表现出他所要批评的东西，不可仅为了故事'有趣'而庸俗地'有趣'下去；如果他批评的是个别现象，必须使这一点在诗中鲜明地呈现出来，不要让人误以为是一般；夸张地描写缺点，在讽刺作品中原是可以的，甚至是必不可少的，但同时，必须使人明白这是艺术夸张而非现实描绘。"①

卞之琳的讽刺诗，恰恰采用了穆旦所说的最后那种方式，但比穆旦的更巧妙，有时候甚至就是"不知所云"，像小说叙事一样，笔触跟着情节跑了，跑得不着边际。也就是说，卞之琳的讽刺诗，将讽刺和讲故事结合在一起，而且讽刺也不明显，故事也不明显，但过程很有趣味，很有"文学性"。我们来看看他配合抗美援朝宣传写的诗歌

---

① 　　　穆旦：《我上了一课》，《人民日报》1958年1月4日，第8版。

《谣言教训了"神经病"》:

> 我们跨前去一步，
> 谣言家说是走回头路。
> 阿猫去告诉阿狗，
> 阿狗也不看看左右，
> 告诉老李说，"不得了，
> 大家赶快往后跑！"
> 老李跑出去拉老林，
> 抓破了他的背心。
> 老林翻过一个身，
> 一个人向车站直奔，
> 一心想逃上西女，
> 就胡乱钻进了东车站，
> 看别人到得还要早，
> 就胡乱抢了一张票，
> 只见月台人真挤，
> 有的喊，有的摇旗，
> 车厢里人脸儿都通红
> 一个个都非常激动，
> 大家说，"赶快，赶快！"
> 老林也直叫"快开！"
> 火车开出去一枝箭，
> 老林还急得要上天，

一日夜眼皮才阖上，

睁开眼就见了"沈阳"！

满车跳下来志愿队，

抢上朝鲜去抗老美！

老林想起了老婆

丢家里怎么过活？

老婆就出现在眼前，

她就在志愿队里边！

她对老林只笑笑，

用手远远的招招。

谁也不曾走回头路，

我们又跨前去一步！　①

　　这竟然是为抗美援朝写的诗！但也没什么大问题。前面讽刺"谣言家"，后面歌颂"大傻瓜"，最后还有"光明的尾巴"。更重要的是它全是口语，没有一句工农兵不懂的。一句一句地读，句句都明白，其实合在一起也不一定能懂。全诗押韵也押得很死，转韵不多，转一下又赶紧回来。但它确实与众不同。它的意义的确是暧昧的、多义的。还有一首与抗美援朝相关的诗歌《金丽娟三献宝》，不仅仅让词语保持多义性，而且让它显得"活泼可爱"：

　　白金圈想白皮松枝，

---

① 　　卞之琳：《谣言教训了"神经病"》，见《雕虫纪历》，人民文学出版社1984年版，第89～90页。

336

红灯笼需要红宝石，
喜事靠干净的山河：
金丽娟献订婚戒指。

人像样靠祖国像样，
树上要开花根要长，
房门与国门统一：
金丽娟送爱人上前方。

前后方一个大家庭，
伤号的枕头要铺平，
女子也用得着上前线：
金丽娟自己冉报名。[①]

金丽娟把结婚戒指、丈夫和自己都献出去了，即所谓"三献宝"。这种诗歌按照现在的小说叙事学的观念，可以称为"零度叙事"，作者隐蔽起来了，陈述语调很客观，叙事视角属于"后视角"。但一些比喻非常巧妙，一些句子如"干净的山河"，"房门与国门统一"，"伤号的枕头要铺平"，可以做多种解释。

卞之琳在1979年为诗集《雕虫纪历》写序的时候，对自己进行了批评，认为写于50年代初期的诗歌"激越而失之粗鄙，通俗而失之庸俗，易懂而不耐人寻味，时过境迁，它们也算完成了任务，烟消

[①] 卞之琳：《金丽娟三献宝》，见《雕虫纪历》，人民文学出版社1984年版，第91页。

云散"①。但是，这些诗歌首先是历史遗存，今后在历史之中可能反复接受后人的观摩，不会烟消云散的。另外，撇开个人对自己的不满，将它放进当时的历史语境中去看，还真的会给人惊喜：当时还竟然有敢于这样写诗的人！

我之所以在"汉园三诗人"中选取卞之琳，而不是李广田和何其芳，是因为卞之琳的诗实在是很独特。李广田的《一棵树》："我忽然感到自己是一棵树，/是一棵枝叶扶疏的大树。//我受大地和太阳的哺育，/我在风雨中锻炼自己的身体。//……"了无新意。何其芳就更不用说了，他放弃了"汉园期"的诗风，完全变成一位狭义的"颂歌诗人"。另外还有冯至，他的《韩波砍柴》《煤矿区》《登大雁塔》《中流砥柱》等50年代的诗作，尽管语言本身流畅可读，与早期的"十四行"诗还略有关联，但太意识形态化，与当时的诗风重合。

此外，当时还有一些青年诗人值得注意，如闻捷、昌耀、蔡其矫等。

闻捷②是一位以写边疆少数民族爱情而闻名的诗人。1956年出版的诗集《天山牧歌》是他的代表作，分为"吐鲁番情歌""果子沟山谣""天山牧歌"等几辑。闻捷的爱情诗写得甜腻、流畅。他主要是写爱情的某一个方面，也就是成功的、大团圆的那一面，而几乎没有涉及爱情更为复杂的另一面。这种"阳光爱情诗"所歌颂的，与其说是"爱情"，不如说是在歌颂新生活本身。也就是说，这种"阳光爱情诗"中对极其私人化的情感抒发与对一种集体化生活的抒发，构成了明显对应关系。比如：

---

① 　　卞之琳：《雕虫纪历·自序》，人民文学出版社1984年版，第9页。
② 　　闻捷（1923—1971），原名赵文节，诗人。主要作品有《祖国！光辉的十月》《生活的赞歌》《河西走廊行》以及诗集《天山牧歌》，长诗《复仇的火焰》。

当我有一天回到你的身旁，／立即向你伸出两条臂膀，／你所失去的一切一切，／在那一霎那间得到补偿。／／告诉你，我的姑娘！／我过去怎样现在还是怎样，／我永远地忠实于你，／像永远忠实于祖国一样。[1]

尽管如此，闻捷的诗歌还是为诗歌包容个人情感内容找到了一条特殊的渠道。

昌耀[2]20世纪五六十年代的诗歌，显示出与当时的诗风不同的格调。如："鹰，鼓着铅色的风／从冰山的峰顶起飞，／寒冷／自翼鼓上抖落。／／在灰白的雾霭／飞鹰消失，／大草原上裸臂的牧人／横身探出马刀，／品尝了／初雪的滋味。"(《鹰·雪·牧人》，1956年11月23日写于兴海县阿曲呼草原）。[3]又如《凶年逸稿——在饥馑的年代》：

      ············

    这是一个被称作绝少孕妇的年代。

    我们的绿色希望以语言形式盛在餐盘

    任人下箸。我们习惯了精神会餐。

    一次我们隐身草原暮色将一束青草误投给了

    夜游的种公牛，当我们蹲在牛胯才绝望地醒悟

    已不可能得到原所期望吮嘬鲜奶汁。

---

[1]   闻捷：《天山牧歌》，作家出版社1956年版，第37页。
[2]   昌耀（1936—2000），原名王昌耀，诗人。主要作品有诗集《昌耀抒情诗集》《命运之书：昌耀四十年诗作精品》《一个挑战的旅行者步行在上帝的沙盘》等。
[3]   昌耀：《一个挑战的旅行者步行在上帝的沙盘》，敦煌文艺出版社1996年版，第4页。下引昌耀诗歌亦出于此书。

我们在大草原上迷失，跑啊跑啊……

直到深夜才跑到一处陌生村落，

我们倒头便在廊阶沉沉睡去，

一晚夕只觉着门厅里笙歌弦舞不辍，

身边时而驰过送客的马车。

我们再也醒不来。

既然这里曾也沃若我们青春的花叶，

我们早已与这土地融为一体。

我们不想苏醒。但是鸡已啼明。

新燃的腐殖土堆远在对河被垦荒者巡护，

荧荧如同万家灯火，如黎明中的城。

而我们才发觉自己是露宿在一片荒坟。

…………

我以极好的兴致观察一撮春天的泥土。

看春天的泥土如何跟阳光角力。

看它们如何僵持不下，看它们喘息。

看它们摩擦，痛苦地分泌出黄体脂。

看阳光晶体如何刺入泥土润湿的毛孔。

看泥土如何附着松针般锐利的阳光挛缩抽搐。

看它们相互吞噬又相互吐出。

看它们又如何挤眉弄眼紧紧地拥抱。

…………①

① 　　　昌耀：《凶年逸稿——在饥馑的年代》，见《昌耀诗文总集》，作家出版社2010
年版，第30～35页。

这首《凶年逸稿——在饥馑的年代》标明"1961—1962写于祁连山",是大饥荒年代的产物。全诗共9节100多行,是昌耀五六十年代诗歌的代表作。但和昌耀大部分诗歌一样,都发表于80年代之后。有些诗歌在20多年后发表的时候还经过了修订或改写,因此,不完全是五六十年代的创作。这里列举出来,只是想提示诗人昌耀在五六十年代诗歌界的重要性。

蔡其矫[1]接受中外诗歌的多种表现方法,注意题材和形式的多样化。他写于1958年的《川江号子》,可以代表50年代诗歌中的另一类声音和腔调:

> 你碎裂人心的呼号,
>
> 来自万丈断崖下,
>
> 来自飞箭般的船上。
>
> 你悲歌的回声在震荡,
>
> 从悬岩到悬岩,
>
> 从漩涡到漩涡。
>
> 你一阵吆喝,一声长啸,
>
> 有如生命最凶猛的浪潮
>
> 向我流来,流来。
>
> 我看见巨大的木船上有四支桨,
>
> 一支桨四个人;
>
> 我看见眼中的闪电,额上的雨点,

[1] 蔡其矫(1918—2007),诗人。主要作品有《回声集》《回声续集》《涛声集》《迎风集》《迎水集》等。

我看见川江舟子千年的血泪，

我看见终身搏斗在急流上的英雄，

宁做沥血歌唱的鸟，

不做沉默无声的鱼；

但是几千年来

有谁来倾听你的呼声

除了那悬挂在绝壁上的

一片云，一棵树，一座野庙？

……歌声远去了，

我从沉痛中苏醒，

那新时代诞生的巨鸟

我心爱的钻探机，正在山上和江上

用深沉的歌声

回答你的呼吁。①

①　　蔡其矫:《川江号子》，见《蔡其矫诗选》，人民文学出版社1997年版，第34页。

第十章

叙事文体的模式

在讨论当代长篇小说的主流叙事问题的时候，我们不准备将"革命题材"单独列出。革命作为中国20世纪上半期的一个主导性主题，几乎贯穿了所有的文艺作品，如50年代的《红旗谱》《红岩》《红日》《林海雪原》，还有《青春之歌》和《三家巷》等。"革命主题"在整个17年文学上的表现形态，也是本书各个章节的焦点问题，只是分析角度的不同而已。因此，在接下来的论述之中，我们得从这些小说叙事之中寻找另外一种分类方法。

农民题材在17年文学中是一种占据绝对优势的题材。当代中国的农民尽管是作为工人阶级的同盟军，它实际上一直是中国现代革命的主力军。农民革命题材当然是重要的农民题材。但是，革命主题不仅仅是属于农民或者工人某个阶层的，而且是属于整个当代中国的。因此，在讨论农民题材及其相关的叙事学问题的时候，选择赵树理的《三里湾》（表现新中国成立初期农民自身的改造及内在矛盾的主题）比选择梁斌的《红旗谱》（农民革命的主题）似乎更贴近主题。此外，构成本章第二、第三两节探讨对象的《青春之歌》和《三家巷》，两部作品都表现了革命主题，但不是农民革命，而是青年革命或者市民革命。这些青年之中既有知识分子，也有一般的市民，既有男性，也有女性。相比之下，杨沫的《青春之歌》女性题材特点更为明显，欧阳山的《三家巷》市民题材特点更为明显。这两种题材与农民题材一起构成了我认为的17年文学中小说在叙事文体上的分类依据。

一、赵树理与农民题材

（一）家族体系和行政体系

赵树理是当代文学作家中描写农民的圣手。早在延安时期，赵树理就以《小二黑结婚》《李有才板话》《李家庄的变迁》等小说闻名于文坛。在那些小说中，赵树理塑造了一批相对于旧社会人物而言的新人形象。新中国成立之后，赵树理面临一个新的问题：如何描写狭义革命之外的"广义革命"，也就是如何塑造社会主义革命建设中的农民形象。赵树理的长篇小说《三里湾》就是一次尝试。

长篇小说《三里湾》，写了一个有一百多户人家的村庄和一群农民，围绕着是否要加入农业合作社这一问题，而产生的诸多故事和事故。故事发生在1952年，这是农业合作社的试点时期。故事从9月1日开始，到9月30日结束，故事时间整整30天。在这30天时间之内，虽然说不上翻天覆地，但也是极端的不平静。可以说，赵树理几乎将当时全国的主要矛盾都集中到了三里湾这个小小的时空结构之中，集中在了这个叙事结构之中，最后在想象中一举解决掉了。小说的篇幅并不算长，约15万字，通过小长篇来表现如此重大的题材和主题，显示出作者高超的思维水平、叙述能力和文字功底。但是，这篇小说现在读起来并不轻松，因为今天的读者对它的故事会有隔膜。问题在于，仔细阅读和评价这部经典作品，已经成了一件中国当代文学史研究必须要认真对待的工作。因为在这个"符号体系"中，隐藏着那个时代诸多的"精神的秘密"或者"话语的程序"。

不过，我们先不要忙着对这个小说进行总体评价，而是看看赵树理是如何讲故事的，然后再来分析他的叙事指向与意义预设之间的对应关系。我们先把《三里湾》中的人物关系排列如下：

1. 四大家族体系中的主要人物（括号中的黑体是人物绰号）

王家（**先进**）　　　　　马家（**最落后**）

袁家（**有问题**）　　　　范家（**落后**）

王宝全（**万宝全**）　　　马多寿（**糊涂涂**）

袁天成（**两大份**）　　　范登高（**翻得高**）

宝全老婆　　　　　　　多寿老婆（**常有理**）

天成老婆（**能不够**）　　登高老婆（**冬夏常青**）

长子王金生　　　　　　长子马有余（**铁算盘**）

女袁小俊　　　　　　　女范灵芝

有余老婆（**惹不起**）

二子王玉生（**小万宝全**，前妻表小俊，二婚妻范灵芝）

二子马有福（在外县当干部）

女王玉梅

三子马有喜（现役军人，妻陈菊英）

四子马有翼（村"知识分子"，妻王玉梅）

2. 其他家族（散户）人物

袁小旦（**圆蛋蛋**）　　　袁丁未（**小反倒**）

黄大年（**黄大牛**）　　　马东方（**老方**）

王兴（秦小凤的公公）

王小聚（驴贩子，范登高雇工）

王满喜（一阵风，娶了与王玉生离婚后的袁小俊）

王申（使不得，王满喜之父）

牛旺子　　　　　　　马如龙……

3. 行政体系中的主要人物

刘书记（县委副书记，合作社试点领导）

何科长（专署农业科）

张信（副区长，县与合作社之间的行政区）

老梁（体验生活的画家）

王金生（党支书兼副合作社社长）

范登高（村长，自然村）

张乐意（社长，合作社）

张永清（副村长）

魏占奎（团支书，生产委员）

秦小凤（副社长，妇女主任）

李世杰（会计）

我们从上面的名单中发现，《三里湾》的人物可以按照"家族体系"和"行政体系"两种标准分类（按年龄有中老年和青年；按现代道德标准还可以分为先进的和落后的等，但前者家族色彩更浓，后者行政色彩更浓）。这部小说的所有矛盾都是在这两个体系之间展开的，一个要保护这一体系拒绝另一体系，另一个则相反。三里湾家族体系中的主要人物和行政体系中的主要人物有复杂的交叉关系，如王金生、范登高同时出现在两个人物系统中。通过"扩社"和"开渠"这两件三里湾当年的重大事件，许多人都由原来的家族体系转化为行政体系的人了，通过担任官职这种荣誉性的新准则，冲击了传统家族生产体系中的经济准则和亲情关系，从而瓦解了传统家族结构。比如，1952年上半年已经入社的50户人家，分为四个小组（每个小组都有绰号。赵树理说，三里湾人喜欢取绰号，其实是赵树理喜欢取绰号）：菜园组（绰号"技术组"，组长是种菜的老把式王宝全）、果树组（绰号"山地组"，实际上是种经济作物的小组）、种地一组（绰号"政治组"，组长喜欢讲大道理）、种地二组（绰号"武装组"，主要是青年民兵）。1952年底决定的"开渠大会战"也任命了一大批小官。四个小组在扩社之前就任命了十几个正副组长，扩社之后将变成121户，干部还会增加。看《三里湾》中的叙述：

> 北房外间的会议，正由金生解释他拟定的新社章草案。他谈到下年度的社，大小干部就得六十多个，大家觉着这数目有点惊人，有的说"比一个排还大"，有的说"每两户就得出一个干部"，有的说"恐怕有点铺张"。金生说："我也觉着人数太多，不过有那么多的事，就得有那么多的人来管。根据从专署拿来的别的大社的组织章程，再根据咱村的实际情况：社大了，要组织个社务委员会来决定大计，要9个社务委员。为了防止私弊，还得组织个监察委员会，要5个监察委员。要1个正社长，3个副社长，全体社员要组成一个生产大队，就要有正副大队长。把全体社员按各户住的地方分成3个中队，每中队要有正副中队长。每中队下分

当代文学的开端（1949—1965）

第十章　叙事文体的模式

3个小组，要有正副小组长。生产大队以外，咱们社里还有副业、有水利、有山林、有菜园、有牲口、有羊群，每部门都得有正副负责人。这些部门各有各的收入或开支，就都得有个会计。在社务方面，除了正副社长，还得有个秘书；社里开支的头绪多了，就又得有个管财务的负责人。财务部门得有个总会计、有个出纳、有个保管。要提高生产技术，也得有个技术负责人和几个技术员。要进行文化教育，也得有个文教的负责人和几个文化组长。60多个人还没有算兼职，要没有兼职的话，60多个也不够。我觉着这样也好：一个社员大小负一点特殊责任，一来容易对社务关心，二来也容易锻炼自己的做事能力。"社长张乐意问他说："究竟得60几个呢？"他说："这个马上还不能确定，因为这些人有的应该由社员大会选出，有的应该由他的小单位选出，有的要由社务委员会聘请，不到选举完了、聘请完了，还不知道一共有多少兼职的。"他解释过人数多的理由，便又接着解释章程上别的情节；解释完了，便让大家讨论、修正。

讨论完了章程，便讨论候选人名单。这个名单很长，不必一一介绍，其中原位不动的，有社长张乐意、副社长秦小凤、王金生、耕畜主任老方（马老方）、山林主任牛旺子、会计李世杰——张乐意又兼大队长、李世杰称为总会计；原来是干部而调动了位置的是魏占奎当财务主任、王宝全当技术主任；新社员当主要干部的是范灵芝当社长的秘书兼管一部分总会计的事，王申当副业主任、王满喜当一个监察委员、马有翼当文教副主任；其他干部也有老社员也有新社员，各小组干部和应该聘请的干部没有列在名单之内。大家讨论了一阵，稍稍加了些修改，也就确定下来。①

一个121户人家的合作社，任命60多位干部（还不算兼职的），在党支部、党小组、团支部、团小组、社委会、小组长的带领下，形成一个严密的行政体系。擅长为农民算账的赵树理，在小说中一直在算账，仿佛算得很细致。但他忘记了算一算行政管理成本越来越高的账，一个村子60多个干部怎么支付劳动成本？当然，他试图依靠的是革命的自觉性，假设他们都在利用自己的休息时间去干集体的活儿。这样能不能长久？新的家庭矛盾怎么解决？难道可以强行取消家庭吗？公共育婴室（托儿所）、公共食堂、道德话语中的"禁欲主义"色彩等都带有试图取消家庭的念头。传统家族体系与现代行政体系在价值观念上的矛盾，在《三里湾》中也很明显。

三里湾村有王、范、马、袁等十几个姓氏，单一的家族势力难以控制一个村落，一旦外来力量（比如某种行政力量）介入，原本不够严密的家族力量就会分崩离析。南方农村的情况没有这么简单。因为南方的乡村基本上是一村一姓、一个宗族和一个血缘，也就是同族同宗，外来的行政力量不容易介入。即使介入了，也是处于一种暧昧的胶着状态，彼此之间或扯皮、或争斗、或让步。土地改革时期，南方工作开展要困难得多。西南土改工作团在南方土改时就发现，工作很难展开，不像周立波《暴风骤雨》中描写的那样暴烈。其深层的价值根源在于，责任体系不同。

① 赵树理：《三里湾》，见《赵树理全集》第2卷，北岳文艺出版社2019年版，第221页。下引赵树理《三里湾》皆出自此版，仅在内文标注页码。

现代行政体系的责任关系，是在同一个物理时空之中，自下而上的责任关系：乡里向区里负责（区里给社里奖励），区里向县里负责（县里给区里奖励），县里向省里负责（省里再奖励县里），省里向中央负责。宗族血缘体系的责任关系则不同。它是在不同的虚拟时空中，同时指向"过去""现在"和"未来"的：价值观念和行为准则，要对逝去的祖先负责，而这种责任的表现形式除了维持现在的兴旺，更重要的是要保证家族成员"未来"兴旺发达。特别是在南方农村，当现代型行政体系与家族体系发生冲突的时候，后者的力量似乎更加顽强。关于这一点不再详论，可以参见拙著《土地的黄昏》中的相关章节。[①]

赵树理很熟悉北方农村，但在这里，他并没有关注这种家族系列和行政系列两者之间的深层矛盾，而是给现实矛盾预设了一个现代化的价值观念的前提：进步和落后。进步的要改造后退的，先进的要战胜落后的。

赵树理在《三里湾》中一开始就涉及了这些问题，但他的处理方式是简单的，那就是以加入合作社为"最高奋斗目标"。为了让三里湾村所有的人都加入合作社，首先表现出来的就是用现代行政体系取代传统家族体系，全村的人都被"行政化"了，都变成了"组织里的人"了。而且在他们没有答应加入合作社之前，每个人都有一个不光彩的、显示其缺陷的绰号（王家的两个表扬性质的绰号除外）。最落后的马多寿家人的绰号最多：糊涂涂（马多寿）、常有理（马多寿老婆）、铁算盘（马有余）、惹不起（马有余老婆），此外还有翻得高

① 张柠：《土地的黄昏——中国乡村经验的微观权力分析》（第三版）第七、第八、第九章，高等教育出版社2023年版。

（范登高）、两大份（袁天成）、圆蛋蛋（袁小旦）、小反倒（袁丁未）等。直到他们同意加入合作社，才主张不要再叫他们的绰号了。

　　玉梅说："入社是一回事，家里又是一回事！我斗不了常有理和惹不起！"金生说："以后再不要叫人家这些外号了！人是会变的，只要走对了路，就会越变越好！"玉梅说："可是在她们还没有变好以前，我怎么对付她们呢？他们家的规矩是一个人每年发五斤棉花不管穿衣服，我又不会织布，穿衣服先成问题。我吃的饭又多，吃稀的又不能劳动，饭又只能由他们决定，很难保不饿肚。我是个全劳力，犯得着把我生产的东西全缴给他们，再去受他们的老封建管制吗？"金生说："你知道人家还要照那样老规矩办事吗？"玉梅说："可是谁能保他们马上会变呢？我还没有到他们家，难道能先去和他们搞这些条件吗？到了他们家他们要不变，不是还得和他们吵架吗？"金生说："他们要不变，正需要你们这些青年团员们争取、说服他们！难道你们只会吵架吗？"金生说："咱们还是从各方面想一想：他们家里现在的情况和菊英分家那几天有个大不相同的地方——那时候，他们不止不愿走社会主义道路，反而还想尽办法来阻碍别人走社会主义道路；现在他们报名入了社，总算是进了一大步。有翼在这时候还要坚持分家，不是对这种进步表示不信任吗？对马多寿不是个打击吗？"玉梅说："又不是怕他退社才跟他分家，怎么能算不信任？分开了对他们没有一点害处，怎么能算打击？咱们社里人们不是谁劳动得多谁享受得多吗？要不分开，我到他们家里，把劳动的果实全给了他们，用一针一线也得请他们批准，那样劳动得还有什么趣味？分开了，各家都在社里劳动，自然都走的是社会主义道路；要不分开，给他们留下个封建老窝，让年轻人到了社里走社会主义道路，回到家里受封建管制，难道是合理的吗？"金生说："照你那样说，这一年来，小俊在咱们家里闹着要分家，反而也成了合理的了——人家也说是犯不上伺候咱们一大家，也是嫌吃饭穿衣都不能随便。"玉梅说："那怎么能比？咱家都是一样吃、一样穿，没有那些老封建规矩；小俊在咱家又不愿意劳动，又想吃好的穿好的，自然是她的不对了。就是那样，后来还不是你同意她和我二哥分出去了吗？我觉着弟兄们、妯娌们在一块过日子也跟互助组一样，应该是自愿的——有人不自愿了就该分开。"金生对玉梅的回答很满意。（第207～208页）

（二）叙事结构和意义建构

在我们这里，"叙事结构"是指在一个小说中，人物（小说中的角色）和事件（角色的行动）的安排，包括这种安排在小说叙述中的时空分布状况（布局结构）。我们可以根据这种对叙事结构设置的分析和它在时间上所占据的长度（事件发展的进展），或者这种叙事进展所形成的情节分布的特点，推导出叙事和意义建构之间的关系。或许这样表述比较抽象，让我们进入具体的分析。

小说《三里湾》约15万字，共34章外加一个"引子"。故事发生的时间为30天。在30天之内，既要展开故事发生的社会背景，还要讲述事件的来龙去脉，更要让人物的行动合乎情理（通过塑造人物形象来实现），最后实现叙事的目的——让大家全部进入农业合作社。行政手续是将土改时期分到的土地重新交给合作社。一些刚从大家庭分家出来的年轻人，也必须带着分家合约先到县政府拿到土地所有证书，然后再带土地证书入社。这是这部小说的根本目的。小说一开始就出现了一个"奇怪的笔记本"，支部书记王金生的笔记本上写着5个字：高、大、好、剥、拆。什么意思呢？

> 村里的农业生产合作社有个大缺点是人多、地少、地不好。金生和几个干部研究这缺点的原因时候记了这么五个字——"高、大、好、剥、拆"。上边四个字代表四种户——"高"是土改时候得利过高的户，"大"是好几股头的大家庭，"好"是土地质量特别好的户，"剥"是还有点轻微剥削的户。这些户……有个共同的特点就是对农业生产合作社不热心……虽说还不愿入社，可是大部分都参加在常年的互助组里，有些还是组长、副组长。他们为了怕担落后之名，有些人除自己不愿入社不算，还劝他们组里的组员们也不要入社。为着改变这种情况，村干部们有两个极不同的意见：一种意见，主张尽量动员各互助组的进步社员入社，让给那四种户捧场的人少一点，才容易叫他们的心里有点活动；四种户中的"大"户，要因为入社问题闹分家，最好是打打气让他们分，不要让落后的拖住进步的不得进步。另一种意见，主张好好领导互助组，每一个组进步到一定的时候，要入社集体入，个别不愿入的退出去再组新组或者单干；要是

把积极分子一齐集中到社里，社外的生产便没人领导；至于"大"户因入社有了分家问题，最好是劝他们不分，不要让村里人说合作社把人家的家搅散了。这两种意见完全相反——前一种主张拆散组、拆散户，后一种主张什么也不要拆散。金生自己的想法，原来和第一种意见差不多，可是听了第二种意见，觉着也有道理，一时也判断不清究竟拆好还是不拆好，所以只记了个"拆"字，准备以后再研究……（第65页）

整篇小说围绕着"**高**"（范家）、"**大**"（马家）、"**好**"（袁家）、"**剥**"（范家）、"**拆**"（马家）5个字展开叙述，目的就是把高的变成低的，把大的拆成小的，把好的变成差的，通过这样的平均化，最后合作社化。明确了这样一个叙事目的之后，我们就可以更为清晰地了解叙事分布的奥秘。

故事从1952年9月1日开始到9月30日大家都同意入社开渠结束，一共34章外加一个"引子"。可是，从第1章到第20章，时间基本是缓慢甚至停止的，只叙述了两天的事情，却占据了整个小说的一半多的篇幅。为什么会形成这样一种头重脚轻的"勺状结构"呢？首先当然是技术问题，也就是小说开始必须交代一些应该交代的事情，比如村里的基本情况、主要人物的出场、新建成的合作社现有的条件、为什么不愿意入社，等等。更重要的是，它必须为人物行动和故事发展提供逻辑上的必然性。从叙事上看，就是在两天时间里，把所有能够想到的矛盾都集中起来，造成非入社不可的期待和效果：王玉生和袁小俊离婚了，马多寿家因家庭矛盾分家了，范登高的"资本主义道路"行不通了,新社四个小组的形势一片大好了(通过副区长张信和专署何科长浏览整个三里湾的全貌,通过体验生活的画家老梁的三幅图画的诱惑),原来的"互助组"眼看就要垮了。从第21章开始,后面的叙事节奏明显加快,用了14章来解决那些棘手的问题。后面14章可以分为以下几个阶段:从9月3日开始的第一阶段是政治宣传阶段:利用每家每户参加了团组织的年轻人做父母的工作,开展团员青年说服动员父母的竞赛。从9月4日开始的第二阶段是整风阶段,在党支部内部开展整风运动,主要是把不肯入社的党员范登高的问题解决掉,碰到困难的时候(比如范登高以"入社自愿"的理由为自己雇工、不入社辩护),刘书记会拿党性原则来要求他,党支部的帮助会开了三四次。最厉害的是第三阶段,即9月10日的群众大会,实际上是公开批判范登高。刘书记认为,范登高的检讨不深刻,于是在群众大会上说:

> 范登高同志认识了自己的错误,表示了改正的决心,这是值得大家欢迎的;可是在态度上不对头——还是站在群众的头上当老爷——这种态度是要不得的!自己早已落在大家的后面,还口口声声要"带头",还说"要带着大家走社会主义道路"。农民入了农业生产合作社就是走了社会主义道路。在三里湾,这条道路有好多人已经走了二年了你还没有走!你带什么头?不是什么"带头",应该说是"学步"!学步能不能学好,还要看自己的表现,还要靠群众监督!第一步先要求能赶上大家!赶上了以后,大家要是公认你还能带头的话,到那时候你自然还能带头!现在不行!现在得先

放下那个虚伪的架子！党内给你的处分你为什么不愿意告诉大家呢？你不愿意放下架子我替你放下！范登高同志的思想、行动已经变得不像个党员了，这次认识了自己的错误之后，党给他的处分是留党察看。请党内党外的同志们大家监督着他，看他以后还能不能做个党员！不止对范登高，对其他党员也一样——不论党内党外，只要有人发现哪一个党员不像个党员了，都请帮忙告诉支部一声！（第174～175页）

最终说服了范登高，开始进入第四阶段，也就是家庭攻势阶段，让家庭矛盾激化，最终瓦解顽固的"封建堡垒"。"有翼革命"（拒绝母亲让他娶袁小俊这件事，最后向父亲马多寿闹分家）和"天成革命"（跟老婆"能不够"闹离婚，逼"能不够"放弃多余的自留地，提出入社的要求）两个事件是重大的转折，导致"群众顽固户"马多寿和袁天成放弃攻守同盟，都报名加入合作社。最后的效果是，一些观望的群众都纷纷加入合作社。整个小说的叙事结构，正好符合一句名言："调查研究就像十月怀胎，解决问题就像一朝分娩。"最后的堡垒马多寿是于9月20日（在第30章）宣布加入合作社的。至此，主要的矛盾基本上解决了。小说最后4章是处理一些善后工作，主要是给那些闹离婚、闹分家的人一个归属：离婚的又找了新的对象，分家的加入了合作社这个新的社会主义大家庭。

（三）革新了的爱情和亲情

《三里湾》中的"爱情"故事写得比较朦胧。赵树理原本就不擅长写爱情故事，而是擅长写婚姻故事，并且是农民的婚姻故事（《小二黑结婚》就是一个新式农民婚姻故事的范例）。《三里湾》中有几对带有朦胧恋情的青年人，但这几对青年人之间的关系变化比较大。开始是马有翼和范灵芝，后来变成王玉生和范灵芝。而袁小俊和王玉生的婚姻关系结束之后，又与王满喜成了一对。王玉梅与马有翼成了一对。在处理这些年轻人的情感关系变化的时候（比如，理由不充分的分合），个人的爱情因素很少，充满了集体利益、家庭利益和面子上的计算。

王玉生与袁小俊的离婚原因就是小两口拌嘴。直接起因是袁小俊要买新衣服，王玉生不给钱。农民最不喜欢从口袋里往外掏钱，而袁小俊又没有独立的经济来源和支付能力，于是发生口角。间接原因是袁小俊的母亲"能不够"的挑唆（教袁小俊在大家庭如何维权，并主张小两口分家）。王玉生却采取了一种极端的做法：离婚，跟"落后"的袁小俊分手。9月1日晚上向村调解委员会（也就是妇女主任秦小凤）提出离婚，9月2日上午，村里就向区政府开出了"调解无效，同意离婚"的证明。这种近乎儿戏的离婚把戏，短期效果其实是在于惩罚袁小俊的母亲落后分子"能不够"，长期效果是给袁小俊带来伤害。

范灵芝和马有翼是初中同学，都是村里的"知识分子"，同在夜校担任教员，也有一定的感情基础。但是，范灵芝一夜之间就决定不跟马有翼相好了。原因是马有翼在一些原则问题上立场不坚定。比如，在母亲和三嫂陈菊英闹分家的时候，不批评母亲"常有理"的错误；比如，不积极劝说父亲马多寿入社，在这一点上他甚至不如村里没有文化的青年。抛开同学马有翼，范灵芝9月18日突然决定跟刚刚离婚才十几天的王玉生相好。做出这一决定的时候，范灵芝还经过了一阵内心的思想斗争：

　　她撇开了有翼，在三里湾再也找不到个可以考虑的人。

她的脑子里轻轻地想到了玉生，不过一下子就又否定了——
"这小伙子：真诚、踏实、不自私、聪明、能干、漂亮！只
可惜没有文化！"她考虑过玉生，又远处近处考虑别的人，
只是想着想着就又落回到玉生名下来，接着有好几次都是这
样。……她想："这是不是已经爱上玉生了呢？"在感情上
她不能否认。她觉着"这也太快了！为什么和有翼交往那么
长时间，还不如这几个钟头呢？"想到这里，她又把有翼和
玉生比较了一下。这一比，玉生把有翼彻底比垮了——她从
两个人的思想行动上看，觉着玉生时时刻刻注意的是建设社
会主义社会，有翼时时刻刻注意的是服从封建主义的妈妈。
她想："就打一打玉生的主意吧！"才要打主意，又想到没
有文化这一点，接着又由"文化"想到了有翼，最后又想到
自己，发现自己对"文化"这一点的看法一向就不正确。她
想："一个有文化的人应该比没文化的人做出更多的事来，
可是玉生创造了好多别人作不出来的成绩，有翼这个有文化
的又作了点什么呢？不用提有翼，自己又作了些什么呢？况
且自己又只上了几年初中，……没有把文化用到正事上，也
应该说还比人家玉生差得多！"这么一想，才丢掉了自己
过去那点虚骄之气，着实考虑起丢开有翼转向玉生的问题
来。……

　　主意已决，她便睡下。为了证明她自己的决定正确，她
睡到被子里又把玉生和有翼的家庭也比了一下：玉生家里是
能干的爹、慈祥的妈、共产党员的哥哥、任劳任怨的嫂嫂；
有翼家里是糊涂涂爹、常有理妈、铁算盘哥哥、惹不起嫂

嫂。玉生住的南窑四面八方都是材料、模型、工具，特别是垫过她一下子的板凳、碰过她头的小锯；有翼东南小房是黑古隆冬的窗户、仓、缸、箱、筐。玉生家的院子里，常来往的人是党、团、行政、群众团体的干部、同事，常作的事是谈村社大计、开会、试验；有翼家的院子里，常来往的人是他的能不够姨姨、老牙行舅舅，作的事是关大门、圈黄狗、吊红布、抵抗进步、斗小心眼、虐待媳妇、禁闭孩子……她想："够了够了！就凭这些附带条件，也应该选定玉生、丢开有翼！"（第182～183页）

马有翼见范灵芝与王玉生（王玉生9月2日离婚，范灵芝9月18日决定跟王玉生好，他们在9月19日就打了结婚证，也是结婚"大跃进"）好上了，便立刻去找王玉梅，并要求她即刻回答，是不是同意跟他订婚。王玉梅认为，在范灵芝没有决定跟王玉生相好之前你干什么去了？这是"丢了西瓜才来捡芝麻"，心里不舒服。但王玉梅还是愿意跟马有翼的，最后的条件是，如果马有翼跟父亲分了家就跟他结婚，理由是让他的封建妈妈没有压迫的对象。用不着先让她的封建压迫了再去反封建，而是一开始就让"封建主义"扑空。

整个小说中，爱情是被绑架了的，被入社事件、开渠事件绑架了的，被一种作者本人设置的"意义体系"绑架了的。爱情在这里充满了一种新的盘算，不是封建主义的盘算，而是"革命"的盘算：谁"先进"就嫁给谁，就像谁"革命"就嫁给谁一样。如果暂时不先进，就要定期整改，改正了就是好同志，婚姻不过是一种过渡状态，入社才是叙事的最终指向。

不单是年轻人的爱情被社会政治事件绑架，家庭的亲情也是如此。夫妻之间的感情（比如袁天成与能不够）、父子之间和母子之间（马有翼在遭到范灵芝的否定之后的所作所为）的亲情，都被重大的社会政治事件裹挟。更重要的是叙事逻辑简单粗暴。最绝的就是袁天成利用离婚要挟老婆"常有理"，不入社就离婚。"常有理"的屈服，并不是思想上的，而是舍不得放弃老伴袁天成。这种被迫的家庭"革命"其实也很残酷。还有马多寿和"常有理"对儿子马有翼的屈服，与其说是意识形态争斗的胜负，不如说是父母对儿子的情感屈服。问题在于，在当时的历史背景之中，赵树理的叙事风格已经是少有的温和了。

赵树理《三里湾》叙事的总体指向是：单干的互助了，互助的入社了；"旧家族"分裂了（年轻人要分家），"新家族"建成了（全部入社）；私人的驴卖到市场上了，市场上的驴又回到社里了；结婚的离婚了，离婚的结婚了；和睦的闹崩了，闹崩的和好了；坏事变成好事了，后进的变为先进了；入社的样样都好，不入社的寸步难行。他们还要通过办公共食堂、办托儿所让妇女解放出来，参加合作社的生产。其中已经展现出了人民公社的雏形。即使这样，赵树理还遭到了责难，认为他在小说中没有描写阶级斗争，没有现实思想斗争的残酷性和激烈性。比如把马多寿、袁天成、范登高的性格发展为破坏入社开渠，最后破案，这样就好了。

二、杨沫与女性题材

（一）《青春之歌》出版前后

杨沫的长篇小说《青春之歌》，描写了1931年九一八事变至1935年一二·九运动这一时段内发生的故事。小说塑造了小资产阶级知识女性林道静的成长历程。《青春之歌》是红色经典中的一个典型文本，是一个可以从多角度进行破解的"密码箱"。它将爱情想象和革命想象纠缠在一起，并建构了一个中国20世纪50年代青年一代的梦幻。

这部小说创作和出版前后的一些材料，为了方便读者了解基本情况，还是做一个简单综述。

1951年9月下旬，年近40岁疾病缠身的作家杨沫，开始拟定写作长篇小说《青春之歌》的计划，花了十几天的时间写出了提纲，初名《千锤百炼》，后又改名《烧不尽的野火》，最后定名《青春之歌》。到1951年底写了近8万字，其间杨沫长期在协和医院治病，到1952年6月写毕第一部的15章。1953年她调至电影局剧本室工作，只能忙里偷闲写小说。直到1954年底，才完成初稿，历时3年零7个月，约35万字。1955年5月，出版社约请专家开始审稿。1956年1月，专家审稿意见出来，对小说的艺术形式给予了肯定（特别肯定了卢嘉川的形象），但认为思想上问题很多，如对林道静的小资产阶级思想批判不够、对"左"倾机会主义错误揭露不够等，中国青年出版社因此搁置了出版事宜。1956年5月，事情有了转机，作家出版社接受了书稿。杨沫花了20天时间修改书稿，于1956年6月20日交稿，改名《青春之歌》，1958年1月正式出版（1月3日在《北京日报》选登了部分章节）。①

初版《青春之歌》共37.2万字，初印4万册，到5月份已经印了4次，发行近20万册，6个月后发行39万册。1961年3月第2版（修改版）发行84万册，字数43.9万字（北京十月文艺出版社1992年版本为43.7万字）。当时的中国文坛，几乎全是清一色的工农兵唱主角的文学艺术作品。在这种背景下，《青春之歌》一石激起千层浪，很快便吸引了众多读者。

1958年4月17日，《人民日报》刊发了王世德的文章《知识分子的革命道路——评长篇小说〈青春之歌〉》，对这部小说给予了高度评价：

> 热情地歌颂了为民族为革命奋不顾身的革命知识分子，有力地鞭挞了怯弱庸俗的渣滓和卑劣可耻的叛徒；同时还细致地表现了一些正直善良、然而糊涂的好人的觉醒过程。读了这本小说，能给我们教育和鼓舞，使我们知道应该学习什么，抛弃什么，怎样选择自己的道路。对于今天正在热烈探求又红又专道路的广大知识分子，这本小说有更为强烈的现实意义。……"青春之歌"能深入本质地反映了大动荡时代中各种知识分子的面貌和变化，不单给历史刻下了生动具体的面影，对后代能有重要的认识意义，而且对今天我们要求改造的广大知识分子，也有现实的教育意义。②

---

① 老鬼：《母亲杨沫》第七、第八章，长江文艺出版社2005年版。
② 王世德：《知识分子的革命道路——评长篇小说"青春之歌"》，《人民日报》1958年4月17日，第7版。

到1959年初，《青春之歌》已经风靡全国，好评如潮，并且拍成了电影（崔嵬导演，谢芳、于是之、秦怡、于洋、王人美等主演，电影对小说进行了很大的改写。或者说，电影将小说隐蔽的逻辑清晰化了）。1959年第2期的《中国青年》杂志，刊发了北京电子管厂工人郭开的文章《略谈对林道静的描写中的缺点》，首次对《青春之歌》进行公开、严厉的批评。郭开在文章中严厉地指出：小说《青春之歌》"充满了小资产阶级情调，作者是站在小资产阶级立场上，把自己的作品当作小资产阶级的自我表现来进行创作的。""没有很好地描写工农群众，没有描写知识分子和工农的结合，书中所描写的知识分子，特别是林道静自始至终没有认真地实行与工农大众相结合。""没有认真地实际地描写知识分子改造的过程，没有揭示人物灵魂深处的变化。尤其是林道静，从未进行过深刻的思想斗争，她的思想感情没有经历从一个阶级到另一个阶级的转变，至书的最末，她也只是一个较进步的小资产阶级知识分子，可是作者给她冠以共产党员称号，结果严重地歪曲了共产党员的形象"[1]。

郭开的批评文章，在社会上引起了地震式的效应，引发了一场全国范围内关于《青春之歌》的大讨论，《中国青年》和《文艺报》开辟了相关的专栏。茅盾在《中国青年》1959年第4期上发表题为《怎样评价〈青春之歌〉？》的文章，指出："作者既然要描写一个小资产阶级知识分子的思想改造，就不能不着力地描写小资产阶级思想意识在人的行动中的表现及其顽强性；着力描写这些，正是为了要着力批判这些。"茅盾还明确指出这部作品是"一部有一定教育意义的优秀

---

[1]　　　郭开：《略谈对林道静的描写中的缺点》，《中国青年》1959年第2期。

作品"，认为林道静这个人物是真实的，"因而，这个人物是有典型性的"。[①]何其芳在《中国青年》1959年第5期上发表《〈青春之歌〉不可否定》一文，说自己在重读这部小说之后，"更多地感到了它的优点，因而也就好像更明确地了解它广泛流行的原因了""作者并不是'站在小资产阶级立场'上去描写她的，并不是'连他们的缺点也给以同情甚至鼓吹'"[②]。《文艺报》1959年第9期刊发了马铁丁（陈笑雨）的文章《论〈青春之歌〉及其论证》，对《青春之歌》给予了全面的肯定。

几位权威人士的结论性的文章，使得《青春之歌》这部小说侥幸躲过一劫，还能够继续大量发行。杨沫将讨论的意见归纳为三类问题：第一类，林道静的小资产阶级感情问题；第二类，林道静和工农结合问题；第三类，林道静入党后的作用问题——也就是一二·九学生运动展示得不够宏阔有力。针对这三类问题，杨沫用三个月对原书进行了修改，为了突出知识分子与工农相结合的主题，增加了林道静在农村的7章和学生运动的3章（新增10章约7万字）。

杨沫在1957年的"初版后记"中说：

> 我的整个幼年和青年的一段时间，曾经生活在国民党统治下的黑暗社会中，受尽了压榨、迫害和失学失业的痛苦，那生活深深烙印在我的心中，使我时常有要控诉的愿望；而在那暗无天日的日子中，正当我走投无路的时候，幸而遇见了党。是党拯救了我，使我在绝望中看见了光明，看见了人类的美丽的远景；是党给了我一个真正的生命，使我有勇气和力量

① 茅盾：《怎样评价〈青春之歌〉？》，《中国青年》1959年第4期，第23～26页。
② 何其芳：《〈青春之歌〉不可否定》，《中国青年》1959年第5期，第30～34页。

度过了长期的残酷的战争岁月，而终于成为革命队伍中的一员……这感激，这刻骨的感念，就成为这部小说的原始的基础。

杨沫在1959年的"再版后记"中说：

作者和作品的关系可以比作母亲和孩子的关系。母亲不但要孕育、生养自己的孩子，而且还要把他教育成人，让他能够为人民为祖国有所贡献，做一个有用之材。假如发现自己的孩子有了毛病、缺点，做母亲的首先要严格地纠正他，要帮他走上正确的道路。即使孩子已经是社会上的人了，已经起过一些作用了，做母亲的也还应该关心他、帮助他克服缺点，尽自己的一切力量使得他变成一个更加完美的人。就在这种心情支使下，我就尽我微薄的力量又把《青春之歌》修改了一遍。

杨沫在1991年的"新版后记"中说：

（《青春之歌》）是我投身革命的印痕，是我生命中最灿烂时刻的闪光。它如果泯灭，便是我理想的泯灭，生命的泯灭。它的命运就是我的命运……《青春之歌》是我血泪凝聚的晶石。①

根据杨沫的"自白"，并结合这部小说20多年中的遭遇，我们可

---

① 杨沫：《青春之歌》，十月文艺出版社1992年版，第615～619页。

以发现，杨沫与作品《青春之歌》之间"比喻性"关系的变化，经历了三个阶段的变化：第一阶段，将作品理解为对青年时代革命理想和情感的现实主义关系表达，生活是真实可靠的，生活（个人在其中由小资产阶级变成革命者）本身就是作品的"母亲"，而作品不过是生活"母亲"的产儿，因此具有"权威性"。这种想法很天真，有一点点"社会性"，但还是带有年轻人式的"自由"色彩，缺乏更强烈的社会责任感，所以遭到批判。第二阶段，遭到批判之后，前面的比喻发生了变化，作品本身变成了"孩子"，而作者摇身一变成了"母亲"。母亲的责任不只是孕育和生养，还包括教育关怀，根据社会的要求纠正"孩子"的缺点，使之成为有用之材。这种母亲和孩子的比喻已经完全进入社会角色了，是一种应对社会矛盾的紧急措施。第三阶段，到了晚年，杨沫才披露心声："它就是我的命运"，"是我血泪凝聚的晶石"，不管来自哪个方面的声音，都姑且听之，但决不改变，也无法改变。但此时，作品这个"孩子"已经变成一位"历史的老人"了。

我愿意将第二阶段视为一个小小的插曲，而把第一阶段和第三阶段结合在一起来理解《青春之歌》这部小说。只有将这两个阶段结合在一起，才能发现作品主题学的意义和潜在精神密码之间的关联性。因此，我们在这里不讨论版本修改及其相关的意识形态问题，下面的分析只以原始版本，也就是1958年1月作家出版社出版的初版为对象。

（二）林道静复杂的血缘和身份

小说《青春之歌》之所以至今仍有重新阐释的意义，首先在于它塑造了一个身份极其复杂的人物林道静。尽管这里的身份复杂，并不必然代表一般美学意义上的人物性格复杂和精神结构复杂，但是，当我们从传统的"写什么"和"如何写"这种问题中抽身而出，转而关注作家"为什么这样写"的问题时，这部轰动一时、引起争议至今依然是红色经典的作品，就有了进一步阐释的空间。也就是说，我们阅读的焦点，已经不是人物性格的复杂多变性带来的审美愉悦，也不是人物精神结构的深度带来的沉思，而是因为在外力支配下人物身份转变的强度而导致的不安。这些问题主要集中在林道静身上。

那么，林道静是谁？从以下三个方面去认识林道静或许有助于理解上述的问题。

1. 家庭血缘

林道静既是知识分子出身的大地主林伯唐（教育家、大学校长、前清举人）的女儿，又是农民出身的乡下人李秀妮（童养媳、佣人、佃农之女、林伯唐偏房）的女儿。用林道静自己的话说："我是地主的女儿，也是佃农的女儿，所以我身上有白骨头也有黑骨头。"[①]白骨头代表贵族和剥削阶级，黑骨头代表奴隶和被压迫的劳动阶级。这里似乎没有明确的"身份原罪"，关键在于，她后来的改造结果如何。如果改造得好，这种身份原罪就消除了，只剩下黑骨头，没有改造好的话，它就成了一种明显的身份原罪。林道静出场的时候，实际上是带有这种原罪身份的。这也是小说叙事展开的基本前提。这种血缘原罪身份在小说中变成了家庭矛盾。（见图A）要摆脱这个原罪，首先要摆脱这个双重骨头构建的家庭。一位血管里同时具有林伯唐和李秀妮血统的青年女性，如何摆脱这种双重纠葛呢？杨沫在这里设置了一系列为林道静摆脱家庭的预备性情节。首先是通过老女佣之口，叙述出母亲李秀妮的悲惨遭遇（自杀），在生母和生父之间、林道静和生

① 　　　杨沫：《青春之歌》，作家出版社1958年版，第243页。

第十章　叙事文体的模式

父之间设置了敌对和仇恨关系。

也就是说，林道静的家庭也是一个"偶合家庭"①，是一个"病态"家庭，首先要让林道静面对祛除病症的切割手术。其次是让林道静处于一种暧昧状态，即处于一种既在家庭之中又在家庭之外的特殊处境。这种处境的出现，是因为家庭中有代表封建恶势力的后母徐凤英，由此，林道静就变成了"灰姑娘"。从3岁时弟弟出生开始，她就"不断挨打，夜晚和佣人睡在一起，没有事，徐凤英不叫她进屋，她就成天在街上和捡煤渣的小孩一起玩……弟弟仗着母亲的娇惯，常常欺侮她、打她……母亲打她不用板子，不用棍子，却喜欢用手拧、用牙齿咬。"②灰姑娘要变成"白雪公主"（林道静一出场就是全身白色打扮，白旗袍，白袜白鞋，与满身煤灰的小道静形成鲜明的对比），必须遇见白马王子。这种相遇的前提是，必须冲出家庭、逃避后母的束缚，到一个盛大的公共舞场上去才有可能。也就是说，她必须由家庭的附庸变成一个独立的"个体"，才有可能获得解放。这种个体与家庭构成了一种新的矛盾（见图B）。

这是一个五四新文化运动的主题，一个鲁迅笔下"涓生与子君"的主题，一个"娜拉出走"的主题，也是巴金的《家》和路翎的《财主底儿女们》的主题。只不过路翎笔下的主人公蒋纯祖是男性。男性才可以开启"流浪""漫游""漂泊"的主题。女性在流浪的途中，会

---

① 偶合家庭是俄国作家陀思妥耶夫斯基提出的概念。意思是说，建立在传统宗教基础上的家庭破裂，以现代价值为基础的家庭尚未形成。在新旧交替的时代，让社会的基本组织（家庭）建构起来的共同准则失效。家庭组成的方式和理由，具有很大的随机性和偶然性，由此产生一种特殊的家庭形态。参见［俄］陀思妥耶夫斯基《作家日记》上册，张羽译，第176页译注，河北教育出版社2010年版。

② 杨沫：《青春之歌》，作家出版社1958年版，第9～10页。

遇见无数的"手"（权力之手、金钱之手、性之手等），要将她拉进"房间"。根据女性不同的遭遇或者不同的价值取向，"房间主题"会生发出一系列衍生物，比如萧红的"旅馆主题"、冰心的"育婴室主题"、丁玲的"办公室主题"等。在《青春之歌》中，除了革命主题，还有一个非常明显的特点，就是"卧室主题"或者"卧室变更主题"。从叙事学的角度来看，卧室主题和办公室主题一样，都是女性革命的坟墓，不同之处在于，一个是传统社会的"祖坟"，一个是现代社会的"公墓"。

2. 个人成分

这里的"成分"是一个中国当代特殊的行政管理术语。林道静如果要填履历表格的话，在"个人成分"一栏中只能填"学生"。与佃农出身的母亲李秀妮完全不同，而与父亲林伯唐相似，她受过教育，北京南山女子高中毕业，并考入了北平女子师范大学。在成为"职业革命者"之前，她一直是小学教师。如果她活到了1949年之后，她的"成分"一栏中可以填上"革命干部"。即使这样，她的知识分子身份并没有改变。这种知识分子身份也是具有原罪色彩的，关键在于是否改造好了。毛泽东很早就指出，在农民面前，"一切革命的党派、革命的同志，都将在他们面前受他们的检验而决定弃取"[①]。他还说："群众是真正的英雄，而我们自己则往往是幼稚可笑的……"[②] "卑贱

---

① 毛泽东：《湖南农民运动考察报告》，见《毛泽东选集》第1卷，人民出版社1991年版，第13页。
② 毛泽东：《"农村调查"的序言和跋》，见《毛泽东选集》第3卷，人民出版社1991年版，第790页。

者最聪明，高贵者最愚蠢。"①知识分子洗刷"原罪"的方法是与工农相结合，最终成为一个"革命者"，也就是取得了"革命干部"身份。这种改造和结合的冲动正是《青春之歌》叙事的原动力。

但是，就当时的处境而言，林道静试图直接走与工农相结合的道路，是极其困难的。一个小资产阶级知识分子，首先要变成革命者，才有可能具备去与工农相结合的条件。单枪匹马一个人，如何"结合"？有什么条件去"结合"？谁为她的"结合"提供各种必需的支持？特别是一位出生在城市的青年女性。而《青春之歌》的重点，正是写这位单枪匹马的小资产阶级知识分子女性痛苦而艰难的变化过程（从封建家庭的附庸转变为独立的个体，从个体转变为新的集体中的一员），而不是转变之后的"结合"道路。就此而言，修改版所增加的章节缺乏结构上的合理性，仿佛是另一部小说。

在具体的转变过程之中，林道静的女性身份是一个值得注意的重要因素。因为女性解放要克服的障碍比男性多得多，比如，封建主义对女性的限制远远超过男性；再比如，女性比男性有更强的性别意识。小说的复杂性也正在这里。

3. 性别政治

性别政治关注的焦点，是各种权力机制（政治、社会、家庭、两性等，最终体现在话语上）对性别的改写和建构。特别强调性别的往往是占据权力（社会、家庭）中心的男性。比如，男人就喜欢林道静的形象：多愁善感、浑身洁白、脸色苍白、喜欢流泪、会吹拉弹唱等。《青春之歌》中对林道静的身体形象塑造，其实充满了男性话语色彩。

① 中央文献办公室编：《建国以来毛泽东文稿》第7卷，中央文献出版社1992年版，第236页。

在《青春之歌》中，女性身体一开始就成为"地主阶级"和"无产阶级"争夺的对象。从7岁开始，后母徐凤英突然对她好起来："我这两天看出来，这丫头长的怪不错呢。叫她念书吧，等她长大了，我们总不至于赔本的。……乖乖，好好念书呀！妈会想法子弄钱供给你上中学、上大学，要是留洋回来，那就比中了女状元还享不清的荣华富贵哩！"父亲林伯唐也笑吟吟地对坐着洋车准备上学的林道静说："上了中学，等于中了秀才。"①12岁的林道静，阶级觉悟很高，因此十分反感父母的这种说法。林道静高中毕业前夕，林伯唐突然破产，徐凤英只好让她中止学业提前嫁人（选择了有钱有势的胡梦安）。这就是小说一开始林道静离家出走的直接起因。

女性革命的第一步应该是反抗家族或家庭。对于家族而言，可以离家出走（林道静的第一个念头就是去北戴河投奔"表哥"而不是"表姐"）。对于家庭而言可以离婚（与余永泽分手）。但是，反抗男权社会就非常困难，因为它是一张无处不在的网——权力之网、话语之网。留给女性"解放"的最后一条路，就是抛弃社会（自杀或发疯）。林道静和她的母亲采用了上面的所有方式，但依然在"网"中。也就是说，在特殊的历史环境之中，女性通过摆脱家族（封建）和小家庭（资产阶级或小资产阶级）的束缚，并不是一件办不到的事情，要坚持自我意识和个体尊严，却是一件十分困难的事情。

其实女性还有一条解脱之路，那就是"女性的男性化"，变成男性的同类。林道静之所以被视为"觉醒"青年，一个隐秘的原因就是她选择了男性化之路。这条新的道路就是"革命"：首先，通过离家

① 　　　杨沫：《青春之歌》，作家出版社1958年版，第10～12页。

出走摆脱身体的依附状态；其次，通过性爱自由（抛弃传统女性的保守观念）争取个性解放而获得独立的身体支配权；最后，通过选择革命斗争道路，摆脱情欲对身体的支配，使身体成为革命集体中的一分子，身体解放最终与社会解放统一。革命话语本身就是一种男权话语。因此，女性的社会化就是革命化或者男性化的代名词。在这里，社会化了的女性开始将自己的身体交给一个革命的新集体，等于是从理性上放弃了"自我"（见图C）。不过，在感性层面，它经常以性爱的方式出现，将被压抑到潜意识中的性别观念乔装打扮起来，在革命的假面舞会上舞蹈。

（图A）　　　　　　（图B）　　　　　　（图C）

林道静渐渐学会借助社会的力量和阶级的力量来寻求女性解放，获得性别上的平等和社会对女性地位的认同。但是，社会是一个由权力话语建构起来的社会，阶级斗争的暴力属性也与男性权力有着密切的关联。女性革命这一命题的逻辑前提，仿佛早就无可奈何地打上了男性的烙印。在林道静的革命或者成长历程中，男性几乎是唯一的中介。林道静对自身的社会身份的选择，伴随着对性爱对象的选择；或者说，林道静选择什么样的性爱对象，自己就会呈现出什么样的社会身份。于是，在以女性为主题的革命文艺作品中，革命成了一种特殊的言情故事——革命的、不革命的、反革命的男性对女性的争夺，不同的政治派别的较量在情场上的表现，也是这些政治势力的"精神生殖力"①的较量。性别的魅力与政治的魅力呈现为一种互为转喻的关系：一方面是以性爱的方式对政治观念的演绎；另一方面，则是通过政治话语对性爱话语的改写。革命文艺中的女性都在不同程度上表现出对男性身体的关注。男性不同的身体特征成为不同政治身份的标志。革命文艺有一种特殊的关于人体体征的"符号化"程序。从这一角度看，革命乃是一种"身体的政治"。

（三）革命和情欲的双重变奏

林道静的身份再复杂再多变（知识分子、反叛者、教师、革命者等），仍有一种无法改变的属性就是她的自然性别。因此，在整个成长历程之中，她经历了数次情感的变化，先后与四五个男性产生了情感纠葛（主要是余永泽、卢嘉川、江华，外加情感暧昧的赵毓青、许宁）。这种纠葛及其变化也正是她成长的历程，或者是小说叙事潜在的基本线索（明线是社会历史事件）。下面图中所示，表明了林道静个性转变的基本线索。图D1表示林道静对自由恋爱和个性解放的追求，她此时基本上是一位"情人"，带有自然性别色彩，这种选择与其说是"意识形态"的，不如说是一位受过现代教育的女孩子的天性。而图D2中的林道静，其性爱选择已经有明显的意识形态色彩了。她所抛弃的，与其说是余永泽，不如说是"小资产阶级性格"，应该属于"情人加革命者"的暧昧形象，且主要局限在精神恋阶段。图D3中的林道静，已经成为一位真正的"革命者"了。在处理这一结局的时候，小说是将卢嘉川"处死"的。个人色彩的爱情、一点点小资产

---

① 　　　张闳：《革命的"灰姑娘"》，《上海文学》2001年第2期，第80页。

阶级性，都完全舍弃了，只剩下两个身体在革命事业中的结合，革命的身体和自然的身体、革命的欲望和自然的欲望，在一种人为的叙述之中合而为一。

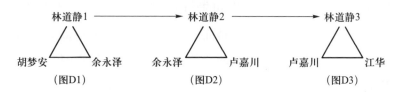

我们再来做一些更细致的分析。先说林道静的离家出走。这一个出走具有多重革命的效果：第一是彻底否定了封建主义家庭及其代言人继母徐凤英（让她为自己"苦难的童年"付出代价）；第二是审判了具有小资产阶级知识分子身份的大学校长父亲林伯唐（为自己的生母复了仇）；第三是否定了以胡梦安为代表的官僚资本主义代言人。林道静以这样的魄力和代价换取了自由之身。这种自由，是一种小资产阶级的自由，与之相配套的话语是"恋爱"。《青春之歌》中的爱情描写，只发生在林道静与余永泽之间。下面或许是《青春之歌》中最动情的一段文字：

> 上弦的月亮已经弯在天边，除了海浪拍打着岩石的声音，海边早已悄无人声，可是这两个年轻人还一同在海边的沙滩上徘徊着、谈说着。林道静的心里渐渐充满了一种青春的喜悦，一种绝处逢生的欣幸。对余永泽除了有着感恩、知己的激情，还加上了志同道合的钦佩。短短的一天时间，她

简直把他看作理想中的英雄人物了。……①

温和的海风轻轻吹拂着，片片乌云在天际浮游着。林道静和余永泽走累了，两个人就一同坐在岩石上。余永泽又说起许多有关文学艺术方面的话。但是，说着说着，忽然间他竟忘情地对林道静凝视起来，好像他根本不是在谈话。林道静正听得入神，看他忽然不说了，而且看他那凝视自己的神情，也就不好意思地低下头来。……

林，你记得海涅的诗么？"余永泽发觉自己走了板，就赶快找个题目来掩饰他的窘态，"这位德国的伟大诗人，我在中学时候就特别喜欢他的诗，而且背过不少他的诗——特别是他写海的诗。""你现在还能背么？"道静好像做梦一样听见了自己恍惚的声音。余永泽点点头，用热情的声音开始了低低的朗诵：

　　…………

余永泽背不下去了，仿佛他不是在念别人的诗，而是在低低地倾诉着自己的爱情。道静听到这里，又看见余永泽那双燃烧似的热情的眼睛，她不好意思地扭过头去。隐隐的幸福和欢乐，使道静暂时忘掉了一切危难和痛苦，沉醉在一种神妙的想象中。……②

值得注意的是，上面的引文，只有第一段文字是初版的，后面的几段文字是修改版里出现的。也就是说，在修改小说的时候，杨沫并

---

① 杨沫：《青春之歌》，作家出版社1958年版，第43页。
② 杨沫：《青春之歌》，十月文艺出版社1992年版，第43～44页。

没有完全像再版后记中所说的那样消除林道静的小资产阶级情调，反而更加强化了林道静和余永泽恋爱时的情感描写。在林道静眼里，余永泽曾经是"多情的骑士，有才学的青年"形象。[①]余永泽就是"灰姑娘"的"白马王子"，他就是林道静个性解放的归宿。余永泽身上具有的那些现代知识分子的特质：受过现代教育，具有浪漫主义的激情，正是五四时代启蒙主义文化精神的有机部分。这正好吻合了林道静最初的奋斗目标：对封建家族文化的反抗。余永泽身上恰好具备了这些特征。

半年之后，林道静为什么下决心要离开余永泽呢？（真正彻底分手是两年后的事）有两个原因：第一是因为卢嘉川的出现。就在林道静和余永泽热恋不到一个月的时候，卢嘉川出现了，并且让余永泽顿时贬值：

> 这青年（引案：指卢嘉川）身上带着一股魅力，他可以毫不费力地把人吸在他的身边。果然，道静立刻被他那爽朗的谈吐和潇洒不羁的风姿吸引得一改平日的矜持和沉默，她仿佛问熟朋友似的问他："您从哪儿来？您知道日本占了东三省，中国倒是打不打呀？"……道静目不转睛地望着卢嘉川。在她被煽动起来的愤懑情绪中还隐隐含着一种惊异的成分。从来没有见过这样的大学生，他和余永泽可大不相同。余永泽常谈的只是些美丽的艺术和动人的缠绵的故事；可是这位大学生却熟悉国家的事情，侃侃谈出的都是一些道静从

---

① 　　　 杨沫：《青春之歌》，作家出版社1958年版，第45页。

来没有听到过的话。①

第二个原因是余永泽的个人主义价值观。这种爱情至上、强调自我价值实现的个人主义价值观，与那些革命青年（比如卢嘉川、罗大方、李孟瑜等）的关注国家大事相比，就显得平庸。作者特别设置了余永泽对底层民众（他家的佃农老孙）不热情，只热衷于自己的事业和前程，注重小家庭的温馨和夫妻间的温情脉脉的情调。在林道静眼里，这些都是小资产阶级的自私和平庸。于是，林道静"凝视着余永泽那个瘦瘦的黑脸，那对小小的发亮的黑眼睛。她忽然发现他原来是个并不漂亮也并不英俊的男子。""而尤其使她痛苦的是：余永泽并不像她原来所想的那么美好，他那骑士兼诗人的超然的风度在时间面前已渐渐全部消失。他原来是个自私的、平庸的、只注重琐碎生活的男子。呵，命运！命运又把她推到怎样一个绝路呵！"②

林道静的重新选择和余永泽的情感遭遇，代表了一个时代的文化精神变化风向。它意味着五四文化精神中的那些与个人主义价值观相关的部分的贬值。林道静的选择代表了一部分左翼知识分子的精神倾向：对五四精神的偏离和批判。它也表明了作者杨沫在50年代写作这部小说的时候，对新中国成立之后一连串知识分子思想改造运动和政治批判运动的响应。

从情感逻辑的角度来看，林道静迅速离开余永泽，还是缺乏说服力，或者说还是有人为性。难道卢嘉川高谈阔论几句就足以让一对恋人分手？难道余永泽不愿意送钱给佃农就可以导致一场婚姻的破裂？

① 杨沫：《青春之歌》，作家出版社1958年版，第50~51页。
② 杨沫：《青春之歌》，作家出版社1958年版，第76、94页。

或许可以吧。事实上还有一个更深层的原因，就是作者的叙事逻辑本身就设定了这一结局。假定他们不分手，那么余永泽就有可能会成为林伯唐，林道静也有可能成为徐凤英而不是李秀妮。那么，小说叙事如何解决林伯唐与李秀妮的仇恨？如何解决林道静与徐凤英之间的恩怨？换句话说，这种结局就是日常生活中的个人情感和欲望取代了"革命理想"。而小说的总体构想就是要支持革命的，而不是支持个人情感的。再假定余永泽发生了改变，参加革命，那么余永泽也没有意义，因为有卢嘉川和江华在那里。所以，主人公之一的余永泽，"出生"之初就注定了他的下场。他只能成为这部小说叙事的牺牲品。

接下来就是林道静与卢嘉川和江华的关系。林道静面前出现了两位引导者，引导她走上革命道路，引导她的身体和情感融入革命集体，但是，革命的结局毕竟不是消灭身体，而是修改身体的程序。因此革命的归宿和身体的归宿产生了矛盾，林道静必须要在卢嘉川和江华之间做出选择。小说叙事采取了一个常见的套路，那就是让其中一位死去。结果是林道静的人格分裂：身体交给一个人，情感交给另一个人。卢嘉川是唯一进入林道静梦境的人。卢嘉川身兼情人和革命家的双重身份，性格中既有大胆追求个性的勇气（敢于当着余永泽的面追求林道静），又有不怕牺牲的革命家的胆量。这正好符合林道静"革命加恋爱"的梦想。但卢嘉川在小说还没有叙述到一半的时候就进了监狱。这一事件为林道静由"革命加恋爱"这种中国30年代青年特有的性格类型成长为单纯的"革命者"创造了条件。于是，恋爱悄悄退场，变成了一个遥远的梦想。我们可以看到一个清晰的"身体退场"的轨迹，也就是"自然身体"被"革命身体"取代的过程。

入党之后，林道静就已经消失了，一个"旧我"消失了，一个

"新我"诞生了。那个充满幻想的、任性的、有点虚荣的女孩林道静消失了，取而代之的是"张秀兰"和"路芳"（林道静参加地下党时的化名，就像江华是李孟瑜的化名）。或许美好的梦想只有退场之后才会变得美好，爱情只有被送到很远很远的地方才能够成为永久吧（像卢嘉川那样）。小说中江华与张秀兰或者路芳之间的情感关系，写得毫无趣味。刚开始，林道静只是把江华当作一个遥不可及、高不可攀的革命领导形象。加入组织之后，就只是领导与被领导的关系了。看看林道静与江华在表白之夜的对话吧：

> "老江，对不起你，你不是早就说，有什么话要对我谈吗？……今天来谈谈吧。"
>
> "我想问问你——你说咱俩的关系，可以比同志的关系更进一步吗？……"
>
> 这个坚强的、她久已敬仰的同志，就将要成为她的爱人吗？而她所深深爱着的、几年来时常萦绕梦怀的人，可并不是他呀！……道静抬起头，默默地盯着江华。沉了一会儿，用温柔安静的声音回答他："可以，老江，我很喜欢你……"
>
> 夜深了，江华还没有走的意思，道静挨在他身边说：
>
> "还不走呀？都一点钟了，明天再来。"
>
> "为什么赶我走？我不走了……"
>
> 道静站起来走到屋外去。听到江华的要求，他霎地感到这样惶乱、这样不安，甚至有些痛苦。屋外是一片洁白，雪很大，还掺杂着凛冽的寒风。屋上、地下、树梢，甚至整个天宇全笼罩在白茫茫的风雪中。她站到静无人声的院子里，

双脚插在冰冷的积雪中，思潮起伏、激动惶惑。在幸福中，她又尝到了意想不到的痛楚。好久以来，刚刚有些淡漠的卢嘉川的影子，想不到今夜竟又闯入她的心头，而且很强烈。她不会忘掉他的，永远不会。可是为什么单在这个时候来扰乱人心呢？她在心里轻轻地呼唤着他，眼前浮现了那明亮深湛的眼睛，浮现了阴森的监狱，也浮现了他轧断了两腿还顽强地在地上爬来爬去的景象……她的眼泪流下来了。在扑面的风雪中，她的胸中交织着复杂的矛盾的情绪。站了一会儿，竭力想用清冷的空气驱赶这些杂乱的思绪，但是还没有等奏效，她又跑回屋里来——她不忍扔下江华一个人长久地等待她……

"真的，你——你不走啦？……那、那就不用走啦……"①

爱情和情感死了，婚姻还在。婚姻和爱情并不是非得重合不可的。在林道静这里，情感的一部分变成了梦想，还有一部分交给了革命和党。爱人也就成了革命伴侣了。对卢嘉川的思念是爱情，与江华结合是婚姻。林道静与江华的对话，那么冷静、理智，哪里像一位20岁出头的姑娘和一位29岁小伙子的语言，简直像一对结过好几次婚的40多岁的中年人相亲；或者不如说像两个地下工作者在对接头暗号。林道静的同意，仿佛在接受她的领导的一个命令似的。他们两人的结合，也是小说接近尾声的时候。革命的身体替代了自然的身体，革命

---

① 　　　杨沫：《青春之歌》，作家出版社1958年版，第484～486页。

的热情耗尽了生命的热情。这就是他们那一代人所做出的牺牲。

无论《青春之歌》如何设计叙事的逻辑，无论作者本人如何表白，只要涉及情感的描写，对余永泽也好，对卢嘉川也罢，作者的笔墨总是情不自禁地如水如潮。可以说，意识的压抑并不能完全涂抹掉潜意识的内容，它会出现战略转移，转移到梦中，转移到潜意识文本之中。这也是红色经典小说叙事需要重新细读的原因。

小说中除了与林道静相关的复杂关系，其他一些主要人物之间也经常呈现为矛盾体。

交际花式的人物白莉苹，之所以在罗大方和许宁之间选择许宁，是因为她不喜欢"革命家"（见图E）。她与革命家之间有着各种各样的牵扯，但她最终目的还是个人欲望的满足和自我价值的实现。这种选择遭到了林道静的激烈嘲笑和攻击，成为资产阶级享乐主义的化身。白莉苹在小说里是—位被漫画化了的反面人物，就像余永泽—样。许宁在白莉苹与革命者崔秀玉之间的犹豫不决（见图F），使他失去了崔秀玉，但他最后还试图在身边找一个崔秀玉的替身，也就是林道静（遭到林道静的拒绝）。身体意识（性意识）的遗忘状态才是最好的革命状态，它会将身体的"力比多"转向斗争的领域。而身体意识过于强烈，只能消解革命斗志，戴愉就是例子。戴愉在王晓燕和凤娟之间玩性爱游戏，暗示着这位"革命家"的身体意识过于强烈，最终只能成为革命的叛徒（见图G）。

三、欧阳山与市民题材

（一）《三家巷》出版前后

20世纪30年代中国左翼文学家联盟成员、40年代延安中央研究院文艺研究室主任、著名的革命作家欧阳山，1949年之后没有留在北京文艺界，一直偏居南国，担任华南文艺界主要领导职务。其间最主要的文学成就是5卷本长篇小说《一代风流》（1959年出版第1卷《三家巷》，影响较大，1962年出版第2卷《苦斗》，1980年至1985年出版后3卷《柳暗花明》《圣地》《万年青》没有引起关注）。《三家巷》1959年9月由广东人民出版社出版，到1960年4月，已经重印4次，发行20多万册。1960年1月，作家出版社出版《三家巷》，并在"出版说明"中说："为了更广泛地介绍给全国读者，根据广东版重排出版。"[1]此后，它也像《青春之歌》一样，一版再版，直到引起批判。广东人民出版社是这样介绍《三家巷》的：

> 这部作品以高度的艺术概括力描写了大革命前后广州青年的无产阶级政治上和道德品质上的成长过程。作品以二十年代广阔的都市生活为背景，通过三个家庭——一个工人家庭、一个买办资本家家庭和一个官僚地主家庭——的历史，及其亲戚朋友之间的相互关系，反映了革命势力与反革命势力的斗争，以及各个阶级力量的对比和消长，思想面貌、精神状态的上升和下降。作品成功地塑造了周炳、区桃、杨承

---

[1] 欧阳山：《三家巷》"出版说明"，作家出版社1960年版。

辉、周金、周榕等正直、勇敢的革命青年的光辉形象，也刻画了出身反动阶级的青年男女陈文雄、陈文娣、陈文婷等人的软弱、动摇、投降、变节，和何守仁、李民魁、张子豪及其他时代渣滓的丑恶灵魂。轰轰烈烈的省港大罢工、沙基惨案和震惊世界的广州起义，都在作品中都得到了真实而生动的再现。特别值得重视的是，书中还出现了革命先烈张太雷同志的崇高形象。[1]

这种"出版广告"文字，当然不足以概括这部作品的全貌。《三家巷》有着与当时流行的红色经典小说一样的通病：虎头蛇尾。这一类小说下笔之初气势如虹；人物一个个都是闪亮登场，前面一半的叙事从容不迫；但是，越到后面笔力越弱，人物性格发展停滞；最后，一种强势意识形态支配了作者和叙事，人物渐渐成了观念的工具，直到草草收场。不过，《三家巷》叙事语言的成熟、人物性格的复杂，乃至它的阅读观感，都在其他同类作品之上。

小说出版的当年年底，老学者王起（王季思）在《作品》1959年11月号上发表评论文章《我们以在文学上出现区桃、周炳这样的英雄人物形象而自豪——读"三家巷"》。《羊城晚报》《南方日报》随后也刊登了相关的评论和商榷文章。《文艺报》1960年第2期刊发广东作家黄秋耘（化名"昭彦"）的《革命春秋的序曲——喜读〈三家巷〉》一文。文章指出：《三家巷》对于大革命前后南中国革命形势的来龙去脉，阶级力量的消长和矛盾斗争，政治舞台的风云变幻……作了比

---

[1]　　欧阳山：《三家巷》"内容提要"，广东人民出版社1959年版。

较正确的描写"，"成功地塑造出一幅广阔而丰富多彩的时代生活的画卷"。"书中对周炳作为一个劳动者的思想感情，表现得还不够充分，这自然是一个缺点……作者塑造了这样一个鲜明的艺术形象，赋予他以一定的阶级特征和鲜明的个性，虽然未达到完整的地步，还是值得我们肯定和欢迎的。"[1]

1960年11月2日，《光明日报》刊登关于小说《三家巷》的评论的综述文章《〈三家巷〉的人物塑造及其他》。该文指出："许多读者和评论家都认为，它取得的成就是多方面的，特别是他填补了我国文学作品反映20年代南方革命斗争这一空白。但也认为尚存在着一些缺点。对这部作品的艺术手法和对正面人物的塑造方面甚至有针锋相对的不同意见。"[2]

1964年开始，《三家巷》遭到了激烈的批评。《文学评论》1964年第2期刊发蔡葵的论文《周炳形象及其它——关于〈三家巷〉和〈苦斗〉的评价问题》（1964年7月9日《羊城晚报》第2版全文转载）。蔡葵的文章认为，作者"在关于他（周炳）的爱情生活的描写中，宣泄的更多的却是人物不健康的思想感情"，"（周炳）对革命的认识和在斗争中的一些表现，以及他在爱情生活中所流露出来的思想感情，都突出地说明了周炳性格的小资产阶级的特点"[3]。此后，接踵而至的是有组织的来自各界群众的批评：

1964年8月31日的《羊城晚报》第2版，刊登了来自高校的评

---

[1]　昭彦：《革命春秋的序曲——喜读〈三家巷〉》，《文艺报》1960年第2期，第4～7页。
[2]　《〈三家巷〉的人物塑造及其他》，《光明日报》1960年11月2日。
[3]　蔡葵：《周炳形象及其它——关于〈三家巷〉和〈苦斗〉的评价问题》，《文学评论》1964年第2期。

论：《为什么有人认为〈三家巷〉〈苦斗〉是新〈红楼梦〉？》。暨南大学教师饶芃子认为："在《三家巷》和《苦斗》中，作者除了对周炳和区桃、胡柳、陈文婷的爱情内容和爱情关系的不正确描写以外，在具体表现他们的爱情生活时，还流露出许多不健康的、庸俗的，甚至是色情的东西。"①

1964年9月3日的《羊城晚报》第2版，刊登了来自工厂的评论：《试为周炳这个形象作一阶级分析》。广州港务局河南作业区的张本修认为："欧阳山的作品《三家巷》和《苦斗》，离开了无产阶级的立场和观点去描写周炳。有的人又离开了无产阶级的立场观点，去评论周炳。这就是一场严肃的阶级斗争。"②

1964年9月9日的《羊城晚报》第2版，刊登了**来自部队的评论**：《〈三家巷〉〈苦斗〉能不能鼓舞人们的斗志？》。广州空军文工团王大卫说·"作者创造了这样一个'正面'想象，使我们不能不认为是对革命青年的迷惑，在客观上帮助了资产阶级同我们党争夺青年一代。"③

1964年9月11日的《羊城晚报》第2版，刊登了**来自农村的评论**：《〈三家巷〉〈苦斗〉反映的农村面貌符合实际吗？》。广东省台山县附城公社白水大队的谭荣波说："《三家巷》和《苦斗》不是以无产阶级思想来教育读者，而是向我们灌输资产阶级思想，以资产阶级的生活方式来感染年青一代。""作者没有把伟大的党的正确领导和革命

---

① 周庆正等：《为什么有人认为〈三家巷〉〈苦斗〉是新〈红楼梦〉？》，《羊城晚报》1964年8月31日，第2版。

② 叔平等：《试为周炳这个形象作一阶级分析——来自工厂的评论》，《羊城晚报》1964年9月3日，第2版。

③ 罗艺仁等：《〈三家巷〉〈苦斗〉能不能鼓舞人们的斗志——来自部队的评论》，《羊城晚报》1964年9月9日，第2版。

群众的力量反映出来，而以小资产阶级的周炳来代替了党的领导，……看来是要把一个小资产阶级知识分子描绘成为一个'盖世英雄'。"①

1964年12月1日的《南方日报》第3版，刊登了谢芝兰的《〈三家巷〉〈苦斗〉是宣扬资产阶级思想感情的腐蚀性的作品》。文章认为，"从本质上看，这两部作品只能是一部儿女风情史，在革命的伪装下，大胆宣扬资产阶级人生观、恋爱观，大胆宣扬黄色毒素""周炳形象，是作者站在小资产阶级的立场，把他当作小资产阶级的自我表现来塑造的"②。

1964年12月12日的《天津日报》第4版，刊登了讨论文章《〈三家巷〉〈苦斗〉是两部坏小说》。文章将讨论的主要观点概括为：说这两部作品是"阶级调和的'大观园'"，"歪曲党的领导，歪曲工农革命力量，歪曲革命的历史事件"，"是'合二而一'和'时代精神汇合论'在文学创作上的一个标本"，"周炳不是革命者的形象"。③

1964年12月的《河北文学》，刊发了陈鸣树的文章《〈三家巷〉〈苦斗〉的思想和艺术倾向》。文章认为，从思想倾向上来看：第一，作品歪曲了时代精神；第二，调和了阶级矛盾；第三，以未经改造的小资产阶级知识分子冒充英雄人物；第四，宣扬资产阶级的思想感情。从艺术倾向上来看：第一，歪曲了典型环境中的典型性格；第二，是新才子佳人式的言情小说；第三，充塞着自然主义的色情描写；第四，是资产阶级和小资产阶级思想感情的风俗画。

---

① 任文等：《〈三家巷〉〈苦斗〉反映的农村面貌符合实际吗？——来自农村的评论》，《羊城晚报》1964年9月11日，第2版。
② 谢芝兰：《〈三家巷〉〈苦斗〉是宣扬资产阶级思想感情的腐蚀性的作品》，《南方日报》1964年12月1日，第3版。
③ 《〈三家巷〉〈苦斗〉是两部坏小说》，《天津日报》1964年12月12日，第2版。

1964年第6期的《文学评论》，发表了关于《三家巷》评论的综述文章《关于〈三家巷〉〈苦斗〉的评价问题》，问题集中在：第一，周炳是个彻头彻尾的小资产阶级人物；第二，周炳"精神世界的复杂性"与"觉悟提高"的关系；第三，是批判还是歌颂；第四，歪曲了革命历史，歪曲了阶级斗争；第五，资产阶级的美学观。

在今天看来，一部如此革命的小说，一种如此强人所难的叙事逻辑，一种竭力压抑个人叙事冲动而迁就"集体叙事"的作品，还是难逃"读者"的法眼，以致小说被批得一无是处。当然，笔者也认为这部小说的叙事艺术本身有问题，但是另外一种角度。小说前半部写得成功的原因在于，它是小说而不是"革命斗争史"，也就是叙事的对象是"人"，而不是"革命"。小说的后半部越来越难以卒读的原因在于，主要笔墨不是放在"人"身上，而是放在"革命"身上，且概念化越来越明显，文笔越来越干枯。如果将小说写成革命斗争史，那么，我们为什么要读小说而不直接去读历史？造成这种结构和风格的内在矛盾的原因究竟是什么？

（二）市民的社会背景和人际关系

小说《三家巷》不到30万字的篇幅，出场人物之多却是少见的。主要人物是三家巷的周家、陈家、何家，以及皮匠区华、医生杨朴志5个家庭两代共30多人。小说后半部出场的人物也不少，大量革命者和起义的工人，都像影子一样在小说中晃动，没有给人留下深刻印象。原因是小说叙事的主要场景，由"家族"移向了"城市"。在城市里，"人"必须让位给"街道"及其相关的主题。关于这一点，后文还会论述。这里先讨论《三家巷》里这些主要人物的关系（见"《三家巷》主要人物关系表"）。

《三家巷》主要人物关系表

	杨家	陈家	周家	区家	何家
第一代	杨在春（医生，陈万利、周铁、区华三人的岳父）	？	周大（铁匠）	？	何小二（小商贩）
第二代	杨朴志（医生，药材铺老板）杨郭氏	陈万利（小商贩出身，后为大进出口商人，资本家）陈杨氏	周铁（铁匠）周杨氏	区华（皮匠）区杨氏	何应元（官僚资本家、地主）何胡氏、何白氏、何杜氏
第三代	杨承辉（大学毕业，罢工委员会成员，牺牲）	陈文英（高中毕业，基督徒，嫁北伐军营长张子豪）陈文雄（大学毕业，洋行职员，娶周泉）陈文娣（周榕前妻，后嫁何守仁，商行会计）陈文婕（大学毕业，嫁李民天）	周金（工人，党员，罢工委员会成员，牺牲）周榕（高中毕业，小学教员，罢工委员会成员）周泉（高中毕业，陈文雄之妻）	区苏（工人，周榕恋人）区桃（工人，周炳恋人，牺牲）	何守仁（大学毕业，国民政府官员）何守义（学生）何守礼（学生）

390

	杨家	陈家	周家	区家	何家
第三代	杨承荣（学生）杨承远（学生）	陈文婷（高中生，周炳恋人，后嫁政府官员宋以廉）	周炳（高中生，铁匠，罢工委员会成员，起义指挥部通讯员）	区细（学徒）区卓（学徒）	胡杏（何家女佣，何胡氏娘家震南村佃户之女，胡柳、胡树、胡松之妹）

从"《三家巷》主要人物关系表"中可以看出，三家巷的主要人物是由5个家庭组成的一个大家族。第一代之间最初没有关联，都是身份平等的移民。杨家第二代的3个女儿分别嫁给了陈、周、区3家的第二代。陈家和周家、陈家和何家的第三代又有联姻关系。故事开始的时候，三家巷三户人家的经济状况十分接近，到1919年前后，经济状况发生了巨变，陈、何两家突然发财，相比之下，手工业工人出身的周家成了城市"贫民"，只占据了三家巷原来6户人家房产的六分之一（20年没有变化）。而何家和陈家买下了另外3家的房产，何家占据了三家巷的二分之一，陈家占据了三分之一。这种经济状况的突变，就是城市文化的一般特征，而不是乡土文化的特征。乡土文化贫富差距的变化比较缓慢，很难有一夜暴富（像陈万利和何应元）的情形。小说中并没有明确交代陈、何两家之所以突然发家的详细原因，周铁则认为这是"命运"。总之，经济基础的确是变了，那么上层建筑是不是必然跟着发生变化呢？小说最后的确是让上层建筑因经济基础的变化而发生了根本变化。但整个叙事过程，正是这一变化的

复杂过程：由一些细小的生活事件导致的冲突，阶级分化的迹象并不明显，至少在三家巷内部。

小说《三家巷》中的人际关系，建基于双重文化矛盾体之上，即具有传统乡土社会的家族文化和现代城市社会的市民文化的双重性。一方面是传统乡土社会的人际关系，也就是建立在共同血缘基础上的亲情关系（5个家庭的第二、第三两代人的联姻），以及共同地域基础上的相邻关系（三家巷的内部就是一个村落，区家和杨家相当于邻村，都具有一定的封闭性），因此《三家巷》具有家族小说的一般特征。另一方面是现代城市社会中的人际关系，也就是建立在现代社会分工的差异性基础上的协作关系。5个家庭的第二代分属三种类型（5种小类别）的职业，第一类是铁匠周家和皮匠区家，属于"体力型劳动者"，也就是手工业者（在乡村他们应该属于技术职业，在现代城市则纯属体力劳动者）。第二类是行医世家的杨家，属于"智力型劳动者"（还兼开药材铺）。第三类是买办型商人陈家和官商型商人何家。这是一种被中国传统社会唾弃的、在现代城市中方兴未艾的特殊职业类型，它也是属于智力型的职业，但似乎不能属于"劳动者"一类，我将它命名为"吃智商差型脑力劳动者"。

至于第三代，职业就更多了，几乎遍及城市的各行各业。他们开始都是学生（3位大学生，9位中学生），不同的是因家境好坏、兴趣不同而读到不同级别的学校而已。也有像周炳那种自己不愿意读书的（尽管原因是多方面的）。区桃初中毕业后成为电信局接线生，在20年代应该属于高新产业的白领阶层。陈文娣为商行会计，也是白领。纯粹的蓝领只有周金和区家姐弟四人。周榕是小学教师，属小知识分子。何守仁和宋以廉（陈文婷之夫）是政府公务员。陈文英之夫张子豪是军人（北伐军营长）。胡杏属于家政服务行业人员。周炳本来是学生，多次辍学之后成为"无业游民"，最终成了"职业革命家"。周家的三个儿子都不满足于自己的职业，兵工厂工人周金擅自离职（后牺牲），周榕因旷工而被除名，周炳旷课而被学校开除。他们最后选择的都是一种在通常社会职业分类中没有的职业：专职革命家。简单地将三家巷中的这些人分为另外三类：左边的无产阶级，中间的小资产阶级，右边的资产阶级，是很勉强的。强化职业的阶级属性而淡化它的社会属性，就可能产生两种新型特殊职业，一种是周炳兄弟们那一类"专职革命家"（马克思称之为"职业密谋家"[①]）及其同盟，还有一种就是以陈万利为代表的专职"吃智商差型"的"食利者"及其同伙。

三家巷中的第三代人，尽管有职业上的差别和挣钱多少的差别，还是有很多共同之处。他们都是同学关系，都接受了五四启蒙文化的洗礼，都主张追求自由和个性解放。他们之间恋情的产生和发展，都没有依据家庭经济条件和出身，而是根据自己的情感自然发展的。他们都有爱国的热情，还立下了"为祖国富强而献身"的盟誓。[②]这种共同之处一直在制约着职业分类和阶级分化的进程。小说的前半部分之所以进展缓慢，就是因为第三代人之间的共同性一时难以剥离，需要时间。《三家巷》之所以至今还有令人称道之处，就在于它忠实人物性格的发展，展示了一位位家族成员、邻居、市民、学生、情人的思想和精神转变的轨迹。至少在小说前面一半是这样的。

---

① 　　《评阿·谢努和律西安·德拉奥德》，见《马克思恩格斯全集》第7卷，人民出版社1959年版，第324页。
② 　　欧阳山：《三家巷》，广东人民出版社1959年版，第65～73页。

最有意思的是对周炳身份的设计，作者是破费思量的。周炳才18岁，就从事过各种各样的职业，并且，每一种职业的道路都阴差阳错地被截断。开始在铁匠铺跟父亲周铁学打铁，因讨账时贪玩（看戏之后到区家演《貂蝉拜月》）而被辞退，后来到区家学皮匠，因保护区桃与洋场恶少打架而被解雇，算是当过工人了。一度到何家在南海县震南村的农场当农民，因偷稻米给穷人胡家被解雇，算是当农民了。北伐战争参加了北伐运输队，算是当军人了。曾到陈万利家做养子，因揭发陈万利与女佣偷情而被赶出家门，做大商人的路被堵死。还在舅舅杨朴志的药材店学过做生意，因在账目上遭人陷害被辞，做小商人的路也不通。后来在家人和陈文婷的劝说下，还是回到学校继续读书，一直读到高中（没有毕业）。最后，遇到省港大罢工、广州起义等政治事件而离开学校，就直接当上了"职业革命家"。工、农、兵、学、商，全都干过。那么究竟什么职业重要呢？看看小说中的辩论：

> 姑娘们的争论，是从陈文娣引起的。她……看见一张宣传标语，就气嘟嘟地说："是什么道理？到处都写着工农兵学商！那工就一定在最前，那商就一定在最后。算是哪道圣旨？"区苏在她近旁走着，就答腔道："这不过是人们说惯了罢了，哪里有什么意思呢？"陈文娣睁大那棕色的眼睛说："没有意思，那就巧了。我把它颠倒过来，说成商学兵农工成不成？"区苏天真地笑着说："娣表姐，那可不成。人家都不习惯。"陈文娣紧接着道："我说呢。这里面就有道理。不是我爸爸做生意，我就偏帮商人。依我看，商人

对国家的贡献不一定最小，工人对国家的贡献不一定最大。"区苏觉着陈文娣不讲道理，就有点生气，声音也紧了，说："劳工神圣这句话，你也打算推翻么？依你说，就是商学兵农工才对？"陈文娣一想，区家是她三姨家，那一家人全是工人，觉着不好说，就没有马上回答。……陈文婷插嘴进去说："别怪我人小，不知世界。我看论功劳大小来排，应该是学商兵工农才对。学生应该领头。工人要是押尾，也有点委屈。农民虽然人多，但作用不大，又没知识，该掉一掉。"陈文娣说："这我也赞成。五四运动就是学生搞出来的。带头也成。商人之中，那些有力量、眼光远大的新式商人，其实也都是学生出身的。还有外洋的留学生呢！"区苏说："就是这样，我还要反对。谁能离开工人的两只手？没有工人，就什么也没有了。"区桃接上说："我也反对。共产党也好，国民党也好，都承认工人最重要。"……陈文娣赌气地说："阿苏表妹，反正你说的话，我听来都不对头。你应该多读点书！"区苏也气了，就冷笑一声，高声说道："这我知道。娣表姐你饱读诗书，我没法给你争。可是你大人自有大量，何必多余我一个没要紧的人呢？"陈文娣……也不甘退让，就说："谁跟你争来？你要是有什么不遂意的事儿，那该怪你自己，怪不得我。我是不屑跟你争什么的！"区桃还没做声，陈文婷就帮上去了，说："苏表姐的话，反正我到死那天，也不能赞同。"区桃在旁，也接上说道："……别说这样不吉利的话。我可是相反，娣表姐的主张，我无论怎样还是反对！"……区桃说：……"炳表弟，你说一说！"

周炳好像很有准备似的，一点也不谦逊就说出来道："我当过工人，如今又是学生，谁也不偏帮。说老实话，我是工农兵学商派。商人当然不能带头。带了头就出陈廉伯，办起商团来，从英国人那里弄来些驳壳枪，请孙中山下野。这是不行的。学生带头也不行。莫说学生不齐心，就是心齐了，顶多也不过罢课。帝国主义和军阀都不怕罢课，只怕罢工。这一点，这几年还看不清楚么？"陈文娣听了，觉得自己这边占了下风，就高声向前面叫道："榕表哥，你来！"周榕……说："这问题很大。大家要慎重研究，不忙做结论。文娣提出来的疑问是有道理的。商人来领导革命是不是一定不好？学生坐第一把交椅是不是就不行？工人不带头是不是就算不重要？这些题目都很有趣味，值得咱们平心静气，坐下来慢慢探讨。大家知道，陈独秀就主张资产阶级来领导革命，资产阶级不就是商人么？"他说完，就赶到前面去了。周泉拍手笑道："好呀，好呀，四票对四票，这个议案只好保留了。"陈文娣说："不对。是五票对四票。你没有把陈独秀的一票算到我们这边来。"①

陈家姐妹提出"商学兵农工"的排序，认为"联俄，联共，扶助农工"，谁来联合呢？资产阶级，也就是商人。周炳支持区家姐妹"工农兵学商"的排序。争论中似乎已经隐约出现了阶级分化。这些矛盾体现在日常生活的细微情感和趣味之中。周炳对工农出身的女孩

① 　　欧阳山：《三家巷》，广东人民出版社1959年版，第108～110页。

子有天然的亲缘，比如爱上区桃而不是陈文婷，对区家姐妹和胡家姐妹的亲近等。然而，这些差别并没有完全成就周家男孩与陈家姑娘之间的爱情，周榕与陈文娣结婚，周泉嫁给陈文雄，周炳最终准备与陈文婷相爱等。直到小说的后半部，因对革命的态度的分歧，才导致周家与陈家的最终决裂。小说叙事中，杨家姐妹的笔墨太少，作为杨家的亲姐妹，她们对儿女亲家和子女之间出现你死我活的阶级斗争是何态度，缺少必要的、合乎人情的交代。如果面对亲情而无法做出合乎情理的叙述，那么，为什么要设置这样的人际关系呢？

（三）城市场景中叙事路径的设置

小说展开的背景是城市。城市跟乡土社会的"熟人世界"不同。城市对于外来人口来讲是一个"陌生人的世界"。不同地域、不同身份、不同职业的人通过社会分工和契约关系聚集在一起，显示出其高度的智力、创造力和繁荣。但城市对于新建设者而言最大问题是人与人之间交流沟通的困难，由此产生孤独感。城市文化中孤独主题的解决方案：（1）重新结成家族；（2）认可城市文化的新规则，忍受孤独，承认社会分工的原则，在这种前提下找归宿，消费、欲望化等得到短暂的满足；（3）短暂的改变，暴力、巷战、街垒战（浪漫主义者是逃离）。

广州这座城市尽管没有上海那样的国际化，没有北京那样的首都特色，但也有一定代表性。它一直是中国的开放城市和重要港口，与海外有着悠久而频繁的贸易关系。它还是近代革命的策源地。这些特点导致这座城市有着较为发达的南国城市文化。小说中的三家巷，地处广州西关的商业繁华地段。这里既是一个带有家族性质的封闭空间，又连接着广阔的市民商业文化空间。因此，小说充满了与市民文化相关的情节描写，如四处闲逛，到郊野踏青登高，到公园划船，到街上购物，到茶楼酒肆清谈，去看电影看戏，还有街垒战、巷战、密探等。

周炳就经常一个人闲逛："过了旧历年，那万紫千红的春天就到来了。周炳既没有读书，又没有做工，整天除了到将军前大广场去看戏，听'讲古'，看卖解、耍蛇、卖药、变戏法之外，就是到三姨家去玩儿，去演戏。……别人看见他游手好闲，不务正业，都替他担忧，他自己却满不在乎。"① 小说在对结伴郊游的描写中，有对个性各异的年轻人外表和装扮的详细描写，这也是城市文化所特有的：

> 参加郊游的人都到了……来的人当中，除了区苏、区桃之外，还有陈家大姐姐陈文英、大姐夫张子豪，李大哥李民魁和他的堂兄弟李民天，加上原来在这里的周榕、周泉、周炳，陈文娣、陈文婕、陈文婷，何守义、何守礼两个小孩子，登时把一条三家巷闹得乱哄哄的，又追又打，又说又笑，谁的衣服如何，谁的鞋袜怎样，有人忘了带手巾，有人嚷着带水壶，十分高兴。……这十六个人当中，数陈文英年纪最大，已经二十七岁了，何守礼年纪最小，才八岁，其他多半是二十上下的青年人，个个都是浑身带劲儿的。当下沿着官塘街、百灵街、德宣街，朝小北门外走去。街上的人看见这八个男、八个女那么年轻，又那么兴致勃勃，都拿美慕的眼光望着他们，觉着他们都是占尽了人间幸福的风流人

---

① 　　　欧阳山:《三家巷》，广东人民出版社1959年版，第16页。

物。……这些人多半都穿着黑呢子学生制服，有新的，有旧的。只有李民魁在国民党党部里面做事，穿着中山装，浑身上下，都闪着棕色的马皮一般的光泽；张子豪从中学毕业之后，又进了黄埔军官学校第二期，出来当了军官，因此穿着姜黄色呢子军服，皮绑腿，皮靴，身上束着横直皮带。……走在当中的是周泉、陈文娣、陈文婕、陈文婷、区苏、区桃六个姑娘，加上一个小伙子周炳。……这些表姐表妹们都穿着漂亮的新衣服。周泉和陈家三个都穿着短衣长裙，有黑的，有白的，有花的，有素的，有布的，有绒的，有镶边的，有绣花的。区家两个是工人打扮，区苏穿着银灰色的秋绒上衣，黑斜布长裤，显得端庄宁静；区桃穿着金鱼黄的文华绉薄棉袄，粉红色毛布宽脚长裤，看起来又鲜明，又艳丽。在一千九百二十五年的广州，剪辫子的风气还没大开，但是她们六个人是一色的剪短了头发，梳成当时被守旧的人们嘲笑做"椰壳"的那种样式。区桃的头发既没有涂油，又没有很在意地梳过；那覆盖着整个前额的刘海——其中有两绺在眉心上叠成一个自然妩媚的交叉，十分动人。……①

这些描写充满了年轻人共有的生活趣味和美好情感，没有阶级属性。城市的街道和公园是他们谈情说爱、游手好闲的地方（1925年春节）：

① 　　　欧阳山：《三家巷》，广东人民出版社1959年版，第106～108页。

区桃、区细、区卓、陈文婕、陈文婷、何守义、何守礼、周炳这八个少年人一直在附近的横街窄巷里游逛卖懒，谈谈笑笑，越走越带劲儿。……他们一路走一路唱："卖懒，卖懒，卖到年三十晚。人懒我不懒！"家家户户都敞开大门，划拳喝酒。门外贴着崭新对联，堂屋摆着拜神桌子，桌上供着鸡鸭鱼肉，香烛酒水。到处都充满香味，油味酒味，在这些温暖迷人的气味中间，又流窜着一阵阵的烟雾，一阵阵的笑语和欢声。这八个少年人快活得浑身发热，心里发痒。转来转去，转到桂香街，却碰到了另外一个年轻人。他叫李民天，是常常在三家巷走动的那李民魁的堂弟弟，和陈文婕是大学里预科的同班同学，年纪也一般大小，今年都是十九岁。他一看见陈文婕，就长长地透了一口气，站住了。大家望着他，他一面掏出手帕来擦汗，一面说："你累得我好找！不说假话，我把每一条小巷子都找遍了！"陈文婕只是嗤嗤地、不着边际地笑。大伙儿再往前走，李民天和陈文婕慢慢落到后面；一出惠爱路，借着明亮的电灯一看，他俩连踪影儿都不见了。陈文婷噘着小小的嘴巴说："咱们玩得多好！就是来了这么一个小无赖。咱们不等他了，走吧！"走到惠爱路，折向东，他们朝着清风桥那个方向走去。马路上灯光辉煌，人行道上行人非常拥挤，他们这个队伍时常被人冲散。有一次，区桃站在一家商店的玻璃柜前面，只顾望着那里的货物出神。那货柜可以说是一个国际商品展览会，除了中国货以外，哪一个国家的货物都有。周炳站在她后面，催了几次，她只是不走。陈文婷和区细、区卓、何守义、何守礼几个人，在人群中挤撞了半天，一看，连周炳和区桃都不见了，她就心中不忿地顿着脚说："连周炳这混账东西都开了小差了。眼看咱们这懒是卖不成的了。咱们散了吧！"区细奉承她说："为什么呢，婷表姐？咱们玩咱们的不好！"陈文婷傲慢地摇着头说："哪来的闲工夫跟你玩？我不想玩了！"说罢，他们就散了伙。区细、区卓两个向东走去，陈文婷、何守义、何守礼朝西门那边回家⋯⋯

1925年夏天之后，全广州的街道都成了游行示威的场所——

十万人以上的、雄壮无比的游行队伍已经从东校场出发了。这游行队伍的先头部分，是香港罢工回来的工人和本市的工人，已经穿过了整条永汉路，走到珠江旁边的长堤，向着西濠口和沙基大街前进。其他的部分，农民、学生、爱国的市民等等，紧紧地跟随着。区桃、周炳、陈文婕、陈文婷都参加了这个队伍⋯⋯队伍像一条波涛汹涌的大河，怒气冲天地向前流着。它没有别的声音，也没有别的指望，只有仇恨和愤怒的吼叫，像打雷似的在广州的上空盘旋着，轰鸣着，震荡得白云山摇摇晃晃⋯⋯区桃在工人队伍里面走着，呼喊着。她听不见自己的声音，却听见另外一种粗壮宏伟的声音在她的头上回旋着，像狂风一样，像暴雨一样。她听到这种声音之后，登时觉着手脚都添了力量，觉着她不是一个人，而是一个"十万人"。这是一个多么强有力的人哪！她一想到这一点，就勇气百倍。她希望赶快走到沙基大街。她深深相信这十万人的威力压在沙面的头上，一定能使帝国主义者向中国人民屈服。像这样的想法，周炳也有……他甚至在那十万人的巨吼之中，清清楚楚地听着了区桃的活泼热情、清亮激越的嗓子……①

成为街垒战的战壕——

马路两旁的店铺都紧紧闭着大门，路上的行人也很稀少。半空中步枪声、机关枪声、手榴弹声、大炮声此起彼伏，互相交替地响着。文明门、大南门、油栏门和西关一带，有十几处民房中了炮弹，起火燃烧。那燃烧的烟柱升上天空，像一棵、一棵高大无比的红棉树一样。在马路当中行走的，全是一队、一队的红军，一排、一排的赤卫队，或者是一大群、一大群的徒手工人。偶然有个别在人行道上单身行走的老大爷、老大娘，都用惊奇羡慕的眼光望着那些红军、赤卫队和工人队伍。②

成为巷战的阵地——

广州市的东北、东南、正北、西北、西南几个方向都响起了枪声和炮声，运输汽车也在惠爱路一带发出呜呜的声响。天空上这里闪一闪，那里亮一亮。喊声一起，赤卫队的

---

① 　　　欧阳山：《三家巷》，广东人民出版社1959年版，第136页。
② 　　　欧阳山：《三家巷》，广东人民出版社1959年版，第340页。

一支驳壳枪和十几支步枪领着头，其余的人举起梭标和木棍跟在后面，嘴里喊着："杀呀！杀呀！打倒国民党！打倒帝国主义！"向公安局门口冲上去。子弹吱吱地朝他们飞过来，有些人呻吟着，倒在地上。枪声像狂风暴雨一般响着，人们的喊声更加洪亮，硝磺的气味刺着人们的鼻孔，马路上的血液几乎使人们滑倒，但是人们还在继续前进。南路前进着，北路前进着，看看到了离公安局大门口还有四、五十公尺的地方，敌人那边突然响起了一阵机关枪声，人们纷纷倒退回来。第一百三十小队向墙边的方向稍稍移动了一下，大家都仆倒在地上，周炳举动迟了一点，大个子李恩把他一拉，他也仆倒下去了。拿驳壳枪和步枪的赤卫队员等机关枪一停，就站起来向敌人射击。一个倒下去了，别的人就端起他的枪。有些人把手榴弹扔了出去。手榴弹在敌人的阵地里爆炸了，在公安局的门拱上爆炸了，在马路中心也爆炸了。有些没有爆炸的，就像石头一般砸在敌人的脑袋上。坚强的意志，胜利的决心，深刻的仇恨，都在抵抗着敌人的火力，使得进攻的队伍仍然一寸地一寸地前进。后面拿着木棍的赤卫队员，一齐唱起《国际歌》来。①

参与巷战和街垒战的革命者，既是战士，也是革命的密谋者，与这些密谋者相帮随的是秘密警察、侦探、告密者等——

---

① 　　　欧阳山：《三家巷》，广东人民出版社1959年版，第321～322页。

冯敬义一看这几个人的扮相：黑筒帽，黑眼镜，黑绉纱短打，黑鞋黑袜，每个人的肚子上面，都隐约看得出夹带着什么硬邦邦的东西。不用说，这是"侦缉"了。他立刻掉头，抄横巷子赶回冼大妈的竹寮，打算给那几个共产党员通风报信。可是当他刚一转过"吉祥果园"，离冼大妈的竹寮还有十来丈远的光景，他看见冼大妈那两个年纪轻些的干儿子正埋头埋脑地朝家里走，而后面那几个黑不隆咚的家伙也紧跟着嘻哈大笑走过来了。这正是千钧一发、危险万分的时候，冯敬义虽然足智多谋，也是毫无办法。想喊不能喊，想叫不能叫，想说不能说，想停不能停，眼看着那两个活生生的棒小伙子自投罗网去送死，他可是一筹莫展。[1]

周炳到"西来初地"里面一条又脏又窄的小巷子参加时事讨论会。这里是公共汽车的卖票员何锦成的住家。……他老婆何大嫂原来也是香港的工人，罢工回来之后，在一间茶室里当女招待。去年十月，有一次反动的茶居工会派出许多武装去捣毁酒楼茶室工会，她为了保卫革命的工会，和那些化了装的侦缉、密探冲突起来，当场中枪身亡，到如今已经整整一年了。周炳到了他家，跟何锦成谈了谈外面白色恐怖的情况，不久，沪、粤班船海员麦荣，普兴印刷厂工人古滔，沙面的洋务工人黄群、章虾、洪伟都到了，大家就谈起来。讨论的题目自然而然地集中在国民党的逮捕、屠杀等等

---

① 　　　　欧阳山：《三家巷》，广东人民出版社1959年版，第261～262页。

白色恐怖的措施，和广州工人怎样对待这种白色恐怖的问题上面。讨论会一下子转为控诉会。[①]

周炳忽然看见一个穿黑色短打的中年男子，慌里慌张，鬼鬼祟祟地迎面走来。那个人一见周炳，就急忙转进雨帽街，只一闪，就没了踪影。周炳只觉着他好生面熟，一时却又想不起是谁，迟疑了一下。后来想起来了：去年四月底，在省港罢工委员会东区第十饭堂里，曾经闹过一件事儿。那天，陈文雄去找苏兆征委员长，要辞掉工人代表，退出罢工委员会，单独和广州沙面的外国资本家谈判复工。香港的罢工工人听见这种风声，就大吵大闹起来，说广州工人出卖了香港工人。这时候，有一个不知姓名的家伙，乘机煽动香港工人的不满情绪，挑拨香港工人动手打广州工人。后来在人声嘈杂当中，那家伙一下子就不见了。从此以后，周炳就没有再看见这个人。现在，这个穿黑色短打的中年男子是谁呢？周炳想了一想，就下了判断：他就是去年四月挑拨香港工人动手打广州工人的那个坏蛋。[②]

①　　　欧阳山：《三家巷》，广东人民出版社1959年版，第293页。
②　　　欧阳山：《三家巷》，广东人民出版社1959年版，第344～345页。

第十一章

前十七年文学发展的逻辑

在最后一章中，让我们再来回顾一下中国当代文学的前十七年的发展逻辑及其演进节奏。所谓逻辑，就是事物发生的前因后果所形成的规律。所谓节奏，就是事物发展逻辑所呈现出来的断续、起伏、波折状态，也就是事物发展因果（逻辑）复杂变化的表现，它体现了规律内部的矛盾性和复杂性。其中既有社会历史（或政治）对文学的挤压，也有文学对社会历史（或政治）的抵抗。社会或政治的逻辑与文学的逻辑之间的纠葛，正是左右发展节奏的重要因素。我把这十七年文学分为三个阶段：第一阶段是"战时思维"阶段；第二阶段是"冷战思维"阶段；第三阶段是"另起炉灶"阶段。

一、战时思维与文学斗争

新中国成立初期的战时思维渗透到了各个领域，也包括文学领域。战时思维的主要特点是寻找和歼灭敌人。早在1938年，毛泽东就开始构想新中国文化的基本模式，即"民族的科学的大众的文化"，认为要建立这种新文化，就必须打倒以帝国主义为盟主的反动文化，"不破不立……它们之间的斗争是生死斗争。"[1]1949年初，毛泽东指

---

①   毛泽东：《新民主主义论》，见《毛泽东选集》第2卷，人民出版社1991年版，第695页。

中国当代文学的开端（1949—1965）

第十一章　前十七年文学发展的逻辑

409

出党的工作重点开始由"乡村包围城市"转向"城市领导乡村",并预言城市里有大量的"不拿枪的敌人",因此要学会在城市向帝国主义、资产阶级作政治、经济、文化斗争。①

解放区革命作家和国统区左翼作家会师北平之后,头脑里还保留着浓厚的军事斗争思维。郭沫若说:"辉煌的军事胜利,所消灭的主要是有形的敌人,而两千多年来的封建思想,百余年来的买办思想,二三十年来的法西斯思想,这些无形的敌人,还需得文化战线来彻底地加以消灭,……拿笔的军队,必须向那枪的军队看齐。"②这跟毛泽东的观点如出一辙:"在我们为中国人民解放的斗争中,……有文武两个战线……我们要战胜敌人,首先要依靠手里拿枪的军队。但是仅仅有这种军队是不够的,我们还要有文化的军队,……就是要使文艺很好地成为整个革命机器的一个有机组成部分,作为团结人民、教育人民、打击敌人、消灭敌人的有力武器……"③文学艺术是文化战线的一个有机组成部分,是"人民战争"的工具,它必须"组织起来",形成集体战斗能力。

新中国文学的逻辑前提就是1949年中华人民共和国的成立,人民民主专政国家的建立。在中国共产党带领中国人民进行新民主主义革命并取得胜利,建立人民民主专政国家的历史过程中,文化(文艺)一直是"民族独立和解放"的重要武器。新中国文学的发生,是

---

① 毛泽东:《在中国共产党七届二中全会上的报告》,见《毛泽东选集》第4卷,人民出版社1991年版,第1427页。
② 郭沫若:《向军事战线看齐》,见中华全国文学艺术工作者代表大会宣传处编《中华全国文学艺术工作者代表大会纪念文集》,新华书店1950年版,第379页。
③ 毛泽东:《在延安文艺座谈会上的讲话》,见中共中央文献研究室编《毛泽东文艺论集》,中央文献出版社2002年版,第48～49页。

跟党领导的新的文学团体诞生同步的，与此相配套的是党领导下的机关刊物和出版社。在这些高度组织化的团体中任职的专业作家，主要来自以延安为代表的解放区，还有部分是后来培养的工农兵作家，以及部分国统区的左翼作家（当时中国作家协会驻会作家绝大多数是共产党员）。而五四传统下培养出来的、有资产阶级或小资产阶级思想倾向的作家基本上被边缘化。这样一支成建制的、思想一致的作家队伍，与当时的斗争形式是配套的。

战时的斗争思维落实到文学艺术领域其对作品的评判标准即"政治标准第一，艺术标准第二"。所谓政治标准，即作家作品的政治倾向性，也就是对党和社会主义的态度。这种标准一直持续到改革开放时期。当时的文学规则，基本制约了文学的发展。有一些人试图通过各种方式对"规范"进行质疑或挑战（比如"胡风反革命集团"）。在1955年胡风文艺思想在全国被批判之后，质疑和挑战并没有结束，其中有两次值得提及的是1956年前后和20世纪60年代初，可以视为与上述那种斗争哲学和政治思维不同的松动期或间歇期。

第一次是1956年初到1957年上半年，"双百"方针的提出，在全国范围内引发了思想观念、文艺观念和创作方法的解放。秦兆阳发表了《现实主义——广阔的道路》一文，质疑创作中的公式化、概念化的弊病。钟惦棐发表了《电影的锣鼓》一文，批评电影界的沉寂局面和电影创作中的教条主义弊端。同时，国家出版了大量的中国古典小说和原创小说，整理了优秀传统剧目5万多个，上演了1万多个。此外，社会各个领域都开始了广泛的"大鸣大放"。但毛泽东认为，"双百"方针主要是针对科学、文化、艺术领域，着重点是发扬社会主义的艺术民主和学术民主。于是，他在几次重要会议上，及时为文艺界和学术界划定思维和言论的边界。关于"百花齐放"，他提出要善于辨别"香花"与"毒草"，"有毒草就得进行斗争"，并提出了六条识别标准。①关于"百家争鸣"，他提出在内部可有很多派、很多家，但世界观只有两家，那就是无产阶级和资产阶级。②关于整风运动，他指出整风运动的对象有二：一是教条主义，二是修正主义。毛泽东认为，教条主义主要是工作方法上的片面性（带有"左"的色彩），但他们忠于党，改正了就好了。而社会上和党内的"右派"分子（修正主义或资产阶级）是很危险的，必须进行坚决斗争，因为他们反对党的领导，反对社会主义道路，欣赏资产阶级自由主义那一套。③随着1957年下半年反右斗争的扩大化（丁玲、陈企霞等大批作家被打成"右派"），文学界百家争鸣的局面很快就消失了。

第二次是60年代初以"三次会议"为标志的调整时期。1961年6月1—28日，中共中央宣传部在北京召开全国文艺工作座谈会，审议中宣部提交的《关于当前文学艺术工作的意见（草案）》（又称"文艺十条"），文化部同时召开故事片创作会议，审议文化部提交的《关于当前电影工作的意见（草案）》；因为会址都在北京新侨饭店，通称"新侨会议"。会议发出了发扬民主、尊重文艺规律的呼声。1962年3月，文化部、中国戏剧家协会在广州召开全国话剧、歌剧、儿童剧创作座谈会，通称"广州会议"。周恩来在前两个会议上发表了《在文

---

① 毛泽东：《关于正确处理人民内部矛盾的问题》，见《毛泽东文集》第7卷，人民出版社1999年版，第234页。
② 毛泽东：《在全国宣传工作会议上的讲话》，见《毛泽东文集》第7卷，人民出版社1999年版，第273页。
③ 毛泽东：《事情正在起变化》，见中共中央文献研究室编《建国以来毛泽东文稿》第6册，中央文献出版社1992年版，第469～475页。

艺工作座谈会和故事片创作会议上的讲话》，在后一个会议的预备会议（北京）和正式会议（广州）上分别发表了《对在京的话剧、歌剧、儿童剧作家的讲话》和《关于知识分子的报告》。1962年3月6日，陈毅在"广州会议"上发表了《在全国话剧、歌剧、儿童剧创作座谈会上的讲话》。陈毅在讲话中大声呼吁，给作家选择题材的自由、创作艺术风格的自由、探讨艺术问题的自由。针对"大跃进"时期流行的"集体创作"和"三结合"（领导出思想，群众出生活，作家出技巧）方法，他提出了尖锐的批评。他说："文学作品的创作，我看，还是以作家的个人努力为主。集体创作，只是一种方式，它不是主要的，尤其是人家写的东西，硬要安上五六个、七八个名字，变为'集体创作'，而且把首长的名字写在前头，这是很庸俗的，非常庸俗的。……'文责自负'，这个话是对的，并不是资产阶级思想。""'领导出思想、群众出生活、作家出技巧'。我就请问：作家就没有思想啦？领导就可以包思想啦？群众出生活，作家就没有生活？领导就没有生活啦？领导就死掉啦？作家出技巧，这个作家就仅仅是一个技巧问题呀？"①1962年8月2—16日，中国作家协会在大连召开了农村题材短篇小说创作座谈会，通称"大连会议"。邵荃麟的《在大连"农村题材短篇小说座谈会"上的讲话》是会议的重要文件，其中提到了"农村题材如何反映人民内部矛盾""人物创作的概念化""题材的广阔性

①　　陈毅：《在全国话剧、歌剧、儿童剧创作座谈会上的讲话》，见中共中央书记处研究室文化组编《党和国家领导人论文艺》，文化艺术出版社1982年版，第139～141页。"集体创作"之风始于延安时期，在1958年的新民歌运动中重新出现。（周扬和张光年在《文艺报》上发表文章，强调和支持了这种提法。）"三结合"是"集体创作"的表现形式之一，在"文化大革命"期间，作为新生事物，它几乎成了唯一的创生产方式。不同的是，原来的"领导出思想，群众出生活，作家出技巧"变成了"党委领导、工农兵作者、专业编辑"三结合。

与战斗性的关系"等重大创作理论问题，还提到了"两头小，中间大，好的、坏的人都比较少，广大的各阶层是中间的，描写他们是很重要的"①。这些观点后来被上纲上线为"现实主义深化论"和"中间人物论"，遭到了批判，认为"写中间人物"与"三突出"的创作方针相违背，是资产阶级的文学主张。这三次重要的文艺会议，在一定程度上解放了思想，推动了文艺创作的繁荣。

从1962年9月党的八届十中全会开始，我国政治和文化指导思想出现了急剧左转的局势，阶级斗争被扩大化和绝对化。毛泽东说："被推翻的反动统治阶级不甘心于灭亡，他们总是企图复辟。同时，社会上还存在着资产阶级的影响和旧社会的习惯势力，存在着一部分小生产者的自发的资本主义倾向，因此，在人民中，还有一些没有受到社会主义改造的人……企图离开社会主义道路，走资本主义道路。在这些情况下，阶级斗争是不可避免的……我们千万不要忘记。"简称"任何时候都不可忘记阶级斗争"。②中共中央在后来的评价中指出，毛泽东"发展了他在一九五七年反右派斗争以后提出的无产阶级同资产阶级的矛盾仍然是我国社会的主要矛盾的观点，进一步断言在整个社会主义历史阶段资产阶级都将存在和企图复辟，并成为党内产生修正主义的根源……在意识形态领域，对一些文艺作品、学术观点和文艺界学术界的一些代表人物进行了错误的、过火的政治批判，在对待知识分子问题、教育科学文化问题上发生了愈来愈严重的左的偏差，

① 邵荃麟：《邵荃麟评论选集》上册，人民文学出版社1981年版，第389～394页。
② 中共中央文献研究室编：《建国以来重要文献选编》第16册，中央文献出版社1997年版，第314～316页。

并且在后来发展成为'文化大革命'的导火线"。①文艺领域首当其冲地成了这种阶级斗争观点的牺牲品。康生、张春桥、姚文元等人开始控制文化界和文学界。李建彤的小说《刘志丹》的创作和发表，变成了"利用小说反党"的事件，作者和编辑受到迫害和审查，最终扩大为一个冤案。1963年和1964年，毛泽东关于文艺的"两个批示"，认为国家文艺领导部门被"资产阶级"所掌握，已经"跌到修正主义的边缘"。②这为文艺指导思想进一步走向极左提供了支持。

二、冷战思维中的文学选择

"冷战"就是从1945年第二次世界大战后到1991年苏联解体这一时期，国际格局中东方与西方的对峙状态，即以美国为首的西方集团（北大西洋公约组织成员国）和以苏联为首的社会主义国家之间的对抗状态。为了避免"热战"，双方实际上只是在经济、文化、社会政治立场方面的对立和攻击：西方指责东方不民主、极权主义和共产专

---

① 中共中央文献研究室编：《关于建国以来党的若干历史问题的决议》（注释本），人民出版社1983年版，第25页。

② 1963年12月12日，毛泽东作了严厉批评文艺工作的内部批示："各种艺术形式……问题不少，人数很多，社会主义改造在许多部门中，至今收效甚微。许多部门至今还是'死人'统治着。""许多共产党人热心提倡封建主义和资本主义的艺术，却不热心提倡社会主义的艺术，岂非咄咄怪事。"1964年6月27日，毛泽东作了关于文艺工作的第二个批示："这些协会和他们所掌握的刊物的大多数……十五年来，基本上……不执行党的政策，做官当老爷，不去接近工农兵，不去反映社会主义的革命和建设，最近几年，竟然跌到修正主义的边缘。如不认真改造，势必在将来的某一天，要变成像匈牙利裴多菲俱乐部那样的团体。"见谢冕、洪子诚主编《中国当代文学史料选：1948—1975》，北京大学出版社1995年版，第599页。

制，而东方则批评西方是资本主义和帝国主义专政、贫富分化、剥削工人。"冷战思维"，就是冷战的双方都将自己的国家意志、价值观念、局部利益绝对化而产生的对抗和斗争思维。这种传统政治的思维模式，左右了全球的政治走向。

中国作为一个社会主义国家，作为苏联的盟友，不可避免地被卷入了冷战的旋涡，成了以美国为首的西方阵营围堵的对象。冷战格局构成了新中国极为严峻的生存背景。毛泽东认为，对资本主义国家不要抱幻想，只能斗争，并指出，帝国主义的"捣乱—失败—灭亡"逻辑和革命人民的"斗争—失败—胜利"逻辑，是历史的必然规律，要"丢掉幻想，准备斗争"。①因此，新中国成立以来，意识形态和文学艺术领域的斗争思维与当时的国际形势和中国所处的地位密切相关。冷战时期，中外关系从"一边倒"到"一条线"再到"第三世界"的设想，这些冷战格局下的国际政治斗争政策和策略，在很大程度上制约了中国社会实践的各个领域的发展，包括文艺领域。

在《论人民民主专政》一文中，毛泽东提出了"一边倒"（倒向苏联）的决策——"帝国主义侵略打破了中国人学西方的迷梦"，"走俄国人的路——这就是结论"，"积四十年和二十八年的经验，中国人不是倒向帝国主义一边，就是倒向社会主义一边，绝无例外"，"我们在国际上是属于以苏联为首的反帝国主义战线一方面的，真正的友谊的援助只能向这一方面去找"，"苏联共产党就是我们最好的先生，我们必须向他们学习"②。周扬说："'走俄国人的路'，政治上如此，文

① 毛泽东就美国的"美中关系白皮书"所写的评论《丢掉幻想，准备斗争》，见《毛泽东选集》第4卷，人民出版社1991年版，第1486～1487页。
② 毛泽东：《论人民民主专政》，见《毛泽东选集》第4卷，人民出版社1991年版，第1470、1471、1473、1475、1481页。

学艺术上也是如此。"①实际上这是一种没有选择的选择。

这种文学上"一边倒"的苏联模式，体现在文艺政策、文学理论、文艺管理体制、文学运动，以及对文学资源的控制等各个方面。文学政策是冷战时期的国际、国内政治思维在文艺领域的表述（反对帝国主义和资本主义，强调文学的阶级性原则）。文学理论以苏联的"社会主义现实主义"为中国当代文学创作的最高规范和"唯一正确的道路"。文学机构设置和组织形式、内部运作规则（党组负责的权力形式），乃至1950年成立的中央文学研究所，在基本任务、管理模式、教学内容与教学方式等方面，几乎都是照搬苏联的模式。文学运动（也就是文学批判运动）的基本方式是，一开始是组织专业批评，然后进行组织决议（包括领导批示、党报社论、专业团体宣言等），最后是发动群众大批判，直到将批评的对象变成"敌我矛盾"。比如，1954年12月8日关于整改《文艺报》的决议，1955年5月25日关于"胡风反革命集团"的决议等，与苏联日丹诺夫时期的情况非常相似。在文学资源的管制上，只接受苏联文学、弱小民族的反抗文学和古典批判现实主义文学；拒绝资本主义国家的文学，特别是"现代派"文学。甚至1956年"双百方针"的正式公布，也与苏联密切相关。周扬说："最近中央提出了'百花齐放，百家争鸣'的方针……很自然，这和苏共第二十次代表大会提出对斯大林的批评有关。不管这个批评的本身怎样，它有一个很大的好处：就是思想解放，迷信破除。"②

在一系列文学活动之中，我们发现除了其国际冷战背景下的斗争

---

① 周扬：《社会主义现实主义——中国文学前进的道路》，见《周扬文集》第2卷，人民文学出版社1985年版，第183页。

② 周扬：《当前文艺创作上的几个问题》，见《周扬文集》第2卷，人民文学出版社1985年版，第405页。

策略，还有一个重要的维度，就是发展中国家的"不安全感"，并由此引发出一种更为强烈的民族国家独立和发展的诉求。50年代初，"苏联模式"为此提供的不仅仅是一种意识形态支持，更有相应的经济、技术援助。冷战的国际斗争背景—民族国家独立和发展诉求—文学自主性的诉求，形成了一个链条及相应的逻辑等级，属于支配与被支配的关系。因而，文学就不是单纯的美学问题，而是冷战时期的政治问题（它可以为战争、政治、建设、意识形态批判等各种集体意志服务）。在冷战思维中，"民族国家"成了一个人格化的"文学主体"，支配着50年代初到60年代初的中国当代文学实践。

60年代，中苏关系彻底破裂，"一边倒"政策随之中止。这一事件对当代中国的政治和文化产生了重大影响。1962年，周扬在纪念毛泽东的《在延安文艺座谈会上的讲话》发表20周年的文章中，批评"现代修正主义"是帝国主义的奴仆，"我们的文艺必须同帝国主义文艺、修正主义文艺……进行不调和的斗争"。同时提出"要团结世界各国一切可以团结的文艺家，建立最广泛的统一战线"[1]。与此同时，苏联的文艺作品开始遭到冷落。在1966年出台的"部队文艺工作座谈会纪要"中，"别、车、杜"成了沙俄时代的资产阶级思想，"对十月革命后出现的一批比较优秀的苏联革命文艺作品，不能盲目崇拜，更不要盲目模仿"，"文艺上反对外国修正主义的斗争……要捉大的，捉肖洛霍夫，要敢于碰他。他是修正主义文艺的鼻祖"[2]。这就

---

[1]　周扬：《为最广大的人民群众服务》，见《周扬文集》第4卷，人民文学出版社1985年版，第150～159页。

[2]　《林彪同志委托江青同志召开的部队文艺工作座谈会纪要（一九六六年二月二日—二月十日）》，见谢冕、洪子诚主编《中国当代文学史料选：1948—1975》，北京大学出版社1995年版，第636～639页。

是无条件的"一边倒"导致的无条件的批判。

与苏联决裂("一边倒"的终结），与美国修好（"一条线"的外交战略的确定)。1971年中美关系解冻。1972年尼克松总统访华。中国开始改善同美国的关系，逐渐形成"联美反苏"的战略，形成对付苏联的一条线，称为"一条线"战略。毛泽东在跟基辛格会谈的时候说："要搞一条横线，就是纬度，美国、日本、中国、巴基斯坦、伊朗、土耳其、欧洲"①。

只是中国的国际关系政策的调整，并没有解决意识形态（特别是文艺和文化）问题。1974年，毛泽东在接见赞比亚总统卡翁达时，明确提出"三个世界"的设想，认为美国和苏联是第一世界，其他欧洲国家、日本属于第二世界，中国和其他发展中国家属于第三世界。邓小平在1982年12月、1984年5月、1985年3月多次采用"第三世界"的概念，说中国永远属于第三世界。②毛泽东的"三个世界"的理论，反映到文艺界，就是拒绝以美国为代表的资产阶级文艺和以苏联为代表的修正主义文艺，企图探索一条中国自己的"无产阶级文艺"的道路。最终导致一种源自1958年大跃进时期的（20世纪60年代初期有短暂中断）、以"京剧革命"为样板的激进文艺探索"实验"（下面我们还将集中讨论这种激进的"文艺试验"）。直到20世纪70年代末的国门大开，中国思想界和文艺界才重新开始与整个20世纪中国文学和世界文学接轨。1991年冷战结束后，国际关系由原来的"东西对抗"逐渐转变成"南北对话"（即南方欠发达国家与北方发达国家的

---

① 宫力：《重构世界格局》，中原出版社1993年版，第151页。
② 毛泽东：《关于三个世界划分问题》（一九七四年二月二十二日），见《毛泽东文集》第8卷，人民出版社1999年版，第441页。以及《邓小平文选》第3卷的相关部分，人民出版社1993年版。

对话、交流、合作）。邓小平不但主张打开国门，吸收西方的先进科学技术，也主张"南北对话"和"南南合作"，并认为"和平问题是东西问题，发展问题是南北问题，南北问题是核心问题"，这与赫鲁晓夫在20世纪50年代提出的"三和政策"有接近之处。[①]

三、极端激进的文学实验

激进的文艺实验，是冷战思维中的激进倾向在文艺中的反映，其中包含国际压力下产生的激进民族主义情绪。20世纪40年代的"秧歌运动"、1958年大跃进时期的"新民歌运动"、"文化大革命"期间的"革命样板戏"，这三者之间无疑存在密切的逻辑关联。新中国文学中的激进文学创作（实验）运动，不同程度地带有新中国成立前解放区的"战时动员"色彩，也就是将文艺创作当作动员人民群众实现某一时期的政治任务的宣传工具。但是，与新中国成立前不同的是，"新民歌运动"和"革命样板戏"，不仅仅是一种政治宣传"手段"，它们本身就是"目的"，就是"社会主义革命"的有机组成部分。比如"大跃进"时期的"文学大跃进"或者"民歌大跃进"，还有"文化大革命"时期的"革命样板戏"的生产，无论是创作数量还是质量，都与1958年"大炼钢铁"、农村的"实验田"运动类似。比如，"革命样板戏"，本身就是"反帝防修"斗争实践的一部分。这些急于生产出全新"共产主义文艺"的激进文艺实验，与"大跃进""文化大革

①　　邓小平:《邓小平文选》第3卷，人民出版社1993年版，第56页、第105页。

命"时期的"跑步进入共产主义""15年超过英国""彻底打败帝修反"等激进政治思维是一致的。

1958年3月，毛泽东在中央酝酿"大跃进"运动的成都会议的讲话中，涉及诸多的意识形态问题和文学艺术问题。在涉及借鉴苏联经验问题时，毛泽东说："从苏联搬来了一大批……搬，要有分析，不要硬搬，硬搬就不是独立思考，忘记了历史上教条主义的教训"，"学习苏联及其他国家的长处，这是一个原则。但是学习有两种方法：一种是专门模仿，一种是独创精神。学习应该与独创精神相结合。"[1]他反复强调要独创、创新。在两个月之后的八大二次会议上，他又反复强调要破除迷信，要学习列宁在第二国际时期的"标新立异"精神。这些思路就是要摆脱斯大林和赫鲁晓夫以来的"苏联模式"的羁绊。他在谈到诗歌问题时说："我看中国诗的出路恐怕是两条：第一条是民歌，第二条是古典，这两面都要提倡学习，结果要产生一个新诗。现在的新诗不成型，不引人注意，谁去读那个新诗。将来我看是古典同民歌这两个东西"结婚"，产生第三个东西。形式是民族的形式，内容应该是**现实主义与浪漫主义的对立统一**。"[2]就是在这次会议上，毛泽东正式发出了搜集和创作新民歌的号召，搜集和写作民歌便成了一项急迫的政治任务。

毛泽东在这里提出的"两结合"，后来被郭沫若、周扬等人表述为"革命浪漫主义和革命现实主义相结合"，称之为一种"全新的创作方法""最好的创作方法"。邵荃麟、贺敬之等人在《文艺报》上纷

---

[1]　中央文献研究室编：《建国以来毛泽东文稿》第7卷，中央文献出版社1992年版，第120～122页。

[2]　中央文献研究室编：《建国以来毛泽东文稿》第7卷，中央文献出版社1992年版，第124页。

纷撰文，谈学习"两结合"的体会，认为大跃进民歌和毛泽东诗词，都是"两结合"的典范。周扬在《新民歌开拓了诗歌的新道路》中，对此进行了详细的解释，认为没有革命浪漫主义的"现实主义"，会流于庸俗的自然主义；没有革命现实主义的"浪漫主义"，会变成"虚张声势的空喊或知识分子的想入非非"，只有"两结合"，才能充分反映人民群众的革命热情、建设热情，和共产主义风格。[①]但是，周扬等人还是想维护文学概念的连续性，试图通过苏联文学和高尔基，将"两结合"与苏联的"社会主义现实主义"方法结合在一起，而忽略了这一提法中摆脱"苏联模式"的动机（到"文化大革命"时期，这些观点都成了"反革命修正主义"的罪状）。

萌芽于延安时期，20世纪五六十年代得到进一步强化和完善的文艺生产模式——配合中心任务是文艺创作的根本原则，"两结合"是实现这一原则的专业表达，"三结合"的生产方式是这一原则的组织和实施。这些都可以视为新中国激进文艺生产和实验的基本戒律。20世纪60年代初短暂的"调整"时期之后，这些戒律在"文化大革命"前期就被全盘接受。

1964年7月，江青在《谈京剧革命》的讲话中指出，塑造工农兵形象和革命英雄形象，是社会主义文艺的首要人物，并将"三结合"解释为"领导、专业人员、群众"三结合。[②]《部队文艺工作座谈会纪

---

① 　参见邵荃麟《门外谈诗》、贺敬之《漫谈诗的革命浪漫主义》、周扬《新民歌开拓了诗歌的新道路》等文章，见《诗刊》编辑部编《新诗歌的发展问题》第1集，作家出版社1959年版。

② 　江青：《谈京剧革命（一九六四年七月在京剧现代戏观摩演出人员的座谈会上的讲话）》，见谢冕、洪子诚主编《中国当代文学史料选：1948—1975》，北京大学出版社1995年版，第601～604页。

要》说，文艺创作"要采取革命的现实主义和革命的浪漫主义相结合的方法"①。在实施这种激进的文艺实验的过程中，于会泳等人又总结出了一套创作技巧的戒律。

最主要的戒律就是"三突出"这一总原则：在所有人物中突出正面人物，在正面人物中突出英雄人物，在主要英雄人物中突出最重要的即中心人物。这是一种特殊时期的激进主义文艺美学原则。此外，还有一些处理其他次要人物和艺术要素的方法和原则，是在遵循"三突出"原则的前提之下产生的次级原则：

陪衬原则，用反面人物陪衬正面人物（认为"这是什么阶级主宰舞台"的重大问题）；

烘托原则，用其他正面人物烘托英雄人物（"群众是英雄存在的基础，英雄是群众的榜样"）；

渲染原则，通过环境的渲染，在一般英雄人物中突出主要英雄人物（舞台上的美学设计、灯光、音响等，必须为人物特别是英雄人物服务，脱离这一点，就是资产阶级唯美主义）。②

将政治直接美学化的"三突出"原则，以及其他配套的次级美学原则，就成为"文化大革命"时期激进文艺实验中出现的一个全新而又畸形的"美学"范畴，它涉及作品的结构方式、人物形象塑造的规则，乃至舞台美术、灯光、音响等技术资源的配置规则等问题。"只

---

① 《林彪同志委托江青同志召开的部队文艺工作座谈会纪要（一九六六年二月二日—二月二十日）》，见谢冕、洪子诚主编《中国当代文学史料选：1948—1975》，北京大学出版社1995年版，第630～641页。
② 于会泳：《让文艺舞台永远成为宣传毛泽东思想的阵地》，上海京剧团《智取威虎山》剧组：《努力塑造无产阶级英雄人物的光辉形象——对塑造杨子荣英雄形象的一些体会》，见谢冕、洪子诚主编《中国当代文学史料选：1948—1975》，北京大学出版社1995年版，第716～736页。

有塑造好无产阶级英雄典型，才能实现无产阶级在文艺领域对资产阶级的专政。……要让京剧的唱、做、念、打各种艺术手段都为塑造无产阶级英雄形象服务。"①所以，在文艺为广大人民群众服务的背后，包含着极其严格的等级观念。

"革命样板戏"的基本结构要素：一是中国共产党领导的现代革命历史故事；二是经过改造的古老戏曲形式（京剧）、西方古典艺术（交响乐和芭蕾舞）；三是精细的艺术形式。"革命样板戏"改造了传统京剧形式，并赋予这种形式以"现代"意味。从它的结构安排、台词和唱腔设计、舞台艺术（灯光、舞美、音乐等）设计以及舞台表演等方面，都经过了精心安排。它大量地运用夸张、变形、隐喻、象征、讽喻等现代艺术手法（革命浪漫主义）。"革命样板戏"是一种浪漫的、激进的"政治乌托邦想象"形式，是江青等人想象出来的人物典型（高、大、全）的舞台化。舞台上塑造了一批与物质形态的人不相干的"虚拟人""超人"，他们只有一种"超人"精神，与现实的日常生活几乎没有关系。在人物配置上也体现了这些特征，比如，《沙家浜》中的阿庆嫂和沙奶奶没有丈夫；《智取威虎山》中的小常宝的妈妈死了，《林海雪原》中少剑波的小情人（白茹）也不见踪影；《红灯记》中的李玉和没有老婆，李奶奶的丈夫也不在。其中的女性，要么是尚未发育完全的孩子（小铁梅、小常宝），要么是耄耋之人（沙奶奶、李奶奶）。还有一些中性人（江水英、方海珍、柯湘、洪常青）。在这里，没有家庭，没有爱情，没有欲望，只有夸张的激情和乌托邦幻想。因此，它是一种对"纯洁性"的极端追求，是一个赫胥黎笔下的"美

① 初澜：《京剧革命十年》，见谢冕、洪子诚主编《中国当代文学史料选：1948—1975》，北京大学出版社1995年版，第756页。

丽新世界"。

作为一种激进文艺实验的样板,"革命现代京剧样板戏"有以下特征:

第一,为中心政治任务的宣传服务,配合新的对抗性战略思维,试图超越传统"冷战"格局,创造一种全新的、与政治想象相配套的文艺想象模式。

第二,两结合的创作理论:革命现实主义就是对资产阶级和修正主义的斗争(拒绝这些文艺遗产),革命浪漫主义就是一种对英雄人物歌颂的热情,对未来想象的激情。日丹诺夫也主张过近似的观点。日丹诺夫《在第一次全苏作家代表大会上的演讲》(1934):"要和旧型的浪漫主义断绝联系……我们的……文学是不能和浪漫主义绝缘的,但这是新型的浪漫主义,是革命的浪漫主义……革命的浪漫主义应当……列入文学创作里去,因为我们党的全部生活、工人阶级的全部生活及其斗争,就在于把最严肃的、最冷静的实际工作跟最伟大的英雄气概和雄伟的远景结合起来。我们党之所以始终是强有力的,就是因为它过去和现在都把加倍的实事求是精神和实际性,去跟辽阔的远景、不断前进的志向、为建设共产主义社会的斗争结合起来。苏联文学应当善于表现出我们的英雄,应当善于展望到我们的明天。"①

第三,利用大众艺术形式作为基本载体,主要是戏剧表演、音乐(交响乐)、舞蹈(芭蕾舞)。仅就形式本身而言,它显示出了一种容纳古今、改造利用的气派。

第四,利用"脸谱化""程式化"等简易的艺术技巧,将政治观

---

① ［苏联］日丹诺夫:《在第一次全苏作家代表大会上的讲演》,见《日丹诺夫论文学与艺术》,戈宝权译,人民文学出版社1959年版,第10页。

念直接变成美学符号，达到了较好的传播效果。我们似乎都在将"脸谱化"作为一个贬义词来使用，借此来批判"革命样板戏"。其实这是中国传统京剧艺术的基本表现手法，艺术史证明了它的生命力。戏曲人物形象谱系有"生"（忠正温厚、秀俊风流者）、"旦"（贞淑才慧、节操烈义者）、"净"（刚强狞猛者）、"丑"（滑稽奸佞者）等诸种角色。每一个角色都有相应的程式化、类型化的脸谱，使观众一目了然。但"生、旦、净、丑"众多脸谱不是孤立的，而是"互文见义"的艺术整体。这是中国艺术思维中的"一多互摄"观，也是中国传统艺术符号的"变易"与"简易"的辩证关系。所以，中国传统艺术中的"脸谱化"背后有更复杂的价值指向。"样板戏"不过是利用了传统京剧艺术的"脸谱化"特点，达到了较好的传播效果。但从历史角度来看，它只是一种"政治乌托邦想象"。

第五，文艺生产方式上的中央集权。管理上计划经济色彩浓厚，中央直接调配导演、编剧、演员和各种物资供应，"集中兵力打歼灭战"而产生高效率。文艺生产组织上的"三结合"原则，限制和消除了文艺生产中的个人主义痕迹。

参考文献

中文著作

1. 艾青:《艾青全集》,花山文艺出版社 1991 年版。

2. 卞之琳:《雕虫纪历》,人民文学出版社 1984 年版。

3. 薄一波:《若干重大决策与事件的回顾》,中央党史出版社 2008 年版。

4. 昌耀:《一个挑战的旅行者步行在上帝的沙盘》,敦煌文艺出版社 1996 年版。

5. 陈明编:《我在霞村的时候——丁玲延安作品集》,陕西人民教育出版社 1999 年版。

6. 陈明远:《知识分子与人民币时代》,文汇出版社 2006 年版。

7. 戴煌:《胡耀邦与平反冤假错案》,中国工人出版社 2004 年版。

8. 戴煌:《九死一生:我的"右派"历程》,中央编译出版社 1998 年版。

9. 邓小平:《邓小平文选》 1—3 卷,人民出版社 1994 年版。

10. 丁玲:《丁玲全集》,河北人民出版社 2001 年版。

11. 丁玲:《魍魉世界·风雪人间》,人民文学出版社 1989 年版。

12. 东海文艺出版社编:《青年作者的鉴戒——刘绍棠批判集》,东海文艺出版社 1957 年版。

13. 董大中:《赵树理评传》,百花文艺出版社 1986 年版。

14. 杜高:《又见昨天》,北京十月文艺出版社 2004 年版。

15. 费孝通:《费孝通文集》第 6 卷,群言出版社 1999 年版。

16. 公木主编:《中国新文艺大系:1937~1949:诗集》,中国文联出版公司 1996 年版。

17. 龚济民、方仁念:《郭沫若年谱》上、中、下册,天津人民出版社 1992 年版。

18. 郭沫若:《郭沫若全集·文学编》,人民文学出版社 1983 年版。

19. 郭小川:《郭小川全集》,广西师范大学出版社 2000 年版。

20. 郭晓惠等编:《检讨书——诗人郭小川在政治运动中的另类文字》,中国工人出版社 2001 年版。

21. 贺敬之:《放歌集》,人民文学出版社 1961 年版。

22. 洪子诚编:《二十世纪中国小说理论资料》第 5 卷,北京大学出版社 1997 年版。

23. 胡风:《胡风全集》1—10卷,湖北人民出版社 1999 年版。

24. 胡适:《胡适日记全编》1—8 卷,安徽教育出版社 2001 年版。

25. 黄昌勇编:《王实味:野百合花》,中国青年出版社 1999 年版。

26. 吉林大学文艺学编写组编:《文艺政策学习资料》(内部发行),吉林人民出版社 1961 年版。

27. 贾芝主编:《中国解放区文学书系·民间文学编》,重庆出版社 1992 年版。

28. 蒋祖林、李灵源:《我的母亲丁玲》,辽宁人民出版社 2004 年版。

29. 老鬼:《母亲杨沫》,长江文艺出版社 2005 年版。

30. 李辉:《胡风集团冤案始末》,人民日报出版社 1989 年版。

国当代文学的开端(1949—1965)

参考文献

31. 李辉编:《一纸苍凉:杜高档案原始文本》,中国文联出版社 2004 年版。

32. 李向东、王增如编:《丁玲年谱长编》,天津人民出版社 2005 年版。

33. 刘绍棠:《我是刘绍棠:刘绍棠自白》,团结出版社 1996 年版。

34. 刘增杰:《抗日战争时期延安及各抗日民主革命根据地文学运动资料》,山西人民出版社 1983 年版。

35. 鲁迅文学院编:《文学的日子——我与鲁迅文学院》,内部纪念文集 2000 年版。

36. 毛泽东:《建国以来毛泽东文稿》第六、第七卷,中央文献出版社 1992 年版。

37. 毛泽东:《毛泽东文集》1—8 卷,人民出版社,1992—1999 年版。

38. 毛泽东:《毛泽东选集》1—4 卷,人民出版社 1991 年版。

39. 茅盾:《茅盾全集》,人民文学出版社 1997 年版。

40. 梅志:《胡风传》,北京十月文艺出版社 1998 年版。

41. 欧阳山:《三家巷》,广东人民出版社 1959 年版。

42. 欧阳山:《三家巷》,作家出版社 1961 年版。

43. 潘旭澜主编:《新中国文学词典》,江苏文艺出版社 1993 年版。

44. 逄先知、金冲及主编:《毛泽东传(1949—1976)》,中央文献出版社 2003 年版。

45. 浦江清:《清华园日记·西行日记》(增补本),生活·读书·新知三联书店 1999 年版。

46. 人民解放军国防大学党史政工教研室编:《中共党史教学参考资料》,国防大学出版社 1986 年版。

47. 邵荃麟:《邵荃麟评论选集》,人民文学出版社 1981 年版。

48. 沈从文:《沈从文全集》第 19 卷,北岳文艺出版社 2002 年版。

49. 沈国凡采写:《我所亲历的胡风案——法官王文正口述》,中共党史出版社 2007 年版。

50. 《诗刊》编辑部编:《新诗歌的发展问题》第 1 集,作家出版社 1959 年版。

51. 宋云彬:《红尘冷眼》,山西人民出版社 2002 年版。

52. 涂光群:《五十年文坛亲历记(1949—1999)》上、下册,辽宁教育出版社 2005 年版。

53. 王蒙:《王蒙自传 1:半生多事》,花城出版社 2006 年版。

54. 王培元:《延安鲁艺风云录》,广西师范大学出版社 2004 年版。

55. 闻捷:《天山牧歌》,作家出版社 1956 年版。

56. 夏衍:《懒寻旧梦录》(增订本),生活·读书·新知三联书店 2000 年版。

57. 萧军:《人与人间:萧军回忆录》,中国文联出版社 2006 年版。

58. 谢冕、洪子诚主编:《中国当代文学史料选:1948—1975》,北京大学出版社 1995 年版。

59. 谢泳编:《罗隆基:我的被捕的经过与反感》,中国青年出版社 1999 年版。

60. 邢小群:《丁玲与文学研究所的兴衰》,山东画报出版社 2003 年版。

61. 徐纶、韦夷编:《延安文艺作品精编 1:理论、诗歌卷》,浙江文艺出版社 1992 年版。

62. 杨沫:《青春之歌》,北京十月文艺出版社 1992 年版。

63. 杨沫:《青春之歌》,作家出版社 1958 年版。

64. 杨沫:《杨沫文集》,北京十月文艺出版社 1994 年版。

65. 叶圣陶:《叶圣陶集》,江苏教育出版社 1994 年版。

66. 叶永烈编:《王造时: 我的当场答复》,中国青年出版社 1999 年版。

67. 殷毅:《回首残阳已含山》,北京十月文艺出版社 2003 年版。

68. 袁鹰:《风云侧记: 我在人民日报副刊的岁月》,中国档案出版社 2006 年版。

69. 臧克家:《臧克家回忆录》,中国工人出版社 2004 年版。

70. 张光年:《张光年文集》,人民文学出版社 2002 年版。

71. 张僖:《只言片语: 中国作协前秘书长的回忆》,北京十月文艺出版社 2002 年版。

72. 张颖:《风雨往事——维特克采访江青实录》,河南人民出版社 1997 年版。

73. 张毓茂:《萧军传》,重庆出版社 1992 年版。

74. 中共中央书记处研究室文化组编:《党和国家领导人论文艺》,文化艺术出版社 1982 年版。

75. 中共中央文献研究室编:《关于建国以来党的若干历史问题的决议》(注释本),人民出版社 1984 年版。

76. 中共中央文献研究室编:《建国以来毛泽东文稿》下册,中央文献出版社 1992 年版。

77. 中共中央文献研究室编:《建国以来重要文献选编》第 15 册,中央文献出版社 1997 年版。

78. 中共中央文献研究室编:《毛泽东年谱 (一八九三——一九四九)》,中央文献出版社 2013 年版。

79. 中共中央文献研究室编:《毛泽东文艺论集》,中央文献出版社 2002 年版。

80. 中共中央文献研究室编:《周恩来年谱 (一八九八——一九四九)》,人民出版社、中央文献出版社 1989 年版。

81. 中国社科院新闻研究所编:《延安文萃》,北京出版社 1984 年版。

82. 中华全国文艺工作者代表大会宣传处编:《中华全国文学艺术工作者代表大会纪念文集》,新华书店 1950 年版。

83. 中央民族学院整风办公室编:《关于"野草"、"蜜蜂"社反动小集团的材料》,1957 年版。

84. 周扬:《周扬文集》1—5 卷,人民文学出版社 1985 年版。

翻译著作

1. ［德］埃利亚斯·卡内提：《群众与权力》，冯文光、刘敏、张毅译，中央编译出版社 2002 年版。

2. ［德］黑格尔：《美学》1—3 卷，朱光潜译，商务印书馆 1991 年版。

3. 《马克思恩格斯选集》第1 卷，人民出版社 1972 年版。

4. ［德］马克思、恩格斯：《马克思恩格斯全集》第7 卷，人民出版社 1959 年版。

5. ［德］席勒：《论素朴的诗和感伤的诗》，曹葆华译，北京大学出版社 1961 年版。

6. ［美］德克·博迪：《北京日记：革命的一年》，洪菁耘、陆天华译，东方出版中心 2001 年版。

7. ［苏联］日丹诺夫：《日丹诺夫论文学与艺术》，戈宝权等译，人民文学出版社 1959 年版。

8. ［苏联］帕斯捷尔纳克：《人与事》，乌兰汗、桴鸣译，生活·读书·新知三联书店 1991 年版。

9. ［苏联］托洛茨基：《文学与革命》，刘文飞等译，外国文学出版社 1992 年版。

10. ［苏联］肖斯塔科维奇：《见证》，叶琼芳译，花城出版社 1998 年版。

报刊

1. 《人民日报》, 1948—1976 年。
2. 《人民文学》, 1949—1966 年。
3. 《说说唱唱》, 1951—1955 年。
4. 《文艺报》, 1949—1966 年。
5. 《文汇报》, 1949—1965 年。
6. 《新文学史料》, 1987—1991 年。

索引

国当代文学的开端（1949—1965）

索引

国当代文学的开端（1949—1965）

索引

新版编后记

《再造文学巴别塔 1949—1966》简体字版（广东教育出版社 2009 年版）面世至今，已有整整 12 年的时间；繁体字版（台北花木兰出版公司 2016 年版）面世至今也近 6 年。此次，将这本书作为中国当代文学史的"断代小史"，并以《中国当代文学的开端（1949—1965）》之名出版，首先因得到高等教育出版社"稷下文库"的青睐，同时因诸多友人和学生和读者的支持鼓励。对此我心存感念。同时，我还要将这次再版，作为自己连续 16 年来，在北京师范大学文学院，在"敬文讲堂 500 座"，在"曾宪梓楼教九 502 室"等处，为总计约 3000 名本科生，讲授"中国当代文学史"课程的一个纪念。因为这本著作（还有我参与主编的《中国当代文学编年史》），是该课程的主要参考资料之一。本次校订，改正了一些错字错句，核对了注释和参考文献，增加了索引，删除了一些带主观色彩的点评文字，尽量让史料说话，还删去了原书第七章约 3 万字，其他依原样。感谢本书责任编辑翁立萌的精心编校，感谢博士生陈润庭所做的诸多琐细工作。

张檸

2021 年 12 月 21 日

记于北京西直门北大街寓所

国当代文学的开端（1949—1965）

新版编后记

出版说明

　　高等教育出版社"稷下文库"丛书以"荟萃当代优秀成果，彰显盛世学术繁荣"为宗旨，注重历史与现实、理论与实践相结合，遴选中国当代人文社科各领域知名学者的代表作。这些著作，均是改革开放以来经过学界、读者和市场检验的高水平研究成果，是了解中国当代学术发展的必读经典。

　　丛书中的部分作品写作和初版时间较早，反映出作者当时的学术思考，其观点和表述或带有时代的印痕，与当下的习惯、认识有一定差异。随着时代发展，学术进步乃是必然。正因为学术的健康发展需要传承有绪、守正创新，学术经典的价值并不会因为时代变迁而消减，故而，我社本着充分尊重原著的原则，在保留原著观点、风貌的基础上，协同作者梳理修订文字，补充校订注释和引文，并增加了参考文献和索引，以期带给读者更好的阅读体验，让学术经典在新时代继续创造价值。

高等教育出版社

2022 年 10 月

"稷下文库"
文学类丛第一辑书目

陈思和

《中国新文学整体观》（修订版）

《新文学整体观续编》（修订版）

《献芹录》（新编本）

孙郁

《鲁迅忧思录》（修订版）

《鲁迅遗风录》（修订版）

《当代作家别论》

张柠

《土地的黄昏——中国乡村经验的微观权力分析》（第三版）

《现代作家的观念与艺术》

《中国当代文学的开端（1949—1965）》

《文学与快乐·文化的诗学》

图书在版编目（CIP）数据

中国当代文学的开端：1949—1965 / 张柠著. --
北京：高等教育出版社，2023.8
ISBN 978-7-04-059486-7

Ⅰ.①中… Ⅱ.①张… Ⅲ.①中国文学－当代文学－
文学史－1949-1965 Ⅳ.①I209.7

中国版本图书馆CIP数据核字(2022)第190981号

策划编辑　龙　杰　郑韵扬
责任编辑　于　嘉　翁立萌
封面设计　张志奇
版式设计　张志奇
责任绘图　黄云燕
责任校对　窦丽娜
责任印制　耿　轩
出版发行　高等教育出版社
社　　址　北京市西城区德外大街4号
邮政编码　100120
购书热线　010-58581118
咨询电话　400-810-0598
网　　址　http://www.hep.edu.cn
　　　　　http://www.hep.com.cn
网上订购　http://www.hepmall.com.cn
　　　　　http://www.hepmall.com
　　　　　http://www.hepmall.cn
印　　刷　河北信瑞彩印刷有限公司
开　　本　787 mm×1092 mm　1/16
印　　张　28.75
字　　数　350 千字
插　　页　1
版　　次　2023 年 8 月第 1 版
印　　次　2023 年 8 月第 1 次印刷
定　　价　98.00元

中国当代文学的开端（1949—1965）
ZHONGGUO DANGDAI WENXUE DE KAIDUAN（1949—1965）

内容简介

　　本书主要介绍1949—1965年间我国文学发生和发展的基本情况。本书是作者在编撰《中国当代文学编年史》过程中大量积累的原始资料基础上形成的，对一些重大问题主观评价较少，以客观材料的陈述为主。本书特别关注当代中国文学"前17年"的文学生产环境、作家队伍的形成、作家管理和培养模式、作品生产和传播方式、重大社会文化思潮的来龙去脉，以及在这种特殊的文学环境之中文学叙事模式、抒情风格等文学形式和文体学的形成机制。

　　本书是作者在中国当代文学研究领域的代表性成果，全书材料丰富，史论结合，并对当代文学的一些重要作品进行了全新的解读。作者对全书文字，包括引文和注释，作了认真的校阅修改，并依照当前的学术规范，添加了索引，以期更便于读者了解相关研究的重点与脉络。